周口历史文化典籍丛书

《殷芸小说》注译

孙达时　李永贤◎著

河南人民出版社
·郑州·

图书在版编目(CIP)数据

《殷芸小说》注译 / 孙达时，李永贤著．— 郑州：河南人民出版社，2022.12
(周口历史文化典籍丛书)
ISBN 978-7-215-13237-5

Ⅰ．①殷… Ⅱ．①孙… ②李… Ⅲ．①笔记小说-中国-南朝时代 ②《殷芸小说》-注释 ③《殷芸小说》-译文 Ⅳ．①I242.1

中国版本图书馆 CIP 数据核字(2022)第 247057 号

河南人民出版社 出版发行
(地址：郑州市郑东新区祥盛街 27 号 邮政编码：450016 电话：65788053)
新华书店经销 河南灏博印刷有限公司印刷
开本 710 毫米×1000 毫米 1/16 印张 16.25
字数 247 千字
2022 年 12 月第 1 版 2022 年 12 月第 1 次印刷

定价：46.00 元

总　序

诚明不易

——读书和思考很重要

有文化,对于一个人或一个地方来讲,都是件很荣耀的事。

但对任何事物的评判,是要有标准的,除了感情因素、动机因素,还要有客观现象或现实作为依据。

评判一个人是否有文化,需要把握三个核心要素:

思考问题的深刻性、系统性,即能力标准;做人做事的原则性,即道德标准;处世的格局与方式,即表现形式。

评判一个地方是否有文化,是这三条个体标准的群体化,千年相沿,影响带动,形成民风。

也可以量化对比一些现象,比如历史文化资源中某地域科举考试进士数量,比如时代文化气息中某地域人均线下图书购书量和借阅量。这一个历史数字和一个现实数字,以今天的地市级行政区划来比较,如果都没能进入全国的前100位,就要在崇文重教方面加压奋进了。

也可以观察考量一些群体社会表现,比如对于名利的态度和追求方式,比如人际交流中能否自然而准确地表达。如果在名利面前都可以弹性处理道义和手段,如果平常说话要么是词不达意要么是轻浮卖弄,就要在民风淳正方面强化引领了。

还可以客观分析这个地方对于历史文化资源传承弘扬的着眼点和着力

点，即以什么理念和什么方式来做。

不去研究老子、孔子的思想和生平，而只专注于附会渲染他们出生时天有异象；不去探讨孔庙、太昊陵的历史沿革、礼制内涵、建筑格局，而是津津乐道于怎么跳龙门、怎么摸子孙窑生儿子；不去领悟楚辞、理学的文化意蕴，而去无谓地争夺屈子投江、程门立雪的发生地；不准确把握历史名人资源的界定标准，而一味自作多情地生拉硬拽、认亲攀附；不深入全面地研读文化典籍，而是听说了几个名词术语就敢写文章谈观点，误认为能溜滑板就能开飞机；不科学地研判文化资源价值，明确地域文化定位，而是敢把梦话当学术宣言，动辄自称“宇宙元点”；输了赛道之后，不是反省自己体质、技能或装备上的不足，而是到处喧嚷“我祖上会飞”。

这种现象不是个别的，不是一时的，是大面积长期存在。

为什么要这样？就是因为这样做成本低，不需要下苦功夫，不需要钙铁硒、精气神、勤奋和天赋的支撑，只需要在村头听听老奶奶是怎么哄孙子的，在酒桌上借鉴些别人的豪言壮语，再掺些自己常用的聪明，就可以跳出来鸣锣起舞了。

这样做的直接后果，是把科学的变虚幻了，把真实的变模糊了，把厚重的变轻薄了，把人格塑造变成生活调味了。一场弘扬历史文化的恢弘大剧，变成了戏谑小品。

把这些现象都观察分析一番，再来衡量一个地方是否有文化，是否有健康正确的文化观，相信有些自我文化定位很高的地方，也会有一定程度的失落。

一个地域内，文化的阶段性、类别性缺失，是由多种原因造成的，就像一个人的体质不佳，有的是先天不足，有的是大病之后元气没能恢复，有的是长期不良习惯致使免疫力弱，等等。这本身不可怕，辨症施治就行了。要注意的是，不能误把病态作强健，再以不健康的方式试图去勉力维护这虚幻的强健。

失落之余，不是沉沦颓废，不是自欺自诩，而是要冷静下来，分清楚病态与健康，查明白遗传或病理，以对时代负责的态度，对子孙负责的态度，努力去弥补缺失。

前人留下的东西,我们要科学地传承好;前人留得少的东西,在我们手中变多;前人没有留下的东西,我们努力给子孙创造。

要促进文化的发展与繁荣,不能靠空谈,是需要付出的。要下笨功夫,去研究,去实践,持续发力引导,以一代人甚至几代人的付出,不断优化一个地方的文化基因。

最基本的方式,是读书与思考,有质量的读书与思考。

读书的目的,不完全是获取知识,不单单是做些学问。读书的最根本目的,是让人有思想、有灵魂,有至诚之德和洞明之智,是要塑造健全人格。

所以,要多读有用之书,想明白做人做事的道理,外化于言行。一人如此,千万人如此,当下这样,世世代代这样,努力实现我们这个时代新的文化灿烂。

周口,有着悠久的历史,有着丰富的文化资源,是中华道德文明起源传承的核心区。相传伏羲氏在这里演八卦,探索自然规律,追求天人合一,开启人类文明大道之源;老子在这里研道悟道,辨明道德关系,引领尊道贵德,道德理念厚植于这方土地。

同是在这块土地上,先贤留下了无数典籍,是民族文化的瑰宝。我们从中选择9个方面的内容,邀请若干学界有影响、学术有专长、地域有关联的学者,共同编纂"周口历史文化典籍丛书",在继承前人思想文化的同时,形成我们这个时代自己的文化成就,为大家提供阅读,引发大家思考,为"道德名城　魅力周口"文化标识增添亮度。

以后,我们还会不断努力。希望有更多人参与支持。

编　者

2022年10月11日

前　言

《殷芸小说》(后文中统称《小说》)是一部六朝时期的文学著作,据《隋书·经籍志》子部小说类的记载:"《小说》十卷,梁武帝敕安右长史殷芸撰。"说明这部《小说》的编撰者是殷芸。殷芸,字灌蔬,陈郡长平(今河南省周口市西华县)人,生于宋明帝泰始七年(471 年),卒于梁武帝大通三年(529 年)。他出身士族高门——陈郡长平殷氏,历南朝宋、齐、梁三朝,主要活跃于萧梁时代。殷芸初为南齐宜都王萧铿的行参军,入梁后任西中郎主簿、通直散骑侍郎、中书通事舍人、国子博士、昭明太子侍读等职。后来又出任梁豫章王萧综长史,萧综迁为安右将军后,殷芸也随之担任安右长史之职。在此期间,梁武帝大倡文学,敕令殷芸编撰了这部《小说》。

然而,以今天的标准来看,《殷芸小说》虽然有着"小说"之名,但其内容却是记载自先秦直到六朝之间的民间传闻逸事和对历史人物一时一事的特写,带有非常明显的"史传"色彩,与现代文类概念下的"小说"差异较大。因此,我们首先要弄清楚中国古代,尤其是六朝人认识下的"小说"文体和"小说观"问题。概言之,中国古代的小说大体经历了这样一个发展过程:"小说"是从先秦与"大言"相对的批评术语到两汉不言经艺的小的学说,再到晋唐时经史子集外的驳杂文类,再到宋元时延展至文学、艺术领域,最后至明清时期才逐渐明晰具体的文体类型。在这个过程中,"小说"的概念由笼统而具体,由泛指而特指,又在现实中相袭相继、并用兼有,显示出了中国古代小说的概念内涵具有复杂且多元化的特质。六朝小说的产生,源于诸子之书("子书")由"纯粹"向"踳驳"的内变。在子书的内变过程中,雄辩说理的内容与精细化的叙事技巧互相碰撞,又衍生出了六朝小说家们集真实与虚构、想象与自然于一体的审美意识，如《殷芸小说》中“宰我问丧”和“孔子绝粮”的故事就是典型的体现。

关于《殷芸小说》的编撰，清代目录学家姚振宗在《隋书经籍志考证》中说道：“此殆是梁武作通史时，凡不经之说为通史所不取者，皆令殷芸别集为小说，是《小说》因史而作，犹通史之外乘。”①这部《小说》原是梁武帝在作通史时，将一些内容荒诞不经、不易核证，或虽合史实却不合通史体例要求的历史材料另辑而成，故而它是编修通史的产物，具有史书的规模和价值。它的内容基本上以采集群书而成，对他书的征引援据颇为繁富；体例和编目上则是完全依照史书模式，分卷载述自先秦至六朝时的帝王和名士，依时代先后次第而编，分别为：卷一“秦汉魏晋宋诸帝”、卷二“周六国前汉人”、卷三“后汉人”、卷四“后汉人”、卷五“魏世人”、卷六“吴蜀人”、卷七“晋江左人”、卷八“晋江左人”、卷九“晋江左人”和卷十“宋齐人”。书中既有不少可以补正史之不足的记述，如卷一中记载有刘邦写给太子刘盈的敕书，就证实了当时民间传闻“刘邦不读书”的事实，极具史料价值。也有相当一部分荒诞不经、与史相左的内容，如司马曜的暴毙、张华的通神、孔子师徒的奇遇等等。这些内容或许因充满神话和神秘色彩而于史无补，甚至可以被目为无稽之谈，但它们却能在一定程度上增扩人的见闻，丰富人们日常生活中的谈资，使人读之饶有趣味。《殷芸小说》的时代，受诸多原因的影响，史料文献的散佚情况非常严重。但就两晋历史而言，《隋书·经籍志》曾著录有十八家《晋书》，而现存完整的却仅有众所周知的唐代官修《晋书》。因此，正是因为有了《殷芸小说》的存在，才在一定程度上保存了许多正史未载的珍贵历史资料。同时，它也为今天的人们了解汉魏六朝那个时代的风俗人情、社会百态打开了一扇窗。

汉魏六朝直至隋唐，中国社会长时间处在一个动荡不安的状态之下。从东汉末年的三国鼎立到两晋时的“八王之乱”，再到“五胡乱华”和晋室南迁，致使南北朝割据局面的出现。数百年来政权更迭频繁，战乱无时无休，

① （清）姚振宗：《隋书经籍志考证》，见《二十五史补编》第四册，开明书店 1937 年版，第 499 页。

混乱的局面无论是在当时还是后世的今天看来，都是一目了然的。值得我们关注的是，与当时社会混乱动荡形成鲜明对比的是，贵族化的寡头统治和名士化的个性意识却是相当稳固的。自秦始皇统一六国后，废分封行郡县，确立了中央集权式的政治模式，并被后世王朝的建立者所继承。但就事实情况而言，大一统王朝的统治者们在管理土地、财富和人民时并不能彻底地贯彻实行中央集权式的统治，权力的分配是必然的，也就是统治者不可能做到凡事亲力亲为，他们需要为自己服务和代劳的人。西汉时，刘邦就曾大力分封异姓王，后来将自己的直系亲属封王，并为其划分封地，世袭罔替以代其行使地方统治的权力。同时，庞大的朝廷机构也需要大量的人力资源来管理，于是从民间选拔人才进入朝廷工作也是势在必行。汉魏六朝以“察举制”和“九品中正制”作为最主要的选官制度，它的初衷是面向社会招揽人才，但随着时间的推移，这两种制度的弊端也日渐凸显。经“察举”推选和“九品中正”品第而出的人才一旦进入朝廷、代行王权，便可为其带来无上的荣耀和巨大的利益，而中国古代又是一个以宗法制为基础的社会，在以某个人的个体意识为主导作用的推选和品第背景下，拥有权力者的亲属往往比普通的平民百姓家的子弟更享有仕进的优先权。这项潜规则随着察举制度和九品中正制度的存在一直延续了几百年。我们翻看汉魏六朝的历史名人名录就会发现，他们往往都属于某些大的家族。在《殷芸小说》中，就记载有诸多王姓、谢姓、殷姓、袁姓、陆姓人的故事，这些家族几乎垄断了当时全部的权力和物质资源，门阀制度和贵族化社会也就此形成。殷芸出身陈郡长平殷氏，正是这些贵族门阀中的一员。殷氏家族在六朝绵延 300 余年，在六朝的政治、思想、艺术、文学等多个领域中有着举足轻重的作用与影响，其家族文化直接体现了当时世家大族在社会思想和文化上的价值取向，以及对其子弟的文学创作观和批评观有着干预影响。

门阀制度的确立导致世家大族对政治、经济、思想、文化等诸多领域的长期垄断。对于门阀贵族而言，权力、利益、名望的获得可谓易如反掌，久而久之，他们也逐渐失去了勇于任事和奋发向上的活力，在现实具体事务上成了庸庸之辈。但同时他们自幼又受到良好的教育，有着充分的文化素养，虽然在现实工作上缺乏积极的态度，却热衷于哲学研讨和文学论辩，在社会上掀起了一阵竞尚清谈、争当名士的风气。“清谈”原始于东汉时的“清议”，后盛行于魏晋，它本是东汉时评议政治得失的一种手段。自“党锢之祸”后，“清议”中评议朝政的内容被过滤掉了，取而代之的是以《周易》《老子》《庄子》中抽象的玄学命题为内容而展开讨论、争辩的“清谈”。清谈之风的盛行与当时社会思想界玄风大煽的思潮有着紧密关联。六朝是玄学的时代，玄学对六朝人的影响是方方面面的，其中最紧要的当属其理想人格对当时人精神世界的构建和人格形象的塑造。六朝时期，各家学术思想都有其各自的理想人格理论，玄学理想人格与其（儒家的圣贤、道家的隐士、佛教的超人）存在较大的差异，它是一种有着独立且多元系统的新型审美化人格，以儒家的圣人形态包含道家的无为精神，以自然无为为表征，以弃物意足为旨归，以融合审美为实质。随着玄学理想人格的出现，六朝的门阀士族和文人名士纷纷尊尚审美化的人生态度，并孕育了享誉古今的“名士风度”和“江左风流”。甚至可以肯定地说，玄学审美化的理想人格造就了六朝人审美化的人生态度，进而产生了审美自觉的六朝文艺观念，进而促成了六朝辉煌的文艺成就。而《殷芸小说》正是在这种思潮的激荡下孕育而出，经它所塑造的帝王、名士和普通百姓等人物形象，是六朝理想人格在不同社会团体、阶层中的具体反映。同时，通过这些具体的人物形象，也为我们展现了六朝人特有的极具艺术化、审美化、个性化的名士风度。

由于年代久远和长期不被关注，《殷芸小说》在流传过程中原书已佚。幸有鲁迅《古小说钩沈》中收辑佚文 135 条，今人余嘉锡《殷芸小说辑证》又收辑佚文 154 条，周楞伽《殷芸小说》又收辑佚文 163 条，遂成当前最完备的版本。本书以服务读者为宗旨，以周楞伽所辑《殷芸小说》（上海古籍出版社 1984 年版）为底本，在充分汇集并吸收前辈学人研究成果的基础上，对其文本内容予以科普性的注译和学术性的研讨，以期为人民大众和非专业研究型读者呈现出较为生动、客观、全面且通俗易懂的《殷芸小说》面貌和六朝时代风貌，便于其获悉了解一些六朝的历史掌故和趣事逸闻，从而积极响应全党全社会在新时代背景下对增强文化自觉、坚定文化自信，以强烈的历史主动精神，积极投身社会主义文化强国建设的提倡与要求。

目 录
CONTENTS

第一章 《殷芸小说》今译

卷一·秦汉魏晋宋诸帝

1.

齐鬲城东有蒲台①,秦始皇所顿②处。时始皇在台下萦蒲系马③,至今蒲生犹萦,俗谓之始皇蒲。

始皇作石桥,欲过海观日出处。时有神人能驱石下海,石去不速,神人辄鞭之,皆流血,至今悉赤。阳城④十一山石尽起东倾,如相随状,至今犹尔。

秦皇于海中作石桥,或云:非人功所建,海神为之竖柱。始皇感其惠,乃通敬于神,求与相见。神云:"我形丑,约莫图我形,当与帝会。"⑤始皇乃从

---

① 齐:西周至春秋、战国时的诸侯国之一,在今山东省境内。历史上的齐国分为姜齐和田齐两个时代,"姜齐"指公元前1046年,姜子牙辅佐周武王灭商后,被周天子封邦建国,直至齐康公被大夫田和放逐;"田齐"指公元前386年,田和被周安王列为诸侯,取姜齐而代之,仍用齐国称号,成为战国七雄之一,直至被秦始皇覆灭。鬲城:古县名,在今山东省平原县西北部。蒲台:古台名,在今山东省博兴县。

② 顿:短暂地停留。

③ 萦:缠绕。蒲:水草。

④ 阳城:即城阳,在今山东莒县一带。汉文帝二年(前178年),封刘章为朱虚侯,改齐国城阳郡为城阳国,刘章为城阳景王。

⑤ 约:约定。图:名词作动词,意思是"为……画图"。会:会面,见面。

石桥入海三十里，与神人相见。左右巧者潜以脚画神形。① 神怒曰："速去。"即转马，前脚犹立，后脚随崩，仅得登岸。

译文：

齐国高城之东有一座蒲台，秦始皇曾在那里安顿歇息。当年秦始皇见那里的蒲草长得茂盛，于是就用台下的蒲草替代绳子来系马。那些蒲草至今依旧繁茂，它们也因秦始皇的关系而被人们称为"始皇蒲"。

秦始皇曾经建造了一座横跨东海的石桥，想要通过这座石桥去探索太阳起落的奥秘。当时有位神人可以将石头赶入海中，如果石头的速度慢了，神人就拿鞭子抽打驱逐。于是，石头因鞭打而流血，这里的石头至今还是血红色的。城阳 11 座山全都拔地向东倾斜，像是相随前行的样子，至今依然。

秦始皇在海上建造石桥，建成后有人告诉他说："这不是普通人力所能建成的，是借助了海神之力来给桥竖起支柱。"始皇感激于海神的恩惠，便向大海焚香祈祷，请求与海神相见。海神说："我相貌丑陋，先约定好不能把我的样貌画下来，我才能和你见面。"于是秦始皇从石桥向大海走了 30 里和海神相见。然而他的侍从却暗中用脚画下来海神的相貌。海神十分生气，说："你立刻回去！"秦始皇随后掉转马头，马的前脚刚踏上岸，后脚处的石桥就崩塌了，仅有他一人生还。

2.

秦始皇时，长人十二，见于临洮，皆夷服，于是铸铜为十二枚以写之。②

① 左右：即秦始皇的随从。巧者：随从中擅技巧的人，此处指的是那些擅长作画的随从。潜：暗地里。大意为神人高深神秘，不可为外人所知。始皇随从或借此会面之机，图画神形，以备史官记录。

② 长人：六朝时期，"长人"有两种流行的释义，其一是指身材高大的人，《史记・孔子世家》中有"孔子长九尺有六寸，人谓之'长人'而异之"。其二是指君长、帝王，《易・乾》："君子体仁，足以长人。"又《墨子・杂守》："有长人，有谋士。"此处二说似乎均可解释得通，但后句有"汉十二帝"之语，故应取君长、帝王之意，作帝君解。临洮：古县名，在今甘肃省岷县一带。

盖汉十二帝之瑞也。[①]

译文：

秦始皇曾在临洮遇见了十二位帝君一样的人物，他们都穿着少数民族的衣服，于是秦始皇派人以他们的样子铸造了十二尊铜像。大概这就是后来汉代共有十二位皇帝的先兆吧。

3.

荥阳板渚津南原上有厄井，父老云：汉高祖曾避项羽于此井，为双鸠所救。[②] 故俗语云："汉祖避时难，隐身厄井间，双鸠集其上，谁知下有人？"汉朝每正旦辄放双鸠，起于此。[③]

译文：

荥阳板渚津南面的原野上有一口厄井，据当地老人们说："当年刘邦曾在这口井里被两只鸠鸟搭救，从而躲过了项羽的追杀。"因此，当地民间一直流传着："汉高祖当时避战乱，藏身在厄井里面，有两只鸠鸟停驻在井口上，谁能想到井下还有人呢？"为了感念鸠鸟的救命之恩，汉朝自此之后就有了在每年的正月初一将两只鸠鸟放生的传统。

---

① 汉十二帝：西汉时在位的十二位皇帝，即汉高祖刘邦、惠帝刘盈、文帝刘恒、景帝刘启、武帝刘彻、昭帝刘弗陵、宣帝刘询、元帝刘奭、成帝刘骜、哀帝刘欣、平帝刘衎，以及孺子刘婴。瑞：瑞兆。

② 荥阳：古县名，在今河南省荥阳县境内。荥阳东连淮河、泗水，北依邙山临黄河，南接嵩山临索河，西过虎牢关接洛阳，地势险要，是古时政治要区和兵家必争之地。秦始皇统一六国后，在荥阳设三川郡，西汉时改三川郡为河南郡，西晋时又改河南郡为荥阳郡。其间辖区范围亦多有更改。板渚津：在今河南省荥阳县东北，郦道元《水经注》称："河水东经板城北，有津，谓之板城渚口。"厄井：古井名，在今河南省荥阳县汜水镇东北。父老：古时乡职，主要负责乡间的公共事务，由年高有德行者担任，后也指对老年人的尊称。

③ 正旦：正月初一。按《列子·说符》记载："邯郸之民，以正月之旦，献鸠于简子，简子大悦，厚赏之。客问其故，简子曰：'正旦放生，示有恩也。'"可知古时正月初一有放生的习俗。起：缘起。

4.

汉高祖手敕太子云①:“吾遭乱世,生不读书,当秦禁学问,又自喜,谓读书无所益。洎践阼以来,时方省书,乃使人知作者之意,追思昔所行多不是。”②

又云:“尧舜不以天下与子,而与他人,此非为不惜天下,但子不中立耳!人有好牛马尚惜,况天下邪?吾以汝是元子,早有立意,兼群臣咸称汝友四皓,吾所不能致,而为汝来,为可任大事也。今定汝为嗣。”③

又云:“吾生不学书,但读书问字而遂知耳,以此故不大工,然亦足自解。今视汝书,犹不如吾,汝可勤学习。每上疏,宜自书,勿使吏人也。”④

---

① 汉高祖:刘邦,西汉王朝的开国皇帝。刘邦出身农家,不事生产,早年仕秦,任沛县泗水亭长,因私释刑徒而亡匿芒砀山中。陈胜、吴广起义后,刘邦率众响应,攻占沛县,后投奔项梁。公元前206年,刘邦进军霸上,秦王子婴向刘邦投降,秦朝灭亡。楚汉战争中,刘邦前期处弱势,但他知人善任、采言纳谏,最终反败为胜,统一天下,建立了西汉王朝。敕:告诫、嘱咐。汉时尊长或长官告诫子孙或僚属的语言文字,皆称敕。南北朝以后,特指皇帝自上而下的诏书。

② 禁:禁止,此处指秦始皇统一六国后推行了焚书坑儒等一系列愚民政策。洎:等到、到达。践阼:登基,即位。古时宗庙堂前两阶,主阶在东,被称为“阼阶”。《礼记·曲礼下》云:“君践祚,临祭祀。”唐人孔颖达解释为:“践,履也;祚,主人阶也。天子祭祀升祚阶……履主阶行事,故云践祚也。”意思是新皇帝即位后,要升宗庙堂前东侧的祚阶来主持祭祀,后世即以“践祚”称登帝位。时方省书:此时才开始读书。

③ 尧舜:唐尧、虞舜。尧、舜推行禅让制,尧老将帝位禅让与舜,舜老又将帝位禅让与禹,故而历来被视作上古贤君明主的典范。元子:嫡长子。古时皇室贵胄子嗣以嫡长子为尊,次为嫡出,再次为庶出,依次尊卑有别、长幼有序。友:与……交友。四皓:又称“商山四皓”,分别为苏州太湖角里先生周术、河南商丘东园公唐秉,湖北通城绮里季吴实,浙江宁波夏黄公崔广。四人在秦时隐居陕西商山,汉初时须发皆白,更兼德高望重、品行高洁,在当时享有极高的社会声望。致:招致、招揽。意思是刘邦曾想招揽四皓却没有成功,而太子刘盈却成功招揽了四皓,足见太子刘盈的人品、德行、能力得到了四皓的肯定。

④ 但:仅仅,只是。工:擅长、善于。上疏:特指进呈皇帝的奏章。吏人:官府中的胥吏和差役。此处指奏章的代笔或誊抄者。

又云："汝见萧、曹、张、陈诸公侯，吾同时人，年倍于汝者，皆拜，并语汝诸弟。"①

又云："吾得疾遂困，以如意母子相累，其余诸子皆足自立，哀此儿犹小也。"②

译文：

汉高祖《手敕太子书》说："我年少时遭逢动乱不安的年代，正赶上秦始皇焚书坑儒，禁止民间游学问学，我就非常高兴，觉得读了书也没有什么用处。直到登基以后，我才开始读书，也才开始明白读书的重要，于是就让别人来讲解以明白作者的意思。回想以前的行为，实在是觉得有很多不对的地方。"

又说："尧舜不把天下传给自己的儿子，却传给他人，并不是他们不珍视天下，而是他们明白自己的儿子中没有能够担当大任的。寻常百姓家若有好的牛马尚且知道珍惜，何况是天下呢？你是我的嫡长子，我早就有意立你为储君。听大臣们都在称赞你与商山四皓交友，我曾经想邀请他们却没有成功，现在他们却能为了你而来，从这一点上就看出你是可以承担重任的，所以我决定将来由你来继承皇位。"

又说："我平生没有专心读书，不过在翻书问字时知道一些而已，因此不擅长写文章，也写不好文章，但至少能够清楚表达自己的意思。现在看你写的文章，还不如我，你应当勤奋地学习。今后的奏章你要亲自来写，不要

---

① 萧、曹、张、陈：萧何、曹参、张良、陈平。萧何，汉初三杰之一，早年仕秦，后辅助刘邦起义。楚汉之争时稳固后方，保障前线军需粮饷。西汉建立后任相国，赐爵酂侯。曹参，早年仕秦，后追随刘邦起义，身经百战，屡立战功。西汉建立后，赐爵平阳侯。张良，汉初三杰之一，协助刘邦赢得楚汉战争，后协助吕后之子刘盈成为皇太子。西汉建立后，赐爵留侯。陈平，早年仕魏、楚，后追随刘邦，先设计离间项羽群臣，使范增忧愤病死；后设计刘邦伪游云梦，逮捕韩信；又设计重贿冒顿单于部下，使刘邦战场脱困，为西汉王朝的建立和巩固立下诸多奇功。西汉建立后，赐爵户牖侯和曲逆侯。年：年纪。倍：加倍、远大过。语：告诉。

② 困：危难、急难。此处是病重、病危的意思。如意母子：刘如意和戚夫人。刘如意，刘邦第三子，戚夫人所生，先后受封为代王、赵王。因其母得宠，刘邦数次想立刘如意为太子，但由于群臣和吕后的反对均未能成功。刘邦死后，汉惠帝刘盈即位，吕后专政，毒杀刘如意。戚夫人，刘邦宠姬，常随其出征关东，生刘如意，吕后专政时被其做成"人彘"，残害致死。累：牵累。

让别人代笔。”

又说：“你见到萧何、曹参、张良、陈平，还有和我同辈的公侯、岁数比你大的长者，都要恭谦礼拜。这话你要牢记，并转告你的弟弟们。”

又说：“我现在是重病缠身，唯一担心牵挂的就是如意母子了，其他的儿子都能自立了，可怜如意这个孩子还是太小。”

5.

高祖初入咸阳宫，周行府库，金玉珍宝，不可称言。① 其尤惊异者，有青玉九枝灯，高七尺五寸，下作盘龙，以口衔灯，灯燃则鳞甲皆动，烂炳若列星而盈室焉。② 复铸铜人十二枚，坐皆高三尺，列于一筵上，琴瑟笙竽，各有所执，皆点缀华彩，俨若生人。③ 筵下有二铜管，上口高数尺，出筵后，其一管空，一管有绳，大如指，使一人吹管，一人约绳，则琴瑟笙竽等皆作④，与真乐不殊。有琴长六尺，安十三弦二十六徽，用七宝饰之，铭曰：“璠玙之乐。”⑤

① 咸阳：古都邑名，在今陕西省咸阳市东北一带，因位于九嵕山南、渭水北，山水俱阳而得名。公元前350年，秦孝公建都咸阳，次年自栎阳迁都咸阳。公元前221年，秦始皇统一六国，将天下富豪十二万户迁至咸阳，大兴土木，都邑规模更为扩大。秦亡，咸阳城亦为项羽所焚毁。周行：巡行，绕行。府库：古时国家收藏财货及重要文书的仓库。《周礼·天官·大府》中有“凡万民之贡，以充府库”的记载，后亦指称官吏居所和车马兵械的储存处，如南朝萧统《文选》载张衡《东京赋》中有：“因秦宫室，据其府库。”唐代李善注解为：“谓官吏所止为府，车马器械所居曰库也。”称言：叙说。此处指金银珠宝等财物之多不可计数。

② 烂炳：光芒闪耀。列星：恒星。《公羊传·庄公七年》有：“恒星者何？列星也。”汉代何休注解为：“恒，常也，常以时列见。”

③ 坐：同“座”。筵：竹席。古人席地而坐，铺在地上供人坐的竹席不止一层，垫底的、紧靠地面的一层被称为“筵”，筵上面的被称为“席”。琴瑟笙竽：古乐器名。琴，古代弦乐器，最初为五弦，后加至七弦，亦称“七弦琴”，今通称“古琴”。瑟，古代弦乐器，似琴而非琴，长近3米，最初为五十弦，后缩减为二十五弦或十六弦。笙，古代管乐器，通常用13根长短不一的竹管制成。竽，古代管乐器，似笙，有三十六簧。生人：活人。此处是形象逼真的意思。

④ 作：演奏。

⑤ 徽：琴节，即古琴上琴弦音位的标志。以琴长全体三分减一，再三分加一，递相加减，以定宫商高下之节。全弦十三徽，即十三处琴节标志。此处琴长六尺，置十三弦，故有二十六徽。七宝：佛教语，指七种珍贵宝石，但具体说法不一。《法华经》以金、银、琉璃、砗磲、玛瑙、真珠、玫瑰为七宝；《无量寿经》以金、银、琉璃、珊瑚、琥珀、砗磲、玛瑙为七宝；《大阿弥陀经》以黄金、白银、水晶、琉璃、珊瑚、琥珀、砗磲为七宝；《恒水经》以白银、黄金、珊瑚、白珠、砗磲、明月珠、摩尼珠为七宝。后世泛指多种宝物。璠玙：春秋时鲁国所产的两种玉石。《初学记》卷二七引《逸论语》有言：“璠玙，鲁之宝玉也。孔子曰：‘美哉璠玙，远而望之，焕若也；近而视之，瑟若也。’”

玉笛长二尺三寸，六孔，吹之，则见车马山林，隐嶙相次①；吹息，则不复见，铭曰："昭华②之管。"有方镜，广四尺，高五尺九寸，表里有明，人直来照之，影则倒见，以手掩心而照之，则知病之所在，见肠胃五脏，历然无碍。又女子有邪心，则胆张心动。始皇常以照宫人，胆张心动者则杀之。高祖悉封闭以待项羽。羽并将以东，后不知所在。

译文：

汉高祖刚入咸阳秦皇宫时，巡行检查始皇库府，见到了无数的奇珍异宝。其中最令人惊异的是一盏青玉五枝灯，这盏灯高七尺五寸，灯下作以盘龙造型，用龙口衔咬灯盏，将灯点燃后，盘龙的鳞甲都会随之而动，其光彩明亮就像恒星布满了整间屋子。还有铜铸的十二人像，他们端坐于三尺高的底座，排列在一条筵席上，分别拿着琴、瑟、筐、竽等乐器，点缀有华丽精美的服饰，俨然与活人无二。筵席之下有两根铜管，上口高达数尺，延伸出筵席后方，其中一管中空，一管内有条如人手指粗细般的拉绳。若令一人口吹空管，一人提拉线绳，则十二铜人手中的琴、瑟、筐、竽等乐器就会一齐鸣奏，其声音与真实的音乐相差无几。还有一张古琴，长六尺，装有十三根弦、二十六个琴徽，琴身附以多种宝物装饰，并刻有"璠玙之乐"的铭文。还有一根玉笛，长二尺三寸，开有六孔，若吹响它就能看见车马山林的影像连续不断地凭空出现；笛声中断，影像也随之消失。这根笛子的笛身上刻有"昭华之管"的铭文。还有一方古镜，宽四尺，高五尺九寸，表里透明，人若径直照它，镜影则倒现。以手掩心照镜，可以知晓体内病灶所在，至于见肠胃五脏，也是历历在目没有丝毫遮挡障碍。如若女子存有邪心异念，照之则见肝胆扩张、心脏异动。因此，秦始皇常以此镜照映宫女，凡见有胆张心动的宫女就会杀掉。汉高祖先于项羽攻破函谷关进入咸阳，他将这些宝物悉数封存，等待项羽过来再作处置安排。项羽进入咸阳后，将这些宝物一并带出，之后它们就再也不知所踪了。

---

① 隐嶙：拔地而起，突兀貌。南朝萧统《文选》载潘岳《西征赋》："觅陛殿之余基，裁峻蛇以隐嶙。"唐代李善注解为："隐嶙，绝起貌。"相次：依为次第，相继。

② 昭华：古玉名。在《尚书大传》卷一(下)中记载有："尧致舜天下，赠以昭华之玉。"

6.

晋武库失火，汉高祖斩蛇剑穿屋而飞。[①]

译文：

晋惠帝时武库失火，汉高祖当年在芒砀山起义时所用的斩蛇剑无来由地穿破屋室飞走了。

7.

文帝自代还[②]，有良马九匹，皆天下之骏马也。一名浮云，一名赤电，一名绝群，一名逸骠，一名飞燕，一名绿螭，一名龙子，一名驎驹，一名绝尘，号为九逸。有来宣能御马，代王号为王良。俱还代邸。[③]

译文：

汉文帝自代地回京时，带有宝马九匹，都是驰名天下的骏马。一名浮

---

① 武库：初时指储藏军械兵器等装备的仓库，后泛指收藏器物的处所。武库于汉初始建，《汉书·高帝纪》记载："萧何治未央宫，立东阙、北阙、前殿、武库、太仓。"另《汉书·毋将隆传》也记载："武库兵器，天下公用。"失火：着火。按《晋书·惠帝纪》的记载，晋时武库失火事件发生在晋惠帝元康五年的冬天。又据《晋书·五行志》载，此次失火大量珍宝被毁："（元康五年）武库火……是以累代异宝，王莽头，孔子屐，汉高祖断白蛇剑及二百万人器械，一时荡尽。"斩蛇剑：刘邦为秦亭长时所佩之剑。据《西京杂记》记载："高祖斩白蛇剑，以七采珠、九华玉为饰，五色琉璃为匣，刃上常如霜雪，光照于外，开囊拔鞘，辄有风气射人。"《史记·高祖本纪》中记载刘邦斩白蛇时的情景是："高祖被酒，夜径泽中，令一人行前。行前者还报曰：'前有大蛇当径，愿还。'高祖醉，曰：'壮士行，何畏！'乃前，拔剑击斩蛇；蛇遂分为两，径开。"刘邦斩蛇事件是在其为县里押送一批农民去骊山修秦始皇陵的途中发生的，当时的刘邦仅仅是一名泗水亭长，所用佩剑应极为普通，绝不会精美奢华。《西京杂记》对高祖剑的描述，当是后世文人的增饰。

② 文帝：汉文帝。刘恒，刘邦第四子，薄夫人所生。初封代王，吕后集团覆灭后，被太尉周勃和丞相陈平共同迎立为帝，在位23年，以"无为而治"享誉后世。代：古郡名，战国时隶属赵国，赵武灵王置代郡，秦一统后为当时三十六郡之一。汉初改为代国，属并州，在今北京市蔚县东北一带。

③ 来宣：汉初善驭马者，生平事迹于史未详。代王：汉文帝。王良：春秋时晋国善驭马者。《孟子·滕文公下》记载："昔者赵简子使王良与嬖奚乘，终日而不获一禽，嬖奚反命曰：'天下之贱工也。'或以告王良，良曰：'请复之。'强而后可，一朝而获十禽，嬖奚反命曰：'天下之良工也。'"汉代王充在《论衡·率性》中说："王良登车，马不罢驽；尧舜为政，民无狂愚。"

云，一名赤电，一名绝群，一名逸骠，一名飞燕，一名绿螭，一名龙子，一名驎驹，一名绝尘，总称作“九逸”。有一个叫来宣的人能够驾驭这些骏马，代王称他为“当世王良”。还曾带着他一起入住代王府邸。

8.

汉武帝尝微行，造主人家。① 家有婢，有国色，帝悦之，因留宿，夜与主婢卧。② 有一书生，亦寄宿，善天文，忽见客星将掩帝星甚逼。③ 书生大惊，连呼“咄咄”，不觉声高。乃见一男子，持刀将欲入，闻书生声急，谓为己故，遂蹙缩走去，客星应时而退。④ 如是者数遍。帝闻其声，异而召问之，书生具说所见，帝乃悟曰：“此人必婢婿，将欲肆其凶恶于朕。”乃召集期门、羽林⑤，语主人曰：“朕天子也。”于是擒拿问之，服而诛。后，帝叹曰：“斯盖天启书生之心，以扶佑朕躬⑥。”乃厚赐书生。

译文：

汉武帝曾微服出行，造访了一户人家。这家有一个婢女长得十分漂亮，汉武帝见后很喜欢她，于是决定在此留宿，晚上和这个婢女一起睡觉。碰巧，当天有一位书生也在这里留宿，他擅长天文星象之术。这天夜里，书生

---

① 汉武帝：刘彻，西汉王朝第七位皇帝，16 岁登基，在位 54 年。刘彻在政治上创察举制选拔人才，颁推恩令巩固统治；在文化上罢黜百家，独尊儒术，大兴太学；在军事上攘夷拓土，远扬国威，在历史上是一位具有雄才大略的政治家和战略家。尝：曾经。微行：微服私行。造：到，去。

② 婢：古时被役使的女子。因：于是，就。

③ 客星：古时对天空中出现的新星和彗星的统称。古人常把彗星视作“扫帚星”“灾星”，将其出现与人间的战争、饥荒、洪水、瘟疫等灾难相联系。帝星：俗称“紫微星”，即今小熊座 β 星。在古代天文学中，天上恒星中有三垣，紫禁垣居中央，太微垣、天市垣陪设两旁。古人认为天上的天皇住在天宫里，天宫即紫微宫。人间的皇帝为天子，故而紫微星垣即为象征皇帝的帝星。逼：靠近，接近。

④ 蹙缩：畏难而退缩。走：逃跑。

⑤ 期门：汉代官名，武帝时设置，执掌兵扈从护卫。汉武帝喜好游猎微行，多与陇西、天水、安定、北地、上郡、西河等六郡善射者期约在殿门会合，故称“期门”，汉平帝时更名为虎贲郎。羽林：禁卫军名。武帝时置建章营骑，后更名为羽林。

⑥ 朕躬：古时皇帝的自称，即“我”或“我身”的意思。如《尚书·汤诰》中有：“尔有善，朕弗敢蔽；罪当朕躬，弗敢自赦。”汉代潘勗《册魏公九锡文》中亦有：“曰惟祖惟父，股肱先正，其孰恤朕躬。”

忽然发现有一颗流星正逐渐逼近帝星，甚至大有遮盖帝星的趋势。书生既惊诧又害怕，不由自主地惊呼“咄咄”，也不自觉地声音很大。这时只见有一男子，手中拿着刀正要进屋行凶，听到书生叫喊，以为是发现了自己图谋不轨，便赶紧退缩回去。随着男子的退缩，天上的流星也相应地离开帝星，书生也不再惊呼。书生不惊呼，男子又欲行凶，流星就又逼近帝星，书生又再次惊呼，男子再退缩。就这样反复了好几次。汉武帝听到了书生三番两次的大喊大叫，疑惑地向他询问发生了什么事，书生就将看到的事情和盘道出，汉武帝听后便明白了，心说：“这必然是婢女的丈夫，想要对我行凶。”于是，便将期门、羽林的护卫叫来，对这家的主人说：“我是天子。”之后，便将那男子抓来审讯，等他全都招认，便将这个男子杀掉了。这件事后，汉武帝由衷感叹说：“我是天子，固然受上天的庇佑。这次事件大概是上天看到了我有危险，便启发了书生，让他来扶助保护我啊！”于是重重地赏赐了书生。

9.

武帝时，长安巧工丁缓者①，为恒满灯，七龙五凤，杂以芙蓉莲藕之奇。又作卧褥香炉，一名被中香炉，本出房风②，其法后绝，至缓始更为之，机环运转四周，而炉体常平，可致之被褥，故以为名。又作九层博山香炉③，镂为奇禽怪兽，穷诸灵异，皆能自然转动。又作七轮扇，轮大皆径尺，相连续，一人运之，则满堂皆寒战焉。

译文：

汉武帝时，长安的巧匠丁缓制成恒满灯，灯身雕刻有七龙五凤，并配以芙蓉、莲藕等奇异纹饰。又做有卧褥香炉，也叫被中香炉。这种香炉始创于

① 长安：古都城名。自汉高祖于公元前200年定都长安始，西晋愍帝、前赵、前秦、后秦、西魏、北周、隋、唐皆于此定都。长安故城于汉时在今陕西省西安市西北，于隋时在今西安市东南，唐末于隋城旧址以北再筑新城，即今西安市。丁缓：汉代巧匠，生平事迹于史未详。

② 房风：古时善制香炉的巧匠。

③ 博山香炉：即博山炉，汉魏时民间常用的焚香器具，炉体呈青铜器中的豆形，上有盖，盖高而尖，镂空，呈山形，山形重叠，其间雕有云气纹、人物及鸟兽。于炉中焚香，轻烟飘出，缭绕炉体，营造出群山朦胧、众兽浮动的效果，仿佛传说中的海上仙山。

房风，其技法后来绝迹，直至丁缓的出现才又复原了它。炉身有机环，可以在四周转动的同时而保持炉体的平稳，可将其放在被褥里面作香薰使用，因而叫作被中香炉。他又做有九层博山香炉，炉身镂刻各种奇禽怪兽的形状，穷尽了诸多灵异的纹饰，并且这些雕刻和纹饰都能自然转动。他又做有七轮扇，轮子宽大，直径达一尺，七轮环环连续，一个人转动它，扇动的风力之大足以使满堂的人都打寒颤。

10.

孙氏《瑞应图》云："神鼎者，文质精也。[①] 知吉凶，知存亡，能轻能重，能息能行，不灼自沸，不汲自盈，中生五味。[②] 昔黄帝作鼎，象太乙；禹治水，收天下美铜，以为九鼎，象九州。[③] 王者兴则出，衰则去。"

---

① 孙氏：孙柔之，南朝时梁人。《瑞应图》：记录祥瑞的图谶书。据《隋书·经籍志》记载，孙柔之撰有《瑞应图》二卷。瑞应，即祥瑞的感应，借以自然界中不常见的事物现象来颂赞皇帝的功德。鼎：古时贵族烹煮用的青铜器具，以三足两耳的形制最为常见，后被视作立国重器和权力的象征。文质精：即构成神鼎的文字、质地和精神等三个要素。汉魏时，以"文质"指代文字和质地，如《汉书·食货志下》："（王莽）铸作钱布皆用铜，淆以连锡，文质周郭仿汉五铢钱云。"精，即精神。古时人们将鼎视作精神化的产物，如何法盛在《晋中兴书》中说："鼎者，金铁之精神器也。"大意为鼎是用金（铜）铁为物质载体，以文字为图形纹饰，来表达传递人的精神思想。

② 知吉凶，知存亡：古人在钟鼎彝器铸镏铭文以记录重大历史事件或活动的经过始末。后人以史为镜，故而可以知吉凶存亡。灼：烧，炙。汲：引水。盈：满。五味：酸、甜、苦、辣、咸。《礼记·礼运》有："五味，六和，十二食，还相为质也。"汉代经学家郑玄注解为："五味，酸、苦、辛、咸、甘也。"

③ 黄帝：古帝名，传说是中原各族的共同祖先。黄帝是少典之子，复姓公孙，居轩辕之丘，故也称轩辕黄帝。又居姬水，改姓姬。国于有熊，也称有熊氏。因土德而王，土色黄，故而人称"黄帝"。据司马迁《史记·封禅书》记载："黄帝采首山铜，铸鼎于荆山下。鼎既成，有龙垂胡髯下迎黄帝。"太乙：东皇太一，北方天神名。禹：古代部落联盟的领袖。姒姓，名文命，鲧之子。又称大禹、夏禹、戎禹。原为夏后氏部落领袖，奉舜命治理洪水，领导人民疏通江河，兴修沟渠，发展农业。据传治水十三年中，三过家门不入。后被选为舜的继承人，舜死后即位，建立夏代，后世视其为圣王。其事迹详见《舜典》《大禹谟》《皋陶谟》《益稷》《禹贡》等篇。相传禹曾收九州之铜以铸造九鼎，在雍州（今陕西省渭南市富平县）荆山脚下，派大批工匠夜以继日工作。九鼎制成后，每个鼎象征一州，故而九鼎就是九州，亦即天下的意思。

《说苑》云："孝武时，汾阴人得宝鼎，献之甘泉宫。① 群臣毕贺，上寿曰：'陛下得周鼎。'②侍中吾丘寿王曰：'非周鼎。'③上召问之，曰：'群臣皆谓周鼎，尔独以为非，何也？有说则生，无说则死。'寿王对曰：'臣安敢无说！臣闻周德者，始于后稷，成于文、武，显于周公；德泽上畅于天，下漏于三泉，上天报应，鼎为周出。④ 今汉继周，昭德显行，六合和同，至陛下之身而逾盛，天瑞并至。⑤ 昔秦始皇亲求鼎于彭城而不得，天昭有德，神宝自至。此天所以遗汉，乃汉鼎，非周鼎也。'上曰：'善！'"

魏文帝《典论》亦云："墨子曰：'昔夏后启使飞廉折金于郴山，以铸鼎于

---

① 《说苑》：古书名，汉代刘向撰，共 20 卷，杂史小说集。汾阴：古地名。在今山西省运城市万荣县境内，因在汾水之南而得名。战国时属魏地，汉代始建县，据传说汉武帝时曾于此得宝鼎。宝鼎：特指汉武帝时的汾阴宝鼎。据《鼎录》记载：汾阴宝鼎，高一丈二尺，受十二石，杂金银铜锡为之，四面蛟龙，两耳能鸣，三足马蹄，刻山云奇怪之象。其文曰："寿考天地，百祥臻侍，山伏其灵，海伏其异。"甘泉宫：原为秦二世林光宫，后经汉武帝广诸宫室，以筑于甘泉山上而改名为甘泉宫，在当时是仅次于长安未央宫的国家重要活动场所。

② 上寿：为皇帝致贺词的意思。周鼎：周朝宝鼎。据《史记正义》记载：周赧王五十九年（前 256 年），秦昭王攻洛邑，取周鼎，其一鼎落入泗水，余下八鼎悉入秦境。因而群臣以为，汾阴所得之鼎必是当年落入泗水而失踪的周鼎。

③ 侍中：古职官名。秦时始置，两汉沿置，为正规官职外的加官之一。因侍从皇帝左右，出入宫廷，与闻朝政，逐渐变为亲信贵重之职。晋代以后，权力一度相当于宰相。吾丘寿王：吾丘寿王，字子赣，赵人。少时，因善于下棋而被召为待诏。令跟董仲舒学习《春秋》。因聪明好学，任侍中中郎。后犯法被免职。东郡盗贼起，拜为东郡都尉。后征入为光禄大夫侍中，曾反对丞相公孙弘禁止百姓持有弓、刀等器械的政令，后犯法被杀。

④ 后稷：周之始祖。相传姜嫄践天帝足迹，怀孕生子，因曾弃而不养，故名之为"弃"。虞舜曾命其为农官，教民耕稼，故而人称"后稷"。《诗 · 大雅 · 生民》云："厥初生民，时维姜嫄。生民如何？克禋克祀，以弗无子。履帝武敏歆，攸介攸止，载震载夙，载生载育，时维后稷。"文、武：周文王姬昌、周武王姬发。周文王在位期间，勤于政事，发展农业，礼贤下士，广招人才，促成了"三分天下，其二归周"的局面，奠定了周王朝繁荣兴盛、一统天下的基础。周武王在位期间，国力日强，兴兵伐纣，经牧野一战打败商纣。后纣王自焚于鹿台，商朝灭亡，周武王定都镐京（今陕西省西安市西南），周朝建立。周公：姬旦。周文王四子，周武王之弟。据《尚书 · 大传》的记载，姬旦"一年救乱，二年克殷，三年践奄，四年建侯卫，五年营成周，六年制礼乐，七年致政成王"。制定了宗法制、分封制、井田制、嫡长子继承制等多项封建典章制度。三泉：三重泉，即地下深处，多指人死后的葬处。

⑤ 昭德：美德，明德。显行：善行，美行。六合：上下和东西南北四方，即天、地、四方，泛指天下或宇宙。

昆吾，使翁难乙灼白若之龟。[①] 鼎成，四定而方，不灼自烹，不举自藏，不迁自行。’”

《拾遗录》[②]云：“周末大乱，九鼎飞入天池。”《末世书论》云：“入泗水。”声转，谬焉。

译文：

孙柔之在《瑞应图》中说：“所谓神鼎，即文字、质地、精神的统一。它能够预兆吉凶和存亡，它可轻可重，亦可静止可运动。它可以不经烧炙而使里面的水自己沸腾，也可以不必引水注入而获有满满一鼎的水。它还能不用添加佐料而自然生出酸、甜、苦、辣、咸五种味道。黄帝曾经铸一宝鼎，来祭祀太乙天神；大禹治水时也曾遍收天下的铜器，铸造九鼎，来祭祀九州大地。每当明君盛世出现时，神鼎就会降临世上；而当昏君末世出现时，神鼎就会自动隐匿起来。”

《说苑》说：“汉武帝时，有汾阴人得到一尊宝鼎，将它进献至甘泉宫。群臣听闻后纷纷前来向武帝道贺，并说：‘恭喜皇上得到了周朝宝鼎。’但时任侍中的吾丘寿王却说：‘这尊并非是周朝宝鼎。’武帝听后很不愉快，召他来问道：‘大家都认为这鼎是周朝遗珍，而你却反对，这是为什么呢？你跟

---

① 魏文帝：曹丕，字子桓，曹操次子。延康元年(220年)，曹丕代汉称帝，定都洛阳，在位7年，是一位有才能、才干、才华的政治家、军事家和文学家。《典论》：曹丕为魏太子时所作的文艺理论批评专著，原有22篇，后亡佚，仅存《自叙》《论文》《论方术》三篇。墨子：春秋战国之际的思想家、政治家，墨家学说的创始人。墨子名翟，相传原为宋国人，后长期住在鲁国，收徒讲学，成为儒家的反对派。主张“兼爱”，即天下人应相爱互利，不应有亲疏贵贱之别。墨子学说在当时思想界影响很大，有《墨子》行世。夏后启：也称夏启、帝启，阳翟(今河南省禹州市)人，夏禹之子。夏后启继禹即帝位，为“家天下”的创始人，促成了中国古代君主禅让制向世袭制转化的完成。在位9年，病亡。飞廉：神话中的风神。《离骚》中有：“前望舒使先驱兮，后飞廉使奔属。”汉代王逸注解为：“飞廉，风伯也。”《吕氏春秋》中也有“风师曰飞廉”的说法。折金：采铜。郴山：古山名，在今湖南省郴县。昆吾：仙山名。《山海经·中山经》记载：“又西二百里曰昆吾之山，其上多赤铜。”郭璞注解为：“此山出名铜，色赤如火，以之作刃，切玉如割泥也。”灼白若：灼，按《三礼图》记载：“龟以上春灼后左，夏灼前左，秋灼前右，冬灼后右。”白，即龟之色。若，即龟之属。《周官》云：“龟人掌六龟之属，各有名物。天龟曰灵属，地龟曰绎属，东龟曰果属，西龟曰雷属，南龟曰猎属，北龟曰若属。”此处即以神龟为柴的意思。

② 《拾遗录》：似为东晋王嘉所撰之志怪小说集《拾遗记》，但今本《拾遗记》中未见此文。

我解释一下，若能说出个道理来还则罢了，如若说不出道理来那我就处死你。’吾丘寿王回答说：‘朝堂之上我怎么会信口开河呢！众所周知，周朝德政始于其始祖后稷，成于文、武二王，兴盛发展于周公。周朝之中的明德美行可谓上达九天，下通三泉。上天鉴于周之有德有行，于是有了回报应验，令宝鼎在周朝时出现。如今，我汉朝高祖皇帝继周朝之后，德政昭明，六合归一，至皇上您继位后更是国运日盛，各种祥瑞一同出现。当年秦始皇亲赴彭城去寻找宝鼎而没有得到，只因宝鼎不见于无道之君。现今上天要将宝鼎昭示给有德的君王，而我大汉天子正是这样的有德之君，故而宝鼎自然会在今天出现。因此，这是上天馈赠给我汉朝的圣物，理当是汉鼎，而不是周鼎。’武帝听后说：‘你说得对！’”

魏文帝《典论》也说：“墨子说：‘从前，夏后启派大臣飞廉到郴山采金矿石，又让翁难乙用神龟为柴，以在昆吾山冶炼铸成宝鼎。宝鼎铸成，呈方形，下面有四足。不用烧火就可以烹煮东西；不用将它从火上移开，火就会熄灭；不搬挪它便可以自行移动。’”

《拾遗录》说：“周朝末年，天下大乱，九只宝鼎飞入天池。”《末世书论》说：“宝鼎落入泗水。”天池为泗水声转，这个说法是错误的。

11.

汉武帝过李夫人，就取玉簪搔头。① 自此后宫人②搔头皆用玉，玉价倍贵焉。

又以象牙篦③，赐李夫人。

译文：

汉武帝过访李夫人，靠近她取下她的玉簪来抓挠自己的头发。正是由于武帝的这个举动，自此以后，皇宫里的妃嫔和宫女们都用玉簪挠头，玉价

① 过：过访。李夫人：汉代音乐家李延年之妹，妙丽善舞，入宫后受宠于汉武帝，生昌邑哀王刘髆。早亡，汉武帝对李夫人思念不已，曾令方士李少翁为其招魂。搔头：又名搔首，抓挠头发。

② 宫人：妃嫔、宫女的通称。

③ 篦：一种比梳子更为细密的梳头工具。

也因之倍涨。

汉武帝又把象牙做的篦子赐给李夫人。

12.

武帝为七宝床、杂宝案、厕宝屏风、列宝帐，设于桂宫①。时人谓之四宝宫。

译文：

汉武帝令人制造了七宝床、杂宝案、厕宝屏风、列宝帐，并将它们摆设于桂宫。当时的人据此称桂宫为四宝宫。

13.

成帝②设云帐、云幄、云幕于甘泉宫紫殿，世谓之三云殿。

译文：

汉成帝在甘泉宫紫殿放置有云帐、云幄、云幕，世人据此称紫殿为三云殿。

14.

汉成帝好蹵鞠③，群臣以蹵鞠劳体，非尊者所宜。帝曰："朕好之，可择似此而不劳者奏之。"刘向奏弹棋以献。④ 帝大悦，赐之青羔裘、紫丝履，服

---

① 桂宫：汉武帝太初四年（前101年）建，故址在今陕西省西安市西北，周围十余里，内有明光殿、柏梁台。汉代班固《西都赋》中有："自未央而连桂宫，北弥明光而亘长乐。"

② 成帝：汉成帝刘骜，西汉第十二位皇帝，在位26年，读经书，喜文辞，为政宽博谨慎。

③ 蹵鞠：古代一种类似于足球的活动。蹵，通"蹴"。

④ 刘向：原名刘更生，字子政，沛郡丰邑（今江苏省徐州市）人。汉朝宗室大臣、文学家，楚元王刘交（汉高祖刘邦异母弟）之玄孙，阳城侯刘德之子，经学家刘歆之父，中国目录学鼻祖。曾奉命领校秘书，所撰《别录》，是我国最早的图书分类目录。今存《新序》《说苑》《列女传》《战国策》《五经通义》。编订《楚辞》，联合儿子刘歆共同编订《山海经》。弹棋：棋类游戏，按晋人徐广《弹棋经》的记载，是"二人对局，黑白各六枚，先列棋相当，下呼上击之"。也就是说以自己的棋子击弹对方的棋子，但具体的对局方法，由于文献记载阙如，尚未清楚。

以朝觐①。

译文：

汉成帝喜好踢球，群臣认为踢球太过劳累身体，不适宜皇帝的尊贵之躯。成帝说："我喜好这件事，你们想想有什么和踢球相似又不会劳累的活动项目，想到了上奏给我。"于是，刘向便向成帝进献了弹棋。成帝非常满意，赏赐了青羔裘、紫丝履给刘向，并允许他在朝堂上穿着这些衣履。

15.

或言始于魏文帝宫人妆奁②之戏，帝为之特妙，能用手巾角拂之。有人自言能，令试之，以葛巾③低头拂之，更妙于帝。

译文：

有人说弹棋是从魏代开始出现的，后宫内会用梳妆的镜匣来游戏。曹丕对这种游戏特别精通，能用手巾角弹起棋子。有人自称他也很擅长，曹丕就叫他试一试，客人低着头用葛布巾拨动棋子，比曹丕做得更为巧妙。

16.

汉帝及侯王送死，皆用珠襦玉匣。④

译文：

汉朝时的皇帝和诸侯王在丧葬时，都用珠玉装饰的金缕玉衣作为殓服。

---

① 觐：进见，访谒，泛指臣下朝见皇帝。

② 妆奁：古时女子梳妆用的镜匣等物。

③ 葛巾：用葛布制成的头巾，形如帢而横著，有棱有角，亦称"角巾"。相传先秦的老子和汉末的左慈都戴有葛巾。

④ 侯王：封建时代分封于各地的诸侯和藩王。送死：送葬。珠襦玉匣："匣"本作"柙"，珠襦玉柙指古代帝后及贵族死后所穿的殓服。据《汉书·佞幸传·董贤》记载："及至东园秘器，珠襦玉柙，豫以赐贤，无不备具。"唐人颜师古注解为："《汉旧仪》云东园秘器作棺梓……珠襦，以珠为襦，如铠状，连缝之，以黄金为缕。要以下，玉为柙，至足，亦缝以黄金为缕。"

17.

魏武少时,尝与袁绍好为游侠。[①] 观人新婚,因潜入主人园中,夜叫呼云:"有偷儿至!"青庐中人皆出观,魏武乃入,抽刃劫新妇。[②] 与绍还出,失道,坠枳棘中,绍不能动。[③] 帝复大呼:"偷儿今在此。"绍遑迫,自掷出,遂以俱免。[④]

魏武又尝云:"人欲危己,己辄心动。"[⑤]因语所亲小人云:"汝怀刃密来我侧,我心必动,便戮汝,汝但勿言,当厚相报。"[⑥]侍者信焉,不以为惧,遂斩之。此人至死不知也。左右以为实,谋逆者挫气矣。[⑦]

又袁绍年少时,曾夜遣人以剑掷魏武,少下,不著。魏武揆[⑧]其后来必高,因帖卧床上,剑至,果高。

魏武又云:"我眠中不可妄近,近辄斫[⑨]人,亦不自觉。左右宜慎之。"后乃佯冻,所幸小人窃以被覆之,因便斫杀。[⑩] 自尔每眠,左右莫敢近之。

---

① 魏武:曹操,字孟德,小字阿瞒。本复姓夏侯,其父夏侯嵩曾为宦官曹腾养子,后改姓曹。曹操是一位有雄才大略的政治家、军事家和文学家,他少时举孝廉,又起兵破黄巾、讨董卓、迎奉汉献帝,后拜为大将军、进丞相位、封魏王、加九锡。后来其子曹丕代汉自立,追奉他为大魏武皇帝。袁绍:字本初,东汉汝阳(今河南省驻马店市汝南县)人,出身于四世三公的贵胄之家。东汉灵帝时,袁绍为司隶校尉,灵帝亡后,董卓专权,袁绍于朝堂奋起抗击,后出奔冀州,率十八路诸侯兴兵讨伐董卓。后来又与曹操争锋,官渡之战后,元气受挫,不久病亡。游侠:古时任侠豪爽、轻生重义、行为不羁的人。荀悦曾说:"立气齐,作威福,结私交,以立强于世者,谓之游侠。"司马迁在《史记·游侠列传》中认为"游侠"是:"今游侠,其行虽不轨于正义,然其言必信,其行必果,已诺必诚,不爱其躯,赴士之厄困。既已存亡死生矣,而不矜其能,羞伐其德,盖亦有足多者焉。"

② 青庐:青布搭成的帐篷,是古时举行婚礼的地方。《玉台新咏·古诗为焦仲卿妻作》:"其日牛马嘶,新妇入青庐。"唐人段成式在《酉阳杂俎·礼异》中也记载有:"北朝婚礼,青布幔为屋,在门内外,谓之青庐,于此交拜。"新妇:新娘子。

③ 失道:迷路。枳棘:枳木与棘木,因其多刺而称恶木。

④ 遑迫:惶急不安。掷:跳跃。

⑤ 危:危害,谋害。辄:就。心动:心跳加速。此处意思是说曹操一旦感觉到有危险靠近,就会不自觉地心跳加速。

⑥ 小人:古时地位低的人,这里指曹操身边的侍者和奴仆。但:只管,尽管。

⑦ 实:真实,确实。即左右侍从相信曹操确实拥有预知危险的能力。挫气:丧气,收敛心思。

⑧ 揆:揣摩,揣测。

⑨ 斫:用刀、斧等利器劈砍,此处指砍杀。

⑩ 佯冻:假装受凉。幸:宠幸,宠信。窃:悄悄地。覆:盖被子。

译文：

魏武帝曹操年轻的时候，与袁绍都是好为游侠、行为不羁的人。看见别人在举行婚礼，就偷偷地进入新郎家中，等到半夜时分突然大叫："小偷来了。"婚房里的人全部跑出来抓小偷了，曹操就趁机潜入婚房，拔刀劫持了新娘子。后来他和袁绍本想按原路返回，不料两人却迷路了，还掉进了荆棘丛里。袁绍摔得不轻，也动不了了，曹操急中生智，又大叫："小偷在这里。"袁绍一听，吓得惊慌失措、奋不顾身地跳了出来，就这样二人才算是幸免被抓。

魏武帝曹操曾经对人们说过："如果有人想谋害我，我的心就会不自觉地快速地跳动，我平时就凭此来预见危险。"于是，他某次告诉身边一个和自己非常亲近的侍从说："你怀中藏一把刀，然后偷偷地走到我身边，届时我一定会说我的心跳突然加速了，然后我会派人把你抓起来，处罚你。到时候你只管配合我不要说话，更不能说出是我指使你的，事后我一定会重重地酬谢你。"那个侍从觉得自己和曹操亲近，就把曹操的话当真了，被抓之后也不觉得害怕，结果最后被处死了。可怜的是他到死也没有弄清楚这到底是怎么一回事。这次事件之后，其他的侍从就都认为曹操能够通过心跳加速来预知危险这件事是真的，那些意图谋反、加害于他的人也因此都收敛了心思。

袁绍小时候曾经在夜里派人扔剑刺杀同样年少的魏武帝曹操，第一下没打着。曹操就猜测第二剑扔来的时候一定会偏高，于是就紧贴在床板上，第二剑刺来时，果然偏高。

魏武帝曹操曾经又说过："我睡着后别人不能妄自接近，走近了我就会杀掉他，这我自己都不知道，你们侍者应该谨慎。"然后故意在睡觉时蹬开被子，他所宠幸的侍者悄悄地帮他盖好被子，于是侍者被他杀了。从此每当曹操睡觉时，就再没有侍从敢接近了。

18.

魏武将见匈奴使①,自以形陋②,不足怀远国,使崔季珪③代当坐,自捉刀立床头。事毕,令间谍④问曰:“魏王何如?”使曰:“魏王雅望⑤非常,然床头捉刀人,乃英雄也!”魏王闻之,驰杀此使。

译文:

魏武帝曹操将要接见来自匈奴的使者,但考虑到自己外形不佳、形貌丑陋,不足以慑服远方的国度,于是就让崔琰冒充自己接待来使,而自己则拿着刀站在崔琰的座位旁边。等到接见完毕,曹操让负责接待使者的服务人员去问那个使者:“你觉得魏王怎么样?”匈奴的使者答道:“魏王风姿儒雅,美好的仪态自是不同寻常的。但在我看来,魏王除却仪表出众之外也不过如此,而魏王榻旁那个持刀的侍从,才更像是一位真正的英雄!”这些话被曹操听到后就马上派人追杀了这个匈奴使者。

---

① 匈奴使:匈奴派来的使者。匈奴,古时少数民族之一,战国时游牧于燕、赵、秦以北地区。其族随世异名,因地殊号。战国时始称匈奴和胡,东汉光武帝建武二十四年(48年)分裂为南北二部,北匈奴在公元1世纪末为汉所败,部分西迁。南匈奴依附于汉,西晋时曾建立汉国和前赵国。

② 陋:丑陋。史传曹操其貌不扬,南朝刘孝标在《世说新语注》中就曾引《魏氏春秋》云:“武王姿貌短小。”

③ 崔季珪:崔琰,字季珪,魏清河东武城(今山东省德州市武城县西北)人。东汉末年名士,仪表堂堂,德行俱佳。早年追随袁绍,任骑都尉。后为曹操所用,先后任别驾从事、东曹掾、魏国尚书、中尉等官职。《魏志》称其:“声姿高畅,眉目疏朗,须长四尺,甚有威重。”足见其仪表不凡。

④ 间谍:原指从事刺探军事情报、国家机密或进行颠覆活动的细作,此处指接待使者的服务人员。

⑤ 雅望:特指仪表美好。晋人葛洪《抱朴子·审举》:“士有风姿丰伟,雅望有余,而怀空抱虚,干植不足,以貌取之,则不必得贤。”

19.

陵云台上，楼观极盛。[①] 初造时，先称众材，俾轻重相称，乃结构。[②] 故虽高，而随风动摇，终不坏。魏明帝登而惧其倾侧，命以大木扶之。[③] 未几[④]毁坏。论者[⑤]谓轻重力偏故也。

译文：

陵云台上，楼阁设计非常精巧。在建造之前先称过所有木材的轻重，使四面所用木材的重量相等相称，然后才开始筑台建造。因此四面重量不差分毫，即使楼台高峻，常年随风摇摆，可是始终不会倒塌。魏明帝曹叡登上陵云台，害怕它向一侧倾倒，就命人另外用一根大木头支撑着它。但是没过多久楼台就倒塌了。当时的舆论一致认为这是重心偏向一边的缘故。

20.

晋咸康中，有士人周谓者，死而复生。[⑥] 言天帝[⑦]召见，引升殿，仰视帝，面方一尺。问左右曰："是古张天帝邪？"答云："上古天帝，久已圣去，此近

---

① 陵云台：在今河南省洛阳市。关于陵云台的建造年代有两种说法，其一说是建于魏文帝时期。据北朝杨炫之《洛阳伽蓝记》记载："瑶光寺，世宗宣武皇帝所立，在阊阖城门御道北，东去千秋门二里。千秋门内道北有西游园。园中有陵云台，即是魏文帝所筑者。台上有八角井。高祖于井北造凉风观，登之远望，目极洛川。"《魏志》也记载："文帝黄初元年十二月，初营洛阳宫。戊午，幸洛阳。二年，筑陵云台。"其二说是建于魏明帝时期。晋人郭缘生《述征记》记载："魏明帝起陵云台，躬自掘土，群臣皆负畚锸。时阴寒，役者多死。高堂隆等谏之，不听，累年而毕。"

② 俾：使，把。结构：构建，建造。

③ 魏明帝：曹叡，字元仲，魏文帝曹丕长子，三国时曹魏政权第二任皇帝，在位 13 年。曹叡能诗文，与曹操、曹丕并称魏氏"三祖"，但文学成就远不及曹操、曹丕。统治后期大兴土木，耽于享乐，且临终前托孤不当，最终导致了曹魏后期朝政的动荡。

④ 未几：没过多久，很快。

⑤ 论者：言事者，此处指舆论。

⑥ 咸康：晋成帝的年号。晋成帝，司马衍，字世根，晋明帝司马绍长子，东晋第三位皇帝，在位 18 年。晋成帝司马衍幼年即位，由皇太后庾文君辅政，庾太后死后由王导与庾亮辅政。司马衍在位期间，诏举贤良，劝课农桑，政权趋于稳固。士人：士大夫，泛指知识阶层。周谓：生平事迹未详。

⑦ 天帝：即下文所说的张天帝，似指道教始祖张天师或汉末黄巾起义的领袖张角。

曹明帝也。”①

译文：

晋成帝咸康年间，有一个叫周谓的士人曾死而复生。后来他说天帝召见了自己，引他升入殿中，他仰视天帝，见天帝的脸有一尺长。他问左右侍从：“这就是古时张天帝吗？”回答说：“上古时期的天帝已经仙逝很久了，此人模样倒是与魏明帝曹叡有几分相近。”

21.

晋明帝为太子时，闻元帝沐，上启云：“臣绍言，伏蒙吉日沐头，老寿多宜，谨拜表贺。”②答云：“春正月沐头，至今大垢臭，故力沐耳！得启，知汝孝爱，当如今言，父子享禄长生也。”又启云：“伏闻沐久，想劳极，不审③尊体何如？”答云：“去垢甚佳，身不极劳也。”

译文：

晋明帝司马绍做太子的时候，某天得知父亲在洗头，就上表说：“臣司

① 圣去：仙逝，死的代名词。曹明帝：魏明帝曹叡。根据唐人段成式《酉阳杂俎》中记载：“天翁姓张名坚，字刺渴，渔阳人。少不羁，无所拘忌。尝张罗，得一白雀，爱而养之。梦天刘翁责怒，每欲杀之，白雀辄以报坚。坚设诸方待之，终莫能害。天翁遂下观之，坚盛设宾主，乃窃骑天翁车，乘白龙，振策登天。天翁乘余龙追之，不及。坚既到玄宫，易百官，杜塞北门，封白雀为上卿侯，改白雀之胤不产于下土。刘翁失治，徘徊五岳作灾，坚患之，以刘翁为太山太守，主生死之籍。”又据《酉阳杂俎》中记载，在张天帝之前还有一位刘天帝，似暗指汉代乃是刘姓的天下，而汉代的灭亡，某种意义上来说，也正灭亡于张角（因“坚”与“角”音近，在口耳相传中便有讹误的可能）。此外，在晋代以后的民间传说中，曹氏子孙死后却在天上继续当皇帝，可见民间对失势的曹魏政权颇有同情之心。

② 晋明帝：司马绍，字道畿，生于琅琊国（今山东省临沂市），东晋第二任皇帝，在位 3 年。司马绍性情孝顺，文韬武略，聪明有机断。在位期间，凭借弱势之中央，成功制衡权臣世家，推动南方社会安定发展，稳定了东晋的局势，对安定国家大局和皇室权威影响深远。元帝：晋元帝司马睿，字景文，生于洛阳县（今河南省洛阳市），东晋开国皇帝，在位 6 年。司马睿南渡即位，由于在皇族中势单力薄，初时并未得到南北士族的支持，皇位不稳。但他采用王导之谋，收获了大批南方士族的支持，使北方南迁的士族也决意拥护他，从而稳定了东晋政权。由此司马睿十分感激王导，任他为宰相，执掌朝政。时人谓之“王与马，共天下”。后来王导专权，司马睿大权旁落，王敦伺机叛乱，司马睿忧愤而死。蒙：敬词，承蒙。表：表函、表章，古时上呈皇帝的函件。

③ 审：知道。

马绍有言，恰逢吉利的日子洗头，多洗头不但能延年益寿，对身体也好，谨以此表示敬贺。”元帝司马睿看后回答道：“正月的时候洗了一次头，到现在味道太臭，所以才好好洗一下！看到你的言辞，知道你孝顺有爱，应当和你说的一样，我们父子都会安享富贵长命百岁。”司马绍又上表说：“听说您洗头时间很长，想必十分疲劳，不知道您的身体如何？”司马睿回答说：“洗去污垢特别好，身体舒服不劳累。”

22.

晋成帝时，庾后临朝，南顿王宗为禁旅官，典管钥。[①] 诸庾数密表疏[②]宗，宗骂言云：“是汝家门阁邪？”诸庾甚忿之，托党苏峻诛之。[③] 后帝问左右：“见[④]宗室有白头老翁何在？”答：“同苏峻作贼已诛。”帝闻之流涕。后颇知其事，每见诸庾道“枉死”。帝尝在后前，乃曰：“阿舅[⑤]何为云人作贼，辄杀之？人忽言阿舅作贼，当复云何？”庾后以牙尺打帝头云：“儿何以作尔形语？”帝无言，唯大张目，熟视诸庾。诸庾甚惧。

---

① 庾后：庾文君，颍川郡鄢陵县（今河南省许昌市鄢陵县）人。东晋明帝司马绍的皇后，左将军庾琛的女儿，太尉庾亮、司空庾冰的妹妹，车骑将军庾翼的姐姐。晋成帝司马衍即位后尊封她为太后，因成帝年幼而临朝辅政，庾氏族人遂借此裙带关系擅权当时，不可一世。临朝：古时若遇皇帝年幼，则由太后或顾命大臣代摄朝政，故有“垂帘听政”和“临朝称制”之说。南顿王宗：即南顿王司马宗。司马宗，字延祚，晋宣帝司马懿之孙，汝南文成王司马亮之子。初封南顿县侯，司马亮被诛时因年幼得免，受封南顿郡公，后因征讨刘乔有功，受封南顿王，拜征虏将军。永嘉年间，拥戴晋元帝登基即位，成为东晋开国功臣，拜为左卫将军。王敦之乱后，受到权臣庾亮排挤，迁骠骑将军。因不满诸庾擅权，联合右卫将军虞胤欲行政变，被御史中丞钟雅所奏，反抗抓捕，战败被杀。禁旅官：禁卫军长官。典管钥：负责皇宫城门开启和关闭的职务。

② 密表疏：即暗中向皇帝上表进谗诬陷。

③ 忿：怨恨。党：与……结党，意思是与苏峻勾结。苏峻：字子高，长广掖县（今山东省莱州市）人。少有才学，成年后举孝廉入仕。晋元帝时拜为鹰扬将军，授淮陵内史，领兰陵相。后平王敦之乱，又拜为冠军将军、历阳内史、散骑常侍，封邵陵郡公。成帝初，庾亮擅权专政，除去了苏峻的兵权。苏峻由是以讨伐庾亮为名，联合祖约起兵反叛，一度攻占建康（今江苏省南京市），取庾亮而代之，另行专擅之权。后经温峤、陶侃起兵讨伐，苏峻战败身死。

④ 见：通“现”，现在。

⑤ 阿舅：即国舅庾亮。庾亮，字元规，颍川郡鄢陵县（今河南省鄢陵县）人，庾文君之兄。王敦之乱时，以左卫将军协同平叛。晋成帝即位后，庾太后临朝，庾亮拥有决断政事之权，横行不法。

译文:

晋成帝司马衍在位时,庾太后临朝听政,南顿王司马宗担任禁卫军的长官之职,掌管皇宫城门的钥匙。庾氏族人忌惮司马宗的权势大过自己,就多次暗中上表诬陷他,欲除之而后快。司马宗知道后便开口骂道:“庾氏族人难道觉得朝廷是你们自己家开的,想干吗就干吗?”庾氏族人更是怨恨司马宗,于是就谎称司马宗是当初苏峻叛乱的同党而诛杀了他。后来成帝问身边的侍从道:“现在我宗室中的那位白头老翁在哪里,怎么很久都见不到了呢?”侍从回答说:“他被查出是反贼苏峻的同党,已经被国舅诛杀了。”成帝听后便痛哭流涕。庾太后很是明白这件事,知道司马宗是被自己的哥哥恶意冤杀的,于是每当她见到庾家人时都会说:“你们枉杀了好人。”成帝后来也曾当面问庾太后道:“为什么舅舅说这些人是反贼,这些人就一定是反贼而被处死了?那么如果将来某一天,有人忽然说舅舅是反贼,那舅舅是不是反贼,又该不该被处死呢?”庾太后听罢便拿起一把象牙尺朝着成帝的头上打去,边打边说:“儿子啊,你怎么能说出这样的话呢?”成帝无奈也无言以对,只能睁大眼睛,恶狠狠地瞪着庾氏族人。庾氏族人对此也感到十分恐惧。

23.

宣武问真长:“会稽王如何?”①刘惔答:“欲造微②。”桓曰:“何如卿?”

① 宣武:即宣武侯桓温。桓温,字元子,谯国龙亢县(今安徽省怀远县龙亢镇)人,晋明帝司马绍的女婿。曾掌长江上游兵权,多次溯江北伐,曾率军灭亡成汉,后拜征西大将军,封临贺郡公,累迁大司马,册封南郡公。桓温掌权期间,曾抑制朋党,改善吏治,重视民间疾苦,改善教育,在朝野颇具声望。曾废黜晋废帝司马奕,封其为海西公,改立会稽王司马昱为帝,即后之晋简文帝。宁康元年(373年)七月病逝,追赠丞相,谥号宣武。元兴二年(403年),其子桓玄篡位称帝,建立桓楚,追尊桓温为太祖皇帝。真长:刘惔。刘惔,亦称刘恢,字真长,沛国相县(今安徽省宿州市朱仙庄镇)人。东晋著名玄学家,尤善玄谈,历任司徒左长史、丹阳尹,故又称刘尹。会稽王:即简文帝司马昱。司马昱,字道万,东晋第八位皇帝。晋废帝司马奕即位后,册封其为琅琊王,又进位丞相、录尚书事。太和六年十一月,桓温改立司马昱为帝。史载司马昱即位后,多受桓温牵制,故而名虽皇帝,实为桓温傀儡,在位仅8个月便因忧愤而崩。另外,司马昱善于清谈,史称“清虚寡欲,尤善玄言”,是一位名副其实的清谈皇帝。正是在司马昱的提倡下,东晋玄学迎来了蓬勃兴盛的发展时期。

② 造微:造作微言。六朝玄风大煽,时人多称玄言清谈为微言。

曰："殆无异。"桓温乃喟然曰："时无许郭，人人自以为稷契。"①

译文：

桓温问刘惔道："你觉得司马昱这个人怎么样呢？"刘惔回答说："司马昱好玄学、善清谈，将来说不定会是个玄学家。"桓温又说："若论清谈，他和你相比谁更胜一筹呢？"刘惔说："我俩的水平应该差不多。"桓温听后便感叹地说："如今再也没有像许邵、郭太那样能'清议'的人了，人们得不到这些人的评议监督，就都以为自己是与后稷和子契一般的贤臣，我们太需要能清议清谈的人了。"

24.

海西时，诸公每朝，朝堂犹暗，惟会稽王来，轩轩如朝霞举。②

译文：

海西公司马奕在位之时，大臣们每次来早朝，一个个无精打采、神色黯淡，朝堂上也显得十分昏暗，只有会稽王司马昱进来的时候，他器宇轩昂地

① 喟然：感叹、叹息的样子。许郭：许劭、郭太。许劭，字子将，汝南平舆（今河南省驻马店市平舆县射桥镇）人，东汉末年著名的人物评论家。郭太，字林宗，太原界休（今山西省介休市）人。博学有才，擅长品第海内人物，但不作危言苛论，为当时士人所仰慕。六朝时的玄学清谈源出于东汉时的清议，是当时品评人物、举荐官员、标榜声誉和抨击时政、表达对现实不满的情绪的方式。汉魏之际，政治斗争残酷激烈，"清议"因抨击时政引发了多起政治迫害事件后，逐渐将讨论时局、干预朝政的内容过滤掉，只保留品评人物的部分，再以当时流行的玄学、佛学作为最主要的谈资、谈助，变身为摒弃世务、明哲保身、标举疏放行为和超逸气质的"清谈"。稷：后稷。舜帝时的贤臣。姬姓，名弃，生于稷山（今山西省运城市稷山县），被尊为稷王，也作稷神、农神、耕神、谷神。系农耕始祖，五谷之神。契：舜帝时的贤臣，子姓，名契，又名卨，别称"阏伯"。据传说，契为商朝的祖先，其母简狄曾生吞玄鸟之卵而生契，是尧帝同父异母之弟，被尧帝封于商（今河南省商丘市），主管火政，其部族以地为号称"商"，后世尊称其为"商祖""火神"。因稷、契都是舜帝时的贤臣，后世便以稷契并称代指贤臣。

② 海西：晋废帝司马奕，字延龄，东晋第七位皇帝，在位6年，是东晋唯一一位在位期间被废的皇帝。司马奕在位时，大司马桓温掌握朝政，有意废掉司马奕自立为帝，但司马奕本身并无过失可言。太和六年十一月，桓温指司马奕不能生育，逼崇德太后下诏废司马奕为东海王，即日离宫。咸安二年（372年）正月，司马奕被降封为海西公。同年四月，司马奕被迁往吴县，此后沉迷酒色，以平庸终世。轩轩：仪态轩昂的样子。

就像天空中升起的朝霞，光彩动人。

25.

简文在殿上行，右军与孙兴公在后。① 右军指孙曰："此是噉石②客。"简文闻之，顾曰："天下自有利齿儿。"后王光禄作会稽，谢车骑出曲阿祖之。③ 孝伯时罢秘书丞④，在坐，因视孝伯曰："王丞齿似不钝。"王曰："不钝，颇有验。"

译文：

简文帝司马昱曾在宫殿里散步，右军将军王羲之和孙绰跟随其后。王羲之指着孙绰说道："你这人，可是个会'啖石'的人。"简文帝回头说："天下

① 简文：简文帝司马昱，见第23"宣武问真长"条。右军：王羲之。字逸少，出身琅琊（今属山东省临沂市）王氏，后迁会稽山阴（今浙江省绍兴市），东晋时期著名书法家，有"书圣"之称。官至秘书郎、宁远将军、江州刺史，后为会稽内史，领右将军，故世称"王右军"。孙兴公：孙绰。字兴公，太原中都（今山西省平遥县）人。东晋大臣、文学家、书法家，是玄言诗派代表人物。孙绰善持论，博学能文，放旷山水，起家太学博士，迁尚书郎，后出任章安县令、建威长史、右军长史、永嘉太守。晋哀帝时，迁散骑常侍、领著作郎，因阻止大司马桓温迁都洛阳，迁廷尉卿，故又称"孙廷尉"。

② 噉石："噉"通"啖"，吃。道家素有"啖石"之法。余嘉锡先生认为，此处王羲之认为孙绰虽善持论，但大多是嘴强牙硬、强词夺理之说，故用啃食石头的"啖石"讥讽他。简文帝司马昱也认同王羲之的观点，就附和地说道天下自然有一些牙齿尖利能啃咬石头的人。

③ 王光禄：王蕴。字叔仁，太原晋阳（今山西省太原市）人。起家为佐著作郎。累迁尚书吏部郎，掌典选，进达有方，性平和，不抑寒素。补吴兴太守，有德政。后来他的女儿成为晋孝武帝的皇后，迁光禄大夫，领五兵尚书、本州大中正，封建昌县侯，故世称"王光禄"。王蕴因为自己是外戚，不欲在朝内为官，一再请求外放，终被任命为都督浙江东五郡军事、镇军将军、会稽内史，常侍如故。晚年嗜酒如命，在会稽内史任上时，常终日不醒。但为政和简，为当地百姓所悦。谢车骑：谢玄，字幼度，陈郡阳夏（今河南省周口市太康县）人。出身陈郡谢氏，为豫州刺史谢奕之子、太傅谢安之侄。谢玄善于治军，初为大司马桓温部将。太元二年（377年），为抵御前秦袭扰，组建北府军。太元四年（379年），率兵大败前秦，取得"淝水之战"的胜利。病逝后被朝廷追赠车骑将军、开府仪同三司，故世称"谢车骑"。曲阿：古县名。在今江苏省丹阳县一带。祖：古人出行时祭祀路神的风俗，后引申为饯行。《战国策·燕策》中即有"至易水之上，既祖，取道"的说法。

④ 孝伯：王恭。字孝伯，小字阿宁，太原晋阳（今山西省太原市）人。光禄大夫王蕴之子，孝武帝皇后王法慧之兄。少有美誉，清操过人，心怀宰辅之志。初任丹阳尹、中书令，领太子詹事，深得孝武帝信用。又任前将军、青兖二州刺史，后起兵讨伐王国宝和司马元显，终被宗室司马道子所杀。秘书丞：古代掌管奏章文籍的官员。三国曹魏黄初年间于秘书监下置秘书丞一人，掌文籍，多以秘书郎升任。后又分左右二丞。晋武帝并秘书之职于中书省，省秘书监，改秘书丞为中书秘书郎，惠帝时又置秘书丞二人，宋齐均置一人。

自有牙齿锋利的人。”后来光禄大夫王蕴出任会稽内史，车骑将军谢玄到曲阿去为他饯行。这时，被罢免了秘书丞官职的王恭也在座，谢玄谈起这件事，就看着王恭说：“王丞的牙齿好像不钝。”王恭说：“不钝，还相当灵验。”

26.

简文集诸谈士①，以致后客前客。夜坐每设白粥，唯然灯，灯暗，辄更益炷。②

译文：

简文帝司马昱热衷于玄学清谈，曾遍召天下清谈名士，以致朝堂上前后宾客络绎不绝。司马昱与名士清谈的热情极高，有时谈至夜半，谈士们的座位前除了放置用以果腹的白粥，就只剩下几盏油灯，等到灯逐渐燃尽，光线变暗时，便又更换灯芯继续清谈。

27.

佛经以为祛治神明，则圣人可致。③ 简文曰：“不知便可登峰造极不？然陶冶之功，故不可轻。”④

译文：

佛经认为摆脱烦恼，修炼智慧，就能够达到圣人的境界。简文帝说：“不知是否能就此达到最高境界？然而道家陶冶修炼的功效，还是不可以忽略的。”

---

① 谈士：古时游说之士和善辩之士，此处指善清谈的名士。

② 坐：通“座”。然：通“燃”。炷：油灯的灯芯。

③ 祛治神明：又作“祛练神明”，佛教语，指修智慧，断烦恼。意谓去除尘念，修炼智慧，便可成佛。南朝刘孝标在《世说新语注》中说：“释氏经曰：一切众生皆有佛性，但能修智慧，断烦恼，万行具足，便成佛也。”圣人：此处指佛教的理想人格，即佛陀。

④ 不：即“否”。陶冶：本义为陶铸方式，古时造瓦以陶，铸金以冶，后衍伸为教化培育和怡情养性之意。此处指道家的养气炼丹之法。功：成效。轻：忽略，轻视。

28.

简文帝为抚军时，所坐床上，尘不令左右拂，见鼠行之迹，视以为佳。[①]参军见鼠白日行，以手版打杀之。[②] 抚军意色不悦，门下起弹，辞曰："鼠被害，尚不能忘怀；今复以鼠损人，无乃不可乎？"[③]

译文：

简文帝司马昱在任抚军将军的时候，命令部下不许擦拭其坐床上的灰尘，他觉得坐床上保持有灰尘就能够看见老鼠在上面走过的脚印和痕迹，而这些脚印和痕迹有一种杂乱却自然的线条美感。一天，他的参军看见一只老鼠白天在军帐中跑来跑去，就顺手拿起手板把它打死。司马昱对此感到非常不高兴，他的门客们便批评他说："活的老鼠被打死了，你尚且感到难过惋惜，如今却又因一只死掉的老鼠而去迁怒甚至伤害到活着的人，岂不是更不应该了吗？"

29.

简文初不别稻。[④]

译文：

简文帝司马昱早年不认识田稻。

---

① 抚军：古官职名，抚军将军。三国时魏文帝曾册封司马懿为抚军将军。后之晋、南北朝皆沿用此称，简称抚军。坐床：座椅一类的坐具。

② 参军：古官职名，晋以后军府和王国始置，沿用至隋唐，兼有军事参谋和郡县长官之职。据考，司马昱任抚军将军是在晋穆帝司马聃在位时。手版：又作"手板"，古时官员上朝或谒见上司时所拿的笏，即用以指画或记事的细长板子。

③ 门下：门客。弹：批评。辞：言辞。损：伤害。无乃：岂不是。表示委婉地反问。

④ 别：分辨，此处意为认识。司马昱不认识稻谷这件事在刘义庆的《世说新语》中有更为详细的记载："简文见田稻不识，问是何草，左右答是稻。简文还，三日不出，云：'宁有赖其末而不识其本？'"古时以"社稷"喻国家，"社"是土地之神，"稷"是五谷之神，社稷是一个国家的根本。稻为五谷之一，不识田稻即意味着不能掌管国家，故而司马昱会因不识田稻而羞愧难当，在闭门自省三日后大呼"宁有赖其末而不识其本"。

30.

晋孝武帝年十二时，冬天昼日不著复衣，但著单绢裙衫五六重，夜则累茵褥。① 谢公曰："圣体宜令有常，陛下昼过冷，夜过热，恐非摄养之术。"② 帝曰："昼动夜静故也。"谢公出，叹曰："上明理不减先帝。"③

译文：

晋孝武帝司马曜十二岁时，冬日白天里他不穿夹衣棉服，只穿五六件白绢做的单衣裙衫，晚上睡觉的时候却要铺上好几层被褥。谢安看到后便劝说道："皇上保养身体要恰当有规律。您白天穿得太少，夜里盖得太多，这恐怕不是养生的方法。"司马曜却说："我之所以这么做，是因为我的身体白天在运动，运动就会生热，身体生热就需要单衣来中和；而夜晚时身体处于静止的状态，静止就不会生热，自然需要多层被褥来保暖。"谢安走出宫门后，赞叹地说道："皇上明晓玄理的能力一点也不比先帝差啊。"

31.

孝武帝未尝见驴，谢太傅④问曰："陛下想其形，当何所似？"孝武掩口笑云："正当似猪。"

---

① 晋孝武帝：司马曜，字昌明，东晋第九任皇帝，在位 24 年。司马曜 4 岁时被封为会稽王，简文帝驾崩前夕被册立为皇太子并继承皇位，时年 11 岁，因年幼先后由大司马桓温和崇德太后辅政。太元元年（376 年）太后归政，实权又交由以谢安为代表的陈郡谢氏掌握。淝水之战胜利后，司马曜利用士族门阀人才断层的空档，以其弟司马道子代替谢安执政，逐步恢复了司马氏对皇权的掌控。但他同时又耽于逸乐，造成了后期朝政日益昏暗的局面。又因嗜酒好色，酒后戏言酿成宫闱之祸，最后死于宫人之手。复衣：有衣里，内可装入棉絮的衣服。近似于今天活里活面的棉衣。累：累积，叠加。此处是铺盖多层的意思。茵褥：褥子。

② 谢公：谢安，字安石。陈郡阳夏（今河南省周口市太康县）人，出身陈郡谢氏。少以清谈知名，初时隐居会稽郡山阴县之东山，后"东山再起"，历任征西大将军司马、吴兴太守、侍中、吏部尚书、中护军等职。在淝水之战中，谢安作为东晋一方的总指挥，战后因功名太盛而被孝武帝猜忌，被迫前往广陵避祸。性情闲雅温和，处事公允明断，不专权树私，不居功自傲，有宰相气度，齐人王俭称其为"江左风流宰相"。有常：合适恰当有规律。摄养：养生、调养。

③ 明理：明晓玄理。先帝：即简文帝司马昱。

④ 谢太傅：即谢安。谢安死后，获赠太傅，故世称"谢太傅"。

译文：

晋孝武帝司马曜没有见过驴，谢安问："陛下想象一下它的形体，您觉得它应当像什么呢？"司马曜用手捂着嘴巴笑道："应该像猪。"

32.

晋孝武帝尝于殿中北窗下清暑，忽见一人，著白袷黄练单衣，举身沾湿，自称是华林园中池水神，名曰淋涔君，语帝："若能见待，必当相祐。"①帝时饮已醉，便取常佩刀掷之，刃空过无碍。神忿曰："不能以佳士见接，乃至于此，当令知所以。"居少时，而帝暴崩。②

译文：

晋孝武帝司马曜曾经在宫殿的北窗下乘凉避暑，忽然看到一个人，穿着有白色交叠衣领的黄色单衣，全身上下湿漉漉的，自称是华林园中的池水之神，名叫"淋涔君"，他对司马曜说："如果你能善待我，我将会护佑你和你的国家。"司马曜当时已经喝得酩酊大醉了，觉得这个人大言不惭，便拿出自己随身的佩刀向他扔去，但是这人却像空气一样，刀刃没有任何阻碍地从他身子中间穿了过去。淋涔君愤怒地说："你不仅没有善待我，反而如此无礼，我要让你知道这会有多么严重的后果。"结果没过多久，司马曜就突然驾崩了。

33.

宋国初建，参军高纂启云："欲量作东西堂床六尺五寸，并用银度钉，未

---

① 清暑：乘凉避暑。袷：古装中交叠于胸前的衣领。练：把麻或绢织品煮得柔而洁白。举身：全身上下。华林园：六朝京师的皇家宫苑，旧址在今江苏省南京市东北，始建于三国时期，南朝刘宋元嘉时扩建，筑华光殿、景阳楼、竹林堂诸胜。后世齐梁诸帝，常宴集于此。待：善待，优待。祐：即"福"，此处是保佑、降福的意思。

② 暴：突然，猝然。崩：特指封建帝王之死。古时把帝王的死看得很重，常用山或天塌下来比喻，故而自周代开始将封建帝王之死称为"崩"。

敢辄专。”[1]宋武手答云:“床不须局脚,直脚自足,钉不须银度,铁钉而已。”[2]

译文:

宋国刚建立的时候,参军高纂向宋武帝刘裕上书说:“臣想在您的东西二堂各制造两张长六尺五寸的床榻坐具,钉皆镀银,以显精美奢华,但是不敢专断,特向您请示。”刘裕手敕高纂说道:“床脚不需弯曲,直脚就足够了,钉也不需要镀银,用铁钉就好了。”

34.

郑鲜之、王弘、傅亮启宋武云:“伏承明旦朝见南蛮,明是四废日,来月

---

① 宋国:即刘宋政权,南朝第一个朝代,存续59年。度:通“镀”。专:专断独行。

② 宋武:刘裕,字德舆,小名寄奴。彭城郡彭城县绥舆里(今江苏省徐州市)人,南朝刘宋政权开国皇帝,在位两年。刘裕自幼家贫,后投身北府军为将。晋安帝时,先后灭亡孙恩、卢循、刘毅、司马休之及桓楚、西蜀、南燕、后秦等地方势力,收复淮北、山东、河南、关中等地,光复洛阳、长安两都,促成了中国百年未有的统一局面。凭借显赫的军功,刘裕总揽东晋军政大权,官拜相国、扬州牧,受封宋王。永初元年(420年),刘裕代晋自立,定都建康,国号“宋”。因其出身贫寒,奉行简朴,重用寒士,关心民间疾苦,终结了贵族门阀专政的时代,奠定了南朝“寒人掌机要”的政治格局。手答:手敕。局脚:局,弯曲,通“踞”,局脚即四足以呈圆弧状、或向下翻卷的锯齿状装饰为造型。直脚:普通直立的四足结构。

朝好，不审可从群情迁来月否？”①宋武手答云：“劳第足下勤至，吾初不择日。”②帝亲为答，尚在其家。③

译文：

郑鲜之、王弘、傅亮上书启奏宋武帝刘裕说：“明天早上您要接见南蛮来者，但是明天是四废日，诸事不吉，我们查了一下，发现下个月月初的日子很好，不知您能否顺应众意，把接见的日期改成下个月呢？”刘裕手敕回答说：“劳烦各位为我辛勤操劳，这事怨我思虑不周，我刚开始时没有想到挑选日子。”在这件事情中，刘裕亲自回答了臣子问题，而且他没有召臣子觐见，臣子接到他的答复时还各自在家。

---

① 郑鲜之：字道子，荥阳郡开封县（今河南省开封市）人。为人通达直率，受士庶爱戴，笃尚佛学，著有《神不灭论》。东晋时任御史中丞，颇得太尉刘裕赏识，参与义熙北伐。刘宋建立后，以军功授太常、都官尚书，封龙阳县五等子爵。宋少帝刘义符即位后，任豫章太守。宋文帝刘义隆即位后，授右仆射。亡后获赠散骑常侍、金紫光禄大夫。王弘：字休元，琅琊临沂（今山东省临沂市）人。出身琅琊王氏，东晋丞相王导曾孙。年少好学，以清悟知名，会稽王司马道子辟其为主簿，迁江州刺史。刘裕称帝后，以佐命功，封华容县五等侯，任尚书仆射。宋文帝刘义隆即位后，以定策安社稷，进位司空，封建安郡公，进号车骑大将军，累迁侍中、司徒、扬州刺史、录尚书事。亡后获赠太保、中书监，给节、加羽葆鼓吹。傅亮：字季友，北地郡灵州县（今陕西省耀县）人。博涉经史，尤善文辞。东晋时任荆州中军参军，累迁黄门侍郎。刘裕称帝后，迁太子詹事、中书令，受封建城县公，转尚书左仆射。宋武帝临终，点其为少帝刘义符四位顾命大臣之一。宋少帝时历任中书监、尚书令，领护军将军。宋文帝刘义隆即位后，加散骑常侍、左光禄大夫。元嘉三年（426年），因罪伏诛。南蛮：古时对南方少数民族及其居住地的统称。据《礼记·曲礼下》记载：“其在东夷、北狄、西戎、南蛮，虽大曰子。”《宋书·荆雍州蛮传》也载有：“荆、雍州蛮，盘瓠之后也。分建种落，布在诸郡县。荆州置南蛮，雍州置宁蛮校尉以领之。世祖初，罢南蛮并大府，而宁蛮如故。”四废日：古时一种不吉利的日子。“四废”是一种凶煞，《蓬瀛经》解释为“四废者是五行无气，福德不临之辰”。古人思想迷信，认为吉凶往复循序，一年四季中的每一季都有两个诸事不吉的“四废日”。不审：不知道，不清楚。此处是征求刘裕意见的意思。从：顺从。群情：众人的情绪和意见。

② 第：代词，这。足下：古时下称上或同辈相称时的敬词。

③ 尚在其家：即刘裕答复时，郑、王、傅三人各在其家而未在朝堂。古时君答臣，须召臣子上殿觐见，以示天子威重。刘裕亲自为答而不召臣子，则显示出其亲善平近的作风。

卷二·周六国前汉人

35.

纣为糟丘酒池，一鼓而牛饮者三千人，池可运船。①

译文：

商纣王曾建造有糟丘和酒池，击鼓一次可以供三千人同时豪饮，酒池很大，大到可以在里面行船。

36.

介子推不出，晋文公焚林求之，终抱木而死。② 公抚木哀嗟，伐树制

① 纣：商纣王帝辛，子姓，名受，世称“纣”（或为“受”字音转）。即位后对内推行严刑峻法，对外穷兵黩武，加之沉湎酒色、拒谏饰非，被后世视为暴君的典型。糟丘：酒糟堆积而形成的小丘。牛饮：即豪饮。俯下身子就池而饮，因其形状如牛饮水故得名。

② 介子推：又名介之推、介推，后人尊为介子，春秋时期晋国人。介子推曾追随晋文公重耳逃亡 19 年，当重耳缺食时，介子推割股奉君。重耳归晋后，要对当年自己流亡时的追随者进行封赏，介子推则认为重耳归晋实是天理自然，自己无功，故不言禄，便与其母隐居绵山。重耳得知后，便亲带人马前往绵山寻访。因求人心切，重耳误听小人之言，想以放火烧山的方式逼他出来，不料却将介子推母子双双烧死。后发现遗体，见有绝命诗一首：“割肉奉君尽丹心，但愿主公常清明。柳下作鬼终不见，强似伴君作谏臣。倘若主公心有我，忆我之时常自省。臣在九泉心无愧，勤政清明复清明。”晋文公重耳深为愧疚，遂改绵山为介山，立庙祭祀，“寒食节”亦由此而生。不出：辞官，不出仕。晋文公：姬姓，名重耳，是中国春秋时期晋国的第 22 任君主，春秋五霸中第二霸，上古五霸之一，与齐桓公并称“齐桓晋文”。晋文公初为公子，礼贤下士，骊姬之乱时被迫流亡在外 19 年，后在秦穆公的支持下回晋，并杀晋怀公而立。在位期间实行通商宽农、明贤良、赏功劳等政策，使晋国国力大增。对外联合秦齐伐曹攻卫、救宋服郑，平定周室子带之乱，受到周天子赏赐。更在城濮之战中以少胜多，大败楚军，并召集齐宋会盟，成为春秋五霸中第二位霸主，开创了晋国长达百年的霸业。

屐[1]。每怀割股之恩[2]，辄潸然流涕视屐曰："悲乎足下！"足下之言，将起于此。

译文：

介子推不出仕为官，晋文公求才心切，便让人放火烧山，想用这种方法逼他出来，但介子推最终抱着一棵大树被烧死了。晋文公发现介子推的遗体后，用手抚摸着那棵大树哀声叹息，吩咐人将这棵大树伐去并做成一双木屐。每当想起介子推当年对自己的割肉恩情时，眼泪便会潸然而下，一边想着介子推一边看着这双木屐说道："介子推啊，你真是让我心痛啊！"后世人们用"足下"表示对人的敬称，就是起源于此。

37.

王子乔墓在京茂陵，战国时，有人盗发之，睹之无所见，唯有一剑，悬在空中。[3] 欲取之，剑便作龙鸣虎吼，遂不敢近。俄而[4]径飞上天。《神仙传》云："真人去世，多以剑代其形，五百年后，剑亦能灵化。"[5]此其验[6]也。

---

① 屐：木屐。

② 割股之恩：据《韩诗外传》记载，有一年重耳逃至卫国，有一个叫作头须（亦作"凫须"）的侍从将重耳随身所带的钱粮劫掠一空，逃入深山而不知去向。重耳等人彼时无资无粮，饥饿难忍，为求果腹，不得已向田夫乞讨。然而重耳非但没有要到钱粮，反倒被田夫们用土块当成饭食，羞辱戏谑了一番。眼见重耳饥肠辘辘，介子推跑到一个山沟里，先割了一块自己腿上的肉，又与采摘来的野菜一同煮成汤献给了重耳。

③ 王子乔：姬晋，字子乔，人称太子晋，世称王子晋或王子乔，东周灵王太子，曾上嵩山修道30余年，喜吹笙作凤鸣声。后家人见其在缑氏山，乘白鹤升天而去。道教中封其为"右弼真人"。茂陵：即西京茂陵，后为汉武帝陵，在今陕西省兴平县东北。

④ 俄而：不久，顷刻间。

⑤ 《神仙传》：东晋道教学者葛洪所著的一部中国古代志怪小说集，共10卷。真人：道家称存养本性或修真得道的人，亦泛指得道成仙之人。《淮南子·本经训》记述有："莫死莫生，莫虚莫盈，是谓真人。"《庄子·大宗师》也说："古之真人，不知说生，不知恶死，其出不䜣，其入不距；翛然而往，翛然而来而已矣。"以剑代其形：此谓道家之"尸解"。灵化：成仙，仙灵化。

⑥ 验：实证，验证。

译文：

传说姬晋的墓就在西京茂陵，战国时曾有人盗挖了姬晋的墓，结果进去一看，发现墓中空无一物，只有一把宝剑悬浮在半空中。盗墓的人本想盗取这把宝剑，却突然听见宝剑发出了龙吟虎啸般的声音，于是也就不敢上前去接近它了。顷刻间，只见这把宝剑径直飞出墓室，飞上了天。《神仙传》里曾说："修炼道术的人在去世的时候会尸解升仙，最常见的就是灵魂成仙，尸体解化为剑。到了五百年以后，由尸体解化的剑也能得道成仙。"由此可见，《神仙传》的记述，通过姬晋墓里的那把剑的故事，也就得到了验证。

38.

老子始下生，乘白鹿入母胎中。[①] 老子为人：黄色美眉，长耳广额，大目疏齿，方口厚唇，耳有三门，鼻有双柱，足蹈五字，手把十文。[②]

译文：

老子的出生极具传奇意味，相传他是骑着一头白鹿托生于母胎之中的。老子的面貌特征是：黄色的头发和眉毛，耳朵长，额头宽，眼睛大，牙齿稀，嘴唇厚，四方大嘴，有三个耳孔，两根鼻梁，一步可以跨一丈，双手有十道掌纹。

39.

襄邑县南八十里曰濑乡，有老子庙，庙中有九井。[③] 或云每汲一井，而八井水俱动。有能洁斋入祠者，须水温，即随意而温。[④]

---

① 老子：姓李名耳，字聃，一字伯阳，或曰谥伯阳，春秋末期人，中国古代思想家、哲学家、文学家和史学家，道家学派创始人和主要代表人物，与庄子并称"老庄"。后被道教尊为始祖，称"太上老君"。老子曾担任周朝守藏室之史，以博学而闻名，孔子曾入周向他问礼。春秋末年，天下大乱，老子欲弃官归隐，遂骑青牛西行。到灵宝函谷关时，受关令尹喜之请，而著《道德经》。下生：降世临凡。

② 三门：三个耳孔。双柱：两根鼻梁。足蹈五字：《史记》为"足蹈二五"，即一步一丈。十文：十道掌纹。

③ 襄邑县：古邑名，在今河南省睢县。濑乡：亦作赖乡，又作厉乡，在今河南省鹿邑县。

④ 洁斋：净洁身心，诚敬斋戒。汉代桓谭《新论》有："王翁好卜筮，信时日，而笃于事鬼神，多作庙兆，洁斋祀祭。"随意：随其心意。

译文：

襄邑县南边八十里有个地方名叫濑乡，那里有座老子庙，庙中有九口水井。传说每当人们在其中一口井中打水，其余八口井里的水都会有动静。如有身心净洁、诚敬斋戒的人来到老子庙，他若想要井水变温，即可随着意念而使井水变温。

40.

颜渊、子路共坐于门，有鬼魅求见孔子，其目若日，其形甚伟。[①] 子路失魄口噤；颜渊乃纳履拔剑而前，捲握其腰，于是化为蛇，遂斩之。[②] 孔子出观，叹曰："勇者不惧，知者不惑，仁者必有勇，勇者不必有仁。"

译文：

颜渊和子路一起坐在孔子的门口，这时有一只鬼走到他们跟前说要见孔子，它的眼睛像太阳一样发着光，身形十分高大魁梧。子路被吓得失魂落魄，嘴巴紧紧闭着，一句话也说不出来；而颜渊则不慌不忙地穿好鞋子，拔剑上前，一把握住这只鬼的腰身，鬼于是现出原形，变成了一条蛇，颜渊当即就将其斩杀了。孔子出来后看到了这个场面，叹息道："勇敢的人是无所畏惧的，智慧的人是无所迷惑的，有仁德的人一定是勇敢的，但勇敢的人却未必是有仁德的啊。"

---

① 颜渊：即颜回。曹姓，颜氏，名回，字子渊，鲁国都城（今山东省曲阜市）人，孔门七十二贤之首。13 岁拜孔子为师，终生师事之，行仁循礼，以德行著称，是孔子最得意的门生，孔子赞其"贤哉，回也"。子路：即仲由。字子路，又字季路，鲁国卞（今山东省泗水县东）人，孔门十哲之一，二十四孝之一，孔门七十二贤之一。以政事见称，为人伉直，好勇力。早年尚武，曾凌暴孔子，后孔子设礼以教。周敬王四十年（鲁哀公十五年），卫国内乱，临危不惧，冒死冲进卫国国都救援孔悝，混战中被蒯聩击杀，葬于澶渊（今河南省濮阳市）。孔子：子姓，孔氏，名丘，字仲尼，祖籍宋国栗邑（今河南省商丘市夏邑县），生于春秋时期鲁国陬邑（今山东省曲阜市）。儒家学说创始人，提倡"仁义""礼乐""德治教化"及"君以民为体"，与弟子周游列国 14 年，晚年修订《诗》《书》《礼》《乐》《易》《春秋》六经。伟：高大魁梧。

② 失魄：即失魂，形容极度恐慌。口噤：嘴巴紧闭的样子。纳履：穿上鞋子。捲握：牢牢抓住，握紧。

41.

孔子尝使子贡出，久而不返，占得鼎卦无足，弟子皆言无足不来；颜回掩口而笑。[①] 孔子曰："回笑，是谓赐必来也。"因问回："何以知赐来？"对曰："无足者，盖乘舟而来，赐且至矣。"明旦，子贡乘潮至。

译文：

孔子曾经派子贡外出公干，结果子贡去了很长一段日子还没有回来，孔子心中担忧便占卜了一卦，得到了"鼎卦无足"的卦辞。这时候，孔子的弟子们都说："鼎无足不立，人无足不行，既是无足，那看来这一卦是说子贡回不来了。"只有颜回在一旁捂着嘴巴笑。孔子看到后就说："颜回一个人躲在那儿偷笑，一定有他不一样的理解，那说明子贡肯定能按时返回了。"有弟子好奇地问颜回："为什么你觉得这一卦是在说子贡能回来呢？"颜回解释道："你们看到'无足'的卦辞就觉得是人无足就不能行走的意思，但是却忽略了无足还可以解释为'不用足'。老师卜卦是在询问子贡什么时候回，卦辞是不用足，既然不用足，那就是说他会乘船回来的意思嘛。乘船肯定会比走路快，算着时间，子贡马上就要到了。"不出颜回所料，第二天子贡便乘船回来了。

42.

宰我谓："三年之丧，日月既周，星辰既更，衣裳既造，百鸟既变，万物既

① 子贡：复姓端木，字子贡，春秋末年卫国黎（今河南省鹤壁市浚县）人。孔子的得意门生，儒家杰出代表，孔门十哲之一，善于雄辩，且有干济才，办事通达，曾任鲁国、卫国的丞相。还善于经商，是孔子弟子中的首富。占：推测吉凶。鼎卦无足：似指鼎卦第四爻，即"鼎卦·九四"。鼎卦，《易经》六十四卦之一，主卦是巽卦，阳数为三；客卦是离卦，阳数为五。下巽上离，有除旧布新的意思。另外，鼎不仅是一种炊具，也是一种政权的象征，有三足稳重之象。鼎卦在《易经》中上接井卦和革卦，是言谈改革的第三卦，其基本含义是稳中有变。无足，鼎卦·九四："鼎折足，覆公餗，其形渥，凶。"意思是鼎失足后不稳，鼎内食物随即倾覆而出，显得又脏又乱，这是大凶之兆。该爻辞暗指因用人不当而造成了严重的事态变故。下文中孔子的弟子皆言"无足不来"，即是按卦象本义解释为子贡此行凶险，不能完成孔子所托之任而按时返回。

易，黍稷既生，朽者既枯，于期可矣。”①颜渊曰：“人知其一，莫知其他。但知暴虎，不知冯河。② 鹿生三年，其角乃堕；子生三年，而离父母之怀。子虽善辩，岂能破尧舜之法，改禹汤之典，更圣人之文③，除周公之礼，改三年之丧，不亦难哉！父母者，天地，天崩地坏，三年之不亦宜乎！”

译文：

宰我说道：“父母死了，子女要守孝三年。三年的时间，太阳和月亮都足已运行春夏秋冬的周期了，星辰运转都要重新开始了，上衣和下衣都已经做成新的了，各种鸟儿都已经变化了，世间万物都已经更新变换了，黍、稷已经又一次生长收获了，死掉的人尸骨都已经腐烂了，三年真是太久的时间了。丧期改为一年，也就可以了吧。”颜渊答道：“人啊，往往是只知其一，不知道其他的。只知道徒手与老虎相搏是冒险的事，不知道徒步渡河也是冒险的事。小鹿要生长三年后，它头上的乳角才会掉下来；小孩子生下来也要过三年后，才能离开父母的怀抱，才能成活。即使你能言善辩，又怎么能够做到废除先王尧、舜、禹、汤的法典，变更圣人制定的礼仪形式，消除周公的礼乐制度，改变三年的丧期呢？这难道不是一件很难的事吗？父母就是子女的天地，父母亡故对于子女而言就好比天崩地陷，当子女的给父母守孝三年，难道不是应该的吗？”

---

① 宰我：亦称宰予。姬姓，宰氏，名予，字子我，春秋末期鲁国人，孔子弟子之一，能言善辩，曾从孔子周游列国。三年之丧：先秦儒家在《仪礼·丧服》中曾提出子为父母、妻为夫、臣为君要服三年丧期的主张，汉儒在《礼记》中又对三年丧期内的守丧行为在容体、声音、言语、饮食、衣服、居处等方面提出了具体的标准，如丧期内不得婚嫁、娱乐、洗澡、饮酒食肉，夫妻也不能同房，必须居住在简陋的草棚中，有官职者必须解官居丧等等。既：已经完成。周：周期。衣裳：上衣和下衣。造：制造新物。黍稷：黍和稷，古时主要农作物，泛指“五谷”。枯：腐烂。期：一年。

② 暴虎：空手和老虎搏斗。《诗·郑风·大叔于田》：“袒裼暴虎，献于公所。”《毛传》云：“暴虎，空手以搏之。”冯河：徒步涉水渡河。《诗·小雅·小旻》：“不敢暴虎，不敢冯河，人知其一，莫知其它。”《毛传》云：“冯，陵也。徒涉曰冯河，徒搏曰暴虎。”此处的暴虎和冯河都引申为有勇无谋、冒险行动之意。

③ 圣人之文：圣人（即孔子）制定的仪式规范。

43.

子路、颜回浴于洙水①，见五色鸟。颜回问子路曰："由，识此鸟否？"子路曰："识。"回曰："何鸟？"子路曰："荧荧之鸟。"后日，颜回与子路又浴于泗水②，更见前鸟，复问："由，识此鸟否？"子路曰："识。"回曰："何鸟？"子路曰："同同之鸟。"颜回曰："何一鸟而二名？"子路曰："譬如丝绢，煮之则为帛，染之则为皂，一鸟二名，不亦宜乎？"

译文：

子路、颜回在洙水洗澡时，见到一只五彩斑斓的鸟。颜回问子路："仲由，你知道这是什么鸟吗？"子路说："知道。"颜回说："那这鸟叫啥？"子路说："这叫荧荧鸟。"过了几天，颜回和子路又在泗水洗澡，二人又见到之前那只五彩斑斓的鸟，颜回又问："仲由，知道这是什么鸟吗？"子路还是说："知道。"颜回问："那这鸟叫啥？"子路说："这叫同同鸟。"颜回马上就说："你前几天才说这叫荧荧鸟，今天又说这叫同同鸟，同样的一只鸟，怎么可能有两个名字呢？"子路说："这就好比同样是丝绢，经过煮制的叫帛，经过漂染的叫皂。一只鸟有两个名字，难道不应该吗？"

44.

孔子尝游于山，使子路取水，逢虎于水所，与共战，揽尾得之，内怀中；取水还，问孔子曰："上士杀虎如之何？"③子曰："上士杀虎持虎头。"又问曰："中士④杀虎如之何？"子曰："中士杀虎持虎耳。"又问："下士⑤杀虎如之何？"子曰："下士杀虎捉虎尾。"子路出尾弃之。因恚孔子曰："夫子知水所

---

① 洙水：源出山东新泰，西流至泰安，折西南汇合泗水，至曲阜分道，至济宁合洸水，折南复入泗水。

② 泗水：源出山东泗水陪尾山，因四源并发而得名。

③ 水所：河边。揽：抓住。内：同"纳"，收入。上士：品德高尚的贤能之士。

④ 中士：中等德行的一般人。

⑤ 下士：才性德行差的人。

有虎,使我取水,是欲死我。”①乃怀石盘,欲中孔子。② 又问:“上士杀人如之何?”曰:“上士杀人使笔端。”③又问:“中士杀人如之何?”子曰:“中士杀人用舌端。”④又问:“下士杀人如之何?”子曰:“下士杀人怀石盘。”子路出而弃之,于是心服。

译文:

孔子曾经在山中游历,途中口渴便派子路去取水。子路在河边偶遇了一只老虎,于是和老虎搏斗起来。子路揪住老虎的尾巴,最后打死了老虎。子路割断老虎的尾巴,将其收入怀中,想回去找老师炫耀自己的勇武。于是在取水返回后,向孔子问道:“上等的士人如果杀虎的话,他会怎么杀呢?”孔子答道:“上等士人杀虎会按住老虎的头。”子路又问:“中等士人杀虎,又会怎么杀呢?”孔子答道:“中等士人杀虎会揪住老虎的耳朵。”子路又问:“那么下等士人杀虎是怎么杀的呢?”孔子答道:“下等士人杀虎会揪住老虎的尾巴。”子路一听,就把怀中的虎尾拿出来丢在地上。他愤怒地对孔子说:“老师,你一定是知道河边有老虎,派我去取水就是想害死我吧!”于是,怀恨在心的子路找了一块石盘藏在怀中,想要找机会砸死孔子。他又问孔子:“上等士人杀人,会怎么杀呢?”孔子答道:“上等士人杀人,是用文字的方式,让他遗臭万年。”子路又问:“中等士人杀人,会怎么杀呢?”孔子答道:“中等士人杀人,是用唇舌言语的方式,杀人不见血。”子路又问:“那么下等士人杀人,又是怎么杀的呢?”孔子答道:“下等士人杀人啊,徒有暴力,恐怕只敢在怀里藏个石盘吧。”子路听罢,把怀中的石盘拿出来丢在地上,对孔子诚心敬服。

---

① 恚:怨恨。死:动词,使……死。

② 怀:怀揣。中:砸而使之中。

③ 杀人使笔端:即以文字杀人,古时将笔墨写在竹简上或刻在甲骨铜鼎上,以文字的形式将人的罪行昭示天下,置其于死地。

④ 杀人用舌端:即以言语杀人,因人的舌头是软的,善辩者能把方的说成圆的,能把圆的说成扁的,众口铄金,也能够杀人不见血。

45.

孔子去卫适陈,途中见二女采桑。[1] 子曰:“南枝窈窕[2]北枝长。”答曰:“夫子游陈必绝粮。九曲明珠穿不得,著来问我采桑娘。”[3]夫子至陈,大夫发兵围之,令穿九曲珠,乃释其厄。[4] 夫子不能,使回、赐返问之,其家谬言[5]女出外,以一瓜献二子。子贡曰:“瓜,子在内也。”女乃出,语曰:“用蜜涂蛛[6],丝将系蚁,蚁将系丝;如不肯过,用烟熏之。”孔子依其言,乃能穿之。于是绝粮七日。

译文:

孔子在离开卫国去往陈国的途中,遇见两个女子在林中采摘桑叶。孔子看得出神,念了一句诗:“南枝窈窕北枝长。”采桑女当即应和了三句:“夫子游陈必绝粮。九曲明珠穿不得,著来问我采桑娘。”当孔子师徒来到陈国时发现不受待见,陈国的大夫还派守军将他们团团围住,并派人送去一颗九曲珠让孔子用丝线穿起来,如果孔子能够做到,便解除对他们的包围,放他们离开。孔子穿不起来这颗九曲珠,猛然想起途中采桑女的话,便赶忙派颜回和子贡返回去向采桑女求教。颜回、子贡回到桑林旁的那户人家门前,家中人谎称女子外出不在,并拿出一枚菜瓜招待了颜回、子贡两人。子贡一看便说:“这其实是一个哑谜,你拿出一枚瓜,瓜中有子,说明女子一定还在家中。”采桑女见子贡答破了哑谜,便从房内走出来,对二人说:“要穿九曲珠,须用蜜糖涂抹珠子一端的孔道,然后将一根丝线系在蚂蚁身上,把它放在珠

① 去卫:离开卫国。卫国,古国名,原为周武王弟康叔封地,先后建都于楚丘(今河南省滑县)、帝丘(今河南省濮阳市)、野王(今河南省焦作市沁阳)。战国时沦为魏国附属国,后秦始皇统一全国,于卫地置东郡。适陈:到陈国去。陈国,古国名,在今河南省淮阳县一带。采桑:采摘桑叶。古时农家活动之一,多由女性从事。

② 窈窕:娴静、美好的样子,代指美女。此处一语双关,既指桑树,又指采桑女。

③ 绝粮:断绝粮食。九曲明珠:即“九曲珠”,似为珠身有九孔。

④ 大夫:古代官名。西周以后的诸侯国中,国君下有卿、大夫十三级,“大夫”世袭,且有封地。后来大夫成为一般任官职者的称呼。释:消除,解除。厄:困境。

⑤ 谬言:谎称。

⑥ 蛛:即珠。

子的另一端。在蜜糖甜味的诱惑下,蚂蚁就会钻进珠子的孔道爬到有蜜糖的那一边,这样珠子也就穿起来了。如果蚂蚁不受蜜糖诱惑,不肯钻过珠子,那就用烟熏它。”孔子依照采桑女说的办法,果然将九曲珠穿上了线,终于从围困中脱身而出,到此时已断粮达七日之久。

46.

有鸟九尾,孔子与子夏①渡江,见而异之,人莫能名。孔子曰:“鸧②也。尝闻河上之歌曰:‘鸧兮鸹兮,逆毛衰兮,一身九尾长兮。’”

译文:

有一种鸟有九个尾巴,孔子和子夏在渡江时,看到以后觉得十分怪异,当时没有人能说出它的名字和来历。孔子说:“这鸟就是鸧啊。曾听到河上的歌谣:‘鸧啊鸹啊,你周身的羽毛倒长,你的神色衰微,你的身后拖有九尾。’”

47.

周公居东,恶闻此鸟,命庭氏射之,血其一首,犹余九首。③

译文:

周公曾在东都居住,很讨厌听到这种鸟的叫声,命令庭氏用箭射它,打伤了它的一颗头,还剩有九颗头。

---

① 子夏:姓卜名商,春秋时晋国人,孔子的学生,“孔门十哲”之一,“七十二贤”之一。少时家贫,苦学而入仕,曾做过鲁国太宰。是孔子后期学生中之佼佼者,才思敏捷,以文学著称,被孔子许为其“文学”科的高才生。

② 鸧:传说中的九头九尾怪鸟,形似鹤,周身逆毛,灰黑色。又名“鬼车”。

③ 周公:见第10“孙氏《瑞应图》”条。东:东都。旧址在今河南省洛阳市西,周武王曾迁九鼎于此。庭氏:古官名。《周礼》中系秋官之属,掌射杀都城附近的鸱鸮、狼、狐之类夜间鸣叫的鸟兽。按《周礼·秋官·庭氏》载:“庭氏掌射国中之夭鸟。”郑玄注解为:“庭氏,主射妖鸟,令国中絜清如庭者也。”血:打伤。

48.

秦世有谣云:"秦始皇,何强梁;开吾户,据我床;饮吾浆,唾吾裳;餐吾饭,以为粮;张吾弓,射东墙;前至沙丘当灭亡。"①始皇既焚书坑儒,乃发孔子墓,欲取经传。② 墓既启,遂见此谣文刊在冢壁,始皇甚恶之。及东游,乃远沙丘而循别路,忽见群小儿攒沙为阜,问之:"何为?"③答云:"此为沙丘也。"从此得病而亡。或云:"孔子将死,遗书曰:'不知何男子,自谓秦始皇,上我之堂,据我之床,颠倒我衣裳,至沙丘而亡。'"

译文:

秦朝民间流传着这样一首谶谣:"秦始皇,是多么残忍霸道的人啊!他强行打开我家的门,霸占着我的床;喝我的米浆,在我的衣裳上吐口水;吃我家的餐饭,把我家的粮食当作自己的粮食;拉开我的弓箭,射向东墙;别看他现在这么不可一世,但有朝一日当他到了沙丘就会走向灭亡。"秦始皇在焚书坑儒后,世上的文献典籍大量缺失,于是他便挖开了孔子的墓,想要从中获取一些经传书籍。等到墓穴打开以后,看到这首谶谣就刻在墓室的墙壁上,秦始皇对此十分生气。等到秦始皇要东出咸阳巡游全国,在规划路线时,就有意避开途经沙丘的道路,而选择沿着别的路途出行。途中忽然看到一群小孩子在玩沙土,并将沙子堆积成土山的形状,便问道:"你们为什么要这样做呢?"小孩儿们回答道:"我们要建筑沙丘啊。"秦始皇由此得病,过

---

① 谣:带有谶语性质的民歌。强梁:好勇斗狠、刚愎自用、欺凌弱小、性情暴虐的人。亦作"强良""彊良""彊梁"等。沙丘:秦始皇死地,在今河北省平乡县东北。

② 焚书坑儒:又称"焚诗书,坑术士"。即秦始皇在公元前 213 年和公元前 212 年焚毁书籍、坑杀"犯禁者四百六十余人"。根据史书的记载,秦始皇焚书确有其事。在秦始皇三十四年(前 213 年),博士淳于越反对当时实行的"郡县制",主张沿袭古制来分封子弟。丞相李斯加以反对,并以此主张禁止民间以古非今、以私学诽谤朝政。秦始皇采纳了李斯的建议,下令焚烧《秦记》以外的列国史记和民间私藏的《诗》《书》,此即为"焚书"。但秦始皇坑儒一事却与史实有违。在秦始皇三十五年(前 212 年),方士卢生、侯生等替秦始皇求仙失败后,私下谈论秦始皇的为人、执政以及求仙等各个方面,之后携带求仙用的巨资出逃。秦始皇知道后大怒,故而迁怒于方士,下令在京城搜查审讯,抓获 460 余人并全部活埋。因此,秦始皇的确坑杀过一批人,但他们并不是儒生,而是方士、术士。经传:儒家经典经与传的统称,其中传是解释经的著作。

③ 东游:东出巡游全国。循:沿着。阜:土山。

了不久就去世了。当时也有一种流传的说法是:“孔子临死前留有一封遗书:后世有一个不知天高地厚的人,他自称秦始皇,竟然盗掘我的坟墓,还登堂入室,破坏我的殓服遗体。终有一天,他会在沙丘死亡。”

49.

安吉县西有孔子井,吴东校书郎施彦先后居井侧。① 先云:“仲尼聘楚,为令尹子西所谮,欲如吴未定,逍遥此境,复居井侧,因以名焉。”②

译文:

安吉县西边有一口井名叫“孔子井”,吴东校书郎施彦先后来在井边居住。据施彦先介绍这口井的来历:“当年孔子被招聘到楚国,却被令尹子西诽谤,不能施展政治抱负,想要把楚国治理得像吴国一样国泰民安的愿景未能实现。后来孔子周游列国,到了吴国后悠闲自得,安闲自在,又住在这口井边。这口井便因此而得名。”

---

① 安吉县:古县名。在今浙江省湖州市。吴:中国周代诸侯国名,在今江苏省南部和浙江省北部,后扩展至淮河下游一带。校书郎:古官职名。东汉时,曾征召学士至兰台或东观宫中藏书处校勘典籍,其职为郎中者,称校书郎中(亦省称校书郎);其职为郎者,则称校书郎。三国曹魏始置校书郎官职,负责校勘宫中所藏典籍诸事。施彦先:生平事迹于史未详。

② 聘:受聘于……令尹子西:令尹,特指春秋战国时楚国的执政官,其权势地位相当于宰相。子西:春秋时楚平王的庶长子,字子西。楚平王亡后,令尹子常欲立子西为楚王,子西却以“国有常法,反之则乱”来推辞,然后才又立了楚昭王。后楚昭王又任命子西为令尹。谮:诽谤。逍遥:优游自得、安闲自在。复:又。

50.

鬼谷先生与苏秦、张仪书云:"二君足下:功名赫赫,但春华到秋,不得久茂;[①]日数将冬,时讫将老。[②]子独不见河边之树乎?仆御折其枝,波浪荡其根,上无径寸之阴,下被数千之痕,此木非与天下人有仇怨,盖所居者然。[③]子不见嵩、岱之松柏,华、霍之檀桐乎?[④]上枝干青云,下根通三泉,上有猿狖,下有赤豹麒麟,千秋万岁,不逢斧斤之患,此木非与天下之人有骨肉,亦所居者然。[⑤]今二子好朝露之荣,弃长久之功,轻乔松之永延,贵一旦之浮爵。[⑥]夫女爱不极席,男欢不毕轮,痛夫!痛夫!二君,二君![⑦]"

苏秦、张仪答云:"伏以先生秉德含和之中,游心青云之上,饥必啜芝

---

① 鬼谷先生:鬼谷子。王氏,名诩,别名禅,春秋战国时著名谋略家,纵横家的鼻祖,兵法集大成者,诸子百家之纵横家创始人。精通百家学问,因隐居在云梦山鬼谷,故自称鬼谷先生。在中国古代文化史上,鬼谷子是与孔子、老子并列的学术大家,被后世称为"谋圣"。他本人隐居世外,但座下弟子却出将入相,左右着列国的存亡。苏秦:字季子,雒阳(今河南省洛阳市)人。早年拜鬼谷子为师,学习纵横之术。学成后得到燕文公赏识,出使赵国,提出"合纵"六国以抗秦的战略思想,并组建合纵联盟,任"从约长",兼佩六国相印。联盟解散后,被齐国任为客卿,后齐国众大夫因争宠派人刺杀他。张仪:魏国安邑(今山西省万荣县王显乡)人。鬼谷子门下,出师后以"连横"的外交策略入秦,受到秦惠文王赏识,被封为相国,奉命出使游说各国,促使各国亲善秦国。后秦武王继位,张仪失宠,逃往魏国,任魏相国。春华:春天的花草,引喻为人的青春年华。茂:盛,繁盛。

② 数:计算。讫:完毕,终结。

③ 仆御:泛指古时杂役。荡:激荡。此处是水流冲刷的意思。上:即树冠处。下:即树干处。被:通"披"。居:所处环境。

④ 嵩:嵩山。主体在今河南省登封市,为五岳之中岳。又称外方、太室,又名崇高、嵩高。其峰东为太室山,中为峻极山,西为少室山。岱:泰山。主体在今山东省泰安市,为五岳之东岳。又称岱山、岱宗、岱岳、东岳、泰岳。素有"五岳之首"和"天下第一山"之称。华:华山。主体在今陕西省华阴市,为五岳之西岳。又称太华山,后世被视作"华夏之根",以奇崛险峻著称。霍:衡山。主体在今湖南省衡阳市,为五岳之南岳。又称寿山、南山。主要山峰有回雁峰、祝融峰、紫盖峰、岳麓山等。

⑤ 猿狖:亦作"猨狖"。泛指猿猴。赤豹:毛赤而有黑色斑纹的豹。《诗·大雅·韩奕》中有:"献其貔皮,赤豹黄罴。"《毛传》解释为:"毛赤而文黑谓之赤豹。"斧斤:泛指各种斧子刀具。

⑥ 乔松:有两种意思。其一指高大的松树,如《诗·郑风·山有扶苏》中即有"山有乔松,隰有游龙"的说法;其二指传说中的王子乔和赤松子,二者都是传说中的得道仙人。按鬼谷子信中的意思是在劝诫苏、张二人功成身退,以求保生永年。由此,上述两种意思在此处皆可适用。浮爵:过眼云烟般的功名爵位。

⑦ 不极席:还没有来得及同枕席就结束了。不毕轮:还没有轮流饮过一杯酒就结束了。

草，渴必饮玉浆，德与神灵齐，明与三光同，不忘将书，诚以行事。① 仪以不敏，名问不昭，入秦匡霸，欲翼时君，刺以河边，喻以深山，虽复素暗，诚衔斯旨。②”

译文：

鬼谷子给苏秦、张仪写信说：“你们两个人都已经功名盖世了，但你们也要知道，一年四季，草木并不会一直茂盛下去，总有冬天到来的时候，人也总有老去的那一天。你们难道没有看到河边的柳树吗？仆役们折它的树枝，波浪冲刷着它的根。树冠没有一寸阴凉，树干上有数千斧凿刀砍的痕迹，这种悲惨的命运并不是因为它和天下人有什么深仇大恨，而是它所处的环境决定的。你们没有见过华山、衡山上的檀木桐树和嵩山、泰山上的松树、柏树吗？它们的叶子上通青云，它们的根下达三泉，树上有猿狖一类生灵，树下有虎豹麒麟一类的瑞兽，耸立千万年也不会遭到砍伐，这种美满的命运也不是因为这些树和天下人有着多么亲密的关系，也是其所处的环境决定的啊！现今你们贪图一时的荣华，而疏忽长久的功绩，轻视乔木松柏的永恒，重视朝夕的浮名爵位。常言道女子的欢爱持续不到筵席收场，男子的欢爱也持续不到尽兴畅饮。你们青春将逝，却还在追求过眼云烟的浮名，真是让人痛心啊！”

苏秦、张仪回答说：“先生于祥和之气中保持德行，骋思在青云之上，饥饿时吃灵芝仙草，口渴时饮琼浆玉液，德行与神灵比肩，光辉和日月星等同，还不忘写信告诫我们在现实中该如何行事。张仪不聪慧，名声学问也不显著，到秦国匡辅君主，意图辅佐君王，以河山为讽喻，纵然我一向糊涂，但也确实是将您的旨意放在心中的。”

---

① 秉德：保持美德。此处是指保持道家的隐逸之德。含和：蕴藏祥和之气，常喻仁德。与“秉德”意义相近。游心：潜心、浮想骋思、游惰之心的意思。芝草：即灵芝。古时以芝草为瑞草，人服之或可成仙。玉浆：传说中的仙人饮料。后世泛指美酒和甘泉。三光：即日、月、星。

② 敏：聪慧，聪明。昭：明显，显著。匡霸：匡扶帝王以成霸业。翼：辅助，为其羽翼。刺：劝谏。素闇：一向糊涂。

51.

张子房与四皓书云："良白：仰惟先生，秉超世之殊操，身在六合之间，志凌造化之表。[①] 但自大汉受命，祯灵显集，神母告符，足以宅兆民之心。[②] 先生当此时，辉神爽乎云霄，濯凤翼于天汉，使九门之外，有非常之客，北阙之下，有神气之宾，而渊游山隐，窃为先生不取也。[③] 良以顽薄，承乏忝官，所谓绝景不御，而驾服驽骀。[④] 方今元首钦明文思，百揆之佐，立则延企，坐则引领，日仄而方丈不御，夜寝而阊阖不闭。[⑤] 盖皇极须日月以扬光，后土待岳渎以导滞；[⑥]而当圣世，鸾凤林栖，不翔乎太清，骐骥岳遁，不步于郊莽，

---

① 张子房：张良。见第4"汉高祖手敕太子书云"条。四皓：见第4"汉高祖手敕太子书云"条。白：说，念白。超世：出尘，出世。六合：现实俗世。详见第10"孙氏《瑞应图》"条。凌：超越。造化：自然万物。

② 受命：接受天命，即建国登基。古时鼓吹君权神授，封建帝王号称天子，在思想上以迷信之说肯定其统治的合法性。祯灵：各种祥瑞之物的统称。神母告符：传说汉高祖刘邦曾醉酒斩白蛇，后有神母夜间号哭道："赤帝子杀吾白帝子。"汉人班彪在《王命论》中说："（高祖）始起沛泽，则神母夜号，以彰赤帝之符。"该说是在描述汉朝建立的过程时加入非人力的神秘性要素，以鼓吹刘邦登基及汉朝建立的历史宿命性和正统唯一性。宅：顺应、归顺。

③ 辉神：即良好的精神状态。爽：清朗畅快。濯：清洗，洗涤。凤翼：凤凰的羽翼，比喻代表帝王权贵的祥瑞事物。天汉：一指天河，银河。如《诗·小雅·大东》有："维天有汉，监亦有光。"《毛传》解释为："汉，天河也。"曹丕《杂诗》亦有："天汉回西流，三五正纵横。"二指汉朝。汉人李陵《答苏武书》中有："出天汉之外，入强胡之域。"此处指汉朝。九门：即天子禁城中的九种门。《礼记·月令》记载："（季春之月）田猎、罝罘、罗罔、毕翳、喂兽之药，毋出九门。"汉人郑玄注解道："天子九门者，路门也、应门也、雉门也、库门也、皋门也、城门也、近郊门也、远郊门也、关门也。"后世多用九门以称宫门或宫禁。北阙：古时宫殿北侧的门楼为北阙，是臣子候朝和奏事之处。《汉书·高帝纪下》记载："萧何治未央宫，立东阙、北阙、前殿、武库、太仓。"唐人颜师古注解为："未央宫虽南向，而上书、奏事、谒见之徒皆诣北阙。"由此，北阙以上，皆朝廷之臣。北阙之下，则意为朝廷以外。渊游山隐：游于渊，隐于山。即遁世归隐的意思。不取：不赞成，不采取。

④ 顽薄：愚钝浅薄。承乏：承，继续、接连。乏，缺失、缺少。即赶上了人才缺乏的时代。忝官：愧居官位。绝景：宝马良驹。驽骀：劣等马。

⑤ 元首：封建帝王的代称，此处指汉高祖刘邦。钦明：敬肃明察。文思：才智道德兼备。百揆：总理国政之官。延企：即延颈企踵。伸长脖子，踮起脚跟，形容盼望急切之貌。引领：伸颈远望，形容期望殷切之貌。日仄：即日昃。太阳偏西，约午后时分。此处指白天。方丈：居室。阊阖：传说中的天门，代指皇宫的正门。

⑥ 皇极：帝王统治天下的准则，即所谓大中至正之道。《书·洪范》："五，皇极，皇建其有极。"唐人孔颖达解释为："皇，大也；极，中也。施政教，治下民，当使大得其中，无有邪僻。"后引申为皇帝和皇位。后土：土地。古时以天为皇，以地为后，故有"皇天后土"之说。岳渎：五岳和四渎。即泰山、华山、衡山、恒山、嵩山与长江、黄河、淮河、济水。

非所以宁八荒慰六合也。[1] 不及省侍，展布腹心，略写至言，想料翻然不猜其意。[2] 张良白。”

四皓答书曰：“窜蛰幽薮，深谷是室，岂悟云雨之使，奄然萃止。[3] 方今三章之命，邈殷汤之旷泽，礼隆乐和，四海克谐，六律及于丝竹，和声应于金石，飞鸟翔于紫阙，百兽出于儿门。[4] 顽夫固陋，守彼岩穴，足未尝践闾阖，目未曾见廊庙，野食于丰草之中，避暑于林木之下；望月晦然后知三旬之终，睹霜雪然后知四时之变，问射夫然后知弓弩之须，讯伐木然后知斧柯之用。[5] 当秦项之艰难，力不能负干戈，携手逃走，避役山草，倚朽若立，循水似济。遂使青蝇盗声于晨鸡，鱼目窃价于隋珠。[6] 公侯应灵挺特，神父授策，盖无幽而不明也。岂有烹鼎和味，而愿令菽麦厕方丈之御；被龙服衮，而欲使女萝上绀绫之绪？恐汩泥以浊白水，飘尘以乱清风；是以承命倾筐，闻

---

① 鸾凤：鸾鸟和凤凰，比喻俊杰才士。太清：天空，太空。骐骥：骏马，比喻贤俊之士。郊莽：原野。宁八荒慰六合：天下安定，国泰民安的意思。八荒，又称“八方”，即东、南、西、北、东南、西南、东北、西北八个方向，形容地域辽阔荒远。六合：见第10“孙氏《瑞应图》”条。

② 省侍：探望，侍奉。想料：即料想，希望之意。

③ 窜：逃窜。蛰：蛰伏，隐居。幽薮：僻静的草泽。云雨之使：即皇家使者，此处指张良。古时皇帝号“真龙天子”，相传龙能兴云布雨。另外，古时皇帝对臣下的恩泽称为“雨露”。故而四皓称张良为传递皇帝招募恩泽的云雨之使。奄然：忽然。萃止：聚集。

④ 三章之命：即刘邦入关时的“约法三章”。邈：超过，胜过。旷泽：大的恩泽。礼隆乐和：礼乐兴隆祥和。四海：指四邻各少数民族居住的地域。《尔雅·释地》称：“九夷、八狄、七戎、六蛮，谓之四海。”克：能够。六律：即黄钟、大簇、姑洗、蕤宾、夷则、无射，古代乐音标准名。丝竹：弦乐与管乐。金石：钟磬发出的乐声。紫阙：帝王的宫阙。汉人焦赣《易林·讼之贲》云：“紫阙九重，尊严在中。”

⑤ 顽夫：顽劣愚钝的人，此处是四皓的自谦之辞。廊庙：殿堂和太庙，泛指朝廷。月晦：月尽之时，多指农历每月的最后一日。

⑥ 青蝇：苍蝇。盗声：窃取声誉。隋珠：隋侯之珠，古代与和氏璧同称稀世之宝之一。相传春秋时隋侯出行，见大蛇被伤中断，使人以药敷之，蛇乃能走。后蛇衔明珠以报，谓之隋珠。“青蝇盗声于晨鸡，鱼目窃价于隋珠”，即四皓的自谦、自嘲与辞让之语。

宠若惊。谨因飞龙之使，以写鸣蝉之音，乞守兔鹿之志，终其寄生之命也。"①

译文：

张良给商山四皓写信说道："久仰先生大名，素闻先生有超脱俗世的别致情操，身处俗世之间而志向远大超迈。自从我大汉王朝上承天命，统一了天下，各种祥瑞显灵，神母也宣告了汉朝建立的正当性，使天下万民得以民心安定。恰逢此时，诸位先生们的精神风采比天上的云彩还要清爽，就如同那在天河旁洗涤翅膀的凤凰。正是有了诸位先生的存在，才让我们知道在皇宫以外尚有值得我们仰慕的卓越人才，朝廷以外也有值得我们敬仰的贤俊才士。我们久仰先生，现在也很想招募先生，如果让诸位先生继续过着与世隔绝、隐居山海的生活，我想先生们应该也不会情愿如此吧。我本是一个思想愚钝、见识浅薄的人，碰巧赶上了人才短缺的时代，才得到了一定的官阶和官位，这说起来其实是很惭愧的一件事。我之所以能够在朝廷为官，就好比骑马的人没有良驹可骑，出于无奈只能将就着骑劣等的马，各位先生才是真正的宝马良驹啊。现今大汉政治清明，天子明察是非、德才兼备，正是需要人才辅助的时候。总理国政的席位虚位以待，翘首期盼着能够得到各位先生的出山辅助，天子白天毫不懈怠地寻访招募，晚上也大开宫门，生怕阻隔了与俊杰贤才相见的机会。众所周知，大道需要借助日月之光辉来发扬光大，大地需要借助五岳四渎来疏导流通。如若置身圣明之世，鸾鸟与凤凰都栖息在林泉而不在天空中展翅翱翔，骏马都藏匿于山间而不在原野上驰骋跋涉，绝不是天下太平、国泰民安的世道啊。尚未探望拜访而先冒昧写

---

① 公侯：泛指有爵位的贵族和官高位显的人，此处指张良。应灵：应和神灵。挺特：出类拔萃。神父授策：指黄石公传授张良素书三篇以佐刘汉。无幽而不明：幽，暗；明，亮。意即张良在任何地方都是顶尖的人才。烹鼎和味：即美食。古时烹鼎以祭祀，鼎内食物皆鲜美。菽麦：豆与麦，比喻常见且极易识别的事物。厕：参与，混杂其中。御：进食。衮：带有龙纹的礼服，指古时天子或贵族所穿的礼服。女萝：亦作"女罗"。植物名，即松萝，多附生在松树上，呈丝状下垂。此处指松萝枝样的纹饰。绀绫：绸缎。绪：开端，前端。汩泥：浑浊的泥沙。倾筐：尽筐中之所有，此谓四皓对张良倾吐心声，呼应张良心中的肺腑之言。飞龙之使：同前文"云雨之使"，亦指张良。鸣蝉：秋蝉、寒蝉。因秋蝉、寒蝉之声凄切悲苦，故鸣蝉之音喻指悲观、消极的情绪。

信，信中都是我的肺腑之言，为表达我对先生们的敬意和诚意，简略书写言语，希望能明白我的意思。”

四皓给张良回信说：“我们逃匿隐居在僻静的草泽之中，将深谷当作住室，想不到能接到代表皇帝天恩的您的忽然来信。如今皇帝颁布并执行了‘约法三章’的法令，单从这一点上看，皇帝对百姓的恩泽已经远胜过了商周时的帝王。现在礼乐兴隆和畅，四海内外的人也都能安定和谐地生活，六律和丝竹乐器的乐声与钟磬之音相和谐，飞鸟翱翔在帝王宫阙，瑞兽奔于九门内外，这都是盛世的景象啊。然而我们却是思想陈旧、见识浅薄的人，我们本就百无一用，只能隐居在山林当中，双脚未进入过皇宫，双眼也未见过朝廷。属于我们的生活和我们所认识的世界，就是在郊野丰草处野餐，在树林茂密处避暑。每当仰望月亮月光晦暗时，才知道一个月过去了；每当看到霜雪飘落，才明白四季发生了变化；询问了射箭的人，才知道弓弩的使用方法；询问了伐木的人，才知道斧头刀具的用法。我们在秦末楚汉的艰难乱世中，因手无缚鸡之力，拿不起兵器搏斗，就相约一起躲避兵役、逃至山林。我们倚靠着枯朽的树木，在别人看来就仿佛不曾跌倒；我们循着水源生活，在别人眼中就仿佛有了保障。乱世中，我们侥幸存活至今，在年轻人看来，我们一定是有特异的本领的。于是，社会上就流传了关于我们的一些传说。但这就好比苍蝇因有嗡鸣之声而盗取了雄鸡的声誉，鱼目因有圆润之形而窃取了隋珠的价值。所以，子房先生的好意我们心领了，但我们确无真才实学，不堪大任。倒是子房先生您，天资聪颖、出类拔萃，又得名师传授，您是有真才实学的，走到哪里都是一流的人才。有您在朝廷，我们怎么能忝列其中呢。难道宴席上有精致鲜美的美食，却要让豆麦这种上不得台面的食物混杂其中；穿着绘有龙纹的礼服却想要松萝丝藤的图案处于衣服最显眼的顶端吗？如果我们接受了招募，恐怕会让浑浊的泥水玷污了甘泉，让飘飞的尘土扰乱了清风。因此，我们在接到您的来信之后受宠若惊，便将自己的想法向您和盘道出，告诉您我们的凄苦心声，希望您能满足让我们像兔鹿一般留在山中的愿望，让我们继续过着隐居的生活，就此终结一生。”

52.

晋简文云："汉世人物，当推子房为标的，神明之功，玄胜之要，莫之与二。[①] 接俗而不亏其道，应世而事不婴□。[②] 玄识远情，超然独迈。[③]"

译文：

晋简文帝司马昱说："若要品评汉代人物，应当推选张良为楷模，他有着为人处世神妙变化的能力，掌握着超越世俗的精神要义，没有第二个人能与之相比。张良虽然身处俗世但没有亏损求玄向道之心，应对世务却从不为世务所牵绊。他对玄理有着深奥微妙的见识和深情，为人有着超脱世俗，遗世独立的姿态。"

53.

樊将军哙问于陆贾曰："自古人君，皆云受命于天，云有瑞应，岂有是乎？"[④]陆贾应之曰："有。夫目瞤，得酒食；灯火花，得钱财；乾鹊噪而行人至，蜘蛛集而百事喜。[⑤] 小既有征[⑥]，大亦宜然。故曰：'目瞤，则咒之；灯火

---

① 标的：准则，楷模。神明：隐藏谓之神，著见谓之明。此处指人在出世和入世问题上的认识神妙变化。玄胜：超越世俗的境界。莫之与二：天下第一，无人能出其右。

② 接俗：交接世俗。应世：应对世务。婴：牵绊。

③ 玄识：深奥微妙的见识。远情：深情。超然：超脱世俗的态度和姿态。

④ 樊将军哙：樊哙。泗水郡沛县（今江苏省沛县栖山镇樊庄村）人，出身寒微，以屠宰为业，参加沛县起义，骁勇善战。鸿门宴时，曾出面营救刘邦。西汉初年，担任大将军、左丞相，封舞阳侯。陆贾：汉初楚国人，早年追随刘邦，以能言善辩见称于世。陆贾力倡儒学，针对汉初政治的需要，提出了"行仁义、法先圣，礼法结合、无为而治"的政治主张。人君：皇帝。受命于天：顺从天意来做皇帝。古时帝王为巩固其统治地位，宣扬君权神授，说他们做皇帝是顺从天意，接受天命。瑞应：古代以为帝王修德，时世清平，天就降祥瑞以应之。

⑤ 目瞤：眼皮跳动。古人认为，眼皮跳动预兆着有吉事发生。灯火花：灯火爆花。乾鹊噪：喜鹊鸣叫。乾鹊，即喜鹊。按宋人彭乘《墨客挥犀》载："北人喜鸦声而恶鹊声，南人喜鹊声而恶鸦声。鸦声吉凶不常，鹊声吉多而凶少。故俗呼喜鹊，古所谓乾鹊是也。"行人：古官名，掌管朝觐聘问的官，后为使者的通称。《周礼·秋官》中即有行人之属。春秋、战国时各国都有设置。汉代大鸿胪属官有行人，后改称大行令。

⑥ 征：征兆。

花,则拜之;乾鹊噪,则喂之;蜘蛛集,则放之。'[①]况天下大宝[②],人君重位,非天命何以得之哉? 瑞,宝信也。[③] 天以宝为信,应人之德,故曰瑞应。天命无信,不可以力取也。"

译文:

樊哙将军向陆贾询问道:"自古以来的皇帝都说自己是奉天承运的天子,还说自己即位都是有祥瑞应验的,难道真的有这样的事吗?"陆贾回答道:"当然有了。我们都知道眼皮跳动就是吉兆,预示着会有酒肉饭菜的收获;看见灯火爆花也是吉兆,预示着会得到钱财;听见喜鹊的鸣叫也是吉兆,预示着有贵客临门;发现蜘蛛聚集也是吉兆,预示着万事如意、百事嘉喜。日常生活中的小事尚且都有征兆,天下大事自然也有相应的预示和征兆。因此,老百姓尚且常说:'眼皮跳,去祷告;灯火爆花,感恩好。喜鹊叫,须投喂;蜘蛛扎堆,莫理会。'何况天下至尊的皇位,若非皇帝天命所归,又怎么可能得到呢? 祥瑞,是罕见的宝物,也是现实事件的信号。上天以宝物降临人间作为信号,来响应皇帝的德操与品行,所以说皇帝即位是有祥瑞应验的。如果不是奉天承运、天命所归,没有祥瑞应验,皇位是不可能凭借人力来获取的。"

54.

湘州有南寺,东有贾谊宅。[④] 宅有井,小而深,上敛下大,状似壶,即谊所穿。井旁局脚食床[⑤],容一人坐,即谊所坐也。

---

① 咒:祝愿,祷告。拜:拜谢,感恩。放:放任。

② 大宝:皇帝之位。

③ 瑞:祥瑞。宝:宝物。信:信号。

④ 湘州:古地名,晋朝始置,即今湖南省长沙市。贾谊:洛阳(今河南省洛阳市)人,世称"贾生"。少有才名,以善文为郡人所称。汉文帝时任博士,迁太中大夫,受周勃、灌婴等人排挤,被谪为长沙王太傅,后世亦称"贾长沙""贾太傅"。

⑤ 局脚食床:局脚,见第 33"宋建国初"条。食床:即石床。

译文：

湘州有一座南寺，南寺东边是贾谊故居。贾谊故居中有一口井，口小井深，上细下粗，形状像壶一样，是贾谊亲自凿挖的。井旁边有一张局脚的石床，可以容一个人坐卧，就是当初贾谊所坐的地方。

55.

谊宅今为陶侃庙，谊时种甘，犹有存者。①

译文：

贾谊的住宅今是陶侃庙，贾谊当年亲手种植的橘树，在今天仍然存在。

56.

汉董仲舒尝梦蛟龙入怀中，乃作《春秋繁露》。②

译文：

汉代董仲舒曾经梦到一条蛟龙飞到自己怀里，认为自己有义务辅佐皇帝成就霸业，于是写成了《春秋繁露》这本书。

---

① 陶侃：字士行（一作士衡），本为鄱阳郡枭阳县（今江西省都昌县）人，后徙居庐江郡寻阳县（今江西省九江市）。陶侃出身寒门，先后平定陈敏、杜弢、张昌起义和苏峻之乱，为稳定东晋政权立下了赫赫战功。累官武昌太守、荆州刺史、侍中、太尉，封长沙郡公，死后获赠大司马。甘：同"柑"。

② 董仲舒：西汉广川（河北景县广川镇大董故庄村）人，汉景帝时任博士，讲授《公羊春秋》。汉武帝元光元年（前134年），董仲舒在《举贤良对策》中系统地提出了"天人感应""大一统"学说和"诸不在六艺之科、孔子之术者，皆绝其道，勿使并进"的主张，为武帝所采纳，授以江都相。后废为中大夫，以言灾异下狱。蛟龙：传说中能使洪水泛滥的一种龙，常居深水之中。相传，蛟能发洪水，龙能兴云雨。《春秋繁露》：古书名，汉人董仲舒撰，10卷。该书推崇《公羊春秋》之学，发挥"大一统"之旨，阐述了以阴阳五行、天人感应为内核的哲学与神学理论，宣扬"性三品"的人性论、"王道之三纲可求于天"的伦理思想及赤黑白三统循环的历史观，为汉代中央集权的封建统治制度奠定了思想理论基础。

57.

汉文翁当起田，砍柴为陂，夜有百十野猪，鼻载土著柴中。[1] 比晓，塘成，稻常收。[2] 尝欲断一大树，欲断处去地一丈八尺。翁先咒曰：“吾得二千石[3]，斧当著此处。”因掷之，正砍所欲。后果为蜀郡守。

译文：

汉朝有个叫文翁的人要开垦荒田来建造水田，于是就用刀把柴草都砍掉，围成了一个池塘的样子。夜晚有100多头野猪用鼻子运土往柴草堆里倒，天快亮时，这个池塘就建成了，而且该地的水稻年年都能获得丰收。文翁曾经还想砍倒一棵大树，准备砍的地方离地面有一丈八尺高。在砍树前，文翁闭着眼睛在心里默默祷告说：“我将来如果能做一郡的太守，那么待会儿我砍树时，斧子就会砍在这个离地一丈八尺的地方。”祷告完后，文翁挥起斧子向树扔出去，斧子恰巧就砍在了他预想的地方。后来，果不其然，文翁当上了蜀郡太守。

58.

汉武帝见画伯夷、叔齐形象，问东方朔：“是何人？”[4] 朔曰：“古之愚夫。”帝曰：“夫伯夷、叔齐，天下廉士，何谓愚耶？”朔对曰：“臣闻贤者居世，

① 文翁：名党，字仲翁，庐江（今安徽省庐江县）人。汉景帝末年为蜀郡守，兴教育、举贤能、修水利，政绩卓著。起田：开垦荒田。陂：池塘。

② 比：接近，靠近。

③ 二千石：即郡守。汉朝规定，郡守俸禄为二千石，即月俸一百二十斛。世因称郡守为“二千石”。

④ 伯夷、叔齐：商末孤竹君的两位王子。相传孤竹君遗命立叔齐为君，孤竹君死后，叔齐让位给伯夷，伯夷不受而逃，叔齐也未继位而逃。周武王伐纣时，二人扣马谏阻。商亡后，他们耻食周粟，采薇而食，饿死于首阳山。东方朔：字曼倩，平原郡厌次县（今山东省阳信县）人。汉武帝即位后，上书自荐，拜为郎。后任常侍郎中、太中大夫等职。性格诙谐，言词敏捷，滑稽多智，常在汉武帝面前于谈笑取乐中暗寓讽谏。

与时推移，不凝滞于物。[①] 彼何不升其堂，饮其浆，泛泛如水中之凫，与彼俱游？[②] 天子毂下，可以隐居，何自苦于首阳乎？[③]”上喟然而叹。

译文：

汉武帝在观看伯夷、叔齐的画像时问东方朔：“这两位是什么样的人呢？”东方朔答：“依我之见，他们都是古时愚蠢至极的人。”汉武帝又疑惑地问：“伯夷、叔齐是天下皆知的廉洁贤士，你怎么能说他们是愚蠢的人呢？”东方朔回答说：“臣听说世上真正有大智慧和大贤德的人，他们懂得要尊重历史的发展，顺应时代潮流，合于时宜，而不是顽固不化、停滞不前，阻碍历史和时代前进的脚步。在我看来，伯夷、叔齐为什么不摆正自己的心态、正视大势所趋，任仕于周朝，与周朝贵族同饮酒，共享伐无道的胜利果实，像水中的野鸭一样自由自在地随波逐流呢？退一万步说，即使不愿意出仕周朝，那也可以在天子脚下过上隐居的生活，何必跑到首阳山上自己受苦以致活活被饿死呢？”汉武帝听后，慨然叹息。

59.

汉武游上林[④]，见一好树，问东方朔，朔曰：“名善哉。”帝阴使人落其树。[⑤] 后数岁，复问朔，朔曰：“名为瞿所。”帝曰：“朔欺久矣，名与前不同，何也？”朔曰：“夫大为马，小为驹；长为鸡，小为雏；大为牛，小为犊；人生为儿，长为老；且昔为‘善哉’，今为‘瞿所’，长少死生，万物败成，岂有定哉？”帝乃

① 与世推移：随着世道的变化而变化，合时宜。凝滞：拘泥、停留不动，心思局限于某个范围。

② 升其堂：登上周朝的朝堂，即接受周的封赏，到周朝做官。饮其浆：饮下周朝的美酒，即同周朝贵族享乐安逸。泛泛：漂浮、浮行的样子，引申为随波逐流之意。凫：野鸭子。彼：指周朝贵族。

③ 毂下：辇毂之下，即京城。梁人萧统《文选·任昉〈齐竟陵文宣王行状〉》中有“神皋载穆，毂下以清”。唐人李善注解时引胡广《汉官解诂注》为“毂下，喻在辇毂之下，京城之中也”。自苦：自己受苦，自寻苦恼。首阳：首阳山，在今陕西省永济县南，亦名“雷首山”。

④ 上林：古宫苑名。秦时旧苑，汉初荒废，至汉武帝时重新扩建。旧址在今陕西省西安市西及周至、户县界。按《汉书》记载：“武帝建元三年，开上林苑，东南至蓝田宜春、鼎湖、御宿、昆吾，旁南山而西，至长杨、五柞，北绕黄山，濒渭水而东，周袤三百里。离宫七十所，皆容千乘万骑。”

⑤ 阴：暗中，暗地里。落：砍断。

大笑。

译文：

汉武帝曾到上林苑游玩，见到了一棵茂盛的树，他问东方朔这是棵什么树。东方朔答道："这棵树的名字叫善哉。"后来汉武帝暗地里派人将这棵树砍掉了一截。过了几年，武帝又到上林苑，又问东方朔这是什么树。东方朔这次回答道："这棵树的名字叫瞿所。"汉武帝马上说："你这个人居然骗我这么久，同一棵树，过了没几年，树名怎么就和之前说的不一样了呢？"东方朔继续说："这是很正常的事。比如马，长大的叫马，小的叫驹；又比如鸡，长大叫鸡，小时叫雏；又比如牛，长大的叫牛，小的叫犊；又比如人，人生下来叫儿，长大称老。所以这棵树当初高大，叫善哉；如今矮小，叫瞿所。世间万物都有各自的大、小、生、死和生、长、衰、败等生命阶段，哪有什么固定不变的事物呢？"汉武帝听后觉得在理，便哈哈大笑起来。

60.

武帝幸甘泉宫，驰道中有虫，赤色，头目牙齿耳鼻悉尽具，观者莫识。[①]帝乃使朔视之，还[②]对曰："此'怪哉'也。昔秦时拘系无辜，众庶愁怨，咸仰首叹曰：'怪哉怪哉！'[③]盖感动上天，愤所生也，故名'怪哉'。此地必秦之狱处。"即按地图，果秦故狱。[④] 又问："何以去[⑤]虫？"朔曰："凡忧者得酒而解，以酒灌之当消。"于是使人取虫置酒中，须臾，果糜散矣。[⑥]

---

① 甘泉宫：见第10"孙氏《瑞应图》"条。驰道：古时专供帝王行驶车马的道路，后泛指供车马驰行的大道。按《礼记·曲礼下》记载："岁凶，年谷不登，君膳不祭肺，马不食谷，驰道不除，祭事不县。"唐人孔颖达解释为："驰道，正道。如今之御路也。是君驰走车马之处，故曰驰道也。"悉：全部。具：有。

② 还：返回。

③ 拘系：拘禁的意思。汉人徐干《中论·亡国》："囚人者，非必著之桎梏，而置之囹圄之谓也，拘系之，愁忧之之谓也。"咸：都。

④ 按：考察，研究。狱：监狱。

⑤ 去：祛除。

⑥ 须臾：片刻工夫，形容时间短暂。糜散：消失。

译文：

汉武帝到甘泉宫游玩，在路上看到一种虫子，红色，头、眼、牙、耳、鼻都有，随从都不知道那是什么东西。汉武帝就把东方朔叫来，叫他辨认，东方朔回答说："这虫名叫'怪哉'。因为从前秦朝时无辜平民被关押，百姓都愁怨不已，仰首叹息道：'我们无缘无故被抓进了监狱，真是怪哉啊，怪哉！'百姓的叹息感动了上天，上天愤怒，便以这些无辜受害者的怨气转生出了这种虫子，故而它名叫'怪哉'。这里必定是秦朝时的监狱。"汉武帝听完便让人查对了地图，这里果然是秦朝监狱的旧址。汉武帝接着问："那怎么样才能除去这种虫子呢？"东方朔回答："凡是忧愁的人，喝了酒就能消除忧愁，所以只要用酒去灌这些虫子，它们自然就会消散了。"于是，汉武帝派人把这些虫子放在酒中，过了不久，虫子果然消散了。

61.

扬雄谓："长卿赋不似人间来。"①叹服不已。其友盛览问："赋何如其佳？"②雄曰："合綦组以成文，列锦绣以成质。"③雄遂著《合组》之歌，《列锦》之赋。

译文：

扬雄说："司马相如的赋作不像是人间有的。"并表示对司马相如赞叹激赏，佩服得五体投地。他的朋友盛览问道："怎样作赋才能写得像司马相如那样好呢？"扬雄说："把精美的织锦合起来组成图案，把锦绣排列起来组

① 扬雄：字子云，蜀郡郫县（今四川省成都市郫都区）人。少年好学，博览群书，长于辞赋，追摹司马相如。汉成帝时，得到同乡杨庄推荐，入奏《甘泉》《河东》《长杨》《羽猎》四赋。授给事黄门侍郎，修书于天禄阁，从而结交王莽。王莽篡汉后，扬雄上《剧秦美新》之文，为王莽贡谀，后世视之晚节不保，多为诟病。长卿：司马相如。字长卿，蜀郡成都（今四川省成都市）人，西汉辞赋家。初为汉景帝武骑常侍，梁孝王刘武来朝时，为梁王献《子虚赋》。汉武帝刘彻即位后，见《子虚赋》以为是古人所作，叹息不能与作者同时代，后得知出于司马相如之手，便召其入京，司马相如又献《上林赋》，大为武帝赏识，授为郎。

② 盛览：字长通，牂牁郡（今贵州省黔东南苗族侗族自治州）人。善辞赋，著有《赋心》4 卷。

③ 綦组：原指赤色绶带，亦泛指精美的织锦。锦绣：花纹色彩精美鲜艳的丝织品，比喻美丽或美好的事物。

成质地。”此后，扬雄便创作了《合组歌》和《列锦赋》。

62.

扬雄著《太玄经》[1]，梦吐白凤凰，集于《玄》上。

译文：

扬雄撰有一部《太玄经》，据说他曾梦到自己吐出了一只白凤凰，这只白凤凰后来就飞落在这部《太玄经》上。

卷三·后汉人

63.

俞益期，豫章人，与韩康伯道至交州，闻马援故事云：交州在合浦徐闻县

① 《太玄经》：扬雄撰，晋人范望为之作注，10卷。也称《扬子太玄经》，简称《太玄》《玄经》。《太玄经》将源于老子之道的“玄”作为最高理论范畴，并在构筑宇宙生成图式、探索事物发展规律时以“玄”为中心思想，是汉朝道家思想的继承和发展。

西南，穷日南寿灵县界。① 传云："伏波开道，篙工②凿石，犹有故迹。"又云："此道废久壅塞，戴桓沟之，乃得伏波时故船。③ 昔立两铜柱于林邑岸，岸北有遗兵十余家，居寿灵之南，悉姓马，自相婚姻，今二百户，以其流寓，号曰马流。④ 言语犹与中华同。"

译文：

俞益期是豫章人，曾与韩康伯在途经交州时听说了一段与马援有关的故事：交州位于合浦郡徐闻县的西南方，辖治日南郡寿灵县的全部区域。当地有传言道："当年马援开辟了这条荒道，当时连掌篙的船工都来开凿石

---

① 俞益期：喻希。字益期，豫章郡（今江西省南昌市）人。晋穆帝升平末（357 年至 361 年）为治书侍御史，累迁将作大匠。北魏郦道元《水经注·溢水》称"豫章俞益期，性气刚直，不下曲俗，容身无所，远适在南，与韩康伯书云云"。在《殷芸小说》原书中，此条备注"据《续谈助》"，即内容出自《续谈助》一书。《续谈助》中原注"出《俞益期笺》"，按唐人虞世南所编《北堂书钞》中作《喻益期笺》，与《隋书·经籍志》所著录的《喻希集》为同一部书，故而"俞"应为"喻"。豫章：汉郡名。汉高祖时设豫章郡，郡治南昌县。后东汉、三国、两晋以及南朝时期，豫章郡、豫章国大致相当于今江西省北部地区（即吉安、南昌一带）。韩康伯：韩伯。字康伯，颍川长社（今河南省长葛县）人，东晋玄学家。初举秀才，征召任职时不就任。晋简文帝司马昱在藩镇时引其为谈客，从司徒左西属转任抚军掾、中书郎、散骑常侍、豫章太守。后入朝任侍中，又改任丹杨尹、吏部尚书、领军将军。又改太常，惜病重未及就任而亡。道：途经，路过。交州：古地名。旧称交趾刺史部，在今广东、广西二省南部地区及越南北部红河流域。汉献帝建安八年（203 年），交趾刺史部改交州，辖今中国广东、广西及越南北部和中部，州治番禺。三国孙吴时分交州为广州和交州，后交州辖境即今越南北部和中部、广东雷州半岛和广西南部，治所于龙编（今越南河内以东）。马援：字文渊，扶风郡茂陵县（今陕西省兴平市）人，两汉之际名将，汉明帝明德皇后之父。王莽新朝末年，马援投靠陇右军阀隗嚣，后归顺汉光武帝刘秀。东汉建立后，马援东征西讨，破陇羌、征交趾、击乌桓，立下赫赫战功，光武帝拜其为伏波将军，封新息侯，立铜柱以彰其功绩，故而世称"马伏波"。合浦：古郡名。汉置，郡治在今广西壮族自治区合浦县东北，县东南有珍珠城，又名白龙城，以产珍珠著名。徐闻县：古县名。汉武帝时所置，辖雷州半岛，隶属于合浦郡。穷：穷尽。日南：古郡名。秦时为象郡，汉武帝时置日南郡，隶属于交州，在今越南中部。东汉末以后，为林邑国所有。寿灵县：古县名，位于日南郡北部。

② 篙工：掌篙的船工。

③ 壅塞：阻塞。戴桓：晋时人，曾拜扬威将军，《隋书·列传四十七》载其破林邑国范佛。其他事迹不详。沟：开渠疏通。

④ 两铜柱：按《林邑国记》所载，马援曾于象林南界立两铜柱，以为西屠国分疆之界，柱身刻有"铜柱折，交趾灭"铭文。林邑：古国名。原为秦时象郡林邑县，汉代置象林郡，属日南郡，古越裳之界，故地在今越南中南部。约公元 192 年（一说 137 年）建国，中国史籍素称之林邑，如《晋书·四夷传·林邑国》："林邑国本汉时象林县，则马援铸柱之处也，去南海三千里。"流寓：流落他乡居住。

头，这里还保留有当时斧凿的痕迹。”也有传言说：“这条道路自汉代以后就无人问津了，荒废得太久也就堵塞不通了，直到晋朝戴桓征伐林邑时，在这里开渠挖道，才发现了马援的旧船残骸。当年马援将两根铜柱立于林邑岸处，又在岸的北面安置十余家兵将用来驻守此地。这些驻军都住在寿灵县的南边，他们也都姓马，彼此通婚，在这里扎根生活，到如今已繁衍生息有200户人家了。因为他们背离家乡，在这里客居日久，当地人将他们称为马流。马流封闭独立，依然保持着中原地区的语言习惯和风俗传统。”

64.

汉袁安父亡，母使安以鸡酒诣卜工问葬地。① 道逢三书生，问安何之，具以告。② 书生曰：“吾知好葬地。”安以鸡酒礼之，毕，告安地处云：“当葬此地，四世为贵公。”便与别。行数步，顾视皆不见。安疑是神人，因葬其地。后果位至司徒，子孙昌盛，四世三公焉。③

译文：

汉朝有个叫袁安的人，他的父亲死了，母亲就让他准备好活鸡美酒去谒请懂风水、通阴阳的堪舆先生，问一问把父亲埋葬在什么地方好。半道上他遇到了几个书生，这些人问袁安急慌慌地要去干什么，袁安就把寻人问葬地

① 袁安：字邵公（一作召公），汝南郡汝阳县（今河南省商水县西南）人。初任汝阳县功曹，后以孝廉获举，升为阴平县长、任城县令。汉明帝时，屡迁为楚郡太守、河南尹，政号严明，断狱公平。在京畿十余年，京师肃然，名重朝廷。后历任太仆、司空、司徒等职。袁安的后代繁荣兴盛，汝南袁氏也成为东汉四世三公的世家大族，东汉末年的袁绍即袁安的玄孙。诣：拜谒。卜工：专事占卜的人。古时有专事占卜之人，通阴阳风水堪舆之术，能为人占卜吉凶，相地择宅。古人死后，其家人寻卜工相地将其埋葬亦是民俗。

② 之：往，到。具：全部。

③ 司徒：官名。相传为少昊始置，唐虞因之。周时为六卿之一，称地官大司徒，掌管国家的土地和人民的教化。汉哀帝元寿二年（前1年），改丞相为大司徒，与大司马、大司空并列三公。东汉时改称司徒。四世三公：按陈寿《三国志·魏志·袁绍传》载：“高祖父安，为汉司徒。自安以下四世居三公位，由是势倾天下。”东汉末年的袁绍，自其高祖至父辈，四代之中皆有位居三公位者，时人称之“四世三公”。此外，裴松之《三国志注》中又引《后汉书》中所载，详述袁氏家族的“四世”与“三公”：“安字邵公……章帝时至司徒，生蜀郡太守京。京弟敞为司空。京子汤，太尉。汤四子：长子平，平弟成，左中郎将，并早卒；成弟逢，逢弟隗，皆为公。”

的事情一五一十地告诉了他们。书生们说:"不必四处寻找了,我们就知道一块风水极佳的葬地。"袁安听后,就用他准备的活鸡和美酒十分恭敬地款待了他们。他们吃喝完毕后,给袁安说了一个具体的地点,并且说:"如果你把你的父亲葬在这里,那么你们家以后的四世子孙都将成为公侯贵胄。"说完这番话,他们便与袁安告别而去。袁安与这些人道别之后,往回走了几步想再与他们聊几句,但他回头环顾四周并四下找寻,却都丝毫不见他们的身影行踪。袁安便意识到,自己是遇见神仙了,于是就听从了他们的意见,将父亲埋葬在他们指定的地点。后来,袁安果真官至司徒,他的后代也都繁盛显贵,四代之中都有位列三公的子孙。

65.

袁安为阴平长,有惠化。① 县先有雹渊,冬夏未尝消释,岁中辄出,飞布十数里,大为民害。② 安乃推诚洁斋,引愆贬已,至诚感神,雹遂为之沉沦,伏而不起,乃无苦雨凄风焉。③

译文:

袁安当阴平县县长的时候,政绩优良,泽及人民。阴平县曾经历过一次极端天气导致的自然灾害,那年的冬天雨雪冰雹大作,冰雪到了第二年夏天还没有融化,就又有一轮新的寒流、雨雪冰雹降临,当时寒潮遍布数十里,百姓们大受其害。袁安见此情景,便沐浴斋戒,虔诚地向上天祷告,祈求如有天怒人怨,他将引咎自责,愿上天降灾难于他自己,而不要让当地的百姓再受灾害之苦。他的赤诚之心感动了天神,极端的天气也随之沦落消逝,再也没有出现过。自此以后,阴平县再也没有自然灾害了。

---

① 阴平长:阴平县县长。阴平,古县名,在今甘肃省文县西北一带。惠化:旧时称地方官政绩优良及为人所称道的文教化育。

② 雹渊:冰雹雨雪。消释:消融,融化,解除。《礼记·月令》中就载有:"(季冬之月)行夏令,则水潦败国,时雪不降,冰冻消释。"民害:人民的祸害、灾害。

③ 推诚洁斋:推诚,以诚心相待。洁斋,净洁身心,诚敬斋戒。这里是指向上天虔诚祷告祈福。引愆贬已:引愆,承担罪过。贬已,自责自省。这里是指向上天检讨,引咎自责。苦雨凄风:苦雨,久下成灾的雨。凄风,寒风。形容天气极端恶劣,以致形成了自然气象灾害。

66.

崔骃有文才,其县令往造之。[①] 骃子瑗年九岁,书门曰:"人虽干木,君非文侯,何为光光,入我里闾?"[②]令见之,问骃,骃曰:"必瑗所书。"召瑗,将诘所书,乃曰:"君使臣以礼,臣事君以忠。"[③]

译文:

崔骃是一个极有文才声名的人,当地的县令于某天慕名前去拜访他。崔骃有一个儿子叫崔瑗,当时年仅9岁,远远地看见县令的车马往自己家方向驶来,就在大门上写道:"我家大人虽说是如段干木一般有德行才干的人,但您可不是魏文侯那种能够礼贤下士的人。只有礼贤下士的人才会到有德行才干的人家中来,您为什么威武显耀地来到我家所在的巷子里呢?"县令见了,便尴尬地问崔骃这是怎么回事。崔骃看了后,说:"这一定是崔瑗写的,小孩子不懂事儿,您别往心里去。"说完便把崔瑗叫了过来,厉声责问他为什么要写这样不礼貌的话,崔瑗不紧不慢地回答说:"《论语》中告诉我们,国君以礼仪对待臣子,臣子要以忠心服侍国君。"

---

① 崔骃:字亭伯,冀州安平(今河北省安平县)人。自幼聪明过人,博学多才。后精训诂,善属文,曾模仿扬雄的《解嘲》而作《达旨》,名动一时,与班固、傅毅齐名。汉章帝时曾撰《四巡颂》,颂扬汉朝之德,文辞典丽,颇得汉章帝激赏。县令:古官名,旧时一县的最高行政长官。造:拜访。

② 骃子瑗:崔瑗,字子玉,安平(今河北省安平县)人,崔骃中子。早年锐志好学,从侍中贾逵游,与马融、张衡友善。汉安初年,得大司农胡广、少府窦章共同荐举,迁济北相。后光禄大夫杜乔巡查郡国,用臧罪弹劾,崔瑗上书辩白,最终免罪。干木:段干木。名克,封于段,为干木大夫,故称段干木。春秋时晋魏安邑(今山西省运城市夏县)人。为人清高,隐居处世。当时魏文侯求贤若渴,每过段干木家门,扶轼致敬,以示其诚,最终感动了段干木,与之相见。文侯:魏文侯。姬姓,魏氏,名斯(一名都),安邑(今山西省夏县)人。公元前446年,继承晋国魏氏领袖,为战国时期魏国开国君主。在位时礼贤下士,以师礼事卜子夏、田子方、段干木等人,任李悝、翟璜为相,乐羊、吴起为将,创后世百年霸业。光光:显赫威武的样子。里闾:里巷,乡里。此处指崔骃家所在的巷子。

③ 诘:责备,质问,常用来表示带有责难的询问。使:本义为命令,这里是对待的意思。事:服侍。

67.

胡广本姓黄，以五月五日生，俗谓恶月，父母恶之，藏之葫芦，弃之河流岸侧。① 居人②收养之。及长，有盛名，父母欲取之，广以为背其所生则害义，背其所养则忘恩，两无所归；以其托葫芦而生也，乃姓胡名广。后登三司，有中庸之号。③ 广后不治本亲服，世以为讥。④

译文：

胡广原本是姓黄的，他出生于农历五月五日，这一天是民间俗称的“恶月”，据说恶月出生的人不吉利，将来还会使自己的父亲遭受灾祸。因此，他的父母非常讨厌他，便将他放于一个葫芦中，遗弃在了不远处的河岸边上，后来被一户普通的人家收养了。不曾想到的是，胡广长大以后出了名，成了名人，他的亲生父母便想要将他认回。胡广知道后陷入了两难的境地，他认为不认自己的亲生父母，则意味着无视父子人伦，这就违背了做人最基本的孝道仁义；认了自己的亲生父母，则意味着抛弃养父母的养育之恩，也就违背了做人要知恩图报的基本底线。所以，既不能不认亲生父母，也不能抛弃养父母，但又不能同时有两个父母。既然这样难以选择，那就索性不做选择。既不跟随亲生父母姓黄，也不跟随养父母的姓氏，只说自己是依托葫

① 胡广：字伯始，南郡华容县（今湖北省监利县）人。初举孝廉，后历任尚书郎、尚书仆射、汝南太守、大司农、司徒、太尉等职，因拥立汉桓帝有功，获封安乐乡侯。汉灵帝继位后，拜司徒、录尚书事，后任太傅。死后谥号“文恭”，爵位官阶可谓东汉中兴以来人臣之最。胡广博学多闻，史称其“学究五经，古今术艺毕览之”。政治上主张“选举人才，无拘定制”。为人温柔敦厚，处事练达，以奉行中庸之道著称。因其性格圆滑，柔媚宦官，时人多以此诟病于他。恶月：古时人们迷信地认为，农历五月五日所生之子能妨其父，是大不祥。按《春秋后语》卷九“齐语”载：“靖郭君曰：‘婴嬖妾五月五日生子文，俗云：此月生子，及户，损其父。’妾匿养之。文长，曰：‘受命于天，受命于户，何不高其户？’”孟尝君因生于五月五日，即遭其父靖郭君遗弃不养。可见，当时这种迷信的思想由来已久且十分普及。

② 居人：居家之人，这里是指普通人家。

③ 三司：即三公。据《后汉书·顺帝纪》记载：“今刺史、二千石之选，归任三司。”唐人李贤注解为：“三司，三公也，即太尉、司空、司徒也。”中庸之号：胡广处世圆滑，以奉行中庸之道著称，历事六朝，为官 30 余年而保持爵位不倒，京师为其作谚语：“万事不理问伯始，天下中庸有胡公。”讥讽其为遇事畏首畏尾，只顾保持禄位，处处不得罪人的好好先生。

④ 本亲：亲生父母。服：治服，即办理丧事的意思。

芦才得以活命的，所以跟随葫芦的姓氏，故姓胡名广。后来胡广官至三公，在朝野间收获了“中庸”的美称。再后来，胡广的亲生父母去世了，他却不为其办理丧事，当时的人都以这件事来嘲讽、诟病他。

68.

马融历二县两郡，政务无为，事从其约。① 在武都七年，在南郡四年，未尝按论刑杀一人。② 性好音乐，善鼓琴吹笛，笛声一发，感得蜻蛚出吟，有如相和。③

译文：

马融曾在二县两郡为官，为官期间坚持以德服人，以仁化人，克己复礼，奉行节约。他在武都任职的 7 年，和在南郡任职的 4 年里，没有对任何一个人进行行政查处，也不曾判处过任何人死刑。他生性爱好音乐，擅长弹琴吹笛。每当他的笛声传出时，都会引来蟋蟀的鸣叫，笛声和蟋蟀的叫声和谐地交织在一起，仿佛相伴相和。

---

① 马融：字季长，扶风郡茂陵县（今陕西省兴平市）人。少时美辞貌，有俊才。汉安、顺、桓帝时，任校书郎、郡功曹、议郎、大将军从事中郎及武都、南郡太守等职。马融学识渊博，精于古文经学。曾综合各家学说，遍注群经。还大设缇帐广授门徒，弟子常有千人之多，后世如卢植、郑玄等大儒，皆出其门下。无为：“无为”之义有二。其一为道家主张的清静虚无，顺应自然的“无为”。如《老子》所言：“道常无为而无不为，侯王若能守之，万物将自化。”又如《淮南子·原道训》所言：“无为为为，而合于道，无为言言，而通乎德。”其二指儒家主张的选能任贤，以德化人的“无为”。如《礼记·中庸》所言：“如此者，不见而章，不动而变，无为而成。”又如汉人董仲舒《春秋繁露·离合根》所言：“故为人主者，以无为为道，以不私为宝。”此处指的是儒家的“无为”。约：节俭，简要。

② 武都：古郡名，在今甘肃省成县西部。汉武帝时置武都郡，下辖武都、上禄等九县。王莽时，改武都郡为平乐郡。光武中兴后，复称武都郡。南郡：古郡名，在今湖北省荆州市。秦朝始置，汉时沿用，下辖江陵、临沮等十八县。汉景帝时，改南郡为临江，王莽时又号南顺，光武后复称南郡。按论：查处。刑杀：判处死刑。

③ 鼓琴：弹琴。蜻蛚：蟋蟀。吟：鸣叫。

69.

郭林宗来游京师，当还乡里，送车千许乘，李膺亦在焉。① 众人皆诣大槐客舍而别，独膺与林宗共载，乘薄笨车，上大槐坂。② 观者数千人，引领望之，眇若松乔之在霄汉。③

译文：

郭太来到京城游玩，在他要返回故乡那天，前来送行的车马有千余乘之多，李膺也在送行的人当中。旁人都是到大槐旅店与郭太见面后便告别而去，只有李膺和郭林宗同乘一辆简易破旧的车子，一直走到了大槐坡上。当时有数千人伸长脖子去观看郭太和李膺的风采，就像观看赤松子和王子乔两位神仙行进于天河之中。

70.

李元礼谡谡如劲松下风。④

译文：

李膺能给人一种刚劲严峻的气息，就好像是吹过挺拔松树下的一阵清风。

---

① 郭林宗：郭太。详见第23“宣武问真长”条。送车：送行之车。乘：四匹马拉的车称“一乘”。李膺：字元礼，颍川郡襄城县（今河南省襄城县）人。初举孝廉，历任青州刺史、渔阳和蜀郡太守、护乌桓校尉等职。桓帝时任司隶校尉，拜度辽将军，后为河南尹。李膺为汉代“八俊”之首，独持风裁峻整，以声名自高，为士林楷模，当时士人凡被其交接者，即声价十倍，时谓之“登龙门”。

② 薄笨车：一种制作粗简而行驶不快的车子。坂：斜坡。

③ 松乔：“松乔”同“乔松”。见第50“鬼谷先生与苏秦、张仪书云”条。霄汉：云霄和天河的合称，泛指天空。

④ 李元礼：见第69“郭林宗来游京师”条。谡谡：本义指劲而有力的风声。晋人陆机《感时赋》曾说：“寒冽冽而寝兴，风谡谡而妄作。”后用来形容人刚劲严峻。按南朝刘义庆《世说新语》记载：“世目李元礼‘谡谡如劲松下风’。”刘孝标注中说：“膺岳峙渊清，峻貌贵重。华夏称曰：‘颍川李府君，頵頵如玉山。汝南陈仲举，轩轩若千里马。南阳朱公叔，飂飂如行松柏之下。’”故而此处用于彰显李膺的峻劲气质。

71.

膺居阳城时,门生在门下者恒有四五百人。[①] 膺每作一文出手,门下共争之,不得,堕地[②]。陈仲弓初令大儿元方来见,膺与言语讫,遣厨中食。[③] 元方喜,以为合意,当复得见焉。

译文:

李膺在阳城居住的时候,拜在他门下的学生弟子常有四五百人之多。每当李膺写完一篇文章时,他的学生们就争相阅读,相互传看,生怕有所错过。陈寔早先让他的大儿子陈纪去拜谒李膺,两人见面交谈完以后,李膺就让厨子安排他去厨房吃饭了。陈纪很高兴,觉得自己能够见到李膺,并且能让李膺感到满意,可能会被收下做弟子,之后还有继续与他见面的机会。

72.

膺同县聂季宝,小家人,不敢见膺。[④] 杜周甫[⑤]知季宝,不能定名,以语

---

① 阳城:古县名。曾为尧舜旧都,在今河南省登封市一带。据北魏郦道元《水经注》记载:“颍水经其县城(阳城)故城南,昔舜禅禹,禹避商均,伯益避启,并于此也。”

② 不得堕地:使之不掉到地上,即不使李膺作的任何一篇文章被错过、忽略。

③ 陈仲弓:陈寔。字仲躬(《后汉书》作仲弓),颍川许县(今河南省许昌市长葛县古桥镇陈故村)人。汉桓帝刘志时任太丘长,故又称“陈太丘”。连续经历两次“党锢之祸”后,陈寔隐居乡里,平心率物,以清高有德行闻名于世。大儿:古时称长子为大儿,如汉乐府《木兰诗》中就有:“阿爷无大儿,木兰无长兄。”元方:陈纪。字元方,颍川许县(今河南省许昌市长葛县古桥镇陈故村)人,东汉陈寔之子,陈群之父。陈纪与其弟陈谌皆以德行名世,兄弟孝养,闺门雍和,与其父陈寔在当时并称“三君”。党锢之祸后,居乡避世。后董卓入京,拜为五官中郎将,迁尚书令。袁绍为太尉时,又拜太鸿胪,终卒于任上。中食:进食。

④ 聂季宝:颍川郡襄城县(今河南省襄城县)人,东汉名士。小家:出身低微的穷苦人家。

⑤ 杜周甫:杜密,字周甫,颍川阳城(今河南省登封市)人。先被司徒胡广征召任职,后历任代郡太守、太山太守、北海相。桓帝时任尚书令、河南尹,进太仆。第一次党锢之祸时,与李膺一同获罪,加之二人德望相当,时人并称“李杜”。陈蕃辅政后,杜密再任太仆,次年又陷党锢之祸,自尽而死。

膺,呼见,坐置砌下牛衣上。① 一与言,即决曰:"此人当作国士。"②卒如其言。

译文:

李膺有一个同县的老乡名叫聂季宝,因出身低微、家境贫寒,自卑得不敢去拜谒李膺。杜密知道聂季宝的才学德行出众,只因出身寒贱而声名不显,于是就准备让李膺帮他扬名。杜密向李膺介绍了聂季宝,于是李膺就把他叫过来想当面看一看。聂季宝到时,李膺见他坐在台阶下的乱麻堆上。二人刚刚开始谈话,李膺就断定说:"此人将来必是国家栋梁。"后来果然像他说的那样。

73.

膺为侍御使③。青州凡六郡,唯陈仲举为乐安视事,其余皆病,七十县并弃官而去。④ 其威风如此。

译文:

李膺做监察侍御史的时候,某次要督察青州。结果当青州六郡的官员

① 定名:确定名分,获得名望。这里是因出身寒微而声名不显的意思。砌:台阶。牛衣:用乱麻编成供牛御寒而用的遮盖物。如《汉书·王章传》有:"章疾病,无被,卧牛衣中。"唐人颜师古注解说:"牛衣,编乱麻为之,即今俗呼为龙具者。"后比喻家境贫寒之士。

② 决:断定,判决。国士:一般指国中才能最优秀的人物。如《左传·成公十六年》:"皆曰:国士在,且厚,不可当也。"《战国策·赵策一》:"知伯以国士遇臣,臣故国士报之。"亦可指国中勇武无双的人。如《荀子·子道》:"虽有国士之力,不能自举其身,非无力也,势不可也。"清代史学家、经学家王先谦解释为:"国士,一国勇力之士。"

③ 侍御史:古官名。秦始置,汉沿设,在御史大夫之下设治书侍御史、殿中侍御史和监察侍御史。主要负责接受公卿的奏事,弹劾官员,有时也受皇命办案。李膺所任为监察侍御史,负责内外官员的政事督察。

④ 青州:古州名,在今山东省淄博市临淄北部。汉武帝刘彻于元封五年(前106年)设青州刺史部,称青州城,下辖平原、乐安、济南、北海、东莱、齐国六郡。陈仲举:陈蕃,字仲举。汝南平舆(今河南省平舆县)人。师从于胡广,初举孝廉,历郎中、豫州别驾从事、议郎、乐安和豫章太守,迁太傅,受封高阳侯。陈蕃为政清廉,嫉恶如仇,多次不避强权、犯颜直谏。曾于汉灵帝时联合大将军窦武谋诛乱国宦官,因谋事不密,终被宦官所杀。视事:就职治事。病:这里是称病不出,避免与陈蕃接触的意思。

听到这个消息后，只有陈蕃还在乐安任上踏实做事，其余的人都称病不出，甚至70多个县的县官都主动辞官离开了。李膺刚正威名的震慑力竟然到了这般地步。

74.

李膺尝以疾不迎宾客，二十日乃一通客，惟陈仲弓来，辄乘轝[①]出门迎之。

译文：

李膺常常以身体不舒服为理由谢绝会客，有时20多天才开设一次会客接待日。但是只要一听说陈寔要来，他就立刻赶着马车出门去迎接，任何不舒服的地方都没有了。

75.

陈仲举雅重徐孺子，为豫章太守，至，便欲先诣之。[②] 主簿白："群情欲令府君先入拜。"[③]陈曰："武王式商容之间，席不暇暖，吾之礼贤，有何

---

① 轝：古时马车。

② 陈仲举：见第73"膺为侍御史"条。雅重：十分器重、敬重。徐孺子：徐稺，字孺子，东汉豫章南昌县（今江西省南昌市）人。因其"恭俭义让，淡泊明志"的处世哲学受到世人推崇，被视作"人杰"典范，世称"南州高士"。曾屡次被朝廷及地方征召，终其一生未出仕。豫章：见第63"俞益期，豫章人"条。太守：古官名。秦时置郡守，汉景帝时改郡守为太守，为一郡最高的行政长官。

③ 主簿：古官名。汉时中央及郡县官署中多置，其职责为主管文书、办理日常事务。魏晋时渐为将帅重臣的主要僚属，参与机要，总领府事。府君：汉时对郡相、太守的尊称。入拜：古时官员上任时在公署仪门前所行的拜门礼。按刘义庆《世说新语·德行》记载："陈仲举言为士则，行为世范，登车揽辔，有澄清天下之志。为豫章太守，至，便问徐孺子所在，欲先看之，主簿曰：'群情欲府君先入廨。'"入廨，即入公廨，进公署的意思。据今人周楞伽考证，依古时旧例，新任地方官到任时，须先向公署仪门行拜门之礼，然后入署进衙。此例是先"拜"而后"入"，文中则说"入拜"，似应以《世说新语》本为是。

不可?"[①]

译文:

陈蕃十分敬重徐稺的德行,他调任豫章太守之职时,一到南昌什么事都不干就要先去拜谒徐稺。主簿得知这个情况后,便说:"大家的意思是太守大人您刚到南昌地界,应该以公事为重,先到公署衙门去。徐稺就在南昌城居住,您安置完公事再去拜访他也不迟。"陈蕃说:"当年周武王乘车经过商容家门口,有感于他贤良高让的德行是天下人的楷模和榜样,便俯首而立,席子还没坐热就忙着去拜谒他。如今的徐稺就如同周时的商容,都是俊贤名士,我对贤人敬礼以待,有什么不应该的吗?"

76.

徐稺亡,海内群英论其清风高致,乃比夷齐,或参许由。[②] 夏侯豫章追美名德,立亭于稺墓首,号曰思贤亭。[③]

译文:

徐稺死后,海内外的贤良才俊都在谈论他高洁、高让的品格节操和高雅高尚的情致格调,可以和伯夷、叔齐比肩齐名,还可与许由互相参照。后来的豫章太守夏侯嵩为了追思、纪念他的盛德美名,特意在他的墓前建造了一

① 武王:周武王姬发。式:以……为示范,以……为榜样。商容:商末殷纣王时期主掌礼乐的大臣,受到殷民百姓爱戴,因为不满纣王的荒唐暴虐,多次进谏而被黜。武王伐纣后,欲封其为三公,辞让不受。武王遂表其门间以示对忠臣贤者的尊敬。《荀子·大略》中:"武王始入殷,表商容之间,释箕子之囚,哭比干之墓,天下乡(向)善矣。"即谓此事。席不暇暖:本义即屁股还未坐热就得起身再忙别的事,后用以比喻或形容奔走忙碌,没有休息的时候。

② 清风:高洁的品格。高致:高尚或高雅的情致、格调。比:比肩。夷齐:伯夷、叔齐。见第58"汉武帝见画伯夷、叔齐形象"条。参:参考并对照。许由:字武仲,阳城槐里(今河南省登封市)人,相传为中华许姓始祖。有德行美誉,但隐于山林湖海之间不问世事。尧帝曾闻其贤,先欲以天下相让,许由不受而逃于颍水之阳,箕山之下。尧又欲召其为九州长,亦不受,更不愿闻,便洗耳于颍水之滨,死后葬于箕山(今河南省登封市东南)。

③ 夏侯豫章:夏侯嵩。三国孙吴时人,孙休永安年间任豫章太守,生平事迹未详。思贤亭:按北宋曾巩《徐孺子祠堂记》中载:"晋永安中,太守夏侯嵩于碑旁立思贤亭,世世修治。至拓跋魏时,谓之聘君亭。"

座亭台,并命名为思贤亭。

77.

何颙妙有知人之鉴。[①] 初,同郡张仲景总角造颙,颙谓之曰:“君用思精密,而韵不能高,将为良医矣。”[②]仲景后果有奇术。

译文:

何颙在品鉴人物方面有着极妙的能力。当年,他的同郡老乡张仲景还是个梳着两个小辫儿的小孩子时曾拜访过他,他就对张仲景说过:“你这个人才思过人、善思好学、聪明稳重,只可惜没有做官的气度和风采,所以你不适合做官。但只要你专心学医,将来一定会成为有名的医学大家。”果不其然,张仲景后来成为一位医术超凡的良医。

78.

王仲宣年十七时,过仲景。[③] 仲景谓之曰:“君体有病,宜服五石汤[④];若不治,年及三十,当眉落。”仲宣以其赊远[⑤],不治。后至三十,果觉眉落,其

---

① 何颙:字伯求,南阳郡襄乡县(今湖北省枣阳市)人。年轻时游学京师,与郭太、李膺、陈蕃交好友善。第二次党锢之祸时受宦官诬陷,逃亡至汝南郡。党祸解除后,出为中央要职,任相国长史。后因谋划刺杀董卓失败而被捕,忧愤而死。知人:鉴察、辨别人的品行与才能。

② 张仲景:名机,字仲景,南阳涅阳县(今河南省邓州市穰东镇张寨村)人。汉灵帝时举孝廉,后官至长沙太守。曾言“进则救世,退则救民;不能为良相,亦当为良医”。后辞官回乡,访病施药,大堂行医。著有《伤寒杂病论》《伤寒论》《五藏论》《金匮要略》《评病药方》等医学著作,被后世尊称为“医圣”。总角:童年时期。古时儿童束发为两结,向上分开,形状如角,故称总角。《诗·齐风·甫田》中有:“婉兮娈兮,总角丱兮。”汉人郑玄笺注为:“总角,聚两髦也。”唐人孔颖达解释说:“总角聚两髦,言总聚其髦以为两角也。”后借指童年。

③ 王仲宣:王粲。字仲宣,山阳郡高平县(今山东省微山县两城镇)人,东汉时“建安七子”之一。少时即有才名,为学者蔡邕所赏识。曾依附荆州牧刘表,但未受重用。建安十三年(208年),曹操征荆州时,刘琮投降献州,王粲归于曹操,赐爵关内侯。曹操进魏王时,王粲任侍中。后于南征孙权途中病故。

④ 五石汤:即五石散。又称五石更生散或寒食散。按鲁迅《魏晋风度及文章与药及酒》中所说,其配剂中有石钟乳、石硫磺、紫石英、白石英、赤石脂等5种石材,故而得名。相传其方始于汉代,盛行于魏晋。魏晋名士何晏、嵇康、裴秀等都有过服散行为,时人效仿,遂成一时风尚。

⑤ 赊远:久远、长远。

精如此。世咸叹颙之知人。

译文：

王粲在他17岁的时候曾拜访过张仲景，张仲景告诉他说："你身上有先天性疾病，应当服用五石散积极治疗。如果现在不积极治疗，等你到了30岁的时候，你的眉毛就要脱落了。"王粲觉得到自己30岁，时间还很久远，就不太在意他的告诫，也没有及时积极地治疗。后来王粲30岁时，果然发现眉毛脱落了。由此可见，张仲景的医术精深到了这样的程度。同时，世人也都因此事而赞叹何颙当年极为精准的识人之能。

79.

张衡亡月，蔡邕母方娠，此二人才貌相类，时人云：邕即衡之后身也。①

译文：

张衡刚死，蔡邕的母亲就怀孕了。由于后来张、蔡两人的才情和相貌都非常近似，当时人们都传言蔡邕就是张衡投胎转世。

80.

初，司徒王允数与邕会议，允词常屈，由是衔邕。② 及允诛董卓，并收

---

① 张衡：字平子，南阳郡西鄂县（今河南省南阳市石桥镇）人。东汉时期杰出的天文学家、数学家、发明家、地理学家、文学家。曾作《二京赋》《归田赋》，与司马相如、扬雄、班固并称"汉赋四大家"。《隋书·经籍志》著录有《张衡集》14卷。还发明有浑天仪、地动仪，是东汉中期浑天说的代表人物之一，被后人誉为"木圣"。亡月：死亡当月，亦有谓死亡当天。蔡邕：字伯喈。陈留郡圉县（今河南省杞县，一说尉氏县）人，能通经史、善辞赋、精音律、工书法，才华横溢，为东汉才女蔡文姬之父。少时博学，师从胡广。司徒桥玄曾召他为掾属，并受其厚待。后出任河平县长，又被召拜为郎中，在东观校书，升任议郎。汉灵帝时拜为郎中，参与续写《东观汉记》及刻印《熹平石经》。后董卓掌权，强召为祭酒。三日之内，历任侍御史、治书侍御史、尚书、侍中、左中郎将等职，封高阳乡侯，世称"蔡中郎"。董卓伏诛时被株连下狱，死于狱中。娠：怀孕。后身：佛教语，即转世之身的意思。

② 司徒：古官名。见第64"汉哀安父亡"条。王允：字子师，太原祁县（今山西省祁县）人。出身太原王氏，世代官宦。初举孝廉，征为侍御史，历任豫州刺史、从事中郎、河南尹等职。董卓掌权时，拜为太仆、尚书令、司徒。曾联合吕布谋诛董卓，后被董卓余党反攻，兵败被杀。会议：聚会议论。联系下文对"允词常屈"的描述，可知"会议"之时似有胜负双方，故此处似指东汉时流行的"清议"。屈：理屈。衔：衔恨，怀恨在心。

邕，众人争之，不能得。太尉马日磾谓允曰："伯喈忠直，素有孝行。且旷世逸才，多识汉事，当定十志；今子杀之，海内失望矣。"[①]允曰："无蔡邕独当，无十志何损？"遂杀之。

译文：

起初，司徒王允多次和蔡邕在聚会时展开辩论，而结果通常是王允的说辞以失败而告终，王允有失颜面，便对蔡邕心生怨恨。直到王允诛灭董卓时，将蔡邕牵连下狱，决心要借此机会以董卓同党的罪名杀掉他。当时许多人为蔡邕鸣冤叫屈、力争开释，但可惜都没能改变王允的决定。太尉马日磾告诉王允："蔡邕是一个忠诚直率，有仁孝德行的人。况且也是旷世难得的俊逸之才，对汉朝的历史掌故十分了解，将来我们书写历史中的十志，可不能没有他啊！假如您今天杀了他，势必会令天下人失望，从而失去人心。"王允不屑地说："这世上，没有了蔡邕，还有我，他能做的我也能做到。史书自会有人去写，即便没有十志，那又有什么关系呢？"于是，王允最终还是杀掉了蔡邕。

81.

广汉王瑗遇鬼物[②]，言蔡邕作仙人，飞去飞来，甚快乐也。

译文：

广汉人王瑗有天遇到了一只鬼，这只鬼说蔡邕现在已经尸解成仙，在天

① 太尉：古官名。秦汉时设置，为全国军政首脑，与丞相、御史大夫并称三公。汉武帝时改称大司马。东汉时又与司徒、司空并称三公。马日磾：字翁叔，扶风茂陵（今陕西省兴平市）人，经学大师马融族孙。少时以才学入仕，历任谏议大夫、射声校尉、太尉、太常等职，与蔡邕、卢植等人典校官藏《五经》记传，并参与续写《东观汉记》。李傕、郭汜掌权时，任太傅、录尚书事。曾出使袁术，被其胁迫，求去不得，忧愤而死。十志：即古时史书中的律历志、礼乐志、刑法志、食货志、郊祀志、天文志、五行志、地理志、沟洫志、艺文志。

② 广汉：古郡名，在今四川省广汉市，取疆域之广至于汉水之意。汉高祖时始置，辖境即今甘肃文县、陕西宁强以南，四川旺苍、剑阁、蓬溪以西，潼南、遂宁、新都以北，什邡、北川以东地区。汉时，广汉郡、蜀郡与犍为郡并称"蜀中三蜀"，以土地肥美、物产丰盛著名。王瑗：生平事迹于史未详。

上飞来飞去，十分逍遥快乐。

82.

郑玄葬城东，后墓坏，改迁厉阜。[①] 县令车子义为玄起墓亭，名曰“昭仁亭”。

译文：

郑玄被安葬在城东，后来墓穴崩坏了，就改迁到了砺阜山。一位叫做车子义的县令在郑玄墓的旁边修建了一座供人祭奠缅怀的亭子，取名“昭仁亭”。

83.

郑玄在徐州，孔文举时为北海相，欲其返郡，敦请恳恻，使人继踵。[②] 又教曰：“郑公久游南夏，今艰难稍平，傥有归来之思？无寓人于室，毁伤其藩垣林木，必缮治墙宇，以俟还。”[③]及归，融告僚属：“昔周人尊师，谓之‘尚父’，今可咸曰‘郑君’，不得称名也。”[④]袁绍一见玄，叹曰：“吾本谓郑君东

---

① 郑玄：字康成，北海郡高密县（今山东省高密市）人。家贫好学，无意仕进。曾入太学研习《京氏易》《公羊春秋》及《三统历》《九章算术》，又拜师张恭祖研习《古文尚书》《周礼》和《左传》，后拜师马融专攻古文经学。党锢之祸后，闭门不出，以聚徒授课为业，门下弟子多达数千人。著有《天文七政论》《中侯》，论学著述达百万余言，后世称之为“郑学”，是汉代经学的集大成者。厉阜：即砺阜山，以产砺石而得名，在今山东省潍坊市。

② 孔文举：孔融。字文举，鲁国（今山东曲阜）人。汉末建安七子之一，孔子第十九世孙。少秉异才，有俊秀之名。汉献帝时任北军中侯、虎贲中郎将、北海相，故时称“孔北海”。任北海相时修城邑、立学校、举贤才、表儒术，颇有政绩。性好宾客，喜抨议时政，能诗善文，且言辞激烈，终因触怒曹操而被杀。北海：古郡名。汉景帝时始置，治所营陵（今山东省潍坊市昌乐县东南）。东汉时改为北海国，移郡治于剧（今山东省潍坊市寿光县东南）。因光武帝之侄刘兴曾授封北海靖王，藩地于此，故称北海。敦请：敦促，恳请。恳恻：诚恳痛切。

③ 南夏：泛指华南地区。此处指江苏徐州。郑玄曾因避黄巾之乱，客居徐州数年。后经孔融敦请，自徐州返回山东高密。藩垣：藩篱和垣墙，后泛指屏障。林木：此处指杂草树木。墙宇：房屋。俟：等候。

④ 周人：周朝的人，此处指周武王。尚父：即姜尚。字子牙，又称“吕尚”。是西周时文、武、成三代政治、军事宰辅，史称其“佐天子为圣臣，治邦国为圣”。周武王以师礼待之，尊其为“师尚父”。

州名儒，今乃是天下长者。夫以布衣雄世，斯岂徒然哉！①”及去，绍饯之城东，必欲玄醉。会者三百人，皆使离席行觞，自旦及暮，计玄可饮三百余杯，而温克之容，终日无怠。②

译文：

郑玄客居徐州时，孔融担任了北海相一职，便想让郑玄返回到北海郡。孔融礼敬郑玄，接连不断地派人诚恳地邀请他返回故乡。使者传达了孔融的话：“郑先生之所以长期客居南方，是因为北方战乱不定。如今北方艰苦的战事已然平歇，您是否有回乡的打算呢？考虑到战乱之后，您在家乡没有可供居住的房屋，我已将原先破败的篱笆、围墙以及杂草、树木都进行了一番妥善修理，如今就等着您回来。”郑玄接受了孔融的邀请，从徐州返回北海郡。孔融告诉自己的属下说：“当年周武王尊敬自己的老师姜尚，称其为‘尚父’，后来周朝人都以‘尚父’指称名师。今日的郑玄就如同当年的姜尚，大家也都要称呼其为‘郑君’，不许直接喊他的名字。”郑玄路过河北袁绍处时，袁绍一见郑玄就感叹地说：“我本以为郑玄只是东州著名的学者，今天一见才知道他是天下人共同敬重的师长。郑玄虽是一介百姓却能闻名于天下，这难道是无缘无故的事情吗？”于是便热情地接待了郑玄。等到郑玄要离开时，袁绍又在城东置办酒宴为他饯行，千方百计地想让他喝醉。当时参加饯行宴会的足有 300 人，他叫每个人都起身离开自己的坐席，来到郑玄面前向他敬酒。这场宴会从早上持续到傍晚，郑玄大约喝了有 300 多杯酒，但是他仍保持着温文尔雅的表情和风度，丝毫没有酒后失态。

84.

荀巨伯远看友人疾，值胡贼攻郡，友人语伯曰：“吾且死矣，子可去。”③

① 布衣：麻布衣服，衍伸为平民百姓的意思。雄世：闻名于世。徒然：无缘无故。

② 行觞：行酒，依次敬酒。计：总计，计算。可：大约。温克：本义为醉酒后能温恭自持而不失态，后亦称人之有温和恭敬的态度。如《诗·小雅·小宛》中有：“人之齐圣，饮酒温克。”郑玄将温克注解为：“中正通知之人，饮酒虽醉，犹能温藉自持以胜。”怠：松懈、疲倦。

③ 荀巨伯：东汉时颍州人，生平事迹于史未详。远：从远方来。值：恰逢。胡贼：此处指北方少数民族侵略者。且：将要，即将。去：离开。

伯曰:“远来视子,令有难而舍之去,岂伯行邪?”贼既至,谓伯曰:“大军至此,一郡俱空,汝何人,独止耶?”伯曰:“有友人疾,不忍委①之,宁以己身,代友人之命。”贼闻其言异之,乃相谓曰:“我辈无义之人,而入有义之国。”乃偃而退,一郡获全。②

译文:

荀巨伯从远方来探望重病的朋友,恰逢北方的少数民族侵略者来攻打城池。朋友对巨伯说:“如今我马上就要死了,您赶快离开这里吧,千万不要被我连累。”荀巨伯说:“我专程远道而来探望你,你却让我在危难之时舍你而去,这难道是我能做得出来的事情吗?”等到侵略军攻下了城郡,抓到荀巨伯,对他说:“我们大军兵临城下时,所有的人都弃城而逃了,你是什么人,怎么非但没有逃跑,还敢独自逗留在城中呢?”荀巨伯说:“我不是这城里的人,只因为我的朋友身患重病,我不忍心舍弃他独自离开。如今你们已经攻下了城池,想必要屠城吧?你们放过我病重的朋友吧,我愿用我的性命来换取他的性命。”侵略军听了这番话后顿感诧异,他们相互议论道:“我们这些残忍和不讲仁义的人,却侵略了这个奉行仁义的地方。”于是这些侵略者自觉羞愧难当,便撤军退回了,整座城池也因此而得以保全。

---

① 委:丢弃。
② 偃:停止。获全:得以保全。

卷四·后汉人

85.

谢子微见许子政虔及弟劭,曰:“平舆之渊,有双龙出矣。”①

译文:

谢甄见到许虔、许劭兄弟俩时,便说:“没想到小小的平舆县里,出来了两条龙呀。”

86.

汝南中正周斐表称许劭:高节遗风,与郭林宗、李元礼、卢子干、陈仲弓齐名,劭特有知人之鉴。② 自汉中叶以来,其状人取士,援引扶持,进导招致,则有郭林宗;③若其看形色,目童龀,断冤滞,擿虚名,诚未有如劭之懿

① 谢子微:谢甄。字子微,汝南郡召陵县(今河南省郾城东)人。与陈留边让皆为善谈之士,在当时享有盛名。据《汝南先贤传》记载,谢甄明识人伦,善于品评人物。许子政虔及弟劭:许虔,许劭。许虔,字子政,汉末汝南平舆(今河南省驻马店市平舆县)人,是著名人物评论家许劭的兄长,兄弟二人被合称为“平舆二龙”。许劭,见第23“宣武问真长”条。平舆:古县名。秦时始置,汉时属汝南郡。

② 汝南:古郡名。汉初所置,治所在上蔡(今河南省驻马店市上蔡县西南),东汉时治所迁至平舆,曹魏时又迁至新息(今河南省信阳市息县),东晋时又迁至悬瓠城(今河南省驻马店市汝南县)。中正:古官名。汉魏六朝时以“九品中正制”选官,遂在各州郡选取德充才盛的人作为“大中正”来品评人物,掌有给人物定品第的权力。周斐:曾任永宁(今河南省洛阳市洛宁县)少府,生平事迹于史未详。高节:高尚的节操。遗风:前代遗留下来的风教。郭林宗:见第23“宣武问真长”条。李元礼:见第69“郭林宗来游京师”条。卢子干:卢植。字子干,涿郡涿县(今河北省涿州市)人。早年师从太尉陈球和大儒马融,是郑玄的同门师兄,历任九江、庐江太守,曾与马日磾、蔡邕等人在东观校勘儒学经典书籍,并参与续写《汉记》。黄巾起义时为北中郎将,复任为尚书。董卓入京后,因反对行废立之议而被罢官,后被袁绍聘为军师。陈仲弓:见第71“膺居阳城时”条。

③ 援引:提拔引荐。进导:引导进入仕途。招致:招募收罗。

也。[①] 尝以简别清浊为务，有一士失其所，便谓投之潢汙，虽负薪抱关之类，吐一善言，未尝不寻究欣然。[②] 兄子政常抵掌击节，自以为不及远矣。[③] 劭幼时，谢子微便云："此贤当持汝南管籥[④]。"樊子昭帻责之子[⑤]，年十五六，为县小吏，劭一见便云："汝南第三士也，此可保之。"后果有令名。

译文：

汝南郡的中正官周斐上表称赞许劭说：许劭有高尚节操和前代留传的优良风教，是与郭太、李膺、卢植、陈寔这些大名士齐名的贤俊之才，而且尤其善于品鉴人物，看人的眼光十分精准。众所周知，自汉代中叶以来，若要品第人物选拔官员、提拔引荐扶持人才，并引导这些人才踏入仕途，那么这些事情是可以依赖郭太的；若要品赏人才的身形相貌、预判幼年孩童的成材与否、明断滞留未申的冤狱、剔除那些不合实际的声名，处理这类事情没有人能同许劭做得一样出色。许劭曾以甄别天下人物的优劣、善恶、高下为己任，看到士族子弟有失当的行为时，就会指责他们自甘堕落；听到从身份低微的人口中说出的一些美言佳句时，也能欣喜地调查这些人的情况，以便能发现更多的人才。许劭的哥哥许虔经常拍着手称赞自己的弟弟，且坦言自己的能力远不如许劭。许劭年少时，谢甄就曾说过："这是个贤良俊才，日后他的成长将关系到整个汝南郡的兴衰。"樊子昭原是个卖帽子的小商贩家的孩子，十五六岁时还在县里做个小吏，他出身寒微，当时看来前途黯淡。但是许劭一见他便断言："这是汝南郡里排名第三的才士，这样的人应该保举他。"果不其然，后来樊子昭确有显达的声名。

---

① 形色：形体和容貌。童龀：幼小，童年。亦可指孩童。冤滞：滞留未申的冤狱。擿：摘除，剔除。虚名：与事实不符的声名声誉。懿：美善。

② 简别：甄别。清浊：本指清澈和污浊的水，后比喻人或事物的优劣、高下、善恶等等。如《史记·吴太伯世家》中有："延陵季子之仁心，慕义无穷，见微而知清浊。"《后汉书·陈元传》中也有："夫明者独见，不惑于朱紫；听者独闻，不谬于清浊。"失其所：行为失当。投之潢汙：即自甘堕落。潢汙，亦作"潢污"，指低洼处的积水。负薪抱关：卖柴的和看门的人，比喻身份低微卑贱的人。寻究：考查研究，追查调查。欣然：喜悦的样子。

③ 抵掌：击掌，指人在交谈中的愉悦神情。击节：本义为应和音乐打拍子，后衍伸为赞赏、欣赏的意思。

④ 管籥：即钥匙。比喻事物的关键性要素。

⑤ 樊子昭：生平事迹于史未详。帻责之子：卖帽子的商贩的儿子。帻，古时用以束发的头巾。

87.

有客诣陈太丘，谈锋甚敏，太丘乃令元方季方炊饭以延客。[①] 二子委甑，窃听客语，炊忘箸箅，饭落釜，成糜而进。[②] 客去，太丘将责之，具言其故，且诵客语无遗。太丘曰："如此，但糜自可，何必饭耶。"

译文：

曾有宾客前来拜谒陈寔，二人谈锋敏锐，相谈甚欢。陈寔就安排他的儿子陈纪和陈谌去厨房做饭来招待客人。可是陈纪和陈谌觉得听父亲和客人的谈话比做饭有意思多了，但又不能不听父亲的话，于是将米放到瓦制的蒸笼中后，就立马跑出厨房，回去偷听父亲与客人谈话了。但陈纪和陈谌匆忙之下忘了在笼底放上蒸饭用的竹箅，结果米都掉入锅中，和水混在一起，一锅饭也就变成了一锅粥。等他们发现时，已经来不及再重新蒸饭了，就用米粥招待了客人。等到客人走后，陈寔想要责备陈纪和陈谌做事不谨慎，待客不周到，他们就将米饭成粥的原委一五一十地告诉了父亲，还完整地复述了他们偷听到的父亲与客人的谈话。陈寔见他们能过耳不忘，也知道他们并非做事不认真，只是心思不在做饭上罢了，于是便说："既然是这样，你们也是有心有才，那我有粥喝就可以了，也不一定非要吃饭。"

88.

汉末陈太丘寔与友人期行，期日中，过期不至，太丘舍去。[③] 去后乃至。其子元方年七岁，在门外戏。客问元方："尊君[④]在否？"答曰："待君久不至，

---

① 陈太丘：陈寔。见第71"膺居阳城时"条。谈锋：谈话时的劲头与锋芒。敏：思维敏捷，才思敏锐。此处指谈话的节奏快、内容多。元方季方：陈纪、陈谌。见第71"膺居阳城时"条。延：招待。

② 甑：古时用以蒸饭的瓦器，底有蒸气孔格，可置于鬲上蒸煮，其形似现代的蒸锅。箸：此处通"著"，意为放置。箅：即箅子。原指蒸锅中的竹屉，古时甑以蒸饭，底有七穿以竹席蔽之。后泛指有空隙而能起间隔作用的炊具。釜：古时的锅，其用于鬲，置于灶，上置甑以蒸煮。糜：米粥。

③ 期：约定时间。行：外出。日中：正午。

④ 尊君：古时对他人父亲的尊称。

已去。”友人怒曰：“非人哉！与人期行，相委而去！”元方曰：“君与家君期日中时，过中不来，则是无信；对子骂父，则是无礼。”友人惭，下车引①之。元方遂入门不顾。

译文：

汉末时，陈寔曾和朋友相约正午时分一同外出，但是直到过了正午，他的朋友还没有到，陈寔等不及就自行离开了。哪知他前脚刚刚离开，朋友后脚就到了。陈寔的儿子陈纪当时年仅7岁，正在门外玩耍。陈寔的朋友便坐在车上问陈纪：“你父亲在家吗？快叫他出来，我们约好了要外出。”陈纪回答道：“我父亲等了您很久您也没到，他已经出门了。”朋友听后便生气地说：“陈寔这人真不是君子啊！既然和别人相约同行，怎么能丢下别人先离开了呢！”陈纪说：“这话说得不对。您与我父亲约在正午，但是正午您没到，这是您不守时、不讲信用在先；对着别人的孩子辱骂他的父亲，这是没有礼貌在后。”朋友听后感到十分惭愧，就赶紧下车想去拉陈纪的手以示亲善友好，哪知陈纪头也不回地径自走进自家大门，把他晾在门外。

89.

蔡邕刻曹娥碑傍曰：“黄绢幼妇，外孙齑臼。”②魏武见而不能晓，以问群僚，莫有知者。有妇人浣于江渚，曰：“第四车中人解。”即祢正平③也。祢便

---

① 引：牵引，拉。以示友好亲善。

② 曹娥：会稽上虞（今浙江省绍兴市上虞区）人，东汉孝女。据《后汉书·列女传》记载，曹娥之父溺死江中，尸骨无存。孝女曹娥当时年仅14岁，昼夜沿江哭寻父亲。哭寻17天后，投江自杀。5天后，她的尸体抱着父亲的尸体浮出水面。后来上虞县令度尚改葬曹娥于江南道旁，命弟子邯郸淳作诔辞，刻石立碑，彰其孝烈。后蔡邕游访到此，夜幕时手摸其文而读，在石碑的背面题了“黄绢幼妇，外孙齑臼”八个字。绢：本义为生丝织物，无色。后泛指丝织品。黄绢，即有色之丝，即为“绝”字。幼妇：少女，即为“妙”字。外孙：女儿所生之子，即为“好”字。齑臼：放置辛辣物的容器，古字同“辞”。

③ 祢正平：祢衡。字正平，平原郡般县（山东省德州市）人。少有文采辩才，性格刚傲清高，不可一世，唯与孔融交好。孔融著有《荐祢衡表》，将祢衡荐于曹操，曹操封他为鼓手，被祢衡裸身击鼓谩骂。曹操厌其狂傲，将其转送刘表。刘表亦厌其狂傲，又送至江夏黄祖。后因与黄祖有口舌冲突，被黄祖杀害。

以离合[①]意解云:“绝妙好辞。”或谓此妇人即娥灵也。

译文:

蔡邕在曹娥的墓碑旁刻下“黄绢幼妇,外孙齑臼”八个大字。曹操看到之后不知道是什么意思,便去问群臣,结果都没有人知道。此时有一个妇人正在江边洗衣服,见状便说:“这是一个谜语,你们车队里第四辆车中的人能解开这个谜语。”第四辆车里坐的正是祢衡。祢衡便用诗文中的离合之意来解释说:“这是绝妙好辞的意思。”后来有传言说,这个妇人就是曹娥的灵魂所幻化的,她自然知道谜底,也知道谁能解开谜底。

90.

祢正平年少与孔文举作尔汝交[②]。时衡年未满二十,而融已五十余也。

译文:

祢衡在年少时与孔融建立亲密友谊,成为非常好的朋友,当时祢衡还没到 20 岁,而孔融已经 50 多岁了。

91.

孔文举中夜暴疾,命门人[③]钻火,其夜阴瞑[④],不得火,催之急,门人忿然曰:“君责人太不以道,今暗若漆,何不把火照我,当得钻火具,然后得火。”文举闻之曰:“责人当以其方[⑤]。”

---

① 离合:此处指离合诗,即以文字拆合组成的诗文。南朝刘勰《文心雕龙 · 明诗》中说:“至于三六杂言,则出自篇什;离合之发,则明于图谶。”又于《文章缘起》中记载孔融即作有四言离合诗。

② 尔汝交:指不拘形迹的亲密友谊,因彼此间以“你”“我”直率相称,而无长幼尊卑之俗礼,故而得名。

③ 门人:此处指古时官吏署邸前的守门之人。

④ 阴瞑:阴暗,黑暗。

⑤ 方:方式,方法。

译文：

孔融夜中突发疾病，令门人点火掌灯，奈何夜深，门人掌灯不够及时，他便不断催促。门人不耐烦地说了一句："你责备别人也太没有道理了，夜这么黑，你不给我盏灯照明，我怎么去给你找点火照明的工具呢？你赶紧给我找盏灯，让我去找到点灯的工具，然后就能给你点灯了。"孔融听后，哭笑不得地说了一句："看来责人也是要根据别人的接受能力采用恰当的方式的。"

92.

曹公与杨太尉书论刑杨修云："操白：足下不遗贤子见辅，今军征事大，吾制钟鼓之音，主簿应掌，而贤子恃豪父之势，每不与吾同怀。① 念卿父息之情，同此悼楚。② 谨赠足下锦裘二领，八节银角桃枝一枚，官绢五百匹，钱六十万，四望通幰七香车一乘，青牸牛二头，八百里骅骝一匹，戎装金鞍辔十副，铃苞一具，驱使二人侍卫之。③ 并遗足下贵室错彩罗縠裘一领，织成靴

① 杨太尉：杨彪。字文先，弘农郡华阴县（今陕西省渭南市华阴县）人。太尉杨赐之子、杨修之父。初举孝廉、茂才，征拜为议郎，参与续写《东观汉记》。累任侍中、五官中郎将、卫尉等职。汉献帝时，遍历司空、司徒、太尉。论刑：论说刑罚。杨修：字德祖，弘农郡华阴县人，太尉杨彪之子。初举孝廉，改郎中，后任丞相府主簿。博学多能，才思机妙，善于揣摩曹操意旨，事务条令，皆有精准预判。与曹植友善，在夺嫡之争时，参与并拥护曹植。终被曹操以"前后漏泄言教，交关诸侯"的罪名处死。钟鼓：本义为古时的礼乐器钟和鼓。此处是用以传递行军指令信息的四金和六鼓，与下文卞夫人信中所说的"金鼓"同义。主簿：见第75"陈仲举雅重徐孺子"条。同怀：同心，心意相通。此处是服从命令的意思。

② 父息：父子。悼楚：哀伤痛苦。

③ 锦裘：用丝锦缝制的皮衣。领：量词，用于计量衣服、席、箔等。桃枝：本义为桃树的枝条，旧时认为桃枝可以驱鬼魅。此处指用桃枝竹木制成的手杖。官绢：官府专供的绢帛，与"市绢"相对。旧时服舆皆有等级规制，官绢与市绢即是一例。四望通幰七香车：四面悬挂透明围帐的华美车辆。四望，四面皆可观望。通幰，即通幰车，《晋书·舆服志》中记载："通幰车，驾牛，犹如今犊车制，但举其幰通覆车上也。诸王三公并乘之。"是一种专供贵族使用的遍覆帷幔的牛车。七香车，用多种香料涂饰或用多种香木制作的车。亦泛指华美的车。骅骝：原指周穆王八骏之一。后泛指骏马。戎装：军装，军礼服。辔：驾驭牛马时所用的嚼子和缰绳。铃苞：系在马颈下裹着铃铛的草席包。

一量有心，青衣二人奉左右。① 所奉虽薄，以表吾意，足下便当慨然承纳，不致往返。②”

杨太尉答书云："彪白：小儿顽卤，常虑当致倾败，足下恩矜，延罪讫今；闻问之日，心肠酷裂！省览众赐，益以悲惧。"③

曹公卞夫人与太尉夫人袁书："卞顿首顿首：贵门不遗贤郎辅佐，方今戎马兴动，主簿股肱近臣，征伐之计，事须敬谘。④ 官立金鼓之节，而闻命违制，明公性急，辄行军法。⑤ 伏念悼痛酷楚，情不自胜。⑥ 夫人多容，即见垂恕。故送衣服一笼，文绢一百匹，房子官绵百斤，私所乘香车一乘，牛一头。⑦ 诚知微细，以达往意，望为承纳。"

杨太尉夫人袁氏答书："袁顿首顿首：路歧虽近，不展淹久，叹想之情，抱劳山积。⑧ 小儿疏细，果自招罪戾，念之痛楚！明公所赐已多，又加重赉礼，颇非宜荷受，辄付往信。"

---

① 贵室：古时对他人妻子的尊称。错彩：色彩错杂。罗縠裘：用细丝缝制的皮衣。织成：古时名贵的丝织物。以彩丝及金缕交织出花纹图案，汉代仅供帝王和贵族公卿所服。《后汉书·舆服志下》中有记载："衣裳玉佩备章采，乘舆刺绣，公侯九卿以下皆织成。"量：量词，通"緉"，一量即为一双。青衣：本义指青色或黑色的衣服，汉代以后多为地位低下者所服。衍伸为侍女、婢女。

② 慨然：感慨的样子。不致往返：不要推辞谢绝的意思。

③ 顽卤：愚妄、顽劣且粗野。虑：想到，料想。倾败：倾颓，失败。此处是自作自受，蒙受灾祸的意思。恩矜：恩遇怜悯。延罪：延缓、宽恕其罪责。闻问：收到消息。酷裂：因痛苦而肝肠寸断。

④ 曹公卞夫人：魏武宣皇后卞氏，曹操之妻。琅琊开阳（今山东省临沂市）人，初为倡家，后与曹操成婚，生魏文帝曹丕、任城威王曹彰、陈思王曹植、萧怀王曹熊。太尉夫人袁：杨彪之妻，汝南郡汝阳县（今河南省周口市商水县）人，淮南袁术之妹。顿首：本义为磕头。后作书、信、表、奏等文体中的致敬之语。戎马：古时用于行军打仗的军马，衍伸为军队或战争。股肱：本义为大腿和胳膊，比喻左右辅佐的亲密之人。谘：通"咨"，商议。

⑤ 金鼓之节：四金和六鼓的执掌者。四金指錞、镯、铙、铎。六鼓指雷鼓、灵鼓、路鼓、鼖鼓、鼛鼓、晋鼓。金鼓用以节声乐，和军旅，正田役。违制：违反制度。

⑥ 悼痛：伤心悲痛。酷楚：痛楚。情不自胜：悲痛得无法忍受。

⑦ 笼：量词。古人以箱笼盛敛衣服，一笼即一箱。房子：古县名，在今河北省高邑县一带，以产白土，能濯绵著称。官绵：专供官府所用的丝绵。

⑧ 路歧虽近：道路很近却有分歧，此处指袁氏与杨修虽有母子之亲，但各自有各自的人生轨迹。不展淹久：展，察看。淹，通"腌"，恶劣。此处是指对杨修疏于管教，一味纵容，导致他长期行为恶劣，最终自食恶果。抱劳山积：追悔莫及，抱恨终身的意思。

译文：

曹操和杨彪互相写书信讨论如何处罚杨修时说："承蒙你看得起我，让你的孩子来辅佐我，然而如今出兵打仗的事很重要，我制作钟鼓之音，让你的儿子去执掌。但你儿子却秉仗父亲的权豪势力，每每都不和我配合，我念及与他父亲的情谊，一同在这里哀悼。所以我送给你两件锦裘，一根八节银角桃枝，五百匹官绢，六十万钱，一辆四望通幰七香车，两头青牸牛，一匹八百里骅骝，十副戎装金鞍辔，一具铃苞和两个供你驱使的侍卫。并赠送你夫人一件仅供皇室使用的错彩罗縠裘和一双织成靴，再派两名青衣婢女侍奉你们。这些东西虽然都不贵重，但都是我的心意，希望你能接受，不要推辞谢绝。"

杨彪回信说道："我的孩子顽劣，常常因思虑不慎导致不好的事情发生，是您的恩惠怜悯才让他的罪孽一直拖延至今天才暴露。看了您给我的信，我更是惭愧，肝肠寸断，您这些赏赐也让我更加悲惧。"

曹操的夫人卞氏也写信给杨彪的夫人袁氏说："您让有才华的儿子辅佐我们，我们很是感激。如今国事当头，兵马征战在即，令郎又是国家的股肱近臣，故而关于军国大事，我们都会与令郎商讨垂询。国家看重令郎，使之做金鼓官，传达军令，但他却擅作主张，违背命令，丞相情急之下，才将他以军法处置。听说了这个消息，就连我也是悼痛酷楚，想必夫人更是痛苦，但事已至此，还望理解。为表慰问，给您送去一笼衣物，一百匹文绢，一百斤官锦，一辆香车和一头耕牛。这些都是生活中用得到的细微之物，还请夫人笑纳。"

杨彪的夫人袁氏回信说道："我的儿子虽然和我关系亲近，但我对他的管教却是太少了，叹想以往，只能是抱憾终生了。我的儿子做事情不周密，为自己招致杀身之祸，我很难受，但也理解。丞相给我们的恩赐已经很厚重了，如今您又来慰问，我真是受之有愧。"

93.

司马德操初见庞士元，称之曰："此人当为南州冠冕。"①时士元尚少，及长，果如徽言。

译文：

司马徽见到庞统后，称赏他道："这个人将来会是南郡的第一才士。"当时庞统还是个少年，等他长大之后，辅助刘备入川成就霸业，果真如同司马徽当年所言。

94.

司马徽居荆州，以刘表不明，度必有变，思退缩以自全；②人每与语，但言"佳"。其妻责其无别③。徽曰："如汝所言，亦复甚佳。"终免于难。

译文：

司马徽居住在荆州时，知道刘表这个人不贤明，无大志。一番揣度后料

① 司马德操：司马徽。字德操，颍川阳翟（今河南省禹州市）人。精通奇门、兵法、经学，受世人敬重，有"水镜先生"之称。为人清雅，学识广博，有知人之明。曾客居荆州，因知刘表为人心胸狭隘，故而缄口不言，不论时势。后刘备寻访，司马徽便向其推举诸葛亮和庞统等人。曹操南征荆州时，想重用司马徽，但其不久病逝。庞士元：庞统。字士元，襄阳（今湖北省襄阳市）人，东汉隐士庞德公之侄，号其为"凤雏"。先被本郡征为功曹，追随周瑜。周瑜逝后，庞统赴东吴吊丧，曾与东吴陆绩、顾劭等品评人物，自谓有王佐之才。刘备掌南郡时，任庞统为耒阳令，因不治理公务而被免职。后经诸葛亮力荐，召为治中从事、军师中郎将。进围雒县时，中流矢而亡，年仅 36 岁，追赐为关内侯，谥号靖侯。南州：即南郡，今湖北省荆州市一带。冠冕：古时帝王和官员头顶所戴的帽子。比喻受人拥戴或出人头地，亦比喻首位。

② 荆州：古时"九州"之一。在荆山、衡山之间。汉代为"十三刺史部"之一，辖境约相当于今湘、鄂二省及豫、桂、黔、粤的一部分。东晋时定治江陵，为当时及南朝长江中游重镇。刘表：字景升，山阳郡高平县（今山东省微山县）人。姿貌温厚伟壮，少时知名于世，为当时"八俊"之一。早年因参与太学生运动而受党锢之祸牵连，党禁解除后，历任北军中候、荆州刺史、镇南将军、荆州牧，封成武侯。刘表任荆州牧时，开经立学，爱民养士，以求从容自保。但为人性多疑忌，好于坐谈，立意自守，而无进取之志。又因宠溺蔡氏，致使蔡瑁专权，病逝后蔡瑁废长立幼，立刘琮为主。曹操南征时，刘琮举州投降，将荆州拱手让于曹操。不明：不贤明。度：揣度。变：事变。自全：自我保全。

③ 无别：此处指品评人物高下时无差别。

定这里将来会发生一系列重大的军事政变，就开始为自己谋划以后能够获得保全的退路。司马徽觉得自己在这里言多必失，那就干脆谁也不得罪。于是每当有人向他求得品评或与他谈论人物时，他都会说“这是佳士，这说得好”。他的妻子责怪他对人毫无差别，亦无主见个性。司马徽听后却说：“你刚才说的那些话，也说得非常好。”就这样，司马徽最终得以在乱世中保全了自己，使全家免于灾祸。

95.

颍川太守朱府君，以正月初见诸县史燕，问功曹郑劭公曰：“昔在京师，闻公卿百僚叹述贵郡前贤后哲，英雄瑰玮，然未睹其奇行异操，请闻遗训。”①对曰：“鄙颍川，本韩之分野，豫之渊薮。其于天官，上当角亢之宿，下

① 颍川：故郡名。秦始皇所置，以颍水得名，治所在阳翟（今河南省禹州市），下辖阳翟、襄、襄城、昆阳、定陵、舞阳、郾、临颍、颍阳、颍阴、许、新汲、鄢陵、长社、阳城、父城、轮氏等17县。朱府君：朱宠。字仲威，京兆杜陵（今陕西省西安市）人，累官颍川太守、大鸿胪、太尉。功曹：古官名。汉代郡守有功曹史，简称功曹，除掌人事外，得以参与一郡的政务。郑劭公：生平事迹于史未详。瑰玮：指事物珍贵奇伟或人物才识、器度卓异。

禀嵩少之灵，受岳渎之精，托晋楚之际，处陈郑之末。① 少阳之气，太清所挺。② 是以贤圣龙蟠，俊彦凤举。③ 昔许由、巢父，出于阳城，樊仲甫又出阳城，留侯张良又出于阳城，胡元安出于许县，灌彪义山出于昆阳，审寻初出于定陵，杜安伯夷又出于定陵，祭遵出于颍阳。”④府君曰：“太原周伯况、汝南

---

① 韩之分野：战国时韩国的地域。韩，周朝的周王族诸侯国，是“战国七雄”之一，与魏国、赵国合称三晋。公元前403年，韩、赵、魏三家大夫得到周威烈王的承认，正式位列于诸侯，韩国建立，建都于阳翟（今河南省禹州市）。公元前230年韩国被秦国所灭，旧地置颍川郡。由于地处中原，韩国被魏国、齐国、楚国和秦国包围，发展空间受限，国土面积在七国之中最小，故国势较弱，是山东六国中第一个被秦所灭的诸侯国。分野，指与星次相对应的地域。古时以十二星次的位置划分地面上州与国的位置。故而于天上称分星，于地面称分野。如《国语·周语下》中有：“岁之所在，则我有周之分野也。”东吴韦昭注解说：“岁星在鹑火。鹑火，周分野也，岁星所在，利以伐之也。”鹑首对应秦域，鹑火则对应周域。豫之渊薮：豫州各类人、物的集中地。豫，古州名。《禹贡》中所列九州之一，汉武帝所置“十三刺史部”之一。渊薮，渊为鱼所居，薮为兽所居，渊薮即喻人和各类事物集聚的地方。天官：天文，天象。按照古人的理解，天上的星星对应人间的官员，亦有尊卑高下之分，故而分布位置各不相同。《史记》中有《天官书》，司马贞在索隐中说：“天文有五官。官者，星官也。星座有尊卑，若之官曹列位，故曰天官。”角亢：角宿与亢宿的并称。即二十八宿中东方苍龙七宿中的第一、第二宿。古时指据其方位所划分的天区及与之相应的地域，河南地域对应的是天上角宿和亢宿的星宿方位。嵩少：嵩山和少室山的并称。岳渎：“五岳”和“四渎”的并称。此处是说河南境内有嵩山和洛水、伊水这样的名山佳水。托晋楚之际：春秋时夹托在晋国和楚国之间。晋，周代春秋时期诸侯国，周成王之弟姬虞之子晋侯燮父因徙居晋水而得名建国。公元前403年，晋国卿大夫韩虔、赵籍、魏斯三家分晋。周威烈王赐三家为诸侯，晋国随之灭亡。楚，春秋战国时期诸侯国，位处长江流域。处陈郑之末：春秋时，陈、郑皆为小国，在河南境内。战国时后被韩、楚二国所灭。

② 少阳之气：东方之气，即元气。本指天地未分前的混沌之气，后喻指国家或地区得以生存发展的物质力量和精神力量。太清：即元气之清者。挺：此处是生成，生出的意思。

③ 蟠：环绕。举：飞举。

④ 许由：见第76“徐稺亡”条。巢父：上古高隐之士。汉人王符《潜夫论·交际》中记载：“巢父木栖而自愿。”晋人皇甫谧《高士传·巢父》中记载：“巢父者，尧时隐人也，山居不营世利，年老以树为巢而寝其上，故时人号曰巢父。”巢父以树为居，坐卧其上。相传尧曾想将天下禅让于他，他却不受。阳城：见第71“膺居阳城时”条。樊仲甫：隐士，生平事迹于史未详，仅《后汉纪》载其“志洁心遐，贱天下之重”。胡元安：隐士，生平事迹于史未详，仅《后汉纪》载其“体曾参之至行，履乐正之纯业，丧亲泣血，骨立形存，精诚洞于神明，雉兔集其左右”。许县：古县名，即今河南省许昌市。灌彪义山：才士，生平事迹于史未详，仅《后汉纪》载其“英姿秀伟，逸才挺出，究孔圣之房奥，存文武于将坠，文丽春华，辞蔚藻绘”。昆阳：古县名，在今河南省平顶山市叶县一带。审寻初：生平事迹于史未详。定陵：古县名，在今河南省漯河市舞阳县一带。祭遵：字弟孙，颍川颍阳（今河南省许昌市襄城县颍阳镇）人。少爱读书，曾为县吏，后投奔光武帝刘秀，随其平定渔阳，讨伐陇蜀，建立东汉政权。后任征虏将军，封颍阳侯，列“云台二十八将”之一。颍阳：古县名，即今河南省许昌市襄城县颍阳镇。

周彦祖皆辞征礼之宠，恐贵郡未有如此者也。”①劭公对曰：“昔许由耻受尧位，洗耳河湄；樊仲甫者，饮牛河路，耻临浊流，回车旋牛。② 二周公但让公卿之荣，以此推之，天地谓之咫尺，不亦远乎？”

译文：

颍川太守朱宠刚刚到任，于大年初一时宴请当地的各级官员，问主管选署功劳的郑劭公说：“当年在京城，我就听说贵地人杰地灵，出过许多英雄贤哲，只可惜生不逢时无缘一见，不能亲眼目睹他们的节行风采，请问他们留下过什么箴言宝训吗？”郑劭公回答说：“颍川这个地方，原先是战国时韩国的分野，是豫州各类事物聚集的地方。以天文星宿的理论来看，这里的地理位置与角、亢二星宿呼应，境内又有嵩山、少室山和伊水、洛水这样灵秀的宝山佳水，春秋时处于晋、楚两大国之间，又是陈、郑两国的故郡。这里蕴含着先天真元之气，太清之气也在这里生成生出。所以颍川才有了大量如豪杰圣贤一般的人物，他们像龙一样盘踞环绕，像凤凰一样高高飞举。如当年的许由、巢父都是阳城人，樊仲甫也是阳城人，西汉的留侯张良还是阳城人；胡元安是许县人，灌彪义山是昆阳人，审寻初和杜安伯夷都是定陵人，祭遵是颍阳人。”朱宠说：“当年太原的周党和汝南的周彦祖，都是高节超迈而不愿出仕的大名士，恐怕贵地没有这样的人物吧。”郑劭公回答说：“当年许由不肯接受尧的禅让，甚至当他听到尧要将帝王之位禅让给他的消息后，觉得耳朵受到了污染，马上跑到河边去洗耳朵。当年樊仲甫驾着一辆牛车赶路，走得累了，他准备去路边取水给牛喝。但是他却看到路边的河水污浊，高洁的人岂能去取污浊的水呢？于是，就驾着牛车头也不回地走掉了。太守说的两位周公，只是辞让了名利场上的公卿殊荣，算不得真正的隐士名士。以此推想，把天地之间的距离说成咫尺之间，恐怕也是说远了。”

---

① 周伯况：周党。字伯况，太原广武（今山西省代县）人，隐士。王莽时，称病不出，以辞征召。光武时，伏而不谒，以辞征召。周彦祖：隐士，生平事迹于史未详，仅《后汉纪》载其“辞征聘之宠，隐林薮之中，清迈夷齐，节拟古人”。

② 河湄：河边。饮牛河路：在路边取河水喂牛。旋：掉转。

卷五·魏世人

96.

刘桢以失敬罢。[1] 文帝曰:“卿何以不谨文宪?”[2]答曰:“臣诚庸短,亦缘陛下纲目不疏。”[3]

文帝出游,桢见石人,曰:“问彼石人,彼服何粗?何时去卫,来游此都?”

译文:

刘桢因失礼罪被罢官免职。魏文帝曹丕问他:“爱卿呀,你为什么不能严格遵守法纪呢?”刘桢回答道:“一来是因为我本是个平庸浅陋的人,对法律法规理解不到位;二来也是因为陛下您立法太苛细、执法太严格了,我不经意间就会犯法。”

曹丕出游时,刘桢看见一个石人像,跑到近前就说:“陛下您看,那里有个石人,他是个生面孔,依照法律对城里每一个人都必须知根知底,您快派人去盘问一下那个石人,他穿的服装为什么这么粗糙?他是什么人,什么时候离开卫,来到我们的都城游览的?要是不问,我们就犯法了。”

---

① 刘桢:字公干,东平宁阳(今山东省宁阳县泗店镇古城村)人。少而博学有才,警悟辩捷,选为丞相掾属,与曹丕、曹植皆友善。曾在参加曹丕筵席时,平视王妃甄氏,后以不敬之罪罚服劳役。建安二十二年(217年)染疾而亡,年仅38岁。刘桢精于五言古诗,诗作风格遒劲,语言质朴,长于比喻,在当时负有盛名,是“建安七子”之一,与曹植并称“曹刘”。失敬:不尊敬,失礼。罢:罢官,贬谪。

② 谨:此处是严格遵守的意思。文宪:礼法,法制。

③ 庸短:指平庸浅陋之才。纲目:法律的总纲和条目,泛指法网或法度。

97.

魏王北征蹋顿，升岭眺瞩，见一冈，不生百草。[①] 王粲曰："此必古冢。其人在世服生礜石，热蒸出外，故草木焦灭。"[②]遽令凿看，果是大墓，礜石满茔[③]。一说：粲在荆州，从刘表登障山[④]而见此异。魏武之平乌桓，粲犹在江南，以此言为谲[⑤]。

译文：

魏王曹操在北征乌桓的途中曾上到一座山岭上登高远望，见有一个高岗光秃秃的，周围寸草不生，与旁边杂草丛生的景象形成了鲜明的对比。曹操很诧异，王粲见状解释道："这岗子下面必定是一座古墓。墓主人生前长期服用了高热量的礜石，以致墓内温度升高后，礜石毒气也随之蒸发出来，影响了周围的地貌，这才导致了附近草木不生的情形。"曹操听后随即让手下人凿墓以探究竟。凿开后发现，果真是座大墓，里面礜石铺满了整座墓穴。后来也有人说：王粲是曾在荆州跟随荆州牧刘表登障山时见到的这种礜石作墓且墓周围寸草不生的异象。曹操北伐乌桓之时，王粲仍然在江南，二者在时间上有冲突，所以王粲跟随曹操见到礜石墓这种说法是虚假不实的。

---

① 魏王：即曹操。蹋顿：本为辽西乌桓的首领名。汉献帝时，乌桓王丘力居死，从子蹋顿有武略，总摄乌桓三部，代立为王，雄踞北方。建安十二年（207 年），被曹操斩杀于柳城。后用以对异族首领的统称。

② 王粲：见第 78"王仲宣年十七时"条。礜石：一种性热含毒的矿石，即硫砒铁矿，也叫毒砂。为制砷及亚砷酸的原料，可入药，亦可杀鼠。《淮南子·说林训》中记载："人食礜石而死，蚕食之而不饥。"晋人张华《博物志》卷二载："（鹳）伏卵时数入水，卵冷则不沸，取礜石周围绕卵，以助暖气。故方术家以鹳巢中礜石为真物。"

③ 茔：坟墓。

④ 障山：据今人周楞伽考证，障山在今湖北省蒲圻县。

⑤ 谲：虚假，欺骗。

98.

魏国初建，潘勖字元茂，为策命文。① 自汉武已来未有此制，勖乃依商、周宪章，唐、虞辞义，温雅与典诰同风，于时朝士皆莫能措一字。② 勖亡后，王仲宣擅名于当时，时人见此策美，或疑是仲宣所为，论者纷纷。③ 及晋王为太傅，腊日大会宾客，勖子蒲时亦在焉。④ 宣王⑤谓之曰："尊君作封魏君策，高妙信不可及，吾曾闻仲宣亦以为不如。"朝廷之士乃知勖作也。

译文：

魏国刚刚建立的时候，潘勖字元茂，奉命草拟封曹操为魏王的诏书。但是汉朝自武帝以来还没有人享有曹操这般的尊荣和权势，故而诏书也无成例可循，于是潘勖就模仿商周的典章，唐虞的辞采文义来独立创作，写成的《相魏公九锡策命》的文风与《尚书》中的典、诰之文同样温雅。就这篇文章的水平而言，当时朝中的士大夫们，连一个字都写不出来。潘勖死后多年，王粲的才名渐盛。后世的人们见到这篇策命文写得如此精彩，便猜想一定是王粲所写，一时之间，《相魏公九锡策命》文出于王粲之手的谈论接连不断。后来司马昭做太傅时，在腊日里大宴宾客，潘勖的儿子潘蒲也在宾客中

① 潘勖：生平事迹于史未详，仅《三国志・魏志・卫觊传》载："建安末，尚书右丞河南潘勖，黄初时，散骑常侍河内王象，亦与觊并以文章显。"荀彧去世，其碑文由潘勖所撰。上呈汉献帝的《相魏公九锡策命》文，亦由其所作。策命文：即潘勖所作的《相魏公九锡策命》文，南朝刘勰在《文心雕龙・诏策》中评此文为"典雅逸超"。策命，指以策书封官授爵。

② 制：规章制度。这里是以往成例、惯例的意思。辞义：辞采和文义，即文章的形式与内容。典诰：《尚书》中《尧典》《汤诰》等篇的并称。泛指典章诏令一类文字。

③ 擅名：享有名声、名誉。纷纷：一个接一个，接二连三。形容众多的样子。

④ 晋王：司马昭。字子上，河内郡温县（今河南省焦作市温县）人，西晋王朝的奠基人之一，晋宣帝司马懿次子、晋景帝司马师之弟、晋武帝司马炎之父。早年随父抗击蜀汉，多有战功。累官洛阳典农中郎将，封新城乡侯。甘露五年（260 年），魏帝曹髦被弑杀，司马昭立曹奂为帝。景元四年（263 年），灭亡蜀汉，受封晋公。次年（264 年），进爵晋王。后其子司马炎代魏称帝，建立晋朝，追尊司马昭为皇帝，谥号文帝。勖子蒲：潘蒲，生平事迹于史未详。

⑤ 宣王：司马懿。字仲达，河内郡温县（今河南省焦作市温县）人。少有奇节，博学洽闻，郡中举为计掾。曹操为丞相后，辟其为文学掾，历任黄门侍郎、议郎、丞相东曹属、丞相主簿等职。曹魏时历任太子中庶子、丞相长史、御史中丞、侍中、尚书右仆射、抚军大将军、太尉、太傅等职，辅佐了魏国四代君王。善谋奇策，多次征伐有功，以军功谋略成为掌控魏国朝政的权臣。司马昭称王后，追尊其为晋王。司马炎称帝后，追尊其为高祖宣皇帝。

落座。司马懿对他说："令尊当年所作的《相魏公九锡策命》文，实在是高妙极了，那可不是一般人能比得上的，我曾听王粲亲口说过，他见了以后也自觉不如。"听了司马懿的话，朝廷中的士大夫们这才知道《相魏公九锡策命》文是出于潘勖的手笔。

99.

孙邕醇粹有素。① 魏武帝初置侍中，举者不中选，遂下令曰："吾侍中欲得浑沌，浑沌氏，古之贤人也。"②于是臣下方悟，遂举邕，帝大悦。

译文：

孙邕天生就具备纯粹不混杂的特质。曹操最初任命侍中一职时，就有意想要让孙邕来担任。结果发现推举上来的人里没有孙邕，这些人中没有一个被曹操看中而获选，于是曹操下令说："我要的侍中是浑沌氏，可不是混沌。混沌是糊涂的人，浑沌氏是上古的贤人。你们不要搞错了人选。"听了这番话，属下们便领悟了曹操的心思，于是推举了孙邕。曹操一看孙邕被推举了，心里非常高兴。

100.

管宁避难辽东，还，遭风船垂倾没，乃思其詈过，曰："吾曾一朝科头，三

① 孙邕：三国曹魏时济南人，以儒雅知名于世，与何晏、郑冲、曹羲、荀顗等人共集《论语》诸家训注，加以厘订，纂为《论语集解》。曾任渤海太守。魏明帝时，经卢毓举荐，诏入京师任侍中。后封光禄大夫、关内侯，改封建德亭侯。文中言其为魏武时人，实为小说家言语本色。醇粹：精纯不杂。有素：固有，由来已久。

② 侍中：见第10"孙氏《瑞应图》"条。举者：此处指被推举的人。浑沌：据今人周楞伽考证，此处作"鹘突"解。鹘突，即糊涂，意思是愚蠢，不辨好坏。语出《释稗》："世俗之俳言也，鹘者浑之人，突者暾之人，浑者鹘之去，沌者暾之去也。用此语观之，则谓愚无分别名为鹘突，由来古矣。"浑沌氏：传说中的上古中央之帝。

晨晏起。[1] 今天怒猥集,过必在此。[2]"风乃息。

译文:

管宁曾在辽东避难,后来在返乡的路上遭遇了大风浪,他的船被风吹得快要沉没到水里。管宁见情况危急,便开始回想是不是因为自己的过错招致了上天的报应,思来想去后大声说:"我曾经有一天早上起来没有戴帽子,有三天睡了懒觉。今天暴风疾雷都汇集在这里,一定是这个原因。上天啊,对不起,我知道错了,我以后再也不敢冠帽不整和睡懒觉了。"管宁说完,风浪便停息了。

101.

魏管辂尝夜见一小物,状如兽,手持火,向口吹之,将爇舍宇。[3] 辂命门生举刀奋击,断腰。视之,狐也。自此里中无火灾。[4]

译文:

曹魏时,管辂曾经在一天夜里发现一个样子像鸟兽的小东西,它手里拿着火,用口吹着,想要火烧房屋。管辂让自己的学生们拿起刀斧朝它用力砍打,最后砍断了它的腰。管辂近前一看,原来这是一只狐狸。从此以后,这条街上再也没有发生过火灾。

---

① 管宁:字幼安,北海郡朱虚县(今山东省潍坊市临朐县东南)人。汉末天下大乱时,避祸辽东,终日闭门读书而不问世事。魏文帝曹丕黄初四年(223年)返乡,辽东太守公孙恭亲自送别。后曹丕拜其为大中大夫,辞而不就。曹叡拜其为光禄勋,亦辞而不就。訾过:即罪过。訾,通"愆"。科头:不戴冠帽,裸露头髻。按晋人葛洪《抱朴子·刺骄》中说:"或乱项科头,或裸袒蹲夷……此盖左衽之所为,非诸夏之快事也。"科头是一种无礼的表现。晏起:睡到日上三竿才起床。

② 天怒:指暴风疾雷。《诗·大雅·板》中有:"敬天之怒,无敢戏豫。"唐人孔颖达解释说:"则天之怒者,谓暴风疾雷也。"古人将暴风疾雷,谓之天怒。猥集:聚集,多而集中。

③ 管辂:字公明,平原郡平原县(今山东省德州市平原县)人。少喜星象之学,成年后精《周易》,通相术,能习鸟语,尤善卜筮,预言无忧不验。清河太守华表召其为文学掾,官至少府丞。相传其自知年寿不过四十七八,至48岁时便亡。后人以其为才高、不寿,且无贵仕的典型。爇:烧。

④ 里中:街坊四邻。旧时五家为邻,五邻为里。

102.

王朗中年以识度推华歆，歆蜡日尝与子侄宴饮，王亦学之。① 有人向张茂先称此事，张曰："王之学华，盖是形骸之外，去之所以更远。"②

译文：

王朗常常推崇华歆的见识和气度。得知华歆曾在年终蜡祭那天召集了子侄们一起宴饮后，王朗也模仿华歆邀请自己的子侄宴饮。有人向张华说起了这事，张华听后说："王朗学华歆，都是学些外在的、皮毛的东西，因此反而离华歆更远了。"

103.

华歆遇子弟甚整雅，闲室之内，俨若朝典。③ 陈元方兄弟，恣柔爱之道，而二门之中，两不失其雍熙之轨度焉。④

---

① 王朗：本名王严，字景兴，东海郡郯县（今山东省临沂市郯城县）人。早年师从太尉杨赐，因通晓经籍而被拜为郎中。陶谦举其为茂才，拜徐州治中从事，升会稽太守。后受曹操征辟，被拜为谏议大夫。曹操进魏王时，以军祭酒兼领魏郡太守。曹丕篡汉后，改任司空，封乐平乡侯。曹叡继位后，任司徒，封兰陵侯。识度：见识与气度。推：推崇。华歆：字子鱼，平原郡高唐县（今山东省高唐县）人。早年拜太尉陈球为师，与卢植、郑玄、管宁等为同门，又与管宁、邴原共称一龙，华歆为龙头。汉灵帝时期，举孝廉出身，任尚书郎、豫章太守。汉献帝时任议郎、司空参军，累迁尚书、侍中、尚书令。曹魏时任司徒、太尉，封安乐乡侯、博平县侯。蜡日：年终蜡祭八神、大祭万物的日子。晋人陶潜曾作《蜡日》诗："风雪送余运，无妨时已和。梅柳夹门植，一条有佳花。我唱尔言得，酒中适何多！未能明多少，章山有奇歌。"

② 张茂先：张华。字茂先，范阳郡方城县（今河北省廊坊市固安县）人，留侯张良的十六世孙。曹魏时历任太常博士、河南尹丞、佐著作郎、中书郎等职。西晋建立后，拜为黄门侍郎，中书令，加散骑常侍，累官至司空，封壮武郡公。张华工诗赋，辞藻华丽，又好藏书，精于博物之学，著有《博物志》10卷，是我国第一部博物学专著。形骸：形体，躯体。此处是表象和现象层面的意思。

③ 遇：对待，款待。子弟：此处泛指年轻的后辈。整雅：肃整雅饬。闲室：家中，私人空间。朝典：朝廷的礼仪制度。

④ 恣：尽情，无拘束。柔爱：和柔慈爱。二门：即华歆与陈纪、陈谌两家。雍熙：和谐、和睦的样子。轨度：规范法度。

译文:

华歆对待晚辈十分肃整雅饬,即便是在自己的家中,也要讲求仪态庄重,犹如在朝堂上那样处处遵守礼仪规矩。陈纪和陈谌兄弟对待晚辈却是尽可能地实行和柔慈爱的方式。虽然他们华、陈两家的生活风格迥异,但是两家都没有失掉和睦、和谐的治家准则。

104.

中华佛法,虽始于汉明帝,然经偈故是胡音。[1] 陈思王登渔山,临东阿,闻岩岫有诵经声,清婉遒亮,远谷流响,肃然有灵气,不觉敛襟祗敬,便有终焉之志。[2] 诸曹解音,以为妙唱之极,即善则之,今梵呗皆植依拟所造也。[3] 植亡,乃葬此土。

译文:

中华地区的佛法教义,虽然早在汉明帝时就已经开始传入了,但至今为止佛经中的唱词偈语依旧沿用异族的语言和发音。当年曹植在东阿登渔山时,听到了峰峦中隐隐有诵经声,那种声音清澈婉转、雄健响亮,在远方的山谷中流传飘荡,庄严肃穆之间还伴随有灵动逸趣之气,让人情不自禁地整襟正坐保持敬意。曹植听了这种声音后,随即便萌发了终身求佛的打算。当时,各个懂得音律的官员们纷纷认为这种诵经的声音妙极,就认真仔细地效仿它,现如今的梵音都是当年曹植据其在渔山上听到的诵经声所拟造的。

---

① 佛法:此处指佛教的教义。汉明帝:刘庄,光武帝刘秀第四子,东汉第二任皇帝,在位18年。在位期间,曾派班超出使西域,密切了东汉与西域各国之间的沟通与联系,西域各国也于此时遣子入汉,佛教也随着日渐开放的外交政策陆续传入中国,并逐渐流行开来。经偈:本义指佛经中的唱词。词无定句,句无定字,常以四句为一偈。后也多指佛家短小隽永的诗作。

② 陈思王:曹植。字子建,沛国谯(今安徽省亳州市)人。曹操第三子,因生前曾为陈王,去世后谥号"思",故又称"陈思王"。曹植才思敏捷,精于诗文,诗作以笔力雄健和辞采华美见长,散文以情兼雅怨和文气并重著称,是建安文学的代表人物,南朝谢灵运对其有"天下才有一石,曹子建独占八斗"的评价。后世成语"才高八斗",即典自曹植。渔山:即鱼山,在今山东省聊城市东阿县东南20里处。因其形似甲鱼,且建鱼姑庙于山顶,故名鱼山。东阿:古县名,在今山东省境内。岩岫:峰峦。清婉遒亮:形容声音清澈婉转、雄健响亮。襟:古时上衣胸前对开的部分。祗敬:恭敬。

③ 诸曹解音:此处指各个懂得音乐的官员们。则之:效仿它。梵呗:佛经中的歌咏赞颂之声。

后来,曹植痴迷佛法,死后葬于东阿渔山。

105.

傅巽①有知人之鉴,在荆州,目庞统为半英雄。后统附刘备,见待次诸葛亮,如其言。

译文:

傅巽有着善于识别人才的能力,在荆州做官时,他就预言庞统日后不能施展全部的才能和抱负,只能算作半个英雄。后来庞统依附于刘备,刘备对待他低于诸葛亮一等,还没有来得及有所作为就半途身死,果真如傅巽所言。

106.

平原人有善治伛者,自云:"不善,人百一人耳。"②有人曲度八尺,直度六尺,乃厚货求治。③ 曰:"君且伏④。"欲上背踏之。伛者曰:"将杀我!"曰:"趣⑤令君直,焉知死事?"

译文:

平原县有个自称善治驼背的人,他到处吹嘘说:"凡是驼背我都能治好。治不好的,一百个人里也不超过一个人。"当时就有一个驼背很严重的人,顺着弯曲的身体测量长八尺,由头至脚竖直测量高六尺,特地带着很多钱,向他请求治疗。这个自称善治驼背的人说:"你就趴在这里,不要动。"说着就要上背去踩踏。驼背的人一见便惊恐万分地叫喊道:"你这个治法

① 傅巽:字公悌,北地郡泥阳县(今甘肃省宁县米桥乡)人,西汉义阳侯傅介子的后代。容貌魁伟,博学多闻。受三公征辟,拜尚书郎。后居荆州,归附刘表。刘表死后,力主刘琮献州降曹,授相府参军,迁散骑常侍,册封关内侯。曹魏建立后,又累迁侍中、尚书。

② 平原:古县名,在今山东省德州市境内。伛:驼背。人百一人:一百人中的一人。

③ 曲度:即弯曲身体测量。直度:竖直测量。厚货:重金的意思。

④ 伏:趴着。

⑤ 趣:通"取",仅仅。

不是要我的命吗!”那人说:“我仅仅是负责治好你的驼背,让你的背尽快弄直起来,至于你是死是活,那就不是我一个治驼背的该考虑的事情了。”

107.

俗说:有贫人止能办只瓮之资,夜宿瓮中,心计曰:“此瓮卖之若干,其息已倍矣。[①] 我得倍息,遂可贩二瓮,自二瓮而为四,所得倍息,其利无穷。”遂喜而舞,不觉瓮破。

译文:

民间有个故事说:从前有一个穷人,穷得一无所有,周身上下只有买一只大陶罐的钱。于是,他倾尽所有买了一只大陶罐。因其一无所有,所以夜晚时他就只能睡在陶罐里面。他边睡边在心里头琢磨着:“我若是把这个陶罐卖了换成钱,就能得到原先买陶罐一倍的利钱。我拿着卖陶罐的利钱,就可以去买两只陶罐。然后我再把两只陶罐卖掉,就可以再买四只陶罐。从贩卖两只,到贩卖四只,不断获得成倍的利钱,如此循环下去的话,不就能源源不断地营利了嘛。”他越想越高兴,高兴得情不自禁地手舞足蹈起来,一时忘记了自己还睡在陶罐之中,一不小心就把陶罐打破了,自己营利发财的美梦也随之破碎。

108.

董昭为魏武重臣,后失势。[②] 文、明之世,下为卫尉。[③] 昭乃厚加意于侏

---

① 俗说:此处是民间传闻、故事的意思。瓮:一种用于盛水或酒等的陶器,亦可理解为陶罐。宿:在……睡觉。计:琢磨,算计。息:利钱。

② 董昭:字公仁,济阴定陶(今山东省菏泽市定陶区)人。初举孝廉,先在袁绍帐下任参军,又投奔张杨迎奉汉献帝,拜为议郎。后与曹操在洛阳相见,先后为之献策如迁都许县、奉天子以令不臣、封魏公、进魏王等,深受曹操倚重,历任河南尹、冀州牧、徐州牧、魏郡太守等职。曹丕称帝后,升任大鸿胪,历任侍中、太常、光禄大夫、太仆。魏明帝曹叡即位后转任卫尉,后升司徒。失势:失去权柄和势力,此处是降职的意思。

③ 文、明之世:即魏文帝曹丕和魏明帝曹叡在位期间。下:降职。卫尉:古官名。秦时始置,掌率卫士,守卫宫禁。汉朝沿袭,为统率卫士守卫宫禁之官,属九卿之一。

儒。① 正朝大会，侏儒作董卫尉啼面，言昔太祖时事，举坐大笑。明帝怅然不怡。② 月中迁为司徒。

译文：

董昭曾是魏武帝曹操时的股肱重臣，后来逐渐失去了往日的权柄和势力。甚至在曹魏政权建立以后，官阶一度被降至卫尉。董昭心中不满却又无可奈何，于是便花重金买通为皇帝表演节目的俳优们，授意他们在给皇帝演戏时把自己的委屈巧妙地告诉皇帝。赶上某天，魏明帝曹叡举行盛大的集会，俳优中就有人扮演成董昭的模样，一把鼻涕一把泪地哭诉着当年董昭追随曹操时的艰难岁月，全场的人都被俳优的滑稽戏逗得捧腹大笑。只有魏明帝曹叡看了怅然若失，尴尬不悦。觉得当年的功勋元老，到如今却被人日渐忽略，自己这么做着实不应该。于是，到了月中时，曹叡又将董昭从卫尉升迁为司徒。

109.

魏凌云台至高，韦诞书榜，即日皓首。③ 榜有未正，募工整之。有铃下卒，着履登缘，如履平地；疑其有术，问之，云："无术，但两腋各有肉翅，长数寸许。"④

---

① 厚：重金。加意：此处是授意的意思。侏儒：本义指身材矮小的人。后因古时权贵好以侏儒为倡优取乐，故亦为优伶、乐师者的通称。如《汉书·司马相如传上》中载有："俳优侏儒，狄鞮之倡，所以娱耳目乐心意者。"

② 怅然：因失意而感到不痛快。怡：愉快，愉悦。

③ 凌云台：即陵云台，见第19"陵云台上"条。韦诞：字仲将，京兆杜陵（今陕西省西安市）人，士族子弟，出身京兆韦氏。初举孝廉，曹魏时历任武都太守、侍中、中书监，以光禄大夫致仕。善书法，尤精于草书，有"草圣"之称。又善制墨，韦诞墨与张芝笔、左伯纸在当时并称"三绝"。书榜：题写匾额。榜，即榜书，指题在宫阙门额上的擘窠大字。即日皓首：一日之间须发皆白。据唐人张彦远《法书要录》记载，曹叡令韦诞为凌云台题写匾额，但是匾额在尚未题写时就已经钉在了台上，无奈只能让韦诞站在一个筐子里，让工人用轱辘拉着把他升上去，让他站在空中书写。由于凌云台十分高峻，离地25丈，韦诞站的筐子越拉越高，越高越晃，越晃他就越害怕。等到他战战兢兢写完，被工人拉回地面时，他的头发和胡须都因过度惊吓而变白了。

④ 铃下：侍卫、门卒或仆役。汉代应劭在《汉宫仪》中记述："太常驾四马，主簿前车八乘，有铃下、侍阁、辟车、骑吏、五百等员。"登缘：攀登。术：此处是法术的意思。

译文:

魏明帝曹叡曾修建了一座凌云台,非常高峻,命韦诞题写匾额,结果韦诞在书写时因过度惊吓而瞬间须发皆白。有一天刮大风,凌云台上的匾额被吹歪了,曹叡就招募工匠试图把它调整过来。这时有一个仆役,二话不说就穿着鞋子顺着凌云台向高空攀援。曹叡见他没有丝毫害怕的神情,攀登毫不费力,就如同走在平地上一样,就怀疑他学过腾云驾雾之类的法术,于是向他询问。他说:"我没有学过什么法术,只不过我的两腋下各长了一个肉翅,有数寸许长,故而我天生会飞,所以就不会恐高。"

110.

晋抚军云:"何平叔巧累于理,嵇叔夜隽伤其道。"①

译文:

晋简文帝司马昱曾说:"何晏的言辞过于精妙机巧,反而会拖累了他对玄理的理解和阐发;嵇康的才性过于俊秀才逸,这也会损伤他对玄学自然之道的理想和追求。"

---

① 晋抚军:晋简文帝司马昱,见第25"简文在殿上行"条。何平叔:何晏。字平叔,南阳郡宛县(今河南省南阳市)人。汉末著名玄学家,大将军何进之孙。早年丧父,曹操纳其母为妾,他因而被收养。少时以才秀知名,喜老、庄之学,为曹操所宠爱,娶其女金乡公主。因与曹爽亲善,累官至侍中、吏部尚书,典选举,封列侯。高平陵之变后,被司马懿所杀。曹魏时,何晏作《论语集解》,并有文集11卷,与王弼、夏侯玄共导玄风,主张"名教出于自然"。竞事清谈,引领一时风气,被后世视为魏晋玄学的创始者,"正始名士"之一。巧:言辞精巧。累:使……受连累。理:此处指玄学之理。嵇叔夜:嵇康。字叔夜,谯国铚县(今安徽省濉溪县)人,汉末著名玄学家、音乐家、文学家。自幼聪颖,容止出众,博学多才,尤好老、庄之说,讲求服食养生之道。娶曹操曾孙女长乐亭主为妻,官拜郎中,授中散大夫,故而又称"嵇中散"。司马氏擅权后,拒绝与之合作,隐居不出,后受钟会构陷,被司马昭处死。嵇康与阮籍等人共倡玄学新变,主张"越名教而任自然",被后世视为竹林名士的精神领袖。隽:俊才。伤:损伤。道:此处指玄学理想和抱负。

111.

王辅嗣注《易》,笑郑玄云:"老奴甚无意。"①于时夜分,忽闻外阁有著屐声,须臾即入,自云是郑玄,责之曰:"君年少,何以穿凿文句,而妄讥诮老子邪?"②极有怒色,言竟便退。辅嗣心生畏恶③,经少时,乃暴疾而卒。

译文:

王弼给《周易》作注解时,他边注边嘲讽郑玄说:"这个老家伙枉为一代经学大师,对此书的理解没有一点意趣可言。"夜深之时,王弼忽然听到外面有人穿着木屐走路的声音,不一会儿这个人就进屋了,自称是郑玄,他说:"你这孩子年纪轻轻懂个什么!怎么能靠着牵强附会的方式方法去解释文章词句呢?还不知天高地厚地在那里妄言讥讽老夫呢?"那人的神情极为愤怒,说完便消失不见了。王弼知道这是遇见郑玄的鬼魂了,故而心中越想越害怕,没多久便暴毙而亡了。

---

① 王辅嗣:王弼。字辅嗣,山阳高平(今河南省焦作市,一说山东省金乡县西北)人,出身士族子弟,"八俊"之一的刘表是其曾外祖,"建安七子"之一的王粲是其继祖。少时明察聪慧,好尚老、庄,通辩能言,著有《老子注》《老子指略》《周易注》《周易略例》。与何晏、夏侯玄等同倡玄学清谈,清正高傲。正始十年(249年)秋,得疠疾而亡,年仅23岁。笑:讥笑,嘲讽。老奴:原指老仆,后为轻诋笑骂之词。无意:此处是没有意趣,没有玄理的意思。

② 穿凿:即牵强附会,非常牵强的解释。讥诮:冷言讥讽。老子:此处是老年人的自称,即老夫的意思。如《后汉书·逸民传·韩康》中记载:"康曰:'此自老子与之,亭长何罪!'"又《晋书·庾亮传》中也载有:"老子于此处兴复不浅。"

③ 畏恶:畏惧,怨恨。

112.

景王欲诛夏侯玄，意未决间，问安平王孚云："已才足以制之否?"①孚云："昔赵俨葬儿，汝来，半坐迎之；太初后至，一坐悉起。② 以此方之，恐汝不如。"乃杀之。

译文：

司马师想要杀掉夏侯玄，但一直犹豫未决，便问安平王司马孚："您觉得，我的才能和威望比得过夏侯玄吗?"司马孚回答说："当初在赵俨儿子的葬礼上，你去吊丧时，葬礼上有一半的人站起来迎接你。等到之后夏侯玄去吊丧时，葬礼上所有的人全都站起来迎接他。以此来看，你恐怕比不上他。"听完这番话，司马师终于做了决定，杀掉了夏侯玄。

① 景王：司马师。字子元，河内郡温县（今河南省焦作市温县）人，司马懿长子，司马昭胞兄，晋武帝司马炎伯父。早年与夏侯玄、何晏齐名，与当时名士多有交好。后任散骑常侍、中护军、卫将军等职。嘉平六年（254年），司马师废少帝曹芳，改立高贵乡公曹髦为帝。次年，平定毌丘俭、文钦之乱，于回朝途中病死。后被追尊为晋景王。司马炎称帝后，又被追尊为景皇帝。夏侯玄：字太初，沛国谯县（今安徽省亳州市）人，征南大将军夏侯尚之子，大将军曹爽之弟。少有名望，仪表出众，精通玄学，为当时"四聪"之一，与何晏等开魏晋玄学之先河。魏明帝时，历任散骑黄门侍郎、羽林监。少帝曹芳继位后，拜散骑常侍、中护军，后任征西将军。高平陵之变后，改大鸿胪、太常卿。后谋诛司马师，事泄被杀。安平王孚：司马孚。字叔达，河内郡温县（今河南省焦作市温县）人，司马懿之弟。初任文学掾，历仕曹魏五代君王，累迁太傅。西晋代魏后，司马孚任太宰，封安平王。才：才能威望。

② 赵俨：字伯然，颍川阳翟（今河南省禹州市）人。汉魏时历仕曹操、曹丕、曹叡、曹芳四代君王，任大司农、骠骑将军、大司空等职，封宜土亭侯。坐：通"座"。此处指座位上的人。

113.

钟毓、钟会少有令誉。[①] 年十三，魏文帝闻之，语其父繇[②]曰："令卿二子来。"于是敕见[③]。毓面有汗，帝问曰："卿面何以汗？"毓对曰："战战惶惶，汗出如浆。"复问会："卿何以不汗出？"会对曰："战战栗栗，汗不得出。"

又值其父昼寝，因共偷服散酒[④]。其父时觉，且假寐以观之。毓拜而后饮，会饮而不拜。既而问毓："何以拜？"毓曰："酒以成礼，不敢不拜。"又问会："何以不拜？"会曰："偷本非礼，所以不拜。"

译文：

钟毓、钟会二人在年少时就有美好的声誉。在他们13岁时，魏文帝曹丕听说了这件事，便对他们的父亲钟繇说："你的两个儿子声名很响，让他们过来，我想见见。"于是钟氏兄弟就奉命面君。在朝堂上，钟毓脸上豆大的汗珠一颗接一颗往下掉，曹丕观察了一会儿问他："你很热吗，脸上怎么那么多汗啊？"钟毓回答说："陛下有威严，我很害怕也很紧张，心里战战惶惶的，所以就汗如雨下了。"曹丕又看了看旁边的钟会，发现他的脸上没有丝毫汗迹，便问他："你不像你的哥哥，你怎么不出汗啊？"钟会回答道："陛下有威严，我也害怕也紧张，心里害怕得战战栗栗的，紧张得连汗都不敢出了。"

又有一次，恰逢钟繇在家午睡，钟毓、钟会就想趁机偷喝大人们的药酒。其实钟繇当时就已经醒了，只是在那里装睡着，想看看他们到底要干什么，

---

① 钟毓：字稚叔，颍川长社（今河南省长葛市）人。初为散骑侍郎，迁黄门侍郎，袭封定陵县侯。正始时拜散骑常侍，迁魏郡太守，入为侍中、御史中丞、廷尉。平定诸葛诞叛乱后，拜为青州刺史、后将军。钟会：字士季，颍川长社人。才华横溢，精通玄学，拜司隶校尉。追随司马师征讨毌丘俭，又献策司马昭粉碎曹髦夺权计划和诸葛诞淮南叛乱，时人比之张良。后主持伐蜀计划，拜司徒，封县侯。灭亡蜀汉后，生不臣之心，联合姜维，图谋据蜀自立，后被帐下部将所杀。令誉：美好的声誉。

② 繇：钟繇。字元常，颍川长社人。曹魏时，历任司隶校尉、相国、廷尉、太尉、太傅，与华歆、王朗并为三公，封定陵侯。相貌不凡，聪慧过人。善书法，精于小楷，被后世尊为"楷书鼻祖"，与东晋书法家王羲之并称"钟王"。

③ 敕见：敕命觐见。

④ 散酒：五石散和酒，即药酒。

各有什么表现。只见钟毓对着药酒恭恭敬敬地行了个大礼，然后开始喝酒。而钟会则是直接喝酒并不行礼。随后钟繇就问钟毓为什么要对着酒行礼，钟毓答："服药饮酒是为了用来完备礼仪，所以我不敢不行礼。"又问钟会为什么不对着酒行礼，钟会答："我们是在偷喝，偷这种行为本身就无所谓礼仪，索性就不行礼了。"

114.

钟会撰《四本论》始毕，甚欲嵇公看，致之怀中。① 既诣宅，畏其有难②，惧不敢相示，出户遥掷而去。

译文：

钟会刚写完《四本论》的时候非常得意，很想拿给当时的玄学权威嵇康看看，于是把这篇文章揣进怀里去拜访嵇康。等到了嵇康家门口时，钟会心里又害怕嵇康看了会有反驳责难，于是在嵇康家里只谈其他的事，而不敢把这篇文章拿出来给他看。等到钟会走出嵇康家门时，把这篇文章远远地扔了出去，生怕被嵇康看到，急忙地离开了。

115.

钟士季常向人道："吾少年时一纸书，人云是阮步兵书，皆字字生义，既知是吾，不复道也。"③

---

① 《四本论》：据南朝刘孝标《世说新语注》中引《魏志》记载："会论才性同异，传于世。四本者，言才性同，才性异，才性合，才性离也。尚书傅嘏论同，中书令李丰论异，侍郎钟会论合，屯骑校尉王广论离。"可知此书是钟会所撰的一部玄学专论，以才性同异为核心论题。嵇公：嵇康。见第110"晋抚军云"条。

② 有难：有反驳质疑，或责难诘问。

③ 阮步兵：阮籍。字嗣宗，陈留尉氏（今河南省开封市尉氏县）人。门荫入仕，累迁步兵校尉，故而世称阮步兵。崇奉老、庄玄学，性格放达不羁，横决礼俗，标榜个性自然，纵情于酒，常酣醉以避祸。受其影响，在两晋时这种虚无放诞和追求感官刺激、肉体纵情享乐的生活态度成为一种新的社会风尚。

译文:

钟会经常对他人说:“我小时候写过一篇文章讨论玄学,结果流传出去后别人都以为是阮籍写的,便都拿去认真地研究考证,认为文章中的每个字都有独到精辟的见解。后来知道了这篇文章是出于当时我这么一个小孩之手,就再也没有人研究讨论了。”

116.

阮德如每欲逸走,家人常以一细绳横蘗户前以维之。① 每欲逸,至绳辄返,时人以为名士狂。

译文:

阮侃每每想要疯狂奔跑的时候,他的家人就常用一根细绳系着一根白色蒿子秆横挂于家门口,用以阻拦。他每次想要跑的时候,跑到绳前就会折返回来,不至于跑到街上吓到别人,当时的人认为这种行为就是典型的名士狂态。

117.

阮德如尝于厕见一鬼,长丈余,色黑而眼大,著白单衣,平上帻,去之咫尺。德如心安气定,徐笑而谓之曰:“人言鬼可憎,果然如是!”鬼赧②而退。

译文:

阮侃曾经在上厕所的时候看见一只鬼,这只鬼有一丈多高,长得浑身漆黑,眼睛很大,身上穿着白色单衣,戴着扁平的帽子,就站在离他很近的地方。阮侃见了鬼一点也不惊慌害怕,反而气定神闲,慢慢地笑着对它说:“人们都说鬼长得奇丑无比,面目可憎,今日一见,果然如此啊!”那只鬼听

① 阮德如:阮侃。字德如,陈留尉氏(今河南省开封市尉氏县)人。生平事迹于史未详,南朝刘义庆《世说新语》中载其“有俊才,而饬以名理,风仪雅润,与嵇康为友,仕至河内太守”。逸走:疯狂奔跑。蘗:白色蒿子秆。维:此处是阻拦、拦截的意思。

② 赧:因惭愧而脸红。

完，红着脸消失不见了。

卷六·吴蜀人

118.

桓宣武征蜀，犹见诸葛亮时小吏，年百余岁。[①] 桓问："诸葛丞相今谁与比？"意颇欲自矜[②]。答曰："葛公在时，亦不觉异，自葛公殁[③]后，正不见其比。"

译文：

桓温曾在征伐蜀地时，遇见了一名诸葛亮当政时期的小官吏，现在已经100多岁了。桓温问他："老先生，当今天下有谁是比得上当年的诸葛丞相的吗？"问话间，桓温颇有几分自我夸耀的意思。老者回答道："诸葛先生在世的时候，我也没觉得他比起别人有多么了不起。但是自从诸葛先生去世以后，我才发现，原来这世上再没有能比得上他的人了。"

119.

武侯躬耕于南阳，南阳是襄阳墟名，非南阳郡也。[④]

① 桓宣武：桓温。见第23"宣武问真长"条。诸葛亮：字孔明，号卧龙，琅琊阳都（今山东临沂市沂南县）人。早年躬耕陇亩，自比管仲乐毅，结交司马徽、庞德公、黄承彦等襄阳名士。后追随刘备南征北战，辅助其建立蜀汉政权，拜为丞相、录尚书事，假节，领司隶校尉。刘禅继位，封武乡侯，领益州牧，总理蜀汉政权的大小事务，终其一生为蜀汉鞠躬尽瘁。曾先后六出祁山，北伐中原，矢志恢复汉室，最终病逝于五丈原。

② 自矜：自我夸耀。

③ 殁：病殁，专指王侯死亡。

④ 南阳：古郡名。秦时始置，治所在宛县（今河南省南阳市）。西汉时，南阳归荆州部，辖36县，是全国五大都市之一。东汉时，南阳郡被封为南都，尊为帝乡，仍属荆州部，和南郡以汉江为界，是当时的经济中心。襄阳：古郡名。东汉末年，曹操南征荆州，将南阳郡南部和南郡北部设立为襄阳郡，治所在襄阳县，即今湖北省襄阳市。

译文:

诸葛亮曾在南阳务农亲耕,这里所说的南阳其实是襄阳郡的村落名,而不是河南的南阳郡。

120.

襄阳郡有诸葛孔明故宅,故宅有井,深五丈,广五尺,曰葛井。堂前有三间屋,地基址极高,云是避水台。① 宅西有山临水,孔明常登之,鼓琴而为《梁甫吟》②,因名此山为乐山。嗣有董家居此宅,衰殄灭亡,后人不敢复憩焉。③

译文:

襄阳郡有诸葛孔明的故居,故居中有一口深五丈、宽五尺的古井,名叫葛井。正厅房前有三间屋子,地基建造得很高,据说是避水台。孔明故居的西边依山傍水,孔明当年就常常登上此山,在山上弹琴歌唱《梁甫吟》,于是此山就被命名为乐山。后来,有一户姓董的人家住在这栋屋子中,结果最后家道中落,家里的人也都相继死绝了,以至于后来的人再也不敢在这里面住了。

121.

武侯与宣王治兵,将战,宣王戎服莅事;使人密觇武侯,乃乘素舆,葛巾,持白羽扇,指麾三军,众军皆随其进止。④ 宣王闻而叹曰:“可谓名士矣。”

---

① 堂:建于高台基之上的厅房。古时整幢房子须建筑在一个高出地面的台基上,前面的正厅是堂,是用来行吉凶大礼的地方,不住人。屋:用以住人的房舍。

② 《梁甫吟》:亦作《梁父吟》,汉乐府楚调曲名。梁甫,即梁父,古山名,在泰山下。《梁甫吟》相传为曾子所作的琴曲,言人死后归葬梁父山,故为葬歌。又传说诸葛亮隐居隆中时作《梁甫吟》辞,系言春秋时齐相晏婴“二桃杀三士”之事。

③ 嗣:随后,后来。衰殄灭亡:即家道中落,人丁灭绝。

④ 治兵:这里是征伐,出兵作战的意思。莅事:视事,处理公务。觇:偷偷地察看。素舆:简约朴素的四轮车。葛巾:用葛布制成的头巾。白羽扇:特指古代军中主将用来指挥作战的白色羽毛扇。

译文：

诸葛亮与司马懿互相征伐对战，战前排兵布阵时，只见司马懿身穿军装甲胄，正紧锣密鼓地进行着周密指挥。司马懿派密探暗中观察诸葛亮那边的情况，只见到诸葛亮坐着一架简约的四轮车，戴着粗布制成的头巾，手里拿白羽扇，镇定自若地指挥三军，全体将士随着他的指挥或前进或停止。宣王听了密探的报告后感叹地说道："诸葛亮可真算得上是一位名士啊！"

122.

孙策年十四，在寿阳诣袁术，始至，而刘豫州到，便求去。① 袁曰："豫州何关君？"答曰："不尔②，英雄忌人。"即出，下东阶，而刘备从西阶上，但辄顾视之行，殆不复前矣。

译文：

孙策 14 岁时，曾去寿春县拜访袁术。巧合的是，那天刘备也去拜访袁术了。只不过孙策先到达，而刘备后到达。孙策到了之后，听说刘备来了，便马上向袁术告辞。袁术不解地问："刘备来了，跟你有什么关系呢？你为什么要走呢？"孙策回答道："我们都是当世英雄，谁也不服谁。如果我不走的话，待会儿刘备来了，我们在一个屋里就该互相猜忌了。"说完，就出门从东边台阶走了下去。而这时的刘备正从西边台阶走上来，两人一照面，刘备就站在那儿一直盯着看孙策走路的姿势和行迹，不再往前走了。

---

① 孙策：字伯符，吴郡富春（今浙江省杭州市富阳区）人，孙坚长子，孙权长兄。初为报父仇，投身袁术，讨回了其父的旧部武装。后渡江转战东南，先后逐刘繇、捉王朗、弃袁术、袭庐江、败黄祖、取豫章，奠定了江东六郡八十一州的霸业根基。后在出猎时被仇家行刺，伤重而亡。其弟孙权称帝后，追赠其为长沙桓王。寿阳：即寿春，古县名。在今安徽省寿县。袁术：字公路，汝南郡汝阳县（今河南省周口市商水县）人，冀州牧袁绍异母弟。举孝廉出身，累迁河南尹、虎贲中郎将。董卓之乱后，割据扬州地区。汉献帝时，称帝于寿春，建号仲氏。骄奢淫逸，横征暴敛，导致江淮地区民多饥死。后众叛亲离，呕血而死。刘豫州：刘备。字玄德，幽州涿郡涿县（今河北省保定市涿州市）人。早年师从卢植，黄巾之乱时因镇压有功被封为安喜县尉，后弃官而逃。汉献帝时，投奔曹操，领豫州牧。衣带诏事件后，与曹操决裂，先后依附刘表、联合孙权，共同对抗曹操。后劝降刘璋，领益州牧，入主西川，进汉中王，建立蜀汉政权。夷陵之战后，兵败身死，托孤于诸葛亮。

② 不尔：不如此，不然。

123.

顾邵为豫章，崇学校，禁淫祀，风化大行。① 历毁诸庙，至庐山庙②，一郡悉谏，不从。夜，忽闻有排大门声，怪之。忽有一人开阁径前，状若方相③，自说是庐山君。邵独对之，要④进上床，鬼即入坐。邵善《左传》，鬼遂与邵谈《春秋》，弥夜⑤不能相屈。邵叹其精辩，谓曰："《传》载晋景公所梦大厉⑥者，古今同有是物也。"鬼笑曰："今大则有之，厉则不然。"灯火尽，邵不命取，乃随烧《左传》以续之。鬼频请退，邵辄留之。鬼本欲凌邵，邵神气湛然⑦，不可得乘。鬼反和逊，求复庙，言旨恳至。邵笑而不答。鬼发怒而退，顾谓邵曰："今夕不能仇君，三年之内，君必衰矣，当因此时相报。"⑧邵曰："何事匆匆，且复留谈论。"鬼乃隐而不见，视门阁悉闭如故。如期，邵果笃疾，恒梦见此鬼来击之，并劝邵复庙。邵曰："邪岂胜正？"终不听。后遂卒。

译文：

顾邵出任豫章太守的时候，兴学校，禁淫祀，风化教育逐渐形成了风气。顾邵将用于淫祀的庙宇都先后拆毁，当拆到庐山庙时，全郡上下的人都来规劝他，说拆别的庙也就算了，庐山庙里有神灵，拆了会有灾难的。但顾邵对鬼神之说置若罔闻，到底还是将庐山庙拆毁了。就在毁庙当天的夜里，他忽然听见有敲打大门的声音，正觉奇怪时，只见匆匆走进一人，推开他卧室的

---

① 顾邵：字孝则，吴郡吴县（今江苏省苏州市）人。出身江南士族，少时博览群书，远近称名。后娶孙策之女为妻，年27时出任豫章太守。在任5年，知人善任，政绩斐然。为豫章：出任豫章太守。豫章，古郡名，治所在今江西省南昌市。崇：兴建。淫祀：按《礼记·曲礼》所载："非其所祭而祭之，名曰淫祀。淫祀无福。"当为不合礼制的祭祀或不当祭的祭祀，即妄滥之祭。风化：风俗教化。大行：广为流行，大受推行。

② 庐山庙：古时开设在庐山上祭祀鬼神的庙宇。

③ 方相：上古传说中驱除疫鬼和山川精怪的神灵。《晋书·庾翼传》记载："翼如厕，见一物如方相，俄而疽发背。"古时民间多以人扮演或以竹纸扎制"方相"，用于某种场合，驱疫避邪。

④ 要：通"邀"。

⑤ 弥夜：一整夜。

⑥ 大厉：大恶鬼。《左传·成公十年》记载："晋侯梦大厉，被发及地，搏膺而踊。"

⑦ 神气湛然：神态安然的样子。

⑧ 衰：这里是死的意思。因：沿着，延续。

房门径直向他走来。那人长得凶恶可怕，很像传说中方相神的模样，他坦言自己是鬼，名叫庐山君。顾邵独自与他对视了一会儿，便邀请他上座，这鬼也随即坐了下来。由于知道顾邵精通《左传》，于是那鬼就跟他辩论起《春秋左传》中的话题来，结果一整夜他们谁都没有把对方给辩难住。顾邵也惊叹这只鬼的知识丰富，能言善辩，感叹道："《左传》里记载的晋景公梦见大恶鬼的事，看来是真的，从古到今一直都有大恶鬼啊。"那个鬼笑道："说我体型大我承认，但我可不是恶鬼。"这时，房间里的灯火即将燃尽，顾邵也不再取灯芯灯油，随即把刚刚看的《左传》点燃用以照亮，准备继续同鬼辩论。鬼知道再辩论下去也不会有结果，就连连告退，顾邵却一再挽留。这只鬼本想今晚来此欺凌顾邵，却没想到顾邵正气浩然，神态安然，自己丝毫没有可乘之机。见状如此，那鬼反倒变得和气恭逊起来，十分恳切地请求顾邵把拆毁的庙宇修复起来。顾邵笑而不答，鬼见顾邵软硬不吃，便怒气冲冲地离开了，走时还回头对他说："今天晚上我没能向你报仇，三年之内，你必定得死，而且还是在这同一时刻。"顾邵说："什么事让你这么急着走啊？再坐下谈一会儿吧！"那鬼却隐去了踪影。这时，顾邵再去看那门窗，全都关得紧紧的，还是原来的样子。等到了三年之后的那个时刻，顾邵果然患了重病，总是梦见那鬼来打他，并劝他修复庙宇。顾邵固执地说："邪怎能胜正？"始终不听劝谏，后来便死了。

124.

豫章太守顾邵，是雍[①]之子。邵在郡卒，雍集僚友围棋，外启"书信至"，而无儿书，虽神意无变，而心知有故。[②] 以爪掐掌，血流沾褥。客散，叹曰：

---

① 雍：顾雍。字元叹，吴郡吴县（今江苏省苏州市）人。少时受学于蔡邕，弱冠即任合肥长，后转任娄、曲阿、上虞县长，所在之处皆有治绩。孙权领会稽太守，不到郡，以顾雍为丞，行太守事，讨平寇贼，安定郡县。数年后，入孙权幕府为左司马。后迁大理、奉常，又领尚书令，封阳遂乡侯。为人少言语，不饮酒，严厉正大。

② 围棋：棋类的一种，上古时称弈，传为尧帝所作。双方用黑白棋子对着，互相围攻，吃掉对方棋子，占据其位，占位多者为胜，故名"围棋"。外：指吏役人等。

"已无延陵之遗累，宁有丧明之深责！"[1]于是割情散哀，颜色自若。[2]

译文：

豫章太守顾邵，是顾雍的儿子。顾劭在郡守任上死去的时候，顾雍正在和属下们欢饮宴会，下着围棋。这时外面有仆役禀告说："豫章郡的书信到了。"结果顾雍发现，信件里没有儿子顾邵寄来的信。此时的顾雍，虽然表现得神态自若，若无其事，但心中已经预料到了儿子可能已经发生了什么变故。他极力掩藏自己不安的情绪，用指甲掐住自己的手掌，掐出了血，血随之沾染到了坐褥上。一直等到宾客们都分散离去，顾雍这才仰天哀叹道："我已经没有延陵季子那么高尚了，难道还要为儿子之死哭瞎眼睛，然后被人指责是心中挂碍太重吗？"想到这里，他逐渐胸中豁然，散去哀伤之情，恢复了镇定的神色。

125.

沈峻，珩之弟也，甚有名誉，而性俭吝。[3] 张温[4]使蜀，与峻别，峻入内良久，出语温曰："向择一端布，欲以送卿，而无粗者。"温嘉其能自显其非。

尝经太湖岸上，使从者取盐水；已而恨多，敕令还减之。寻亦自愧曰："此吾天性也！"

---

① 散：离开。延陵：原为江苏省武进县的古称，此处指季札。季札，春秋时吴王寿梦第四子，相传曾为避王位"弃其室而耕"，人称"延陵季子"。遗累：相传季札自齐返国时，丧子，将子葬于嬴、博之间，孔子称其知大礼。故以"遗累"代称丧子。丧明：眼睛失明。典出《礼记·檀弓上》："子夏丧其子而丧其明。曾子吊之，曰：'吾闻之也，朋友丧明则哭之。'"故而此处亦以"丧明"代称丧子。

② 割情：弃绝私情。颜色：面容，面色。

③ 沈峻：字叔山，吴郡人。少有名誉而性节俭。珩：沈珩。字仲山，吴郡人。少时博览群书，尤擅《春秋》。有智谋，擅专对，吴王孙权曾令其出使曹魏。至魏后，曹丕与沈珩讨论终日，沈珩应对自如，无所屈服。

④ 张温：字惠恕，吴郡吴县（今江苏省苏州市）人，出身江南士族。少修节操，容貌奇伟。受孙权召，拜任议郎、选曹尚书，徙太子太傅。吴王孙权令其以辅义中郎将身份出使蜀汉，至蜀后，表明和解诚意，重修两国关系，受蜀汉尊爱。返吴后，大力称颂蜀汉，以促成两国修好。

译文：

沈峻是沈珩的弟弟，为人非常有名气，但生性节俭，甚至吝啬。张温曾在出使蜀汉前与沈峻告别，沈峻走进屋内待了很长时间才出来，出来后对张温说："想到你要出使远行了，我刚刚进屋里想找一块布料给你作纪念，但是找了很久也没有找到一块适合送人的品相质量都差的粗布。"张温听后觉得尴尬，同时也大力称赞他的诚实不隐瞒。

又有一次，沈峻经过太湖岸边，让随行的人去湖里取盐水。过了一会儿水取来了，他觉得多了，下意识地就让人把水倒回湖里一些。不久缓过神来，自己都觉得尴尬并惭愧地说："其实我不是故意这么吝啬小气，这只是我的自然天性啊！"

126.

沈珩守风粮尽，从姚彪贷盐百斛，彪性峻直，得书不答，呼左右，令覆盐百斛于江中，曰："明吾不惜，惜所与耳！"①

译文：

沈珩在等候适合行船的风势的时候粮食吃完了，就派人去姚彪那里请求借贷一百斛粮食。姚彪这个人性格耿直方刚，接到书信他没有答复，只见他呼唤左右侍从，从仓库里拿出一百斛粮米，然后全部倒进江水之中。做完这些后，说："我这么做，就是要说明粮食我有的是，我也不是吝惜不愿借，我倒了都不觉得心疼，但要让我把粮食借给沈珩，那我觉得真是可惜，真的心疼！"

① 守风：等候适合行船的风势。姚彪：生平事迹于史未详。仅从文中看，似出身吴郡富贵之家。盐：此处指粮米。斛：量词，用于计量粮食。古时一斛为十斗。峻直：严峻正直，气性刚方。

127.

诸葛恪对南阳韩文晃，误呼其父字。[1] 晃曰："向人子前呼其父字，为是礼邪？"恪笑而答曰："向天穿针，不见天怒者，非轻于天，意有所在耳。"

译文：

诸葛恪与南阳的韩文晃在某次交谈时，一时大意，直呼了韩父的名字。韩文晃说："在别人儿子面前直呼他父亲的名字，这难道是守礼节的表现吗？"诸葛恪笑着回答道："向天引针，而不见上天生气，这不是对天轻薄不敬，而是自有其他的用意罢了。"

128.

孙权时，永康有人入山，遇一大龟，即束之归。[2] 龟便言曰："游不量时[3]，为君所得。"人甚怪之，载出，欲献吴王。夜泊越里，缆船于大桑树。[4] 宵中，树呼龟曰："劳乎元绪，奚事尔耶？"[5]龟曰："我被拘絷，方见烹臛，虽尽南山之樵，不能溃我。"[6]树曰："诸葛元逊博识，必致相苦，令求如我之徒，计从安薄？"龟曰："子明，无多辞，祸将及尔。"树寂而止。既至，权命煮之，焚柴万车，语犹如故。诸葛恪曰："燃以老桑乃熟。"献者乃说龟树共言。权登

① 诸葛恪：字元逊，琅琊阳都（今山东省沂南县）人，三国时期东吴权臣，蜀汉丞相诸葛亮之侄，大将军诸葛瑾长子。幼小以神童著称，成人之后拜骑都尉，孙登为太子时担任左辅都尉，历任丹阳太守、威北将军、大将军。孙亮即位后受封太傅，开始掌握吴国军政大权。后穷兵黩武，独断专权，被孙亮诱杀于宫中。韩文晃：生平事迹于史未详。

② 孙权：字仲谋，吴郡富春（今浙江省杭州市富阳区）人。其兄孙策遭刺杀身亡，孙权继而掌事，成为一方诸侯。曾与刘备联合于赤壁打败曹操军队，建立了孙刘联盟。又派吕蒙成功袭取刘备的荆州，使其领土面积大大增加，但孙刘联盟随之破裂。曹丕篡汉后，受封吴王，建立吴国，次年称帝。在位期间置农官，行屯田，置郡县，剿抚山越，一度推动江南经济的高速发展。但其晚年在继承人问题上反复无常，引致群下党争，朝局大乱。永康：即今浙江省金华市。束：捆绑，捆缚。

③ 量时：考虑时间。

④ 越里：旧址在今浙江省金华江与武义水之间。缆：以索系船。

⑤ 宵中：夜半时分。元绪：龟的别名。

⑥ 拘絷：押系，束缚。烹臛：烹制肉羹，后泛指烹煮。南山：泛指南方诸山。溃：此处指煮熟，煮烂。

使伐树，煮龟立烂，今烹龟犹多用桑薪。野人故呼龟为元绪。

译文：

孙权在位时，永康县有人进山游玩，见到一只搁浅在河岸的大龟，便将其捆住带回家中。龟看到自己被人抓住，便开口说道："我出门没算好时间，算我倒霉，被你逮住了。"这个人听到大龟开口说话，很是惊诧，觉得这是天降祥瑞，便又把它从家中带出来，准备进献给吴王孙权。到了晚上，船行至越里，他把船拴在大桑树下就去休息了。半夜时分，大桑树也开口说话了，它对大龟说："元绪啊，你受苦了啊！你怎么沦落到这个地步了？"大龟回答说："我倒了大霉，被人给抓住了，眼看着马上就要被煮成肉羹了。不过没关系，即使他们将整座南山的木材都烧光，也煮不烂我。"大桑树说："你也别太乐观了。我听说诸葛恪博闻多识，你到了东吴免不了要受苦，如果他看到普通的木材没办法把你煮烂，就会找来我的同类，再去架火煮你，到那时你还有什么办法吗？"大龟说："子明啊，你不要再多说了，到那个时候也是你的灾难。"大桑树听后就沉默不语了。到了吴都，孙权下令烧火煮大龟，结果烧了 1 万车的木材，大龟仍在锅中自言自语，丞相诸葛恪见状说道："用大桑树来烧火，就可以煮烂大龟。"献龟的人一听，想起在越里当晚听到的大龟与大桑树的对话，便把这件事情告诉了孙权和诸葛恪。孙权立即派人去越里砍伐大桑树，运来了大桑树的木材烧火，大龟立刻就被煮烂了。时至今日，在烹饪大龟时，还是会选取桑木作为柴火。当地人将大龟称呼为元绪。

129.

新淦聂友小儿贫贱，尝猎，见一白鹿，射中之，后见箭著梓树。①

① 新淦：古县名。秦时始置，属豫章郡，在今江西省吉安市新干县一带。聂友：字文悌，少为县吏，至京城与诸葛恪交往辩谈，因时论精辟，声名四溢，被推为珠崖太守，后又拜丹阳太守。白鹿：白色的鹿，古时视作祥瑞。梓树：紫葳科，梓属于落叶乔木。树冠伞形，主干通直平滑，呈暗灰色或者灰褐色，嫩枝具稀疏柔毛。

译文：

新淦县聂友小时候地位低微，家境贫寒，曾于某天外出打猎时，见到一只白鹿，聂友用弓箭射中了它，走近前却发现箭插在了一棵梓树上。

130.

孙皓初立，治后园，得一金像，如今之灌顶佛。[①] 未暮，皓阴痛不可堪。采女有奉法者，启皓取像，香汤浴之，置殿上，烧香忏悔，痛即便止。[②]

译文：

孙皓刚即位，在营建后花园时，在地下挖出来了一尊佛像，就像如今的灌顶佛的模样，十分庄严精丽。孙皓暴戾，将这尊佛像放在厕所旁边，并向佛像头顶撒了一泡尿。结果当天未到傍晚，孙皓的阴囊部位就突然痛苦难当。当时有一名信奉佛法的宫女知道了这个情况，禀告孙皓要赶紧把佛像从厕所里取出来，用调有各种香料的热水沐浴清洗，然后再恭敬地放置在大殿上，将香点着放在香炉中燃烧，然后在佛前虔诚追悔自己的罪过以祈求佛祖的谅解。孙皓一切照办之后，剧烈的疼痛感便随即停止了。

131.

孙皓问丞相陆凯[③]曰："卿一门在朝几人？"答曰："二相五侯，将军十余人。"皓曰："盛[④]矣！"凯曰："君贤臣忠，国之盛；父慈子孝，家之盛；今政荒民敝[⑤]，覆亡是惧，臣何敢言盛也？"

---

① 孙皓：字元宗，幼名彭祖，又字皓宗，吴郡富春县（今浙江省杭州市富阳区）人，孙权之孙，孙和之子，东吴末代皇帝。在位初期，尚能施行明政，但不久便沉迷酒色，强横暴虐，专于杀戮，且残暴之名远播，一度令晋武帝闻之惶怖。后晋武帝出兵伐吴，孙皓肉袒面缚归降，受封归命侯。灌顶佛：佛家以水或醍醐代表智慧，以水倒灌人头顶寓意灌入智慧，以成正果。佛教中，代人灌顶的佛称为"灌顶佛"。

② 采女：即宫女。奉法：奉行佛法。香汤：调有香料的热水。

③ 陆凯：字敬风，吴郡吴县（今江苏省苏州市）人，丞相陆逊的侄子，大司马陆抗的族兄。举孝廉出身，历任建武都尉、儋耳太守、征北将军、假节、镇西大将军，都督巴丘、左丞相等职，封嘉兴侯，以正直及屡次劝谏孙皓而闻名。

④ 盛：兴旺发达。

⑤ 荒：荒废。敝：凋敝，贫穷。

译文：

某天孙皓找左丞相陆凯聊家常道："丞相啊，你们家族中在朝中为官的有多少人呀？"陆凯回答说："做过丞相的有两人，封过侯爵的有五人，被拜过将军的有十几人。"孙皓说："你们家族真是够兴旺发达的啊！"陆凯回答说："君主贤能大臣忠诚，这是国家兴旺强盛；父亲慈爱儿女孝顺，这是家族兴旺；如今政治荒废百姓贫困，大家害怕于国家倾覆毁灭在即，我哪里还敢说什么家族兴旺发达之类的话呢？"

132.

有客相从①，各言所志，或愿为扬州刺史，或愿多赀财，或愿骑鹤上升。其一人曰："腰缠十万贯，骑鹤上扬州。"欲兼三者。

译文：

有客商相约聚在一起，各自谈论自己的志向，有的人希望成为扬州刺史，有的人希望拥有不可计数的金钱和物资，有的人希望骑着仙鹤飞升成仙。其中一个人说："腰缠十万贯，骑鹤上扬州。"这是想要同时实现以上三个愿望。

① 相从：跟随，相约一起。

卷七·晋江左人

133.

王安丰云:山巨源初不见《老》、《易》,而意暗与之同。①

晋武帝讲武于宣武场,欲偃武修文。② 山公谓不宜尔,因与诸尚书言孙、吴用兵本意。③ 遂究论,举坐无不咨嗟④。皆曰:"山少傅乃天下名言。"后寇盗蜂合,郡国无备,不能复制,皆如公言。时以为涛不学孙、吴,而暗与理会。王夷甫⑤亦叹其暗与道合。

译文:

安丰侯王戎曾说:山涛早年时没有读过《老子》和《周易》,但他的思想和见解却能与《老子》《周易》暗合相通。

晋武帝司马炎曾在宣武场讲授并练习武艺,他想要停止武备,修明文

---

① 王安丰:王戎。字浚冲,琅琊郡临沂县(今山东省临沂市)人,竹林七贤之一。出身琅琊王氏。少时神采秀美,长于清谈。曾参与晋灭吴之战,战后以军功受封安丰县侯,故人称"王安丰"。后历任侍中、光禄勋、吏部尚书、太子太傅、中书令、尚书左仆射等职。元康时,升任司徒,位列三公。山巨源:山涛。字巨源,河内郡怀县(今河南省焦作市武陟县)人,竹林七贤之一。少时孤贫,好老、庄之学,与嵇康、阮籍等交游。西晋建立后,升任大鸿胪。历任侍中、吏部尚书、太子少傅、左仆射等职。太康时,升任司徒,位列三公。

② 晋武帝:司马炎。字安世,河内郡温县(今河南省焦作市温县)人。晋朝开国皇帝,在位25年。在位初期,革新政治,振兴经济。厉行节俭,推行法治,促进社会经济发展,史称"太康之治"。后期骄奢淫逸,怠惰政事,分封诸王,致使朝局混乱,为之后的"八王之乱"埋下祸根。偃武修文:停止备战,专修文教。

③ 孙、吴:孙武、吴起。孙武,字长卿,春秋末期齐国乐安(今山东省北部)人。世称兵圣或孙子,又称"兵家至圣",后世誉其为"百世兵家之师"。著有《孙子兵法》13篇,为后世兵法家所推崇,被誉为"兵学圣典",置于《武经七书》之首。吴起,卫国左氏(今山东省定陶县西)人,历仕鲁、魏、楚三国,通晓兵、法、儒三家思想,在内政及军事上都有极高的成就,与孙武并称"孙吴",著有《吴子》。

④ 咨嗟:赞叹。

⑤ 王夷甫:王衍。字夷甫,琅琊郡临沂县(今山东省临沂市)人,出身琅琊王氏,司徒王戎堂弟。清明俊秀,风姿安详,好老、庄之学,为当时玄学清谈领袖。历任黄门侍郎、中领军、尚书令、尚书仆射等职,后迁司空、司徒。为人精致利己,无道义担当,后被羯人石勒坑杀。

教。山涛认为这样做不合时宜，于是和诸位大臣讨论了孙武、吴起养兵、练兵、用兵的本意。最后通过研究讨论，在场的人对山涛无不赞叹。都说："山少傅所论真乃天下的至理名言。"可是后来诸王骄汰，耽于逸乐，导致盗贼像群蜂一样聚集在一起，郡国没有武装准备，不能治服盗贼，一切都如当初山涛说得那样。当时的人们认为山涛虽然没有系统地学习过孙武、吴起的兵法，但他们的思想却是彼此吻合一致的。当时的清谈领袖王衍也曾慨叹于山涛的思想和玄学大道相契合。

134.

卫瓘①云："吾在中山郡无事，高枕而已。"

译文：

卫瓘曾说："我在中山郡平时没有任何事务，整天就是垫高枕头睡觉罢了。"

135.

裴令公姿容爽俊，一旦有疾至困，惠帝使王夷甫往看之。② 裴先向壁卧，闻王来，强回视之。夷甫出，语人曰："双眸烂烂如岩下电，精神挺动，故有小恶耳。"③

---

① 卫瓘：字伯玉。河东郡安邑县（今山西省夏县）人。出身官宦世家，年轻时仕官于曹魏，历任尚书郎、散骑常侍、侍中、廷尉等职。西晋建立后，历任青州、幽州刺史和征东大将军等职，后入朝为尚书令、侍中，又升任司空，领太子少傅。晋惠帝即位后，与贾皇后对立，最终死于政变。

② 裴令公：裴楷。字叔则，河东闻喜（今山西省闻喜县）人。出身名门大族，少年成名，擅谈《老子》《易经》，曾与贾充等共同制定《晋律》，历任吏部郎、散骑常侍、侍中、中书令等职。为人气度高雅、性格宽厚，且容貌英俊清朗，被时人称为"玉人"。有识人之鉴，推举乐广，后乐广为西晋玄学清谈领袖。惠帝：晋惠帝司马衷。西晋第二任皇帝，在位 17 年。性愚钝，不能任事，宠信皇后贾南风，致使贾皇后专权，滥杀宗师，促成"八王之乱"。后受到诸王辗转挟持，沦为傀儡，受尽凌辱，最终被东海王司马越迎回洛阳。

③ 烂烂：闪闪发亮的样子。挺动：灵活，活动。小恶：生小病。

译文：

中书令裴楷的姿态容貌十分豪爽俊秀，忽然有一天染上了疾病，到了非常严重的程度，晋惠帝司马衷派遣王衍前去看望他。裴楷起初面向墙壁躺着，听见王衍来看望，便勉强回过头去看他。王衍从裴楷家出来后，便告诉别人说："裴楷的双眼闪闪发亮，如同山岩下面的闪电，而且精神灵动灵活，所以不用担心，他只是生小病罢了。"

136.

裴令公目王安丰，眼烂烂如岩下电。

译文：

裴楷看王戎时的眼神闪闪发亮，如同山岩下面的闪电。

137.

杜预书告儿：古谚："有书借人为可嗤，借书送还亦可嗤。"①

译文：

杜预写信告诉儿子：俗语说："有书却借给别人是可笑的，把借来的书又送还回去也是可笑的。"

138.

洛下有洞穴，深不可测。一妇人欲杀其夫，推堕穴中，此人颠倒良久方苏。旁得一穴，行百余里，觉所践如尘，闻粳米香，啖之芬美。复遇如泥者，味似向尘。入一都郭，虽无日月，明逾三光，人皆披羽衣，奏奇乐。凡过此九处。有长人指柏下一羊，令跪捋羊须，得二珠，长人取之，后一珠，令啖之，甚

① 杜预：字元凯，京兆郡杜陵县(今陕西省西安市东南)人。初仕曹魏，任尚书郎，西晋建立后，历任河南尹、安西军司、秦州刺史等职，与贾充同修《晋律》。后接替羊祜出任镇南大将军，镇守荆州，成为晋灭吴之战的统帅之一。战后仍讲武备战，兴建学校，督修水利，时人称之为"杜父"，后拜为司隶校尉。因耽思经籍，多有建树，时誉"杜武库"。又因与张斐对《晋律》作注解，时称"张杜律"。可嗤：可笑。

得疗饥。请问九处，答曰："问张华①可知。"其人随穴得出，诣华问之，云："如尘者，黄河下龙涎，泥是昆仑山下泥。九处地，仙名九馆。羊为痴龙。初一珠，食之，寿等天地；次者延年；后一丸，充饥而已。"

译文：

洛阳城下有一处洞穴，深不可测。一个妇人想要杀害她的丈夫，便将他推下去使丈夫坠落至洞穴之中，这个人在洞中上下翻转了很久才得以苏醒。在他旁边，还有一处洞穴，走了100多里，发觉自己踩到像尘土一样的东西，闻起来有粳米的香味，吃起来芳香美味。又遇到像泥土一样的东西，味道和先前像尘土一样的东西相似。再往前走，进入了一座都城，虽然看不见太阳和月亮，但其中的光亮超过了日、月、星亮度的总和，城里的人们都披着用羽毛织成的衣服，弹奏着奇异的乐曲。他在这里一共经过了九个地方。一个身材高大的人指着柏树下的一只羊，让他跪下来，用手握住羊的胡须，由上至下抚摸，得到两颗珠子。那个身材高大的人将先得到的那颗珠子取走，后得到的一颗，让他吃了下去，吃完很快他就不觉得饥饿了。他询问那个身材高大的人，这九处是什么地方，那人回答说："你不用问我，问张华就行了。"于是，他顺着洞穴爬了出来，前往张华那里去问他。张华听后回答说："那种像尘土一样的东西，是黄河下面龙的唾液，像泥土一样的东西，是昆仑山下面的泥水。你所经过的九个地方，仙名称作九馆。羊是呆傻的龙。你得到的那两颗珠子，起初的一颗，吃了它，可以使寿命和天地等同；即使寿命不能与天地等同，也可以延年益寿；后面的那颗，吃了也就只能填满肚子罢了。"

139.

张华有鹦鹉，每出，还，辄说僮仆善恶。一日，寂无言；华问其故，曰："被禁在瓮中，无因得知外事。"忽云："昨梦不佳，所忌出外。"华强呼至庭，果为飞鹰所击，仅获见免。

① 张华：见第102"王朗中年以识度推华歆"条。

译文：

张华养了一只鹦鹉，他每次外出回来，鹦鹉就向他讲述仆人的好与坏。后来有一天，鹦鹉什么都不说了。张华问它是什么缘故，鹦鹉说："我被人关在大坛子里了，外面的事什么都看不见，又怎么能够知道呢？"张华有一次在屋外，让人去叫鹦鹉出来。鹦鹉忽然说："我昨天晚上做了个噩梦，不宜到门外去。"张华不听，强迫人把它带到了庭院。果然，这时从天上飞来一只鸱鸟，捉住了鹦鹉，张华急忙教鹦鹉啄鸱鸟的嘴，鹦鹉这才免于一死。

140.

张华既贵，有少时知识来候之。华与共饮九酝酒，颇为酣畅。其夜醉眠。华常饮此酒，醉眠后，辄敕左右转侧至觉，则必安泰。是夕，忘敕之。左右依常时为张公转侧，其友人无人为之。至明，友人犹不起，华咄云："此必死矣。"使视之，酒果穿肠流，床下滂沱[1]。

译文：

张华飞黄腾达时，有年少时认识的朋友来看望他。张华与朋友一共喝了九坛酿酒，很是畅快。当天晚上伴着醉意入睡。张华经常喝这种酒，伴着醉意入睡前，总是嘱咐侍从待自己睡着后转动他的身体，就一定会平安康泰。这天晚上，张华忘记嘱咐侍从也帮朋友翻转身体。侍从依照平时的做法帮助张华翻转身体，却没有人为他的朋友转动身体。到了第二天天亮，朋友仍然没有起床，张华呵斥侍从说："这人必定是死了。"使侍从查看，酒水果真穿透了朋友的肠子流了出来，床下面涌出了很多血水。

141.

魏时，殿前钟忽大鸣，震骇省署。华曰："此蜀铜山[2]崩，故钟鸣应之

① 滂沱：此处形容血流得多。
② 铜山：蕴藏、出产铜矿的山。

也。”蜀寻[1]上事，果云铜山崩，时日皆如华言。

译文：

曹魏之时，宫中大殿前的钟忽然发出很大的声音，这使官署朝廷里的官员们感到十分震惊和害怕。张华见状解释说：“这是因为蜀道上的铜矿山崩塌了，这口钟是铜做的，所以大钟才会发出声音回应。”不久之后，蜀地的特使前来汇报国事，果真就提到了当地铜山发生的崩塌事件，时间与张华说的完全一致。

142.

中朝时，有人畜铜澡盘，晨夕恒鸣如人扣。[2] 以白张华。华曰：“此盘与洛钟宫商[3]相谐，宫中朝暮撞，故声相应。可镳令轻，则韵乖，鸣自止也。[4]”依言，即不复鸣。

译文：

晋朝时，有人收藏了一只铜制澡盘，后来发现这只澡盘早晚时都会无故发出一段持久的声音，就像有人在敲击它一样。于是，他将这件怪事告知了张华。张华说：“这个澡盘和洛钟发出的宫、商二音相和，宫中的钟早晚撞击，所以两者的声音相互应和。你要是不想听到这个声音，可以对这只澡盘进行打磨，使它上面的饰物减少，那么两者的音律就会错乱相背，澡盘的声音自然就停止了。”这个人依照张华所说的方法行事，澡盘随即就不再发出声音了。

143.

武库内有雄雉，时人咸谓为怪。华云：“此蛇之所化也。”即使搜除库

① 寻：不久之后。
② 中朝：即晋朝。畜：通“蓄”，收藏。澡盘：古时一种盥洗用具。
③ 宫商：五音中的宫音和商音，泛指音律。
④ 镳：打磨。乖：错乱。

中，果见蛇蜕之皮。

译文：

武库内有雄鸡，当时的人认为这是怪事。张华说："这是由大蛇所变化而成的。"于是立即派人在武库中进行搜查，果真找到了一张大蛇脱下来的皮。

144.

吴郡临平岸崩，出一石鼓，打之无声。以问华。华曰："可取蜀中桐材，刻作鱼形，扣之，则鸣矣。"即从华言，声闻数十里。

译文：

吴郡临平的河岸崩塌了，有人从里面取出一块石鼓，但是用手敲打它却不会发出声音。于是这人便询问张华。张华回答说："你可以拿一块蜀地梧桐树的木材，雕刻一把鱼形的鼓槌，用它再去敲打石鼓，就会发出声音了。"那人听后，立即照张华所说的去做，果然，敲击后石鼓发出的声音可以传到数十里远的地方。

145.

嵩高山北有大穴空，莫测其深，百姓岁时，每游其上。晋初，尝有一人，误坠穴中，同辈冀[①]其倘不死，试投食于穴；坠者得之为粮，乃缘穴而行。可十许日，忽旷然见明。又有草屋一区，中有二人，对坐围棋，局下有一杯白饮[②]。坠者告以饥渴，棋者曰："可饮此。"坠者饮之，气力十倍。棋者曰："汝欲停此不？"坠者曰："不愿停。"棋者曰："汝从西行数十步，有一井，其中多怪异，慎勿畏，但投身入井，当得出。若饥，即可取井中物食之。"坠者如其言。井多蛟龙，然见坠者，辄避其路。坠者缘井而行，井中有物若青泥，坠者

① 冀：期望。
② 白饮：清水。

食之，了不复饥。可半年许，乃出蜀中。因归洛下，问张华。华曰："此仙馆；所饮者玉浆，所食者龙穴石髓也。"

译文：

嵩高山的北面有一个很大的洞穴，没有一个人能够测量出它的深度，百姓们一年四季经常来这里游玩观赏。晋朝初年，曾有一个人，不慎掉进这个洞穴之中。同辈们都希望他能大难不死，由于没办法下去救他，只能尝试着向洞穴里投放一些食物让他不至于饿死；掉进洞穴里的人有了食物，也便有了活下去的信心，于是沿着洞穴向前走，想要找到出口。大约走了十来天，前面忽然开阔起来，也出现了光亮。他看见一座草屋，屋中有两个人对坐着下围棋，棋盘的下面放着一杯清水。这人向他们诉说了自己现在是又饥又渴，下棋的人说："那你喝了这杯水吧。"那人于是喝下了这杯看上去平平无奇的水，结果一喝下去便觉得气力猛增十倍。下棋的人问道："你想在这里留下来吗？"那人表示不愿意留下来，他想找出口出去和家人团聚。下棋的人就说："那你从这里向西走，有一个天井，井里有很多奇怪反常的现象，但你不要害怕，只管走进井里，自然就会走出去了。你也不要担心缺少食物。如果你饿了，取井里的东西来吃就好了。"那人便按照下棋的人的指示往前走，真的来到了一口井旁，只见井中有很多蛟龙，但是它们看见他就都自动避开了，还给他让出了他所要走的道路。那人沿着井前进，井中有像青泥一样的东西，那人吃了它，吃完之后就没有再感到饥饿。经过半年左右，才从蜀地走出来。于是他回到洛阳，就这事去请教广武县侯张华，张华说："你掉下去的地方是仙馆，你喝的是玉液琼浆，吃的是蛟龙洞穴里的石钟乳。"

146.

羊琇[①]骄豪，捣炭为屑，以香和之，作兽形。

① 羊琇：字稚舒，泰山南城（今山东省新泰市）人。出身泰山羊氏，年轻时曾与司马炎同门。晋朝建立后，累迁中护军，加散骑常侍，典禁兵，参与机密。为人奢侈放恣，名闻京师。

译文：

羊琇骄矜纵恣，捣碎木炭使之成为木屑，把它和草木香料混合在一起，制作成鸟兽形状的玩物。

147.

羊稚舒琇冬月[①]酿酒，令人抱瓮暖之；须臾复易其人。酒既速成，味仍嘉美。其骄豪皆此类。

译文：

羊琇，字稚舒，在冬天时利用发酵的方法酿造美酒，命令下人抱着盛酒的器具，使器具变暖，片刻之后又换人继续暖酒。就这样加温保温，酒很快便酿成了，味道十分醇美。羊琇的骄横行径大多和这些事情相似。

卷八・晋江左人

148.

夏侯湛作《周诗》成，以示潘岳。[②] 岳曰："此文非徒温雅，乃别见孝悌之性。"岳因此作《家风诗》。

译文：

夏侯湛写完《周诗》后，将它拿给潘岳看。潘岳说："这些诗篇不仅温和

---

① 冬月：即冬季。

② 夏侯湛：字孝若，谯国谯郡（今安徽省亳州市）人，晋武帝泰始年间，举贤良，后为中书侍郎、南阳相，不久升任太子仆。晋惠帝时为散骑常侍。《周诗》：南朝刘孝标在《世说新语注》中说："《周诗》者：《南陔》《白华》《华黍》《由庚》《崇丘》《由仪》六篇，有其义而亡其辞。湛续其亡，故云《周诗》也。"潘岳：字安仁，荥阳中牟（今河南省中牟县）人。工诗赋，有神童之号，姿仪俊美。出门时，因容貌俊美而被妇人投以各类瓜果。曾历任河阳、怀县令，太傅主簿、给事黄门侍郎，后被诬以谋反诛之。

高雅，还显现出孝顺父母、友爱兄弟的感情。”潘岳因此创作了《家风诗》。

149.

石崇[①]与潘岳同刑东市，崇曰：“天下杀英雄，君复何为尔？”岳曰：“俊士填沟壑，余波来及人。”

译文：

石崇与潘岳共同在东市受刑，石崇说：“现在要杀的都是才能超群出众的人，你怎么会被杀呢？”潘岳回答说：“俊秀的人才填满了沟壑，波及了其余无辜的人，我就是无辜的人啊。”

150.

孙子荆[②]新除妇服，作诗示王武子[③]，武子曰：“不知文生于情，情生于文，览之凄然，生伉俪之重。”

译文：

孙楚为妻子服丧，期满后，作了一首悼亡诗，拿给王济看。王济看后说：“真不知是文由情生，还是情由文生，我看了你的诗感到悲伤，也增加了我对夫妻情义的珍重。”

151.

王武子左右人，尝于阁中就婢取济衣服，婢欲奸之。其人云：“不敢。”

① 石崇：字季伦，小名齐奴，渤海南皮（今河北省南皮县）人。敏捷聪明，有勇有谋。历任城阳太守、员外散骑侍郎、黄门郎。后参谋灭亡吴国，获封安阳乡侯，累迁鹰扬将军、南中郎将、南蛮校尉、荆州刺史等职，任内劫掠往来富商，发家致富。曾置金谷园于河阳，纵享奢华。

② 孙子荆：孙楚。字子荆，太原中都（今山西省平遥县西南）人，出身官宦，任镇东参军，迁著作佐郎、骠骑参军。后投靠扶风王司马骏，担任征西参军，迁卫军司马。为人才藻卓绝，爽迈不群，但恃才傲物，凌辱他人。

③ 王武子：王济。字武子，太原晋阳（今山西省太原市）人。出身太原王氏。才华横溢，风姿英爽。西晋时任骁骑将军、侍中。能骑射，勇力超人，精《易经》《老子》《庄子》。文词俊茂，名于当世，与和峤及裴楷齐名。

婢云："若不从，我当大呼。"其人终不从，婢乃呼曰："某甲欲奸我。"济令杀之。其人具述前状，武子不信。其人顾谓济曰："枉不可受，要当讼府君于天。"武子经年疾困。此人见形云："府君当去矣。"遂卒。

译文：

王济有一个贴身侍从，某次他在王济卧室里替他拿取衣服时，和屋里的一个婢女挨得很近，婢女见状就想要和这个侍从通奸。侍从说："我们可不敢做这样的事情啊！"婢女恼羞成怒道："如果你不答应，我就大声呼喊，说你要强奸我。"侍从最终还是没有答应她。于是，婢女大喊："来人呐，这人要强奸我。"王济听说这件事后，当即便下令处死这个侍从。侍从把这件事的始末一五一十地向王济禀报，但王济并没有相信侍从说的话，还是决定杀掉他。侍从见自己百口莫辩，临刑前回头对王济说："您这样冤枉我，我死不瞑目。既然您不信我，我死后也要向上天去申辩冤屈。"就在侍从被杀后的一段时间里，王济便开始重病缠身，弥留之际时仿佛看到了这个侍从显现出的身形，并对他说："之前您冤杀了我，现在您的报应来了，是时候偿命了。"就这样，王济死掉了。

152.

吾彦为交州时，林邑王范熊献青白猿各一口。①

译文：

吾彦做交州刺史的时候，林邑国君主范熊送给吾彦一口青猿雕像和一口白猿雕像。

① 吾彦：字士则，吴郡吴县（今江苏省苏州市）人。晋灭吴后，历任金城太守、敦煌太守、雁门太守、顺阳内史、员外散骑常侍。后出任南中都督、交州刺史，平定各地叛军。在任交州太守的20多年间，威名恩德显著，南方州郡得以安宁。交州：见第63"俞益期"条。林邑：见第63"俞益期"条。范熊：生平事迹于史未详。

卷九·晋江左人

153.

裴仆射颜，时人谓言谈之林薮。①

译文：

左仆射裴颜，被当时的人认为是清谈理论的集大成者。

154.

士衡在座，安仁来，陆便起去。② 潘曰："清风至，尘飞扬。"陆应声答曰："众鸟集，凤皇翔。"

译文：

陆机在参加集会时，潘岳后来也加入进来，陆机便起身离开了。潘岳说："清风来后，尘土飞扬。"陆机随声应答说："乌鸦聚集，凤凰翱翔。"

155.

士衡为河北都督，已遭间构，内怀忧懑。闻其鼓吹，谓司马孙拯曰："我今闻之，不如闻华亭鹤唳。"

---

① 裴仆射颜：裴颜。字逸民，河东郡闻喜县（今山西省运城市闻喜县）人。初为太子中庶子，迁散骑常侍，转国子祭酒兼右军将军，拜侍中、光禄大夫、尚书左仆射等官。见识高远，通古博今，好清谈，反对王弼、何晏的"贵无论"，提出"崇有论"。言谈：即玄学清谈。

② 士衡：陆机。字士衡，吴郡吴县（今江苏省苏州市）人。陆机在孙吴时曾任牙门将，吴亡后出仕西晋，受太常张华赏识，此后名气大振。历任太傅祭酒、吴国郎中令、著作郎等职，后任河北大都督，率军讨伐长沙王司马乂，却大败于七里涧，最终遭谗遇害。陆机少有奇才，文章冠世，诗文俱有影响，为文与陆云并誉为"太康之英"，为诗与潘岳同为西晋诗坛的代表，形成"太康诗风"，有"潘江陆海"之誉。安仁：潘岳。见第 148"夏侯湛作《周诗》成"条。

译文：

陆机做河北都督的时候，已经遭受离间陷害，内心怀有愁闷。听到各种赞扬他的声音，对司马孙拯说："我如今听到这些赞扬我的声音，还不如去听华亭山谷里的鹤叫声。"

156.

蔡司徒说：在洛见陆机兄弟，住参佐廨中，三间瓦屋，士龙住东头，士衡住西头。①

译文：

晋代司徒蔡谟说：在洛阳见到陆机、陆云兄弟，同住在僚属的公舍里，是三间瓦屋，陆云住在东头，陆机住在西头。

157.

后分华亭村南为黄耳村，以犬冢为号焉。

译文：

后人把华亭村的南边划分为黄耳村，这是以黄耳犬的坟墓来命名的。

158.

刘道真②年十五六，在门前戏弄尘，垂鼻涕至胸。洛下少年乘车从门前过，曰："此少年甚坰埴。"刘随车后，问"此言为恶为善"？答以"为善"。刘曰："若佳言，令你翁坰埴，你母亦坰埴。"

---

① 蔡司徒：蔡谟。字道明，陈留郡考城县人。东晋重臣，与诸葛恢、荀闿并称为"中兴三明"，又与郗鉴等 8 人并称为"兖州八伯"。晋康帝即位后，与会稽王司马昱共同辅政，后被正式拜为侍中、司徒。参佐：参与佐理军政事务的官吏。廨：官员宿舍。

② 刘道真：刘宝。字道真，山东省邹城市郭里镇人。自幼聪颖，能歌善箫，并善于以优美的乐歌表达自己的感情，闻者无不流连。曾在扶风王司马骏府内任从事中郎，后任吏部郎。

译文：

刘宝在十五六岁的时候，在门前玩耍，鼻子上面垂挂着鼻涕一直到胸前。洛阳城的一个少年乘车从刘宝家门前经过，说："这个少年极其垌塠。"刘宝在少年的车后跟随，问："你说这话是好话还是坏话？"少年回答说："当然是好话。"刘宝说："如果是好话，就让你的父亲垌塠，你的母亲也垌塠。"

159.

阮瞻素秉无鬼论，世莫能难；每自谓理足以辩正幽明。忽有一鬼，通姓名作客诣阮，寒温毕，即谈名理；客甚有才情，末及鬼神事，反复甚苦，遂屈。乃作色曰："鬼神古今圣贤所共传，君何独言无耶？仆便是鬼！"于是忽变为异形，须臾消灭。阮嘿然，意色大恶。后年余，病死。

译文：

阮瞻一向秉持无鬼论，世上没有一个人能辩论过他；他经常自以为这种理论足够用来辨别纠正有形和无形的现象。忽然他在某天遇见一个鬼，这鬼通报了姓名，扮作客人来拜见阮瞻，寒暄完毕，聊且辩论起事物的是非、道理；那客人很有才华，聊了许久也没有提及有关鬼神的事情，反复折腾得很苦，客人便理屈词穷了。于是改变脸色说："鬼神是古今圣人贤士共同传扬的，您怎么能独自说没有呢？我便是个鬼！"于是客人忽然变成鬼样，一会儿便消失了。阮瞻沉默了，心情面色很不好。随后过了一年多，他就病死了。

160.

宋岱①为青州刺史，禁淫祀，著《无鬼论》，甚精。无能屈者。邻州咸化之。后有一书生葛巾修刺诣岱，与之谈甚久，岱理未屈，辞或未畅，书生辄为申之。次及无鬼论，便苦难岱。岱理欲屈，书生乃振衣②而起，曰："君绝我

① 宋岱：字处宗，曾任襄阳太守、兖州刺史、青州刺史、荆州刺史。
② 振衣：抖落衣服上的尘土，并整理着装。

辈血食二十余年,君有青牛、髯奴,未得相困耳。今奴已叛,牛已死,今日得相制矣。”言绝,遂失书生。明日而岱亡。

译文:

宋岱做青州刺史时,禁止不合礼制的祭祀,所著《无鬼论》,玄理精妙,逻辑严密,论辩时没有遇到过能让他理屈词穷的人,就连附近的州县村民都被他所教化了。后来有一个书生拿着葛布做的头巾和名帖前来拜访宋岱,先是和他论辩了很久的玄学义理,宋岱虽在大理上没有折损,但在言辞表达上略显不够敏捷流畅,这时书生就转而替他申述。接着开始就鬼神话题展开论辩,在这个话题上,书生不再替宋岱申述,而是一再对其诘难。随着论辩的深入,在宋岱即将要理屈词穷时,书生就抖落身上的尘土,整理了一下衣服站了起来,说:“你使我们的祭品断绝了 20 多年,日常生活中,你倒是有青牛、奴仆侍奉着,不会像我们一样觉得艰难困苦罢了。如今你的奴仆已经背叛了你,你的青牛也已经死了,你也该体会体会我们的艰辛和痛苦了,我们今天就算是扯平了。”说完,书生便消失不见。第二天,宋岱就死了。

161.

孙兴公常著戏头,与逐除人共至桓宣武家,宣武觉其应对不凡,推问乃验也。①

译文:

孙绰经常戴着面具,和那些驱邪作法的人一同来到桓温家,桓温发觉孙绰与人沟通时的言谈举止不一般,推究审问一番才获悉了他的真实身份。

---

① 孙兴公:孙绰。字兴公,太原中都(今山西省平遥县)人。博学善文,放旷山水,与高阳许询齐名,袭封长乐侯。起家太学博士,迁尚书郎,出任章安县令,建威长史、右军长史、永嘉太守。工诗,颇以文才著称,是东晋玄言诗派的代表人物,曾参与王羲之兰亭集会。戏头:一种宽大的豹头环眼狮鼻阔口面具,套在头上,可用于驱邪。逐除人:古时为人驱邪祈福作法的术士。

卷十·宋齐人

162.

昔傅亮[①]北征,在河中流。或人问之曰:“潘安仁作《怀旧赋》曰:‘前瞻太室,傍眺嵩丘。’嵩丘太室一山,何云前瞻傍眺哉?”亮对曰:“有嵩丘山。去太室七十里。此是写书误耳。”

译文:

当年傅亮北伐行军时,来到了黄河的中流处。有人问傅亮说:“潘岳的《怀旧赋》中写道:‘前瞻太室,傍眺嵩丘。’嵩丘和太室其实是一座山,为什么要说成向前瞻望和向旁边眺望呢?”傅亮回答说:“确有嵩丘山,就在距离太室山70里远的地方。《怀旧赋》里其实写的是‘前瞻太室,傍眺嵩高’。这是写书时的笔误罢了。”

163.

齐宜都王铿[②],三岁丧母,及有识,问母所在,左右告以早亡,便思慕蔬食。自悲不识母,常祈请幽冥,求一梦见。至六岁梦见一妇人,谓之曰:“我是汝之母。”铿悲泣。旦说之,容貌衣服,事事如平生也。闻者莫不歔欷。

译文:

南朝齐时宜都王萧铿3岁时母亲就离世了,等到他成年后,问起他母亲在哪里,附近的人告诉他,他的母亲早已经亡故,于是萧铿便日夜思慕母亲,

---

① 傅亮:见第34“郑鲜之、王弘、傅亮启宋武云”条。

② 齐宜都王铿:萧铿。字宣严,南齐太祖萧道成第十六子。初任游击将军,转任左民尚书。永明时,任持节、都督南豫司二州军事、冠军将军、南豫州刺史,镇守姑孰,后被萧鸾所害,时年18岁。

以草菜为食。他经常为自己没有见过母亲而悲痛,经常向上天祈祷能够有机会游访阴间去寻找母亲,有时甚至乞求能在梦中见一见自己的母亲。到萧铿6岁的时候,梦见了一个妇人对他说:“我就是你的母亲。”萧铿怆然泪下。早晨萧铿说起这件事,谈到他母亲的容貌和衣服,每件事都和萧母生前时一样,当时听到的人没有不悲泣叹息的。

第二章　六朝小说渊源述略

一、中国古代小说名实之辨

在西方现代文学的范畴中，小说是“具有一定长度的用散文写成的虚构的文学作品”①。亦或是“用散文写成的具有某种长度的虚构故事”②。在西方，小说和史诗是“求同存异”的两大文类。二者同是一种表达手段，都以呈现生活总体面貌为主要目的，甚至在创作过程中的创作态度也几乎一致。二者的区别和差异，集中表现在它们在各自创作时所体现的历史哲学事实上。首先，史诗不同于小说。史诗是“从自身出发去塑造完整生活总体的形态”③，即呈现“我”眼中的显而易见的生活及其与之的关系。因此，它在多数情况下是抒情文学的表现。其次，小说也不同于史诗。小说是“以塑造的方式揭示并构建隐蔽的生活总体”④，即由“我”塑造的人物形象眼中的生活及其与之的关系。在西方文艺理论家看来，小说中的世界绝不是一个被创作者（“我”）直接交付的给定存在，而是一个完全独立的世界；小说中人物的生活外延与整体，既不是创作者（“我”）显而易见的，也不能用编排的手段加以主观干预，而是必须由所塑造的人物去主动探索才能得

① 张稔穰编：《中国分体文学史》（小说卷），引美国学者福尔沃克·迈·伊茨语，青岛海洋大学出版社 1995 年版，第 1 页。

② （英）爱·摩·福斯特：《小说面面观》，引法国学者阿尔比·谢括利语，苏炳文译，花城出版社 1984 年版，第 3 页。

③ （匈）卢卡奇著，燕宏远、李怀涛译：《小说理论》，商务印书馆 2012 年版，第 53 页。

④ （匈）卢卡奇著，燕宏远、李怀涛译：《小说理论》，商务印书馆 2012 年版，第 53 页。

出的一种心灵上的事实，而这种事实与真实的、客观的现实是没有相关性的。[1] 换言之，小说是以塑造人物形象为中心，通过叙述完备的情节和描绘周全的环境来反映小说中的生活全部。因此，它在多数情况下是叙事文学的表现。基于对小说的这种认识，现代文学将其定义为“以散文摹写虚拟人生幻象的自足的文字语言艺术。这个定义包括小说内容、形式的基本要素构成的四种规定性：叙事性、虚构性、散文性和文字语言的自足性”[2]。

若据此看，西方文学界关于“小说”的概念是非常具体的，甚至说在现代文学领域中，“何谓‘小说’”似乎是一个不值一提的问题。但“小说”一词在中国古代却概念宽泛，内涵广博，种类繁杂，且随社会、历史、文明的推进而不断变化发展。这使得我们在对“小说”的概念和范围进行界定时颇为棘手，简单来说，我们究竟以什么样的标准去确定在中国哪些作品属于“小说”？文学范畴下的“小说”究竟起于何时？小说的研究范围又到底是什么呢？这些问题都颇令人费解。诚如清人刘廷玑所言：“盖小说之名虽同，而古今之别则相去天渊。”[3]鲁迅曾在《中国小说史略》中以近世小说观念作为研判依据，认为汉魏六朝的志怪、志人小说是当时文人为神怪、名士而作的传记，其目的或为宣扬佛教信徒的因果报应观念，或为揭示道教方士的劝诱规导行为，或为展现名士援引释理道玄而为清谈的言行形象，并不属于后世以刻画人物形象、表现社会关系为文学书写对象的“小说”创作。而严格意义上的“小说”，始自唐传奇，进而为《太平广记》，进而为话本拟话本，为讲史神魔，为人情世情，为讽刺狭邪，为公案谴责等等。中华书局曾于20世纪80年代起相继刊行的《古体小说丛刊》（凡14种，18册），则是侧重于语体形式，以中国古代诗歌文体的发展为参照，将古代以文言写成的小说

① （匈）卢卡奇《小说理论》认为：“小说中规定形式的基本观念就客体化为小说主人公们的心理状态：他们是探索者。探索的简单事实表明，不管是目标还是道路，都不能直接地被给予，或者说，它们在心理上直接而不可动摇地给定存在，绝不是对真实存在着的关系或伦理必然性的明白认识，而只是一种心灵上的事实，不管是在客体的世界，还是在规范的世界，必定都没有某种东西与这种心灵上的事实相吻合。”见《小说理论》，燕宏远、李怀涛译，商务印书馆2012年版，第54页。

② 马振方：《小说艺术论》，北京大学出版社1999年版，第8页。

③ （清）刘廷玑：《在园杂志》，中华书局2005年版，第82—83页。

称为“古体小说”,将“五四”以前用白话写成的小说称为“近体小说”。另外,上海古籍出版社也于20世纪80年代起,相继出版了单册刊印的《中国古典小说研究资料丛书》(凡27种,35册)和以时代集结的《历代笔记小说大观》(凡5种,19册),选取了古代或以古体文言写成的短篇小说,或以近体白话写成的章回小说,其内容涉及天文地理、朝章国典、草木虫鱼、风俗民情、学术考证、鬼怪神仙、艳情传奇、笑话奇谈、逸事琐闻凡200余种。这又是着眼于折中“古体”与“近体”、“笔记”与“小说”等文类的界限,对小说予以较为宏观广袤的视野进行审视的分类方法。总之,近代以来在中西方文化的碰撞下,论者对中国古代小说的概念内涵有着立场各异的阐述分析,可谓“论述甚多,歧义亦繁”①。但我们必须清醒地认识到,当我们站在古人的立场,以古人的眼光和思想去审视、还原古代的小说观念时不难看出,中国古代观念上的“小说”在其表现形式、精神内容及其价值功能上,与今天文学范畴下的小说,相去甚远。

而关于中国古代“小说”名与实的流变问题,我们大致可从以下几部重要文献中把握脉络、获得启示。即先秦时期的《庄子》、后汉桓谭的《新论》、班固的《汉书·艺文志》、唐人所撰的《隋书·经籍志》、刘知几的《史通》以及明代胡应麟的《少室山房笔丛》和清代的《四库全书总目提要》。

在中国古代,“小说”一词最早见于《庄子》的“外物”篇:“饰小说以干县令,其于大达亦远矣。”②“干”是“求”的意思,“县”是“悬”的通假字,意为“高”。成玄英疏云:“夫修饰小行,矜持言说,以求高名令问者,必不能大通于至道。”按照庄子的意思,这里的“小说”,指的是那些无关大道至道的言论与思想,与“齐物论”中“大言炎炎,小言詹詹”③和“列御寇”中“与汝游

① 语出谭帆、王庆华《“小说”考》:(论小说者)“或以今义为准,以今律古;或以古义为准,以古律古;或古今义折中。论述甚多,歧义亦繁”。原载于《文学评论》2011年第6期,后见于谭帆主编《中国古代小说文体文法术语考释》,上海古籍出版社2013年版,第3页。

② (晋)郭象注,(唐)成玄英疏,曹础基、黄兰发点校:《庄子注疏》“杂篇·外物”,中华书局2011年版,第484页。

③ (晋)郭象注,(唐)成玄英疏,曹础基、黄兰发点校:《庄子注疏》“内篇·齐物论”,中华书局2011年版,第27页。

者,又莫汝告也。彼所小言,尽人毒也”[①]的“小言”,意义近似。[②] 可见,最初的“小说”是一个具有价值评判色彩的批评术语,代表庄子对先秦诸子学说的看法,与文学样式之一的“小说”大相径庭。

最早定义“小说”,并指出其意义和功能的,是后汉时期的桓谭。他在《新论》中说:“若其小说家,合丛残小语,近取譬论,以作短书,治身理家,有可观之辞。”[③]所谓“小说”,即经人为整合过的“丛残小语”[④]。其形式内容为琐碎零乱、失实违圣的短书。所谓“短书”,清人章炳麟解释说:“古官书皆长二尺四寸,故云二尺四寸之律。举成数言,则曰三尺法。经亦官书,故长如之,其非经律,则称短书。”[⑤]即民间非经、非史、非律的不足征信的俗记之文。其言说方式是援事譬论,其功能可以治身理家。据此来看,流传于先秦两汉的神话传说、寓言故事、人物轶事、历史掌故等,无一不是小说。同时,桓谭也曾上疏光武帝,疏中有云:“陛下宜垂明听,发圣意,屏群小之曲说,述五经之正义,略雷同之俗语,详通人之雅谋。”[⑥]与桓谭年代相近的扬雄也曾有类似的论说:“视日月而知众星之蔑也,仰圣人而知众说之小也。”[⑦]在这里,虽然桓谭和扬雄没有明确道出“小说”之名,但无论是“群小之曲说”,还是“众说之小”,其用意是十分明显的,都是以《五经》和圣人之言的价值维度为评判标准,将先秦两汉时不言经义或不合圣人之道的学说视为“小说”。由此可见,虽然“小说”涉及的内容驳杂、题材广泛且有一定的积极作用(“治身理家”),但因其大多不言经义、不合圣人之道而不受重

① (晋)郭象注,(唐)成玄英疏,曹础基、黄兰发点校:《庄子注疏》“杂篇·列御寇”,中华书局2011年版,第543页。

② 《庄子·齐物论》“小言詹詹”句后,成玄英疏云:“儒墨小言,滞于竞辨,徒有词费,无益教方。”意即喋喋不休、词费无当的言说。《庄子·列御寇》“与汝游者,又莫汝告也。彼所小言,尽人毒也”句后,郭象注云“细巧入人为小言”。成玄英疏云:“共汝同游,行解相类,唯事浮辩细巧之言,佞媚于人,尽为鸩毒,讵能用道以告汝也!”意即细巧谄媚、词语浮辩的言说。可见此二类言说,皆指无关无益于庄子所谓至道的言说,与“饰小说以干县令”中的“小说”意义近似。

③ (汉)桓谭著,吴则虞辑校:《桓谭〈新论〉》,社会科学文献出版社2014年版,第75页。

④ “丛残小语”:即(唐)刘知几《史通·杂述》所谓“言皆琐碎,事必丛残”。

⑤ (清)章炳麟:《国故论衡》,上海古籍出版社2003年版,第54页。

⑥ (南朝·宋)范晔:《后汉书》卷二十八“桓谭冯衍列传上”,中华书局2007年版,第290页。

⑦ (汉)扬雄:《法言》“学行卷第一”,中华书局2012年版,第13页。

视、不被肯定。

稍晚于桓谭与扬雄的班固,在《汉书·艺文志·诸子略》中较为具体地阐述了“小说”的源起及其作用:“小说家者流,盖出于稗官。街谈巷语,道听途说者之所造也。孔子曰:‘虽小道,必有可观者焉,致远恐泥,是以君子弗为也。’然亦弗灭也。闾里小知者之所及,亦使缀而不忘,如或一言可采,此亦刍荛狂夫之议也。”①“小说”源起于稗官,而稗官是负责采集街谈巷说、闾巷风俗供皇帝观览的小官。颜师古引三国曹魏人如淳语解释为:“细米为稗,街谈巷说,其细碎之言也。王者欲知闾巷风俗,故立稗官使称说之。”②此处班固对“小说”的论断耐人寻味之处颇多。首先,将“小说”列于“诸子略”中,附于子书之末,说明班固认为它与诸子之书性质相似、功能接近,可以当作子书来看待。刘勰曾说:“诸子者,入道见志之书。”③那么由“小说家”所作的“小说”也应是与“入道见志”相关的议论、论说性的文字。从这个角度看,班固似是对“小说”持肯定、重视态度的。但在“诸子略”中,稗官虽然与农稷之官、议官、行人之官等并列于王官系统,而班固却将其等同于“道听途说者”。“道听途说”这个词带有明显的贬义色彩④,又足见班固对“小说”的态度是轻视、不屑的。

其次,班固引孔子之言(实际是子夏说的,语出《论语·子张》)为“小说”张本,认为“小说”虽是君子不为的小道,但在一定程度上有着保存民间资料,提供民声民情的积极作用,有其存在的现实性和客观合理性。“刍荛”“狂夫”,都指老百姓。《诗经·大雅·生民之什》云:“先民有言,询于刍荛。”朱熹注曰:“先民,古之贤人也。刍荛,采薪者。古人尚询及刍荛,况

---

① (汉)班固撰,(唐)颜师古注:《汉书》第六册“卷三十·艺文志”,中华书局1962年版,第1745页。

② (汉)班固撰,(唐)颜师古注:《汉书》第六册“卷三十·艺文志”,中华书局1962年版,第1745页。

③ (南朝·梁)刘勰著,范文澜注:《文心雕龙注》卷四“诸子第十七”,人民文学出版社1958年版,第307页。

④ 《论语·阳货》云:“子曰:‘道听而途说,德之弃也。’”见杨树达《论语疏证》,上海古籍出版社2013年版,第460页。

其僚友乎?”①又《诗经·齐风·东方未明》云:“折柳樊圃,狂夫瞿瞿。”②“刍荛”的本义是“采薪者”,这里可以引申为草野村民;“狂夫”的本义是“狂愚者”,这里可以引申为无知小民。因此,“刍荛狂夫之议”就可以理解为当时的民间言论与学说。众所周知,无论是在先秦两汉的时代,还是在当下的社会主义新时代,能够体现民情民愿的民间言论对于治国理政者而言是具有一定价值的。同时,采集民间言论,听取民间思想,也有助于统治者了解各地的风俗教化和风土民情,从而适时调整治国之策。但“小说”终归是“道听途说者之所造”和“闾里小知者之所及”,即便有一定的积极作用,却也仅仅是社会下层的“小智者”提供的粗浅鄙薄的“小道”,仅可当作“治身理家”的“可观之辞”来看待,与以六经为依托、以政教大道为归宿的诸子之书存在着天壤之别。

由此,综合班固的观点来看,至少可以获悉三点信息:其一,《汉书·艺文志》视“小说”为子书之末,将“小说家”与“儒家”“道家”等合称为“诸子十家”,表明“小说”与“儒”“道”的内涵意旨接近,指称先秦两汉时期学术流派的学说著作,与后世指称文类、文体的“小说”毫不相关;其二,在先秦两汉时期,人们把“小说”与采诗、举谣、观风的传统联系起来,虽是君子不为的“小道”,却在功用上与“刍荛狂夫之议”相似,具有观风俗、益教化的作用;其三,“小说”的目录学地位通过《汉书·艺文志》得到了确立,对后世经籍志的编撰起到了垂范作用。以上三点,或可看作是先秦两汉时期的小说观。

在《汉书》以后较长一段时间里的史书都未列入《艺文志》,直到唐人在编撰《隋书》时方有了《经籍志》的出现,其序云:“小说者,街说巷语之说也。《传》载舆人之诵,《诗》美询于刍荛。古者圣人在上,史为书,瞽为诗,工诵箴谏,大夫规诲,士传言而庶人谤。孟春,徇木铎以求歌谣,巡省观人诗,以知风俗。过则正之,失则改之,道听途说,靡不毕纪。《周官》,诵训‘掌道方志以诏观事,道方慝以诏辟忌,以知地俗’;而训方氏‘掌道四方之政事,与

① (宋)朱熹注:《诗经集传》,上海古籍出版社1987年版,第137页。
② (宋)朱熹注:《诗经集传》,上海古籍出版社1987年版,第40页。

其上下之志,诵四方之传道而观衣物',是也。孔子曰:'虽小道,必有可观者焉,致远恐泥。'"①《隋书·经籍志》在对"小说"的认识方面,较之《汉书·艺文志》有所继承,也有所发展。

首先,《隋书·经籍志》继承了先秦两汉时期的小说观,将"小说"列入"子部"十四类之一,认为"小说"就是与《汉书·艺文志》中"诸子九家"②学说相对"小的学说"。如其在"小说家"类著录有《青史子》一卷,即是直接照搬《汉书·艺文志》的著录而来。又《汉书·艺文志》称"《青史子》五十七篇,古史官记事也"③。刘勰在《文心雕龙》中称"青史曲缀以街谈"④。二者其意,均是将《青史子》视作"诸子之说",从而佐证《隋书·经籍志》在一定程度上沿袭了前代"小说"即"小的学说"的小说观。

其次,《隋书·经籍志》对先秦两汉时期的小说观也有不小的延伸与拓展。在《汉书·艺文志》中将"小说"视作"刍荛狂夫之议",而在《隋书·经籍志》中则将"小说"视作"街说巷语之说"。这个改动之处或可有助于我们理解自汉魏到隋唐时期的小说观。按《广雅疏证·释诂》载:"诵、说、精、讲,论也。"⑤可知"说"除了有"学说"的含义外,还有"论说""谈说"的意义。汉人在编著记人、记事、志怪等"短书"故事时,就常用"说""语""书"来命名,如刘向的《说苑》、陆贾的《新语》和贾谊的《新书》。甚至到了南朝,刘义庆编著的志人短书在最初也是仿照晋人虞喜的《志林新书》而命名为《世说新书》,之后又改为《世说新语》,后又简称《世说》。足见汉魏时所谓的"说",即道听途说的"说"和街说巷语之说的"说"。

据此,再结合序文中"小说者,街说巷语之说也。……古者圣人在上,史为书,瞽为诗……循木铎以求歌谣,巡省观人诗,以知风俗。过则正之,失

① (唐)魏徵等:《隋书》,中华书局1973年版,第1012页。

② 《汉书·艺文志》载:"小说家者流,盖出于稗官。……诸子十家,其可观者九家而已。"见(汉)班固撰,(唐)颜师古注:《汉书》第六册"卷三十·艺文志",中华书局1962年版,第1745页。

③ (汉)班固撰,(唐)颜师古注:《汉书》第六册"卷三十·艺文志",中华书局1962年版,第1745页。

④ (南朝·梁)刘勰著,范文澜注:《文心雕龙注》卷四"诸子第十七",人民文学出版社1958年版,第308页。

⑤ (清)王念孙:《广雅疏证·释诂》卷二下,中华书局1983年版,第73页。

则改之，道听途说，靡不毕纪”[1]的描述，显然此处的“说”“书”“诗”“歌谣”等并非抽象的学说著作，而是一种非常具体的文学作品，并且这类作品具有“知风俗”、能补过的作用与功能。这就说明，在魏晋隋唐时，“小说”已经不再单指“小的学说”，它还包括一些篇幅短小、供人言说的文学作品。这些作品有辑录历史人物荒诞不经的言行、轶事的，如其在“小说家”类著录有裴启的《语林》、顾协的《琐语》、刘义庆的《世说》、邯郸淳的《笑林》等。也有在辑录历史人物事件的同时，也辑录带有神秘色彩的异闻奇事的，如殷芸的《小说》。故而《隋书·经籍志》将“小说”置于“书”（史）和“诗”（文）之间。按刘知几《史通》云：“又自魏、晋以降，著述多门，语林、笑林，世说、俗说，皆喜载调谑小辩，嗤鄙异闻，虽为有识所讥，颇为无知所说。”[2]又“琐言者，多载当时辨对，流俗嘲谑，俾夫枢机者藉为舌端，谈话者将为口实。及蔽者为之，则有诋讦相戏，施诸祖宗，亵狎鄙言，出自床笫。莫不升之纪录，用为雅言，固以无益风规，有伤名教者矣”[3]。又“刘敬昇异苑称晋武库失火，汉高祖斩蛇剑穿屋而飞，其言不经。致（故）梁武帝令殷芸编诸小说，及萧方等撰三十国史，乃刊为正言”[4]。虽然《隋书·经籍志》所著录的“小说”，或为“调谑小辩，嗤鄙异闻”，或为“流俗嘲谑，亵狎鄙言”，或为“其言不经”，但其共性是都能够将历史故事转化为“舌端”“口实”供人谈说，从而成为一种能够悦人耳目的谈资或语料。以刘义庆《世说》和殷芸《小说》为例来看，《世说》从各种史书中汇辑人物轶事的材料，再冠以“世说”之名，颇有供世人谈论、评说的意味；而殷芸《小说》也是抄录各类史书中的奇人异事而成，与《世说》的性质相同，亦可视作为人言谈提供资本的文学作品。若再结合《世说》的命名方式，《小说》的命名也就可以理解为篇幅短小、供人言说的文学作品了。因此，我们有充分的理由相信，“小说”成为一种文类

---

① （唐）魏徵等：《隋书》，中华书局1973年版，第1012页。

② （唐）刘知几撰，（清）浦起龙通释：《史通通释》卷八“书事”，上海古籍出版社2009年版，第214页。

③ （唐）刘知几撰，（清）浦起龙通释：《史通通释》卷十“杂述”，上海古籍出版社2009年版，第449页。

④ （唐）刘知几撰，（清）浦起龙通释：《史通通释》卷十七“杂说中”，上海古籍出版社2009年版，第255页。

的概念，是随着《汉书·艺文志》和《隋书·经籍志》中“小说家”类目的设立而产生的。

刘知几在《史通·杂述》中对“小说”的认识也颇为独到，他说：“是知偏记小说，自成一家。而能与正史参行，其所由来尚矣。爰及近古，斯道渐烦。史氏流别，殊途并骛。榷而为论，其流有十焉：一曰偏纪，二曰小录，三曰逸事，四曰琐言，五曰郡书，六曰家史，七曰别传，八曰杂记，九曰地理书，十曰都邑簿。……于是考兹十品，征彼百家，则史之杂名，其流尽于此矣。”[①]首先，刘知几是唐代著名的史学家和史学理论家，他的史学观及对史书编撰的方法技巧有着不同以往的观点，认为应该“征求异说，采摭群言，然后能成一家，传诸不朽”[②]。对流传于世的“杂书”“逸史”“异闻”也应当辨其长短，有选择地采摭为书。因此，在刘知几看来，“小说”是史书的教外别传，与史书殊途同归，具有参史、补史的积极作用。这就在认识上大大提高了“小说”的地位，与之前先秦两汉和晋唐之际的小说观大不相同。

其次，刘知几在《史通》中将“小说”分为十类，分别是：偏纪、小录、逸事、琐言、郡书、家史、别传、杂记、地理书、都邑簿。所谓偏纪，即“短述之书，但记近事，而非全史”。所谓小录，即“私志之书，各录知交，而非正史”。所谓逸事，即“掇拾之书，可补史遗，用资参考”。所谓琐言，即“谐谑之书，略供史料，止助谈资”。所谓郡书，即“乡邦旧德之书，视史家为繁”。所谓家史，即“门胄先烈之书，比史体为炫”。所谓别传，即“甄录贞范之书，能补前史缺遗乃贵”。所谓杂记，即“搜采怪异之书，足当外史劝诫乃佳”。所谓地理书，即“史志地俗一类”。所谓都邑簿，即“史志都城一流”。[③] 十类中，仅有“逸事”“琐言”“杂记”三类近于现代小说中的“历史演义”“志人”和“志怪”小说的概念，其余七类则更接近史书概念。由以上两点可知，唐人将“小说”视作一种具有补史功能的驳杂的文类，这种小说观念较之晋唐时

① （唐）刘知几撰，（清）浦起龙通释：《史通通释》卷十“杂述”，上海古籍出版社2009年版，第253—257页。

② （唐）刘知几撰，（清）浦起龙通释：《史通通释》卷五“采撰”，上海古籍出版社2009年版，第106页。

③ 以上均出自（唐）刘知几撰，（清）浦起龙通释：《史通通释》卷十“杂述”，上海古籍出版社2009年版，第254、255页。

期已十分明晰和具体。

宋元时期,《新唐书·艺文志》和《宋史·艺文志》基本沿袭了唐人的小说观,所不同处,是宋人对"小说"的门类略有增扩,将图画、花木谱、诗话等文学、艺术论著类的作品涵盖其中,如陈师道的《后山诗话》、陆游的《山阴诗话》、苏轼的《东坡诗话》、张宗诲的《花木录》、蔡襄的《荔枝谱》、张舜民的《画墁录》、史道硕的《八骏图》《异鱼图》等等。

明清时期,对"小说"的概念、地位和功能有了更为清晰、明确的认识。明人胡应麟《少室山房笔丛》云:"小说,子书流也。然谈说理道或近于经,又有类注疏者;纪述事迹或通于史,又有类志传者。他如孟綮《本事》,卢瓌《抒情》,例以诗话、文评,附见集类,究其体制,实小说者流也。至于子类杂家,尤相出入。……小说者流,或骚人墨客游戏笔端,或奇士洽人蒐罗宇外,纪述见闻无所迴忌,覃研理道务极幽深,其善者足以备经解之异同、存史官之讨覈,总之有补于世,无害于时。"[①]"小说"既是子书之末,但又有谈说理道、纪述事迹、诗话文评的内容,兼具了经、史、集部书籍的特质,故而是一种内容庞杂、文体各异的驳杂文类。在这种认识之下,胡应麟较之刘知几的小说观更进一步,将其"小说十类"精细化为"小说六类":"小说家一类又自分数种,一曰志怪,《搜神》、《述异》、《宣室》、《酉阳》之类是也;一曰传奇,《飞燕》、《太真》、《崔莺》、《霍玉》之类是也;一曰杂录,《世说》、《语林》、《琐言》、《因话》之类是也;一曰丛谈,《容斋》、《梦溪》、《东谷》、《道山》之类是也;一曰辨订,《鼠璞》、《鸡肋》、《资暇》、《辨疑》之类是也;一曰箴规,《家训》、《世范》、《劝善》、《省心》之类是也。谈丛、杂录二类最易相紊,又往往兼有四家,而四家类多独行,不可搀入二类者。至于志怪、传奇,尤易出入,或一书之中二事并载,一事之内两端具存,姑举其重而已。"[②]在胡应麟看来,"小说"一方面可以囊括经史子集之外所有的著作,说明它既可以是叙事的,也可以是说理的,还可以是叙事兼说理的文体;另一方面,正是由于

① (明)胡应麟:《少室山房笔丛》卷二十九"九流绪论下",上海书店出版社2009年版,第283页。

② (明)胡应麟:《少室山房笔丛》卷二十九"九流绪论下",上海书店出版社2009年版,第282—283页。

"小说"的包容性极强,他才可以将《霍小玉传》《莺莺传》《长恨歌传》等新涌现的唐传奇纳入小说的范畴之中,从而拓展了唐人"小说补史"的小说观,在抬高小说地位的同时,还赋予了小说极大的文学品格和艺术审美。而稍后的清人在编撰《四库全书》时,把胡应麟的"小说六类"又做了进一步的简化凝练,只分为杂事、异闻、琐语三类:"迹其流别,凡有三派。其一叙述杂事,其一记录异闻,其一缀辑琐语也。唐、宋而后,作者弥繁。中间诬谩失真,妖妄荧听者固为不少。然寓劝诫,广见闻,资考证者亦错出其中。班固称小说家流盖出于稗官。如淳注谓王者欲知闾巷风俗,故立稗官,使称说之。然则博采旁搜,是亦古制,固不必以冗杂废矣。今甄录其近雅驯者,以广见闻,惟猥鄙荒诞,徒乱耳目者则黜不载焉。"[①]四库馆臣将之前胡应麟视作小说的"丛谈""辨订""箴规"归入"杂家类",将"传奇"排斥在外,凸显了强调叙事手法、强化补史功能、排斥虚构倾向的传统史学家和目录学家的小说观立场。

值得一提的是,与胡应麟同时代的朗瑛在《七修类稿》中说:"小说起宋仁宗,盖时太平盛久,国家闲暇,日欲进一奇怪之事以娱之,故小说得胜头回之后即云话说赵宋某年。……若夫近时苏刻几十家小说者,乃文章家之一体,诗话、传记之流也,又非如此之小说。"[②]据《都城纪胜》载:"说话有四家:一者小说,谓之'银字儿',如烟粉、灵怪、传奇、说公案,皆搏刀赶棒及发迹变泰之事……"[③]"说话四家"指宋代的四种曲艺形式(小说、讲史、讲经、合生),在当时说书人所用的话本就被称为"小说"。宋人之所以称"小说"为"银字儿",是因为"小说"是一种说唱艺术,用于伴奏的乐器是银字笙。可见朗瑛认识到的"小说",既包括宋代的以供人消遣娱乐为目的的话本小说,也包括当时文章诗话、传记一类的著作。此外,明清之际的谢肇淛曾公开表示:"凡为小说及杂剧戏文,须是虚实相半,方为游戏三昧之笔。亦要

---

① (清)永瑢:《四库全书总目》卷一四〇"子部·小说家类一",中华书局 2003 年版,第 1182 页。

② (明)朗瑛:《七修类稿》卷二十二"辩证类·小说",上海书店出版社 2001 年版,第 229 页。

③ (宋)不著撰人《都城纪胜(外八种)》"瓦舍众伎","山川风情丛书",上海古籍出版社 1993 年版,第 9 页。

情景造极而止，不必问其有无也。”[①]认为“小说”是一种能与杂剧、戏文并称的文学文体形式，其艺术魅力在于其虚实相生的创作方法，这就从认识上区别于史学家和文献学家的小说观，代表了当时一种向文学文体回归的新的小说观念。但综合明清人的观点来看，无论是力主将“小说”向文学领域规导，还是向史学领域引领，小说由驳杂的文类变为明晰的文体，似已达成了一种不约而同的共识。

概言之，关于中国古代小说的名与实，大体经历了这样一个过程：从先秦与“大言”相对的批评术语到两汉不言经艺的小的学说，再到晋唐时经史子集外的驳杂文类，再到宋元时延展至文学、艺术领域，最后到明清时期明晰具体的文体类型。在这个过程中，“小说”的概念由笼统而具体，由泛指而特指，又在现实中相袭相继、并用兼有，显示出了中国古代小说的概念内涵具有复杂且多元化的特质。

二、六朝小说历史文化渊源

从发生学的维度来看，汉魏六朝小说的产生基于诸子之书的内变。从《汉书·艺文志》将“小说家”与“诸子十家”并列中就能够看出，小说与子书的关系尤为密切。通常情况下，小说也可以视作子书的末流或者附属品。[②] 因此，要想搞清楚小说的产生渊源，就必须先弄明白子书是什么以及子书在发展过程中有哪些内变。那么，何谓子书呢？《汉书·艺文志》载：“诸子十家，其可观者九家而已。皆起于王道既微，诸侯力政，时君世主，好

① （明）谢肇淛：《五杂俎》卷一五，见黄霖、韩同文选注《中国历代小说论著选》（修订本），江西人民出版社 2000 年版，第 167—168 页。

② 学界关于小说为“子之末”的论著颇多，兹以代表者举隅如下：袁行霈《〈汉志〉小说家考辨》（《文史》第 7 辑，中华书局 1979 年版）；王齐洲《在子史之间寻找位置——史志所反映的中国传统小说观念》（《国学研究第 10 卷，北京大学出版社 2002 年版》）；李忠明《中国古代小说观念的演变与小说文体的形成》（《明清小说研究》2005 年第 1 期）；潘建国《〈汉书·艺文志〉“小说家”发微》（《中国古代小说书目研究》，上海古籍出版社，2005 年版）；等等。

恶殊方，是以九家之术锋出并作，各引一端，崇其所善，以此驰说，取合诸侯。”[①]又《文史通义》“经解”篇云：“至于官师既分，处士横议，诸子纷纷著书立说，而文字始有私家之言，不尽出于典章政教也。”[②]众所周知，西周时建立在血缘宗法制度基础上的学在王官制度，赋予了贵族王室对文化、知识、教育等资源的绝对垄断的政治特权。到了春秋战国时期，随着周王室式微而天下大乱，由旧王官所掌的典籍开始由中央流散至地方，周王室的旧王官也逐渐蜕变为各诸侯王的“士”，士人阶层由此得以迅速崛起。这些士人凭借着对知识、文化的掌握，纷纷著书立说，宣讲各自对时局态势的认识与主张，打破了以往学在王官的垄断禁锢，促成了官学到私学的文化转型，从而开创了“百家争鸣”的学术思想大繁荣的景象。因此，所谓的“子书”，就是这些士人对曾经的王官之学进行带有各自主观认识的阐释性著作，而这些士人，这些子书的作者，就是“先秦诸子”。与之相对应的，那些记录王官之学的典籍，就是后世所谓的“经书”。简而言之，“子书”是与“经书”相对的概念，“经书”是王官之学的经典著作，“子书”是私家之学的经解著作。既然是经解著作，其内容就格外强调对经书典籍的主观见解，故而先秦诸子为了使诸侯王接受、采纳自己的思想主张，就会竭力发散、渲染、证明自己对经书阐释的正确性。而最为有效的论证方法，就是用客观事实或历史事件证实自己观点的正确性和合理性。于是，诸子著作中以故事阐释道理的内容就比比皆是了。诚如章学诚所言：“事有实据而理无定形，故夫子之述六经，皆取先王典章，未尝离事而著理。”[③]由此观之，后汉桓谭所说的小说家“近取譬论”的创作方式，并非小说家独有，而是在先秦诸子之中就已经被普遍使用的言说方式了。

另外，刘勰在《文心雕龙》中也用了大量的篇幅，详尽地论述了诸子之书的流变过程，他说：

---

① （汉）班固撰，（唐）颜师古注：《汉书》第六册“卷三十·艺文志”，中华书局1962年版，第1745页。

② （清）章学诚撰、吕思勉评：《文史通义》卷一“经解上”，上海古籍出版社2008年版，第27页。

③ （清）章学诚撰、吕思勉评：《文史通义》卷一“经解中”，上海古籍出版社2008年版，第29页。

诸子者，入道见志之书。太上立德，其次立言。百姓之群居，苦纷杂而莫显；君子之处世，疾名德之不章。唯英才特达，则炳曜垂文，腾其姓氏，悬诸日月焉。昔风后力牧伊尹，咸其流也。篇述者，盖上古遗语，而战代所记者也。至鬻熊知道，而文王谘询，余文遗事，录为鬻子。子自肇始，莫先于兹。及伯阳识礼，而仲尼访问，爰序道德，以冠百氏。然则鬻惟文友，李实孔师，圣贤并世，而经子异流矣。

逮及七国力政，俊乂蜂起。孟轲膺儒以磬折，庄周述道以翱翔，墨翟执俭确之教，尹文课名实之符，野老治国于地利，驺子养政于天文，申、商刀锯以制理，鬼谷唇吻以策勋，尸佼兼总于杂术，青史曲缀于街谈。承流而枝附者，不可胜算。并飞辩以驰术，餍禄而余荣矣。暨于暴秦烈火，势炎昆冈，而烟燎之毒，不及诸子。逮汉成留思，子政雠校，于是七略芬菲，九流鳞萃，杀青所编，百有八十余家矣。迄至魏晋，作者间出，谰言兼存，璅语必录，类聚而求，亦充箱照轸矣。然繁辞虽积，而本体易总，述道言治，枝条五经。其纯粹者入矩，踳驳者出规。礼记月令，取乎吕氏之纪；三年问丧，写乎荀子之书：此纯粹之类也。若乃汤之问棘，云蚊睫有雷霆之声；惠施对梁王，云蜗角有伏尸之战；列子有移山跨海之谈，淮南有倾天折地之说，此踳驳之类也。是以世疾诸混同虚诞。按归藏之经，大明迂怪，乃称羿毙十日，嫦娥奔月。殷汤如兹，况诸子乎！①

刘勰将《鬻子》视作子书的开端，并还原了鬻熊创制《鬻子》的完整过程，即“鬻熊知道→文王谘询→余文遗事→录为《鬻子》”。所谓“知道”，即知晓至道大道，亦即掌握知识和文化资源。故而子书的创制过程和目的，就可以理解为，拥有“道”的解释权的子书作者，通过“余文遗事”的方式给诸侯王讲解“道”的道理，即为诸侯王传授治国理政的正确方法或理念。由于子书是阐释“道”的原理道理的，所以它也可以被看作是经书的流裔。然

① (南朝·梁)刘勰著，范文澜注：《文心雕龙注》卷四“诸子第十七”，人民文学出版社 1958 年版，第 307—309 页。

而,春秋战国时期各诸侯国的军事、经济、政治状况迥异,各诸侯王迫切需要适用于自己国情的治国方法,对“道”的唯一标准化的阐释在此时就显得尤不合时宜,这就在客观上为子书卸下经书的缰索,脱离其统御,从而实现“经子异流”“百家争鸣”,创造了可能的条件。于是在先秦诸子中,根据各自不同的需要和目的,其著作也相应地显现出“承流而枝附”和“飞辩以驰术”两种不同的立场倾向。

随着年代的推移,这两种立场倾向分化严重。到汉魏六朝时期,承流附枝者专注于“述道言治”和“枝条五经”的说理,故而“纯粹”;飞辨驰术者猎奇于“谰言”和“璅语”的故事,故而“踳驳”。所谓“谰言”,按《史通》载“夫刍荛鄙说,闾巷谰言,凡如此书,通无击难”①,意为没有证实和根据的言谈。所谓“璅语”,按清人黄虞稷《〈书影〉序》云:“下此而《齐谐》志怪,璅语蕞谈,上之无当于身心,次亦何关于问学。”意为记述异闻琐事的琐碎言谈。由此可见,在诸子之书中,说理和讲故事是既相互对立又彼此统一的两个要素。其中,说理是子书的目的,讲故事是说理的手段。而随着年代的推移,由于“谰言”“璅语”的内容逐步增加,子书由“纯粹”转为“踳驳”的趋势也愈发显著,以至于无形中为“小说”的产生创造了客观的契机与条件。班固将“小说家”置于“诸子略”中,将“小说”列于“诸子”之末,显然也是看到了小说与子书之间亲密的血脉渊源。

小说渊源于子书的内变,而子书也对小说的产生有着切实具体的作用。首先,是叙事技巧取代了说理思想。子书的作用是“入道见志”,即说理解经。为了达到较好的说理效果,往往会讲述一些小的寓言或故事(即谰言、璅语等)作为辅助手段。在子书中,释经说理居首要位置,讲述寓言、故事居次要位置。二者位次不能颠倒,若谰言璅语的比重大过了述道言治的内容,即被认定为“踳驳”。但当诸子群书中的谰言璅语被小说家吸收之后,之前居于次要位置的寓言、故事等就跃然升为主体,从而淡化了诸子的说理成分,转而成为小说家的叙事技巧。如孔子与其弟子宰我之间曾有过一次

---

① (唐)刘知几撰,(清)浦起龙通释:《史通通释》卷二十“暗惑”,上海古籍出版社 2009 年版,第 546 页。

关于讨论丧期长短的对话，后来这次对话被写进了《论语》，内容如下：

宰我问："三年之丧，期已久矣！君子三年不为礼，礼必坏；三年不为乐，乐必崩。旧谷既没，新谷既升，钻燧改火，期可已矣。"子曰："食夫稻，衣夫锦，于女安乎？"曰："安！""女安则为之！夫君子之居丧，食旨不甘，闻乐不乐，居处不安，故不为也。今女安，则为之！"宰我出，子曰："予之不仁也！子生三年，然后免于父母之怀。夫三年之丧，天下之通丧也，予也有三年之爱于其父母乎！"①

宰我问孔子："父母去世了，子女要服丧三年，时间太久了吧！人的精力是有限的，服丧三年不能习礼，那么礼势必败坏；服丧三年不能奏乐，那么乐势必荒废。旧的稻谷已经吃完了，新的稻谷也长成了，钻燧取火的木头也轮过一圈了，服丧一年也就足够了。"孔子说："父母刚刚去世一年，你就吃白米饭，穿锦缎衣，心安吗？"宰我说："我心安啊！"孔子说："要是觉得心安，那你大可如此下去。只是你要知道，有仁德的人在服丧期间，吃什么美食也不会觉得香甜可口，听什么音乐也不会觉得开心愉悦，住在家里也不会觉得舒服安逸，所以他们服丧不吃美食、不听音乐、不住家里。"宰我离开以后，孔子叹息道："宰我不仁啊！新生的婴儿，需要三年才能离开父母的怀抱进而才能成活。为父母服丧三年，这可是天下通行的礼节。难道宰我对他的父母连三年的爱都没有吗？！"《论语》中记述"宰我问丧"的故事，是为了说明三年之丧代表君子仁爱品质的道理，并不强调故事本身的叙事性。而到了小说家手中，这个故事就变成了以下内容：

宰我问："三年之丧，日月既周，星辰既更，衣裳既造，百鸟既变，万物既易，黍稷既生，朽者既枯，于期可矣。"颜渊曰："人知其一，未知其他。但知暴虎，不知冯河。鹿生三年，其角乃堕；子生三年，而离父母之怀。子虽善辩，岂能破尧舜之法，改禹汤之典，更圣人之文，除周公之

① 杨树达：《论语疏证》卷十七"阳货篇"，上海古籍出版社2013年版，第464页。

礼，改三年之丧，不亦难哉！父母者，天地，天崩地坏，三年不宜乎！"①

很显然，殷芸《小说》中的"宰我问丧"和《论语》中所记述的是同一件事，但表述上有两点不同。第一，《小说》中宰我的问话与《论语》里对孔子说的话完全不同，但意思是一样的，都是想把父母丧期的三年改为一年。第二，《小说》中颜渊的答话与《论语》中孔子的答话语义侧重不同。《论语》中，孔子的答话是为了凸显"君子仁爱"的道理和"宰我不仁"的事实；而《小说》中，颜渊的答话则是以"但知暴虎，不知冯河"②和"只知鹿角三年堕，不知人子三年丧"讽刺宰我的"只知其一，未知其他"。即便《小说》中的这则故事也能够体现一定的哲理性，但这里的哲理却潜行于故事的叙事情节之中，不像《论语》中"君子之居丧，食旨不甘，闻乐不乐，居处不安，故不为也"那样，附加以着重的阐释和说明。这就足以说明，在小说的范畴下，释经说理已从原先的首要位置退为隐存在故事叙事情节之中的次要位置。换言之，在子书的内变与小说的产生交互过程中，对叙事技巧的重视逐渐超过，甚至取代了说理思想，促成了汉魏六朝小说脱胎并独立于先秦诸子群书的行列。

其次，是在叙事技巧与说理思想的碰撞中激发出了虚构、想象、夸张等审美意识。子书的作用是说理，目的是供诸侯王接受其思想，故而在其阐述道理时也会附加论辩的内容。为了增强文章的雄辩力度，论辩者凭虚构建出特定的论辩场域、提供具体的论辩内容，将大大有利于他驰骋口才、赢得辩论，从而达到使对方信服、接受并采纳其思想的目的。在《孟子》《庄子》等诸子著作中就有不少如"孟子、齐宣王论齐桓、晋文之事""孟子、梁惠王论五十步笑百步""啁与鸠对话""汤与棘问答"这样的例子，即便以刘勰的

---

① （南朝·梁）殷芸编纂，周楞伽辑注：《殷芸小说》卷二"周六国前汉人"，上海古籍出版社1984年版，第45页。

② 《论语疏证》卷七"述而篇"有："子曰：'暴虎冯河死而无悔者，吾不与也；必也临事而惧，好谋而成者也。'"杨树达疏引《尔雅释训》曰："暴虎，徒搏也。冯河，徒涉也。"（杨树达《论语疏证》，上海古籍出版社2013年版，第159页）综合来看，其意可理解为徒手搏虎为冒险，无船渡河亦为冒险。故而颜渊"但知暴虎，不知冯河"的意思就是"只知道暴虎是冒险，不知道冯河也是冒险"。正应上文中"人知其一，未知其他"的论断。

立场看来,这些仍是辅助说理的行文材料,属于“踳驳”的手段,但在说理效果上确实能够收获显著的成效,于是被当时越来越多的策士拿来使用。当这种手段被小说家吸收之后,虚构便不再成为叙事和说理的障碍,反而可以大大丰富叙述的传奇性、说理的趣味性,对小说艺术的发展与突破起到了积极的助推作用。与之相比,诸子之书多以真实的事件展现真实的人物形象,虽然可堪“实录”,却因缺少艺术趣味而稍显乏味。如“孔子绝粮”这一历史事件,在《论语》和《庄子》中的记述分别如下:

在陈绝粮,从者病,莫能兴。子路愠见,曰:“君子亦有穷乎?”子曰:“君子固穷,小人穷斯滥矣。”①

孔子在陈国遇到了麻烦,断了粮食,跟从他的人也相继病倒不能起身。子路怨愤地来见孔子说:“像您这样有仁义道德的君子也有这般困难窘迫的时候吗?”孔子说:“君子在困境中也能安分守己,小人一遇到困境就会胡作非为。”《论语》中的“孔子绝粮”,是通过“在陈绝粮→训徒说理”这一事件告诉人们“君子固穷”的道理。

孔子穷于陈蔡之间,七日不火食,藜羹不糁,颜色甚惫,而弦歌于室。颜回择菜。子路、子贡相与言曰:“夫子再逐于鲁,削迹于卫,伐树于宋,穷于商周,围于陈蔡。杀夫子者无罪,藉夫子者无禁。弦歌鼓琴,未尝绝音,君子之无耻也若此乎?”颜回无以应,入告孔子。孔子推琴,喟然而叹曰:“由与赐,细人也。召而来,吾语之。”子路、子贡入。子路曰:“如此者,可谓穷矣!”孔子曰:“是何言也!君子通于道之谓通,穷于道之谓穷。今丘抱仁义之道以遭乱世之患,其何穷之为?故内省而不穷于道,临难而不失其德。天寒既至,霜雪既降。吾是以知松柏之茂也。陈蔡之隘,于丘其幸乎。”孔子削然反琴而弦歌,子路扢然执干而舞。子贡曰:“吾不知天之高也、地之下也。”古之得道者,穷亦乐,通亦

① 杨树达:《论语疏证》卷十五“卫灵公篇”,上海古籍出版社2013年版,第372页。

乐,所乐非穷通也。道德于此,则穷通为寒暑风雨之序矣。①

孔子被困于陈、蔡两地间连续7天没能开火做饭,仅靠没有粮米的菜汤果腹,面黄肌瘦,疲惫不堪,却依然弹琴唱歌。颜回在一旁择菜,子路和子贡私下议论道:"老师这一路上都被别人驱逐,现在是想杀老师的人没有罪过,凌辱老师的行为也不受禁止。可老师却还在弹琴唱歌,这也太没有羞耻之心了吧?"颜回听了默不作声,起身把这些话告诉了孔子。孔子推开琴,叹口气说道:"子路和子贡都是见识浅显的人,叫他们来,我有话告诉他们。"子路、子贡见到孔子后问:"就目前的情况看,我们可谓穷困潦倒了。"孔子说:"这叫什么话!君子能够获悉道理叫通,不能获悉道理才叫穷。我遭逢乱世而坚守仁德的道理,怎么能叫穷呢?时刻自省不愧于道,面对困境不失掉德,天寒地冻霜雪来临,才能知道松柏的茂盛。如今我在陈蔡断粮,正是检验我德行的机遇,是我的幸事啊。"说完,孔子又安然地弹琴唱歌,子路也兴奋地拿起盾牌跳起舞来。子贡说:"我真是不知天高地厚啊。"古时的仁义君子,在逆境中能安然乐观,在顺境中也能安然快乐,所乐的不是因为所处的环境是顺是逆。能够明白这个道理,再看待顺境逆境就好似寒暑风雨的时序变化而已了。《庄子》中的"孔子绝粮",同样是通过"穷于陈蔡→训徒说理"这一事件告诉人们"道之穷通"的道理。

《论语》和《庄子》在对"孔子绝粮"一事的描述中,对事件本身的描写和记叙以史实为依据,旨在凸显道理和哲理,侧重于凸显孔子稳固真实的圣贤榜样形象。至于故事的生动性、连贯性和艺术性问题,则不是作者所必须要考虑的。但同样一个故事,到了小说家手中表现得就大为不同了:

孔子去卫适陈,途中见二女采桑。子曰:"南枝窈窕北枝长。"答曰:"夫子游陈必绝粮。九曲明珠穿不得,著来问我采桑娘。"夫子至陈,大夫发兵围之,令穿九曲珠,乃释其厄。夫子不能,使回、赐返问之。

① (晋)郭象注,(唐)成玄英疏,曹础基、黄兰发点校:《庄子注疏》"杂篇·让王",中华书局2011年版,第511页。

其家谬言女出外,以一瓜献二子。子贡曰:"瓜,子在内也。"女乃出,语曰:"用蜜涂蛛,丝将系蚁,蚁将系丝;如不肯过,用烟熏之。"孔子依其言,乃能穿之。于是绝粮七日。[1]

孔子离开卫国去往陈国,路上看见两个采桑女。孔子随口吟了一句"南枝窈窕北枝长"。采桑女随即接了三句:"夫子游陈必绝粮。九曲明珠穿不得,着来问我采桑娘。"当孔子到了陈国后,边界的守军发兵围堵了他,令其用丝线穿九曲珠,否则将持续围困。孔子做不到,但猛然想到之前采桑女对答的歌诗,马上派颜回、子贡返回请教。二人到了采桑女家中,但其家人一边声称采桑女不在,一边拿出一个瓜来招待颜回、子贡。子贡看着瓜说:"瓜中有籽,意为子在其中。"看到子贡才思敏捷,采桑女这才从房内走了出来,传授给了他们穿九曲珠的方法:"用蜜涂蛛,丝将系蚁,蚁将系丝;如不肯过,用烟熏之。"孔子按照采桑女的方法,穿过了九曲珠。于是在断粮七日之后,方才转危为安。

与《论语》《庄子》相比,《殷芸小说》中关于"孔子绝粮"事件的记载更为连贯,也更为曲折,且极具戏剧化的娱乐效果。《殷芸小说》似乎并不愿将孔子塑造成学究气、道学气浓厚的道德模范,而是通过与采桑女对歌的情节,赋予其强烈的民间娱乐化色彩。对歌的内容又为之后的情节埋下伏笔,为"孔子绝粮"赋予了神秘化和灵异化的意味,使整个事件充满了疑点和悬念。事件的核心内容也从纯为说教的"训徒说理",转变为充满了民间智慧的"丝线穿珠"。"丝线穿珠"的故事源于佛教典籍《本生经·大隧道本生》中的"蚁穿八角宝石"。六朝时期,佛教盛行,殷芸将这个故事移植到孔子身上,带有明显的虚构与审美意识。众所周知,"孔子绝粮"在《史记·孔子世家》中有着明确的记载,是真实的历史。但与采桑女对歌、颜回子贡妙对采桑女、丝线穿珠等情节却是在佛经当中穿凿附会,已属小说家虚构、想象、夸张之谈了。但也正是因为有了这些虚构、想象、夸张之谈,才使整个故事

[1] (南朝·梁)殷芸编纂,周楞伽辑注:《殷芸小说》卷二"周六国前汉人",上海古籍出版社1984年版,第48页。

显得富有生气、饶有趣味，采桑女的伶俐可爱、孔子师徒的机智聪慧也缘此给人以耳目一新、如在目前之感。

综上所述，六朝小说的产生，源于诸子之书由“纯粹”向“踳驳”的内变。在子书的内变过程中，雄辩说理的内容与精细化的叙事技巧互相碰撞，衍生出了小说家集事实与虚构、想象与自然等于一体的审美意识。

第三章 《殷芸小说》与六朝殷氏家族

一、殷氏家族发展概貌

六朝时陈郡长平(今河南省周口市西华县)的殷氏一族,与陈郡阳夏(今河南省周口市太康县)的袁氏、谢氏同为当时最重要的士族门阀。殷氏家族历史悠久,自曹魏时期的章武太守殷褒至陈朝尚书金部郎殷梵童,系十一世,绵延300余年,在六朝的政治、思想、艺术、文学等多个领域中有着举足轻重的作用与影响。

殷氏家族的兴旺,由曹魏时章武太守殷褒开创。按宋代《太平御览》载:"殷褒字元祚,渤海府君之子。"[①]"府君"是汉人对郡相、太守的尊称。如《世说新语》中就有称太守为府君的例子:"陈仲举言为士则,行为世范,登车揽辔,有澄清天下之志。为豫章太守,至,便问徐孺子所在,欲先看之。主簿白:'群情欲府君先入廨。'"[②]殷褒出身于官宦世家,这对他日后能够踏入仕途,并在仕途上取得成绩,进而跻身士族行列是至关重要的。这是因为,在魏晋时只有获得政治地位的家族才有资格列于士族。[③] 在父辈的铺垫下,殷褒顺利踏入仕途,按《艺文类聚》载:"殷褒为荥阳令。广筑学馆,会

① (宋)李昉:《太平御览》卷四〇九"人事部"引《殷氏世家》,中华书局1959年版,第1888页。

② (南朝·宋)刘义庆著,(南朝·梁)刘孝标注:《世说新语》卷上之上"德行",上海古籍出版社2013年版,第1页。

③ 唐长孺:《魏晋南北朝史论拾遗》,中华书局1983年版,第62页。

集朋徒,民知礼让。”[1]后因政绩显著,迁章武太守。“太守”是汉代郡县一级的最高行政长官,集地方选举、司法、经济、文化大权于一身。据清人洪饴孙的考证,在汉末三国时期“每郡太守一人,两千石,第五品。掌治民、进贤、决讼、检奸、并举孝廉”[2]。可见“太守”的地位十分显赫,待遇相当优厚。即便在这一时段,殷褒并未跻身权力中心,殷代并未成为门阀大族,但依靠父子两代人的积淀,为其整个家族的发展、壮大奠定了经济上的基础和政治上的保障。

西晋时,殷褒之子殷跻任上党太守。殷跻出于家族利益的考虑,顺应时代潮流,选择与司马氏合作,为在司马代魏的残酷斗争中,殷氏家族的发展赢取了稳健安定的条件。两晋之际时,殷跻之子殷识任镇东司马,其事迹载于《晋书》,他曾于永嘉四年(310 年)与镇东长史吴思、镇东将军周馥联名上疏晋怀帝司马炽迁都寿春。次年,同样是出于家族利益的考虑,殷识投靠琅琊王司马睿,为殷氏家族在东晋的蓬勃壮大迈出了关键性的一步。

西晋末年,五胡乱华,晋怀帝司马炽连同部分王公大臣被匈奴军队俘虏,大批汉族士人南迁避难,史称“永嘉之乱”。在这场祸事中,长平殷氏家族也随着其他汉族士人南渡,之后又在江南生长绵延达 200 余年之久。在南渡之初,殷识之子殷羡和殷融推动了殷氏家族的崛起。殷羡,生卒年不详,字洪乔,曾任江州左长史、长沙相。后因平定苏峻之乱有功,累任豫章太守、光禄勋。成语“付诸洪乔”,说的就是殷羡的故事。殷羡为人清高洒脱,性好玄谈,言行放诞,可堪称魏晋名士典范。按《世说新语》记载:“元帝皇子生,普赐群臣。殷洪乔谢曰:‘皇子诞育,普天同庆。臣无勋焉,而猥颁厚赉。’中宗笑曰:‘此事岂可使卿有勋邪?’”[3]殷羡所言,固然是与皇帝开的一种略带猥琐的玩笑;而皇帝对殷羡的回应,也颇为幽默。在这一来一往的对话中,我们可以看到殷羡为人放诞不羁,以及他与皇帝的亲密程度。殷融,生卒年不详,字洪远,曾任庾亮都督府司马,后迁丹阳尹。晋穆帝司马聃

① (唐)欧阳询撰,汪绍楹校:《艺文类聚》卷一九,上海古籍出版社 1999 年版,第 351 页。

② (清)洪饴孙:《三国职官表》卷下,中华书局 1985 年版,第 293 页。

③ (南朝·宋)刘义庆著,(南朝·梁)刘孝标注:《世说新语》卷下之下“排调”,上海古籍出版社 2013 年版,第 328 页。

时拜太常卿,任礼部尚书。殷融生平尤喜《易》《老》之学,性嗜酒,终日啸咏交游,不以事务为累。按《世说新语》记载:"江左殷太常父子并能言理,亦有辩讷之异。扬州口谈至剧,太常辄云:'汝更思吾论。'"刘孝标注云:"《中兴书》曰:'殷融字洪远,陈郡人。桓彝有人伦鉴,见融,甚叹美之。著《象不尽意》、《大贤须易论》,理义精微,谈者称焉。'"[①]殷氏家族初到南方,尤为注重与其他士族群体的交游交往。而与士族交好的条件,除政治和经济基础以外,文化也是重要的考量标准。当时的主流文化是玄学,而殷融恰恰是玄学名家,在清谈性理方面有不小的建树,并获得了"江左八达"之一的桓彝的极高赞誉。在殷羡、殷融兄弟的政治、文化双向推进下,殷氏家族于东晋初年得以迅速崛起,家族成员也在逐渐由地方向权力中央靠拢聚集。

到了东晋中期,殷氏家族的权势影响发展至顶峰,跻身门阀士族之列,其声名最望者当属殷羡之子殷浩。殷浩(?—356),字渊源,曾应会稽王司马昱所召,拜建武将军,任扬州刺史。后因抗衡大司马桓温,激化了东晋王朝内部的各种矛盾,终被弹劾,坐罪流放东阳郡。《晋书》载:"(殷浩)三府辟,皆不就。征西将军庾亮引为记室参军,累迁司徒左长史。安西庾翼复请为司马。除侍中、安西军司,并称疾不起。遂屏居墓所,几将十年,于时拟之管、葛。"[②]与父辈积极入仕的态度不同,殷浩早年醉心玄言,识度清远,视仕宦为"腐臭"[③],在当时以风流标榜的名士圈中极负盛名。以至于司马昱亲自以书信相邀,才受命就职。入仕后的殷浩,受命引兵北伐。但殷浩和其他众多以忘身物外而得名的魏晋名士一样,长于玄谈而短于世务,以风流放诞为清雅,以经济权谋为浊俗。故而他因治军无方,导致军队哗变,最终坐罪流放。《世说新语》对殷浩的言行事迹更是大书特书,书中仅与其相关的记

① (南朝·宋)刘义庆著,(南朝·梁)刘孝标注:《世说新语》卷上之下"文学",上海古籍出版社2013年版,第104页。

② (唐)房玄龄:《晋书》卷七十七,中华书局1974年版,第2043页。

③ 按《世说新语》卷上之下"文学"篇载:"人有问殷中军:'何以将得位而梦棺器,将得财而梦矢秽?'殷曰:'官本是臭腐,所以将得而梦棺尸;财本是粪土,所以将得而梦秽污。'时人以为名通。"上海古籍出版社2013年版,第93—94页。

载就多达 50 条[1]，足见其在朝廷、士林中的声望与影响。也正是因为殷浩在朝廷、士林中的声望与影响，为其家族赢取了巨大的社会声誉，从而殷氏家族获得了运转门阀士族政治的地位与权势，跻身门阀士族之列。在殷羡、殷融、殷浩之后，殷氏族人始终把持着东晋朝廷的权柄，族人中更是出了 4 名太守、2 名太常、2 名尚书、1 名刺史[2]，皆身居要职，在当时可谓与司马氏共享天下。

到了南朝晋宋之际，门阀士族难以维持政治运转，琅琊王氏、太原王氏、颍川庾氏、陈郡谢氏家族的覆灭，宣告了士族与皇权共治的政治格局结束。此时，新兴的寒门士族取代老牌的门阀士族，居于政治统治的上层主导地位，殷氏家族成员开始与寒门武将出身的刘裕合作，参与造宋大业。按《宋书》记载："父穆，以和谨致称，历显官，自五兵尚书为高祖相国左长史。及受禅，转散骑常侍，国子祭酒，复为五兵尚书，吴郡太守。太祖即位，为金紫光禄大夫，领竟陵王师，迁护军，又迁特进、右光禄大夫，领始兴王师。"[3]殷穆（379—438 年），殷允之子，殷融之孙，在刘裕为东晋相国时就追随其左右，任相国长史之职。在刘裕受禅为帝之后，殷穆更是荣宠至极。《宋书》又载："景仁少有大成之量，司徒王谧见而以女妻之。初为刘毅后军参军，高祖太尉行参军。建议宜令百官举才，以所荐能否为黜陟。迁宋台秘书郎，世子中军参军，转主簿，又为骠骑将军道怜主簿。出补衡阳太守，入为宋世子洗马，仍转中书侍郎。"[4]殷景仁（390—411 年），殷道裕之子，殷茂之孙，殷融之曾孙。殷景仁早年追随刘毅，在刘毅与刘裕的斗争中，转向刘裕阵营，并与之结下了深厚的情谊。刘裕后来还将辅佐太子的重任交给殷景仁，足见他在刘裕心中的地位和分量。又据《南齐书》载："宋文帝元嘉中，王

---

① 分别为："言语"第 80 条；"政事"第 22 条；"文学"第 22、23、26、27、28、31、33、34、43、46、47、48、49、50、51、56、59、74 条；"方正"第 53 条；"识鉴"第 18 条；"赏誉"第 80、81、82、86、90、93、99、100、113、115、117、121 条；"品藻"第 30、33、34、35、38、39、51、67 条；"容止"第 24 条；"企羡"第 4 条；"术解"第 11 条；"任诞"第 37 条；"排调"第 47 条；"轻诋"第 10 条；"黜免"第 3、5 条。共计 50 条。

② 分别为：殷师任晋陵太守，殷康任吴兴太守，殷仲文任东阳太守，殷道叔任晋陵太守；殷允任太常，殷茂任太常；殷允任吏部尚书，殷仲文任镇军长史，后改尚书；殷仲堪任荆州刺史。

③ （南朝·梁）沈约：《宋书》卷五十九，中华书局 1974 年版，第 1597 页。

④ （南朝·梁）沈约：《宋书》卷六十三，中华书局 1974 年版，第 1681 页。

华、王昙首、殷景仁等，并为侍中，情在亲密，与帝接膝共语，貂拂帝手，拔貂置案上。”[①]可知殷景仁历仕武帝刘裕、少帝刘义符、文帝刘义隆三朝不倒，而且扶摇而上，与权力中枢关系亲密。殷氏家族正是在殷穆、殷景仁等一批政治嗅觉敏锐的族人带领下，在新旧政权交替中，依靠攀附皇权贵族得以焕发生机、平流上层。

降及齐梁，殷氏家族因一系列政治斗争的牵绊，门第光辉开始逐渐黯淡。[②] 家族成员随之逐步淡出政治舞台的中心，转向了文化建设和文艺创作的领域。从实际情况上看，殷氏家族从事文化建设和文艺创作，并在文坛上取得一定地位，早在东晋时就已经开始了。如殷融好《易》《老》之学，并有文集10卷行世，在《隋书·经籍志》和《旧唐书·经籍志》中皆有著录。殷浩善清谈，有文集5卷行世，在《隋书·经籍志》和《旧唐书·经籍志》中亦有著录。殷仲堪与其堂兄殷顗皆有文名，《隋书·经籍志》著录殷仲堪杂论95卷，殷顗文集11卷。但这一时期殷氏家族的重心与主要精力是在谋求仕途和政治地位方面，文学创作仅是以余力为之的消遣。齐梁以后，随着殷氏家族在政治上的失势，家族成员的政治热情也有所消退，他们开始淡出权力中心，甚至有些族人还萌生出弃官归隐的心思，这在很大程度上为其文学创作活动提供了时间和精力上的客观保障。江淹《知己赋》云：“陈国之华者，故吏部郎殷孚其人也。博而能通，学无不览，雅赏文章，尤爱奇逸。虽志隐岩石，而名动京师矣。”[③]殷孚，生卒年不详，殷淳之子，殷穆之孙。从《知己赋》中可知，殷孚虽然学识渊博，但其志向不在仕宦，而是“志隐岩石”；他对家族声望的推动，不是依靠高官显爵，而是凭借文章“名动京师”。又《梁书》载：“（殷芸）励精勤学，博洽群书。幼而庐江何宪见之，深相叹赏。永明中，为宜都王行参军。天监初，为西中郎主簿、后军临川王记室。七年，迁通直散骑侍郎，兼中书通事舍人。十年，除通直散骑侍郎，兼尚书左丞，又兼中书舍人，迁国子博士，昭明太子侍读，西中郎豫章王长史，领丹阳尹丞，

① （南朝·梁）萧子显：《南齐书》卷十六，中华书局1972年版，第322页。

② 殷琰任刘宋南梁郡太守，先被晋安王刘子勋胁迫谋反，后为宋明帝劝降；殷睿任南齐司徒从事郎，娶王奂之女为妻。永明十一年，王奂起兵反叛，兵败被杀，殷睿株连被诛。殷睿伏诛后，殷氏家族在政治上再无权要人物出现。

③ （南朝·梁）江淹撰，（明）胡之骥注：《江文通集汇注》卷二，中华书局1984年版，第89页。

累迁通直散骑常侍,秘书监,司徒左长史。”①殷芸仕梁时曾任西中郎主簿,负责检核文书簿籍。又任国子博士、太子侍读、散骑侍郎、中书通事舍人、司徒左长史等职,也大多属于文职侍从之类,属于地位虽高、却没有多少实际权力的“清官”。从殷孚和殷芸二人身上可以看出,殷氏家族发展至六朝后期,在政治上的优势地位一落千丈,族中子弟期藉于文学活动与创作来维持家族声望,在有意无意间使殷氏一族完成了由“权柄相继”到“文艺相高”的家族文化转型。

综之,六朝殷氏家族自曹魏发端,至东晋达到顶峰,跻身一等高门大族。后历南朝四代,渐疏权柄。至梁陈后期,转以“文艺相高”。终六朝之世,长期平流上层,延续300余年。从殷氏家族身上,可窥得六朝政治兴衰、思想旨趣、文化品格之一斑。

二、殷氏家族文化述论

在六朝400年间,门阀士族对政治、经济、思想、文化等诸多领域的长期垄断,使其家族得以长盛不衰,各种特权得以世代相袭。即便这些士族到了六朝中后期逐渐向寒门移交政治权柄,但却始终把持着对社会思想、学术和文化的绝对掌控。长平殷氏家族是六朝时期的重要门阀士族,其家族文化直接体现了当时世家大族在思想文化上的价值取向。同时,家族文化还对世家子弟的文学创作观和批评观有着极强的干预作用。

总体上说,殷氏一族的家族文化主要体现在“玄学名家”和“佛道互渗”两个方面,前者涉及家学根柢问题,后者涉及家世信仰问题。

以家学根柢的维度来看,殷氏家族援儒入玄的倾向是十分明显的。自东汉末年至两晋南北朝,中国思想界发生了一场重大的历史性变革,从独尊儒术的时代进入到玄风大煽的时代。随着东汉政权的覆灭,统治思想界近乎400余年的儒家学术走下神坛,士大夫们厌倦了两汉时繁琐的经学、虚诞

① (唐)姚思廉:《梁书》卷二十七,中华书局1973年版,第596页。

的谶纬和陈腐的礼学,转而以《老子》《庄子》《周易》为研习对象,以“祖述老庄”为立论点,以形而上的哲学论辩为形式,思考在乱世中的安身立命之法,进而衍生出“贵无论”“越名教而任自然”“非汤武而薄周孔”“以六经为芜秽,以仁义为臭腐”等一系列命题。这种形而上的哲学论辩,被称为“清谈”,亦称之“玄谈”。《晋书》所谓的“正始之音”,就是指自魏晋到六朝的士大夫清谈的风气。殷氏家族正是在这样的时代思潮背景下,自觉地顺应了潮流趋势,以玄谈为家学根柢。

在殷氏一族中,构建家学根柢、以玄学闻名于世,并对后世影响甚著者,当属殷融和殷浩。

先说殷融。按《晋书》所载:“(殷)浩识度清远,弱冠有美名,尤善玄言,与叔父融俱好《老》《易》。融与浩口谈则辞屈,著篇则融胜,浩由是为风流谈论者所宗。”①《老子》和《周易》是魏晋玄学的基本典籍,它们与《庄子》合称“三玄”,是每一个玄学家研习的基本对象,也是每一个清谈家在论辩时的理论来源。殷融、殷浩叔侄二人俱好《老》《易》、能玄言、有美名,且被士族推崇,完全符合当时的名士形象。又据《晋中兴书》的记载:“殷融,字洪远,司徒王导以为左西属,融饮酒善舞,终日啸咏,未尝以事务自婴,导甚相亲悦焉。”②殷融虽有职务在身,却不以事务为意,反以饮酒歌舞啸咏终日,非但没有受到上司王导的责备,反而还大受上司亲悦。足见殷融既符合典型的名士形象,又完全切近当时大名士、真名士的行为做派。③

当然,魏晋时期的名士绝不仅仅是在形象、做派上下功夫,他们大多也都具备艰深的学问知识、精密的逻辑思辨能力、渊厚的玄学素养。《世说新语》“文学”篇第七十四条刘孝标注云:“《中兴书》曰:‘殷融字洪远,陈郡

---

① (唐)房玄龄:《晋书》卷七十七,中华书局1974年版,第2043页。

② (宋)李昉:《太平御览》卷二〇九“职官部”引何法盛《晋中兴书》,中华书局1959年版,第1005页。

③ 魏晋时对“名士”自有定义,按《世说新语》载王孝伯语云:“名士不必须奇才,但使常得无事,痛饮酒,熟读《离骚》,便可称名士。”(语见刘义庆著,刘孝标注:《世说新语》卷上之下“任诞”,上海古籍出版社2013年版,第317页)可知“名士”须满足三个充分条件,即“常得无事”“痛饮酒”“熟读《离骚》”;以及一个不必要条件,即“不必须奇才”。据此观之,殷融“未尝以事务自婴”,能得无事;“饮酒善舞”,饮酒至手舞足蹈,可谓痛饮酒;“终日啸咏”,效法嵇康,亦是熟读《离骚》的一种体现。

人。桓彝有人伦鉴,见融,甚叹美之。著《象不尽意》、《大贤须易论》,理义精微,谈者称焉。兄子浩亦能清言,每与浩谈,有时而屈,退而著论,融更居长。'"[①]可知殷融较之殷浩,短于论辩而长于著述。魏晋时关于"象意"之述的论辩,导源于《周易·系辞上》中的两段记述:"圣人有以见天下之赜,而拟诸其形容,像其物宜,是故谓之象。"[②]又"子曰:'书不尽言,言不尽意。'然则圣人之意,其不可见乎?子曰:'圣人立象以尽意,设卦以尽情伪,系辞焉以尽其言。变而通之以尽利,鼓之舞之以尽神'"[③]。综其要点有二:其一,文字不能完全体现语言,语言也不能完全体现思想,但象征性的符号或图像可以;其二,形象思维优于概念思维,意与象共同构成审美活动的本体。在魏晋时期,关于"言""意""象"的关系是玄学家最为着力论辩的哲学命题之一,如曹魏时的荀粲就曾有"言不尽意"之说,认为"象外之意"和"系表之言"都是不能用语言文字进行描述、记录的,故而有了"六籍虽存,固圣人之糠秕"[④]的观点。殷融所著的《象不尽意》,因已散佚,我们无法获悉具体的内容。但从篇名来看,也是属于讨论"象""意"关系的哲学思辨范畴。虽然内容不得而知,但可以证实的是,殷融的观点得到后世的普遍认可与接受,诚如前文刘孝标注中所引《中兴书》所言,《象不尽意》的价值与影响分别是"理义精微"和"谈者称焉"。

再说殷浩。如果说殷融是以玄学著作名家,那么殷浩就应该是以玄言清谈名世。关于殷浩清谈的记载描述,在《世说新语》中存有大量的记载,其清谈特点是思虑通长、偏精才情、尤善雄辩。《世说新语》"文学"篇载:"殷中军虽思虑通长,然于才性偏精。忽言及四本,便苦汤池铁城,无可攻之势。"[⑤]"四本",指曹魏时钟会所著《四本论》,以讨论才能与人品的关系为主要内容。所谓"四本",即才与性的同、异、合、离四种关系,简言之就是

① (南朝·宋)刘义庆著,(南朝·梁)刘孝标注:《世说新语》卷上之下"文学",上海古籍出版社2013年版,第104页。

② 杨天才、张善文译注:《周易·系辞上》,中华书局2011年版,第576页。

③ 杨天才、张善文译注:《周易·系辞上》,中华书局2011年版,第599页。

④ (晋)陈寿撰,(南朝·宋)裴松之注:《三国志》卷十"魏志·荀彧传",中华书局2006年版,第194页。

⑤ (南朝·宋)刘义庆著,(南朝·梁)刘孝标注:《世说新语》卷上之下"文学",上海古籍出版社2013年版,第89页。

讨论才性是相合还是相离的问题。这也是魏晋玄言清谈中的一个重要命题。殷浩在清谈中能够展现出思虑通长的特点,故能长于雄辩;又能表现出才情偏精的特质,故能展示个人的学识、风采和魅力,从而引人入胜。以至于当他与别人论辩时,即便对方不是玄学家,也会被其引入玄风之中不能自拔。支遁与殷浩的论辩,就是最好的例证:"支道林、殷渊源俱在相王许,相王谓二人:'可试一交言。而才性殆是渊源崤、函之固,君其慎焉!'支初作,改辙远之,数四交,不觉入其玄中。相王抚肩笑曰:'此自是其胜场,安可争锋!'"[①]相王,即之后的晋简文帝司马昱。司马昱本人极喜清谈,《晋书》称其"清虚寡欲,尤善玄言"。就社会地位而言,司马昱是皇帝;就专业领域而言,司马昱也是行家里手。就是这样一位清谈皇帝,对殷浩的清谈也十分激赏,将清谈视作他无人可与争锋的自胜之场,可见殷浩在当时的清谈之名,何其盛哉!

自殷融、殷浩后,尚玄学、能清谈成了殷氏家族世代相袭相尚的家学渊源,诸如殷氏"能清言""好文义"之类的记载,不绝于史册。如《晋书》"(殷)仲堪能清言,善属文,每云三日不读《道德论》,便觉舌本间强。其谈理与韩康伯齐名,士咸爱慕之。"[②]《宋书》:"(殷淳)高简寡欲,早有清尚,爱好文义,未尝违舍。"[③]《南齐书》:"(殷)叡解文义,有口才。"[④]《南史》:"子臻字后同,幼有名行,袁粲、褚彦回并赏异之。每造二公之席,辄清言毕景。"[⑤]在清谈领域里所收获的巨大声誉,使得殷氏家族的文化地位逐日高涨,也相应地提高了家族的社会声望与地位,为其政治上的荣显尊贵奠定了一定的基础。

以家世信仰的维度看,殷氏家族同东晋其他士族大家一样,呈现出援佛入玄、佛道互渗的特质。纵观殷氏族人,信奉本土道教者和追随西来佛教者、兼及佛道二教者,皆有其人。

---

① (南朝·宋)刘义庆著,(南朝·梁)刘孝标注:《世说新语》卷上之下"文学",上海古籍出版社 2013 年版,第 94 页。

② (唐)房玄龄:《晋书》卷八十四,中华书局 1974 年版,第 2192 页。

③ (南朝·梁)沈约:《宋书》卷五十九,中华书局 1974 年版,第 1597 页。

④ (南朝·梁)萧子显:《南齐书》卷四十九,中华书局 1972 年版,第 851 页。

⑤ (唐)李延寿:《南史》卷二十七,中华书局 1975 年版,第 740 页。

道教是我国本土宗教，认为人可以通过或内（精神）或外（形体）的修炼方式，达到得道成仙的目的，获得形神俱妙的境界。它以先秦道家学说为理论上游，将“道”作为最高信仰，并从中演化出了独特的法典教义、神仙信仰和科戒仪范。道教由东汉末年的黄老道为初创标志，又得到了太平道、天师道的延展改造，在魏晋南北朝时发展成较成熟的正统宗教。汉魏间，不少贵族世家信奉道教，如琅琊王氏、高平郗氏、陈郡殷氏等都是天师道的忠实信徒。究其原因有二：

其一是现实层面的。道教接纳门徒，需要一定的物质条件。首先是不定期收取的各种“会费”，如天师道除“入会费”外，还有各种类目的献金杂贿。其次是由于在道教的修炼过程中，有炼内外丹之说，外丹是一种以丹方药引为主的进食之物，以五石散为代表。五石散的炼制尤为不易，耗费巨大，非资本雄厚的士族大家不能承担①，以至于当时的道教几乎为士族子弟所独享。

其二是思想层面的。道教信徒们追求的形神俱妙、与道合一的精神境界与门阀士族的“贵生”“养生”思想互为表征。一方面，在经历了汉末三国军阀混战的时代后，“贵生”之类的个体生命意识普遍存在于士族群体内。“贵生”源于先秦杨朱学派的“乐生”观念，魏晋时将这一观念演化为享乐主义，如《古诗十九首》中就有“不如饮美酒，被服纨与素”②的描述。东晋吏部郎毕卓也曾公开表示：“一手持蟹螯，一手持酒杯，拍浮酒池中，便足了一生。”③出于对生命的珍惜而追求现世的享乐，即当时“贵生”思想的具体体现。在上品高门看来，生命是短暂的，在短暂的生命里，人更应该静下来好好珍惜生命的可贵，享受现刻的生命。士族们要在有限的时间里，顺性而为，惟“清”为务，以“玄”为能，超脱于世俗，顺应于大化，这正是道教重精神和形体修炼的上乘门径。我们甚至可以说，魏晋名士追求的风流与风度，就是道教教义的终极目标。另一方面，道教丹石延寿之说和注重精神形体的

① 鲁迅《魏晋风度及文章与药及酒之关系》中言“那时五石散的流毒就同清末的鸦片的流毒差不多，看吃药与否以分阔气与否的”。

② 逯钦立：《先秦汉魏晋南北朝诗》“汉诗卷十二”，中华书局1983年版，第332页。

③ （南朝·宋）刘义庆著，（南朝·梁）刘孝标注：《世说新语》卷下之上“任诞”，上海古籍出版社2013年版，第307页。

修炼方式,还是魏晋玄学期间"养生"思想的重要体现。因为"贵生",故而要重"养生"。"养生",即保养生命,延伸生命的长度,提高生命的质量。魏晋玄学以"贵无"为理论内核,认为世界的本源是"无",世间的大千万象是"无"中所生之"有",因此要以"无"为本。受其影响,魏晋士族不甚关注现实,更愿将时间和精力用在强调个体精神的绝对自由上,注重养神和心灵的洒脱、平静,从而达到静以养生的效果。如大名士嵇康就很注重精神与形体的关系,他在《养生论》中说:"是以君子知形恃神以立,神须形以存,悟生理之易失,知一过之害生。故修性以保神,安心以全身,爱憎不栖于情,忧喜不留于意,泊然无感,而体气平和。又呼吸吐纳,服食养身,使形神相亲,表里俱济也。"①肉体得以健全靠的是精神,精神得以存在靠的是肉体。二者虽是相辅相成的关系,肉体却受精神主导,故而养生的关键是养神。而养神,则需要修性。具体措施是,首先要清心寡欲、祛除焦虑,时刻保持淡然平和的心态。在此基础上,再配合以外部的丹方药引,就能够做到"形神相亲,表里俱济"了。鲁迅先生曾在《魏晋风度及文章与药及酒之关系》中多次提到魏晋人因养生求长生而痴迷方术丹法,于是服食、饮酒便成了当时名士们尤为热衷的一种行为艺术。实际上我们在看待这个问题上时往往会走进一个误区,认为魏晋时的服食,是源自道教以外丹主导人修炼长生的意识。其实恰恰相反,在嵇康的《养生论》中即可看出,外丹仅仅是人在养生修炼中的一项辅助手段,它是以内在的精神层面的修炼为基础的。如果修炼者自身没有一个重生、贵生、保生、养生的思想精神为前提基础,他是不会采取服食丹石的方式来以养生求长生的。换言之,丹石是魏晋人对贵生、养生思想的一种探索与努力,道教得道成仙以求长生的前提仍是贵生、养生思想的一种表现。

当道教的教义与士族大家的思想观念不谋而合时,二者就很自然地彼此吸引,互相接纳。按《晋书》记载:"(殷)仲堪少奉天师道,又精心事神,不吝财贿,而怠行仁义,啬于周急,及玄来攻,犹勤请祷。"②天师道是道教原始

① (三国·魏)嵇康著,戴明扬校注:《嵇康集校注》卷三,中华书局2014年版,第253页。
② (唐)房玄龄:《晋书》卷八十四,中华书局1974年版,第2199页。

教派之一，东汉时张道陵曾作道书24篇，在民间建立基层道教组织，奉行其道者，须尊其为“天师”“正一真人”，并缴纳稻米五斗，故而时称“五斗米道”。到了魏晋时期，天师道发展为当时最大的道教教派，它仍存续创教之初信奉者缴纳“会费”的传统，且除了刚入门的“会费”外，还有日常的各种献金贿银。《晋书》中说殷仲堪“精心事神”“不吝财贿”，说的就是他十分虔诚地尊奉、供养天师道的神仙体系，遵循天师道的科戒仪范。又南朝齐梁时期的门阀士族王筠有《以服散枪赠殷钧别诗》云：“玉铉布交文，金丹焕仙说。九沸翻成缓，七转良为切。执以代疏麻，长贻故人别。”[①]诗中的“金丹”，即五石散，属于道教的丹石之物。魏晋名士多有服食之习。服，即宽袍大袖之服；散，即五石散。根据鲁迅的考证，它是由石钟乳、石硫黄、白石英、紫石英、赤石脂等五种药材配制而成[②]，吃五石散则需配备专用的进食之具，即服散枪。王筠与殷钧交好，互赠礼物时想必也会投其所好，从王筠赠殷钧服散枪中可以看出，殷钧是一名服散名士，服散的目的则是养生，养生则是出于贵生而向求其长生，这便可以从侧面得出殷钧信奉道教的结论。

殷氏族人不唯信道，亦有好佛者。与本土道教不同，佛教是外来宗教，有着自成系统的文化背景和思维认知。故而佛教在传入中国之初，它的发展并不顺遂，仅仅是被视作黄老之术一类，并未得到民间和文人士大夫阶层的广泛接受。有鉴于此，佛教为求在中国获得生存与发展空间，一步步地开展自身的中国化转型。东晋时，佛教信徒抓住了当时“玄风大煽”的时代契机，纷纷援佛入玄、以道释佛。《高僧传》载：“法雅，河间人，凝正有器度，少善外学，长通佛义，衣冠士子，咸附咨禀，时依门徒，并世典有功，未善佛理。雅乃与康法朗等，以经中事数，拟配外书，为生解之例，谓之格义。及毗浮、相昙等，亦辩格义，以训门徒。雅风采洒落，善于枢机，外典佛经，递互讲说。与道安、法汰每披释凑疑，共尽经要。后立寺于高邑，僧众百余，训诱无懈。”[③]所谓“格义”，即异质文化既有的经典中关于义理概念的交互比论。

① （南朝·梁）王筠撰，黄大宏校注：《王筠集校注》，中华书局2013年版，第241页。

② 鲁迅《魏晋风度及文章与药及酒之关系》中言：“五石散的基本，大概是五样药：石钟乳，石硫黄，白石英，紫石英，赤石脂；另外怕还配点别样的药。”

③ （南朝·梁）释慧皎撰，汤用彤校注：《高僧传》卷四，中华书局1992年版，第152页。

对于思想文化渊源深远且经典宏富的中国士大夫而言,当域外文化思想初次入华时,以本土的典籍和思想来“格”佛教之“义”,是可以想见的。当时纵然有竺法雅、康法朗、毗浮、相昙(亦作昙相)等具备“长通佛理”能力的佛学专才,但却不能改变大多数衣冠士子“未善佛理”的事实,他们只能采取将佛经与“外典”会通格义的办法,依附固有的典籍和义理概念去阐释佛经中的思想,才能使长期浸染于中国文化背景下的士大夫接受、认同。

就实际情况来看也确实如此。魏晋以来的玄学和清谈,是以老庄“以无为本”的思想为其理论内核的。而在佛教中,“性空假有”之学恰恰是从宗教的立场论证了现实世界是空无的虚幻之相。于是,当时的佛教徒就将佛理玄化,借老庄之玄去讲般若之空,使玄学成为佛教思想传播的一种新媒介,从而收获了大批信众。当代学者汤用彤就曾说过:“夫沙门居山林,绝俗务,不但义学与玄理相通,即其行事亦为名士所仰慕,故晋世佛法大行。”①佛教依附玄学,玄学固然为佛教的传播起到了推手作用。但另一方面,佛教也在丰富玄学的内涵,清谈之士也可以用佛教的掌故和教义充实其学,从而增加谈资。在此背景下,东晋的士族大家就开始自觉地与佛教发生密切的联系,殷氏家族中的殷浩就是一个典型代表。从《世说新语》对殷浩共计 50 处言行事迹的记载看,有关他与佛教的描写就有 7 处,分别为“文学”篇 6 处和“品藻”篇 1 处:

> 殷中军见佛经云:“理亦应阿堵上。”②
>
> 殷中军读《小品》,下二百签,皆是精微,世之幽滞。尝欲与支道林辩之,竟不得。今《小品》犹存。③
>
> 康僧渊初过江,未有知者,恒周旋市肆,乞索以自营。忽往殷渊源许,值盛有宾客,殷使坐,粗与寒温,遂及义理。语言辞旨,曾无愧色。

① 汤用彤:《魏晋玄学论稿》,三联书店 2009 年版,第 40 页。

② (南朝·宋)刘义庆著,(南朝·梁)刘孝标注:《世说新语》卷上之下“文学”,上海古籍出版社 2013 年版,第 85 页。

③ (南朝·宋)刘义庆著,(南朝·梁)刘孝标注:《世说新语》卷上之下“文学”,上海古籍出版社 2013 年版,第 92 页。

领略粗举，一往参诣。由是知之。①

殷中军被废东阳，始看佛经。初视《维摩诘》，疑般若波罗密太多，后见小品，恨此语少。②

支道林、殷渊源俱在相王许。相王谓二人："可试一交言。而才性殆是渊源崤、函之固，君其慎焉！"支初作，改辙远之，数四交，不觉入其玄中。相王抚肩笑曰："此自是其胜场，安可争锋！"③

殷中军被废，徙东阳，大读佛经，皆精解。唯至"事数"处不解。遇见一道人，问所签，便释然。④

郗嘉宾问谢太傅曰："林公谈何如嵇公？"谢云："嵇公勤着脚，裁可得去耳。"又问："殷何如支？"谢曰："正尔有超拔，支乃过殷。然亹亹论辩，恐殷欲制支。"⑤

前文已提到，殷浩是一个善于且精于玄学清谈的大名士，因为佛教的内容可以大大丰富玄谈的谈资，故其在治佛方面亦是表现得尤为用力。殷浩喜读佛经，尤喜《小品》⑥，他与当时著名僧人支遁保持亦师亦友的关系，遇到佛经中不能理解透彻的地方，还往往要向支遁请益。后来，随着殷浩治佛愈勤，佛学造诣愈加突出，甚至在论辩上超过了支遁。此外，殷浩不但与名僧交往，对声名不大的僧人也十分谦逊慷慨，足见其对治佛的热情和与僧众的交游，并非出于功利需要，而是真正信奉。康僧渊在晋室南渡之初，声名未显，穷困潦倒，以乞讨为生。殷浩见其佛法修为通玄，在义理上见解深远

---

① (南朝·宋)刘义庆著，(南朝·梁)刘孝标注：《世说新语》卷上之下"文学"，上海古籍出版社2013年版，第93页。

② (南朝·宋)刘义庆著，(南朝·梁)刘孝标注：《世说新语》卷上之下"文学"，上海古籍出版社2013年版，第94页。

③ (南朝·宋)刘义庆著，(南朝·梁)刘孝标注：《世说新语》卷上之下"文学"，上海古籍出版社2013年版，第94页。

④ (南朝·宋)刘义庆著，(南朝·梁)刘孝标注：《世说新语》卷上之下"文学"，上海古籍出版社2013年版，第97页。

⑤ (南朝·宋)刘义庆著，(南朝·梁)刘孝标注：《世说新语》卷中之下"品藻"，上海古籍出版社2013年版，第222页。

⑥ 按"殷中军读《小品》"刘孝标注云："释氏《辨空经》，有详者焉，有略者焉。详者为大品，略者为小品。"《小品》，为《般若经》节文。

精微，便大为激赏，为其揽声延誉，康僧渊由此得以名著一时。

综上所述，殷氏家族以玄学为根柢，以著述和清谈为能事，为六朝玄学理论的延展和名士风度的构建作出了突出的贡献。从殷仲堪、殷钧、殷浩等人遵奉天师道、有染丹鼎药石、精研佛理、交游名僧等行为上，可以看出殷氏家族对道教和佛教的虔诚信仰。殷氏家族通过家学根柢和家世信仰两个方面推动家族文化建设，形成了渊源有自的家学门风，并藉此维持了殷氏一族在六朝的家族地位，及在政治、文化领域内的门户势力。

然而不应被忽视的是，六朝时出现与玄学相关的清谈、饮酒、服食、信道、贵生、养生、礼佛、求长生、交僧众、援儒入玄、佛道互渗等情形，并不局限于当时的殷氏一族，而是几乎所有门阀士族的通行现象。这其中固然有社会思潮、时代风气、个人爱好等宏观的表象的因素，但更为关键、具体的是，这是玄学自身阶段性发展变化使然。玄学与清谈，是门阀士族子弟身份的象征，就其谈论的内容看，最初是以《老》《庄》《易》为对象，对《易》的阐释与儒相维系，对《老》《庄》的“贵生”“养生”观念的解读与道教的长生观、丹鼎术互为表里，由是援儒入玄，道玄相通也就顺理成章了。东晋以后，随着佛教的盛行，以玄释佛、以佛讲玄的现象说明了佛教开始玄化，名士们也热衷于在清谈时援引佛教经典来丰富玄学内涵，从而激发出更大的思辨热情，玄学由此为之一变。于是六朝时的士族，精悉玄谈者，也往往深究佛理，在信仰上佛道互渗就成了再自然不过的事情了。

三、殷芸与《小说》

殷芸（471—529），字灌蔬，陈郡长平（今河南省周口市西华县）人，生于南朝刘宋泰始七年，卒于萧梁大通三年，历宋、齐、梁三朝，主要活跃于萧梁时代。其生平事迹见于《梁书》“殷芸传”和《南史》“殷钧传”。其中《梁书》记载，殷芸“性倜傥，不拘细行；然不妄交游，门无杂客。励精勤学，博洽群书。幼而庐江何宪见之,深相叹赏"[①]。

这三句话传递出了两条信息。第一,殷芸的性格是风流倜傥、不拘小节和不妄交游,这是他作为门阀士族子弟的风度与个性的真实写照。殷氏家族是六朝中人才最鼎盛、影响力最大、绵延时间最久的门阀士族之一,虽然在萧梁时殷氏家族逐渐淡出了政治舞台的中心,但始终与皇室保持密切的联系,其门第拥有的声望和特权依旧非一般士族或寒门所能比拟。一方面,得益于家族势力的荫护,殷芸可以享有安逸舒适的生活环境,和较为轻松顺畅的仕途,这也就从客观上养成了他风流倜傥和不拘小节的名士风度。另一方面,六朝特殊的士族政治文化,也造就了当时的门阀士族和名士们以门第标榜,自恃清高,不与一般士族或寒门交往的个性。如与殷芸家族齐名的陈郡谢氏家族中的谢譓和袁粲,《南史》记载,谢譓"不妄交接,门无杂宾。有时独醉,曰:'入吾室者但有清风,对吾饮者惟当明月'"[②]。《宋书》记载,袁粲"居负南郭,时杖策独游,素寡往来,门无杂客。及受遗当权,四方辐凑,闲居高卧,一无所接,谈客文士,所见不过一两人"[③]。甚至门阀士族还将一般士族和寒门视作"非类""小人""群小"等等,家族子弟从其童年开始,便被灌输不与非门阀士族交往的门风个性。如南朝刘宋时的蔡廓,向族人亲故夸耀自己的小儿子:"小儿四岁,神气似可,不入非类室,不与小人游。"[④]《世说新语》中也有类似事件的记载:"庾长仁与诸弟入吴,欲住亭中宿。诸弟先上,见群小满屋,都无相避意。长仁曰:'我试观之。'乃策杖将一小儿,始入门,诸客望其神姿,一时退匿。"[⑤]庾长仁,即庾统,是东晋大门阀颍川庾氏家族庾怿的儿子。庾氏子弟不愿与"群小"杂处,于是拿着一根拐杖,牵着一个仆僮,大摇大摆昂然而入。屋内众人见到这么一副名士派头,知道是来了贵族子弟,便自觉地退避三舍了。又,"王修龄尝在东山,甚

① (唐)姚思廉:《梁书》卷四十一"殷芸传",中华书局 1973 年版,第 596 页。(另,唐人李延寿《南史》卷六十"殷钧传"后附"殷芸传",内容与《梁书》尽同)

② (唐)李延寿:《南史》卷二十"谢弘微传",中华书局 1975 年版,第 560 页。

③ (南朝·梁)沈约:《宋书》卷八十九"袁粲传",中华书局 1974 年版,第 2232 页。

④ (唐)李延寿:《南史》卷二十九"蔡廓传",中华书局 1975 年版,第 765 页。

⑤ (南朝·宋)刘义庆著,(南朝·梁)刘孝标注:《世说新语》卷下之上"容止",上海古籍出版社 2013 年版,第 262 页。

贫乏。陶胡奴为乌程令，送一船米遗之，却不肯取。直答语‘王修龄若饥，自当就谢仁祖索食，不须陶胡奴米’”[①]。王修龄，即王胡之，出身琅琊王氏，与王羲之是堂兄弟关系。谢仁祖，即谢尚，出身陈郡谢氏，是谢安的从兄。琅琊王氏和陈郡谢氏，是六朝时门第声望最高的两大家族，世称“王谢”。而陶胡奴，即陶侃，虽入仕，却出身寒门。当士族王胡之生活困顿时，宁可饿死，也不肯接受来自寒门的陶侃予以的粮米，这就将六朝时士庶不杂处、贵贱无交游的时风个性表现得淋漓尽致了。由此观之，六朝士族“不妄交”“门不客”等现象是普遍存在的，它既非偶然，也不能说明士族的择友有多么谨慎，更不意味着士族门庭冷清寂寞，而是一种特殊文化现象的反映。即便这种文化现象以今天的价值观看来，是傲慢与清高的，但在当时却被看作是品行方正和容止高标。以此维度观照，《梁书》《南史》对殷芸“性倜傥，不拘细行，然不妄交游，门无杂客”的描述，实是为其名士风度和士族个性所作的赞誉性的张本与写照。

第二，殷芸在保有名士风度和士族个性的同时，还具备博览群书、勤于文学的品格。殷芸在幼年时便已才名大显，深为庐江何宪所激赏。何宪，字子思，南朝著名目录学家，曾编《四部书目录》，今已佚。何宪以博闻强识闻名于世，于经、史、子、集和民间散逸之书，皆有涉猎。《南史》载：“（何宪）博涉该通，群籍毕览，天阁宝秘，人间散逸，无遗漏焉。任昉、刘沨共执秘阁四部书，试问其所知，自甲至丁，书说一事，并叙述作之体，连日累夜，莫见所遗。”[②]可见其学识之渊博。年轻时的殷芸就能够受到博学博览的何宪的赏识，也可从侧面看出殷芸的学问之广和识见之高。那么殷芸广博扎实的学识是从何而来的呢？一方面是出自其深厚的家学浸染，另一方面则是得自于交游。殷芸作为士族子弟，“不妄交游”不代表不交游，“门无杂客”也不意味着无宾客。就事实来看，殷芸有着固定的交游、交际圈。按《南史》记载：“昉还为御史中丞，后进皆宗之。时有彭城刘孝绰、刘苞、刘孺，吴郡陆

① （南朝·宋）刘义庆著，（南朝·梁）刘孝标注：《世说新语》卷中之上“方正”，上海古籍出版社 2013 年版，第 136 页。

② （唐）李延寿：《南史》卷四十九“何宪传”，中华书局 1975 年版，第 1213—1214 页。

倕、张率，陈郡殷芸，沛国刘显及溉、洽，车轨日至，号曰‘兰台聚’。”[①]“及昉为中丞，簪裾辐凑，预其宴者，殷芸、到溉、刘苞、刘孺、刘显、刘孝绰及倕而已，号曰‘龙门之游’。”[②]又《梁书》载：“时昭明太子好士爱文，孝绰与陈郡殷芸、吴郡陆倕、琅琊王筠、彭城到洽等，同见宾礼。”[③]殷芸的交际圈可谓小而精，更准确地说，是紧密围绕在皇室成员和上层士族四周。

昭明太子，即萧统，梁武帝萧衍的长子。据史书记载，萧统好文学与佛学，《梁书》称其：“崇信三宝，遍览众经。乃于宫内别立慧义殿，专为法集之所。招引名僧，谈论不绝。”[④]又经常“引纳才学之士，赏爱无倦。恒自讨论篇籍，或与学士商榷古今；闲则继以文章著述，率以为常”[⑤]。萧统本人也有较高的文思才情，作文赋诗，著述宏富。他的一生虽然短暂（病逝时年仅31岁），却著有《文集》20卷、五言诗《英华集》20卷，编成历代诗文总集《文选》30卷，于六朝文学可谓居功甚伟。殷芸于天监十年（511年）任太子侍读，又于普通六年（525年）直东宫学士省。在此期间，殷芸与萧统泛舟玄圃，共话诗文，在交流文艺的同时，浏览了大量皇室藏书，并参与《文选》的编著工作，由其所撰的《小说》也是于此时完成。殷芸在萧氏集团备受礼遇，被昭明太子奉为上宾，说明了他本人具备极丰厚的学养和见识；同时，与皇室成员的密切交往，直接参与皇室图书编修的工作，又能反过来对殷芸的学养、见识的增长补益提供充分的物质条件保障。

任昉为人至孝，性嗜学，尤喜藏书，才学超人。还曾一度崇信佛教，兼有儒、玄、佛三家思想，以辞章称名于世。曾与萧衍、萧琛、沈约、谢朓、王融、范云、陆倕共建西邸文学集团，世称“竟陵八友”，在齐梁时有着极高的社会声望和文学影响力。加之能够奖掖后进，致使一时“衣冠贵游，莫不争与交好”[⑥]。但任昉之门却极不易进，“虽贵公子王孙不得预”[⑦]。自任昉出任御

① （唐）李延寿：《南史》卷二十五“到溉传”，中华书局1975年版，第678页。
② （唐）李延寿：《南史》卷四十八“陆倕传”，中华书局1975年版，第1193页。
③ （唐）姚思廉：《梁书》卷三十三“刘孝绰传”，中华书局1973年版，第480页。
④ （唐）姚思廉：《梁书》卷八“昭明太子传”，中华书局1973年版，第166页。
⑤ （唐）姚思廉：《梁书》卷八“昭明太子传”，中华书局1973年版，第167页。
⑥ （唐）姚思廉：《梁书》卷十四“任昉传”，中华书局1973年版，第254页。
⑦ （唐）李延寿：《南史》卷四十八“陆倕传”，中华书局1975年版，第1193页。

史中丞后，达官显宦多有攀附，但能够与其交往、参与其宴饮的，却仅有殷芸、刘孝绰、刘苞、刘孺、陆倕、张率、刘显、到溉、到洽等一批士族文人，这说明任昉交游既重门第，也重才学，故而当时人们以"登龙门"①来形容登其门之困难。史载刘显"博涉多通"②，精于赏鉴；刘孺、刘孝绰皆是"幼聪敏，七岁能属文"③；刘苞、张率"以文藻见知"④；到溉、到洽"俱聪敏有才学"⑤；陆倕与任昉同为"竟陵八友"。这些人都是当时极负盛名的文学之士，殷芸能够和他们并列，且在任昉的雅集中"车轨日至"，足见其才学的超拔。同时，在任昉的带领下，"兰台聚"和"龙门游"也为当时"高精尖"的士族文化圈提供了一个名扬才展、交流思想、品艺论文、增闻扩见的平台。殷芸的博学广识，同这种士族文化圈的交际，也应是彼此成全、成就的。

《梁书》又载"永明中，为宜都王行参军。天监初，为西中郎主簿、后军临川王记室。七年，迁通直散骑侍郎，兼中书通事舍人。十年，除通直散骑侍郎，兼尚书左丞，又兼中书舍人，迁国子博士，昭明太子侍读，西中郎豫章王长史，领丹阳尹丞，累迁通直散骑常侍，秘书监，司徒左长史。普通六年，直东宫学士省。大通三年，卒，时年五十九"⑥。殷氏家族延至六朝后期，在政治上的优势地位一落千丈，这是士族政治发展的必然。纵观殷芸的一生，并未出任中枢要职，所任官职不过是些维持家族门第声望的小官。但他毕竟才学卓越、博识出众，故而梁武帝在大肆编修图书时期，把编撰《小说》的任务交给了他。

殷芸编撰的《小说》，从内容与体例上看，是一部集史实、逸事于一编的历代"小说"通选集。从性质与内涵上看，又是六朝文学风尚和殷氏家族文化的集中体现。

清人姚振宗在《隋书经籍志考证》中曾提及殷芸《小说》的创作原始：

---

① 《后汉书·党锢列传》载"是时朝廷日乱，纲纪颓弛，膺独持风裁，以声名自高。士有被其容接者，名为登龙门"。后"龙门"喻为声望卓越之人的府第。

② （唐）姚思廉：《梁书》卷四十"刘显传"，中华书局1973年版，第570页。

③ （唐）李延寿：《南史》卷三十九"刘孺传"，中华书局1975年版，第1006页。

④ （唐）李延寿：《南史》卷三十九"刘苞传"，中华书局1975年版，第1008页。

⑤ （唐）姚思廉：《梁书》卷四十"到溉传"，中华书局1973年版，第568页。

⑥ （唐）姚思廉：《梁书》卷四十一"殷芸传"，中华书局1973年版，第596页。

“此殆是梁武作通史时，凡不经之说为通史所不取者，皆令殷芸别集为小说，是《小说》因史而作，犹通史之外乘。”①这部《小说》原是梁武帝在作通史时，将一些内容荒诞不经、不易核证，或虽合史实却不合通史体例要求的历史材料另辑而成，故而它是编修通史的产物，即所谓“史之余”，具有史书的规模和价值。它的体例和编目完全依照史书模式，全书共10卷，分述帝王、名士，依时代先后次第而编，分别为：卷一“秦汉魏晋宋诸帝”、卷二“周六国前汉人”、卷三“后汉人”、卷四“后汉人”、卷五“魏世人”、卷六“吴蜀人”、卷七“晋江左人”、卷八“晋江左人”、卷九“晋江左人”、卷十“宋齐人”。其中有不少记述可以补正史之不足，如卷一中记载有刘邦写给太子刘盈的敕书，就证实了“刘邦不读书”的事实，极具史料价值：

> 汉高祖手敕太子云：“吾遭乱世，生不读书，当秦禁学问，又自喜，谓读书无所益。洎践祚以来，时方省书，乃使人知作者之意，追思昔所行多不是。”②

刘邦的这则敕令，于史册不载，后世始见于宋代《古文苑》卷十。明人陶宗仪《说郛》又据《古文苑》引此文，并注云“原注出《汉书·高帝敕》”。据考证，《汉书》中未见“高帝敕”，仅《艺文志》著录有《高祖传》13篇，后有班固自注：“高祖与大臣述古语及诏策也。”③料想“高帝敕”应为《高祖传》13篇之一。但即便如此，《古文苑》距《汉书》已历数百年，且宋时《高祖传》亡佚亦久，又后世注《汉书》者不乏其人，皆不引《古文苑》此说。可见《古文苑》据《汉书·高帝敕》引文之说，于史家而言不足征信。然而民间“刘邦不读书”之说却流传甚广，唐时更有“坑灰未冷山东乱，刘项元来不读书”的诗句广为流传，一般认为这是故作惊人之语，抑或贬低嘲讽刘邦的夸大之词，但参以《小说》中汉高祖手敕太子书的内容，恰可作为实证。“吾遭乱世，生

---

① （清）姚振宗：《隋书经籍志考证》，见《二十五史补编》第四册，开明书店1937年版，第499页。

② （南朝·梁）殷芸撰，周楞伽辑注：《殷芸小说》，上海古籍出版社1984年版，第4页。

③ （汉）班固：《汉书》卷三十“艺文志”，商务印书馆2007年版，第332页。

不读书”“洎践祚以来,时方省书”,刘邦读书是在称帝之后,年轻时确未有过读书经历。由此可知,民间传闻虽不入史册,但未必就是空穴来风。同时,《小说》据《汉书》年代不远,其时《高祖传》未亡,所记未必不实;另,宋代《古文苑》所引,抑或出于《小说》。

《小说》中虽不乏有如“汉高祖手敕太子书”之类具有补史价值的记述,也有相当一部分荒诞不经、与史相左的内容。这些内容或许因充满神话和神秘色彩而于史无补,甚至可以被目为无稽之谈,但它们却能在一定程度上增扩人的见闻,丰富人们日常生活中的谈资,读来能使人觉得饶有趣味。如卷一中记载的晋孝武帝司马曜暴亡的原因就充满了神秘色彩:

> 晋孝武帝尝于殿中北窗下清暑,忽见一人,著白袷黄练单衣,举身沾湿,自称是华林园中池水神,名曰淋涔君,语帝:“若能见待,必当相祐。”帝时饮已醉,便取常佩刀掷之,刃空过无碍。神忿曰:“不能以佳士见接,乃至于此,当令知所以。”居少时,而帝暴崩。①

司马曜在位时加大了皇权对政治的掌控,任用宗室子弟司马道子取代了大门阀谢安的执政地位,对门阀士族造成极大的冲击、起到削弱作用,并一度成为东晋王朝自建立以来最具权力的皇帝。他好文学、善书法,也能做到审时度势、知人善任,曾在谢安的辅佐下一举击败苻坚的前秦大军,获得淝水之战的胜利,保全了东晋王朝的命运,可谓文治武功。关于他的死亡,《晋书》语焉不详,仅“时张贵人有宠,年几三十,帝戏之曰:‘汝以年当废矣。’贵人潜怒,向夕,帝醉,遂暴崩”②,一笔带过。按《晋书》中的记载,司马曜似是死于一场宫闱之变。讽刺的是,这出宫闱惨案的发生几乎可以说是非常偶然的。只因司马曜喝醉了酒,说了一句张贵人年老色衰,自己要废掉她的玩笑话,以致张贵人的内心或极度怨恨或极度恐惧,最终谋害了司马曜。显然,司马曜的暴亡,是由他狂妄自负的性格所致,或可说成是“性格

① (南朝·梁)殷芸撰,周楞伽辑注:《殷芸小说》,上海古籍出版社1984年版,第35页。
② (唐)房玄龄:《晋书》卷九“帝纪·孝武帝”,中华书局1974年版,第242页。

决定命运”。当然,《晋书》中并未明确指出是张贵人谋害了司马曜,宫闱之事历来是皇室秘而不宣的,这就在客观上为民间种种猜测和传闻的滋生提供了可能的土壤,于是在《小说》的记述中,司马曜的死因便有了另一种“神罚”之说了。

将《晋书》和《小说》两个文本进行比对可以看出,虽然导致司马曜直接死亡的事件不同,但在两次事件中,司马曜展现出来的形象和性格是完全一致的。《晋书》中,司马曜虽文治武功,却也有着耽于逸乐、沉湎酒色、喜怒无常等多项性格缺陷。他在拥有绝对权力的同时,也受到了权力对他性格、行为的恶性反噬,使他愈发内心膨胀、狂妄自负,无所畏惧、为所欲为。就实际情况来看,东晋政治的昏暗,也是自司马曜开始的。在《小说》中,华林园中的池水神欲以庇佑国运为条件,非但不能换取司马曜的国士礼遇,还被其刀斧相加,足见司马曜行事上的狂傲和无所敬畏。在这样的性格和行为下,其结局下场无论是引发宫变还是招来神罚,都是自然不过的事情了。以此维度观之,《小说》中所记所采之事,不管史之有无,皆可作官方史料和民间谈资之一相观。

殷芸的《小说》不仅采录了历代大量的史料和名士逸事,对保存珍贵历史文献资料卓有功绩,还是六朝文学繁盛、玄学大煽、清谈和名士风度盛行的集中反映,可堪六朝文化之实录。

首先,殷芸《小说》诠释了六朝文学的繁盛与自觉。《小说》采录了自周秦至晋宋 700 余年间 163 条历史掌故,涉及人事、名物、舆地、山川、草木、神怪、方术、鸟兽等多个门类,可谓综合性百科全书。这种宏大的采录视野与六朝时博古好奇的时代风尚紧密相关。按胡应麟《少室山房笔丛》所云:“两汉以迄六朝所称博洽之士,于术数,方技靡不淹通,如东方、中垒、平子、景纯……之属。凡三辰七曜、四气五行、九章六律皆穷极奥眇。彼以为学问中一事也。”[①]六朝文士,以博洽相尚,以博学著称,除殷芸《小说》外,六朝还有《博物志》《搜神记》《南方草木状》《古今注》《拾遗记》《幽明录》《世说新语》等诸多小说,这些作品都以博闻见称于世,既是六朝文学繁荣的最直

① (明)胡应麟:《少室山房笔丛 · 华阳博议下》,中华书局 1958 年版,第 394 页。

接、最显著的呈现，也是六朝文学由经学附庸转向独立自觉的集中表现。从《小说》内容上对经典异化、对历史人物改写，及神秘性色彩浓厚、娱乐趣味性增加等特点可以清楚地看出，当时的文学已经摆脱了自汉代以来经学附庸的定位，开始逐步成为一门有着独立品格和审美的学问。殷芸的《小说》虽是在史传的基础上形成，却有着迥异于史传的笔触范围和审美品位，如卷五中就记载了一件关于小人物的故事：

> 俗说：有贫人止能办只瓮之资，夜宿瓮中，心计曰："此瓮卖之若干，其息已倍矣。我得倍息，遂可贩二瓮，自二瓮而为四，所得倍息，其利无穷。"遂喜而舞，不觉瓮破。①

在门阀士族当政的时代里，小人物大多是贫困的。穷人虽然生活窘迫，但同样拥有向往美好生活的理想，于是夜宿瓮中，萌生幻想。却未料想幻想过于美好，以至得意忘形手舞足蹈，不觉打破了仅有的瓮，美好的幻想也随之破灭。这则故事既是六朝小人物生活现实的真实写照，其幽默滑稽又不失讽刺的人物形象也可视作当时士族与庶族分化对立、庶族为士族所愚弄讥讽的铁证。又如在上一章中所讲的"孔子绝粮"的故事，整个事件被赋予了神秘化和灵异化的意味，使其充满了疑点和悬念。事件的核心内容也从纯为说教的"训徒说理"，转变为充满了民间智慧的"丝线串珠"，反映出《小说》偏向于民间审美趣味。这种源于史传却迥异于史传的笔触范围和审美品位，充分说明了文学在这一时期独立发展的状况。

其次，殷芸《小说》反映了六朝玄学和清谈风尚的广泛影响。鲁迅在《中国小说史略》中说："汉末士流，已重品目，声名成毁，决于片言，魏晋以来，乃弥以标格语言相尚，惟吐属则流于玄虚，举止则故为疏放，与汉之惟俊伟坚卓为重者，甚不侔矣。盖其时释教广被，颇扬脱俗之风，而老庄之说亦大盛，其因佛而崇老为反动，而厌离于世间则一致，相拒而实相扇，终乃汗漫而为清谈。渡江以后，此风弥甚，有违言者，惟一二枭雄而已。世之所尚，因

① （南朝·梁）殷芸撰，周楞伽辑注：《殷芸小说》，上海古籍出版社 1984 年版，第 107 页。

有撰集，或者掇拾旧闻，或者记述近事，虽不过丛残小语，而俱为人间言动，遂脱志怪之牢笼也。”①与志怪小说不同，六朝时期的志人小说着力凸显人物的言行举止，殷芸《小说》中的人物形象，绝大多数是通过对话和行为呈现出来的。这种人物塑造方式，受到了当时士流间竞尚清谈的风气的影响。“清谈”源于“清议”，是东汉时品评人物、举荐官员、标榜声誉的方式。汉魏之际，政治斗争残酷激烈，“清议”因抨击时政引发了多起政治迫害事件后，逐渐将讨论时局、干预朝政的内容过滤掉，只保留品评人物的部分，再以当时流行的玄学、佛学作为最主要的谈资、谈助，变身为摒弃世务、明哲保身、标举疏放行为和超逸气质的“清谈”。加之这一时期玄风大煽，玄学以恬淡自然的人生态度弥补了儒家以伦理道德致人拘谨自守、压抑本性的缺陷，确立了独具审美化的理想人格，改变了人们以往的人生态度、价值观念和价值取向。于是，在玄学和清谈风尚的双重影响下，六朝志人小说的重心，即记载名士名人的逸闻轶事，尤以其超旷疏放的言行举止和人物间机敏妙趣的应答之辞为主，这类内容在殷芸《小说》中有着大量体现，如：

士衡在座，安仁来，陆便起去。潘曰：“清风至，尘飞扬。”陆应声答曰：“众鸟集，凤皇翔。”②

陆机和潘岳都标榜名士声誉，陆机见到潘岳来了不屑与之同席而坐，起身便走，不料却被潘岳借机讥讽，面对潘岳对自己的嘲弄，陆机更是机敏地应答反讥。一应一对之间，既见言辞之雅妙，又见名士之疏狂。又如：

汉末，陈太丘寔与友人期行，期日中，过期不至，太丘舍去。去后乃至。其子元方年七岁，在门外戏。客问元方：“尊君在否？”答曰：“待君久不至，已去。”友人怒曰：“非人哉！与人期行，相委而去！”元方曰：“君与家君期日中时，过中不来，则是无信；对子骂父，则是无礼。”友人

① 鲁迅：《中国小说史略》，上海古籍出版社1998年版，第37页。
② 周楞伽辑注：《殷芸小说》，上海古籍出版社1984年版，第151页。

惭，下车引之。元方遂入门不顾。[1]

陈元方面对来客对父亲的责难却能以其“无信”和“无礼”反讥，足见在玄学风气影响之下，7 岁孩童亦能以才学不让人后，亦能“得理不饶人”。又如：

豫章太守顾邵，是雍之子。邵在郡卒，雍集僚友围棋，外启“书信至”，而无儿书，虽神意无变，而心知有故。以爪掐掌，血流沾褥。客散，叹曰：“已无延陵之遗累，宁有丧明之深责！”于是割情散哀，颜色自若。[2]

顾雍因未见顾劭书信，心中已知其必亡，白发人送黑发人，原本心中悲痛万分，指甲抓破手掌。然而玄学要求下的名士应是恬淡自然、应物无累的，即便死了儿子也要保持自然平静、波澜不惊的神情心境。念此，又能“割情散哀，颜色自若”，足见玄学对六朝名士的行为、心理影响之深。

综之，殷芸所撰的《小说》是在其家族文化、时代风尚及其个人深厚的文学功底和有针对性的交游等多方面共同作用下成就的。就内容而言，它记述广泛、旁征博引，以史实为依据，附会以民间传说和逸闻，极具补史的作用，可谓“史外之史”。就艺术手法而言，它一方面以史为本，完善人物在历史中的真实形象；一方面又异化经典，将志人与志怪、写实与虚构等创作手法相贯通，使经典人物以神秘化、趣味化、娱乐化的形象呈现，在展现其鲜活性的同时又带有神话色彩，妙趣横生，是六朝艺术畛域里的瑰宝。

---

① 周楞伽辑注：《殷芸小说》，上海古籍出版社 1984 年版，第 89 页。
② 周楞伽辑注：《殷芸小说》，上海古籍出版社 1984 年版，第 123 页。

第四章 《殷芸小说》与六朝理想人格

一、魏晋玄学与六朝理想人格的审美多样化

关于“人格”(personality)一词的科学定义,学术界聚讼纷纭。美国心理学家弗洛里安·阿尔波特(Flórián Albert)曾从语言学、宗教学、哲学、社会学、心理学、伦理学、生物学等多个学科的角度进行阐释,将“人格”总结出了50种各不相同的科学内涵。台湾学者杨国枢则专从心理学角度,认为“人格是个体与其环境交互作用的过程中所形成的一种独特的身心组织,而此一变动缓慢的组织使个体适应环境时,在需要动机、兴趣、态度、价值观念、气质、性向、外形及生理等诸方面,各有其不同于其他个体之处”①。北京大学陈仲庚也曾从哲学和心理学角度,认为“人格是个体内在的在行为上的倾向性,它表现一个人在不断变化中的全体和综合,是具有动力一致性和连续性的持久的自我,是人在社会化过程中形成的给予人特色的身心组织”②。综合杨、陈二人的观点,在研究领域内的“人格”,其含义包含了四个层面,即全面整体的人、连续持久的自我、特色的个性和社会化的客体。此外,台湾学者韦政通还将心理学上的人格定义与社会学、伦理学的内容相融合,以西方“代表人格”(Representative-personality)为理论基础,提出了具有中国特色的“理想人格”观念。韦政通引用了布罗姆(L. Broom)的“代表人

---

① 陈仲庚、张雨新:《人格心理学》,辽宁人民出版社1986年版,第48页。
② 陈仲庚、张雨新:《人格心理学》,辽宁人民出版社1986年版,第50页。

格”的研究成果，通过对各种代表人格进行归纳分类，得到了“代表人格”的三种解释：其一，“代表”指统计上的次数。行为中的任何一个项目，出现于社会内大多数人民，即是该社会“代表人格”的一部分；其二，“代表”指人格中的某些共同特质，不因外显行为（overt behavior）之差异而丧失其存在。因此其注意重点不在可观察的行为和反应的小节细目之上，而在于基本取向（orientation）和人生观（outlook）；其三，“代表人格”指能表现文化精神和菁华的人格，仅为少部分能与主要社会制度相整合的人所有。韦政通在此基础上，将中国传统理想人格定义为尧、舜、禹、汤、文、武、周公等上古帝王，将帝王、圣人视作中国社会中理想人格的最高典范。①

然而，韦政通的观点却受到当代学者李宗桂的质疑。李宗桂将以上诸家人格理论与中国传统文化语境相关联，提出了更为详实周密的“理想人格”说：“所谓理想人格是指能表现一定学说、团体以至社会系统的社会政治伦理观念的理想的、具有一致性和连续性的，典范行为倾向和模式。从理想上讲，它可以为每个社会成员所共有。”②如其所说，理想人格是一定学说、团体、阶层的行为倾向和模式，但它绝不是每个社会成员所共有的。从事实情况上看，不同的学说、团体和阶层，必然会形成各自迥异的理想人格。换言之，在思想繁荣活跃的文化环境下，不可能只存有一种理想人格。反而因其学说、阶层等所代表的利益团体不同、所占社会地位不同、所信仰成员人数不同，极有可能会出现多种理想人格共存的情况。只不过在同一历史文化环境中，不同的理想人格之间并无十分严格、明晰的界限，它们有时甚至还会互相参照、融通，并选取其中的一种影响力最大的，作为整个社会系统中所有理想人格的最高典范。

魏晋南北朝时期，中国本土的儒、道、玄和外来的佛教等多种思想并存，社会思想和文化领域都迎来了大发展、大繁荣的活跃阶段。就活跃于六朝时的儒、道、玄、佛等诸家思想来看，它们彼此有着各不相同的理想人格，兹述略如下。

---

① 李宗桂：《中国文化概论》引韦政通《传统中国理想人格的分析》，中山大学出版社 1988 年版，第 100 页。

② 李宗桂：《中国文化概论》，中山大学出版社 1988 年版，第 101 页。

自先秦到两汉,儒家思想呈现出渐变且复杂的发展趋势,其间亦产生了不小的分歧与争论,但仁义礼智信始终是儒家学说的基本主张。与此相维系,儒家也就有了一个经久不变、逐渐充实完善的理想人格——圣贤。"圣贤"具有"圣"和"贤"两个层面。首先,二者都以"仁"和"礼"作为道德中核与行为规范,彼此统一,圣人必定是贤人,贤人也可以通圣。众所周知,"仁"既是儒家思想的核心与基调,也是儒家理想人格中道德意识的集中体现。所谓仁,即无差别地爱别人。《论语》有云:"夫仁者己欲立而立人,己欲达而达人。"①结合杨树达引《礼记》"中庸篇"的疏证:"君子诚之为贵。诚者,非自成己而已也;所以成物也。成己,仁也;成物,知也;性之德也,合外内之道也,故时措之宜也。"②可以看出,孔子所谓的"仁",是要将自身与他人进行无差别地统一对待,做到既成己又成人,绝不能将人与己两相割裂。那么如何做到"仁"呢?要想成"仁",则必须求"立";而要想求"立",则又必须循"礼"。孔子曾不止一次说过"不学礼,无以立"③"不知礼,无以立也"④。人若想取得成就,获得仁德,就须用"礼"来约束自己的日常行为。如果没有"礼"的约束,纵然拥有恭、慎、勇、直等品格,也会走向"恭而无礼则劳。慎而无礼则葸。勇而无礼则乱。直而无礼则绞"⑤的歧途,不能成为拥有理想人格的"仁人"。在孔子看来,"礼"一方面是蕴含"仁"的内容的人文载体,另一方面,"礼"作为一套完整的言行视听的行为规范⑥,也在时刻地制约、规导着人们的行为向"仁"靠拢。以此来看,"礼"就成了儒家理想人格中有关"仁"的一种人文性载体,随着仁与礼的结合,人的道德意识自然就会与传统的人文形式合而为一了。

另外,"圣"与"贤"在人格境界的高低和实践主体的身份上存在一定的差别。《论语》有云:"子贡曰:'如有博施于民而能济众,何如?可谓仁乎?'

---

① 杨树达:《论语疏证》卷六"雍也",上海古籍出版社 2013 年版,第 151 页。

② 杨树达:《论语疏证》卷六"雍也",上海古籍出版社 2013 年版,第 151 页。

③ 杨树达:《论语疏证》卷十六"季氏",上海古籍出版社 2013 年版,第 439 页。

④ 杨树达:《论语疏证》卷二十"尧曰",上海古籍出版社 2013 年版,第 517 页。

⑤ 杨树达:《论语疏证》卷八"泰伯",上海古籍出版社 2013 年版,第 179—181 页。

⑥ 《论语·颜渊》有云:"非礼勿视;非礼勿听;非礼勿言;非礼勿动。"见杨树达《论语疏证》卷十二"颜渊",上海古籍出版社 2013 年版,第 275 页。

子曰：'何事于仁！必也圣乎！尧舜其犹病诸！夫仁者，己欲立而立人，己欲达而达人。能近取譬，可谓仁之方也已。'"[①]对于封建时代的统治者而言，圣是王的理想人格，"圣王"是封建帝王的道德目标和行为典范，如尧、舜、禹、汤、文、武、周公等等。圣人在儒家心目中是"人伦之至"[②]和"百世之师"[③]，其人格境界之高，即便如尧、舜这样的上古明君也是很难做到的。这是因为圣人肩负一统天下、救民于水火的大任，高尚的仁德和克己复礼的品行(即"仁")仅仅是基础，还要拥有足够的智。《孟子》记载："昔者子贡问于孔子曰：'夫子圣矣乎？'孔子曰：'圣则吾不能，我学不厌而教不倦也。'子贡曰：'学不厌，智也；教不倦，仁也。仁且智，夫子既圣矣。'"[④]若以"仁且智"的标准来观照"圣"的内涵，则子贡所谓的"博施于民"为仁，"能济众"为智。能仁且智，所以孔子认为这样的人不单单是仁，更是圣。由此可见，"圣"的人格境界一定是高于"仁"的。如果说"圣"是帝王的理想人格，那么"贤"则是士大夫和普通老百姓的理想人格。在君、臣、父、子的封建社会结构中，贤人君子是"不在其位，不谋其政"[⑤]的。他们的责任和理想是修身养性、行仁体道，以积极进取的精神辅佐圣王成其大任，从而将自己的贤德与帝王的圣功有机地结合起来，使其理想人格获得现实依托和历史使命。

道家和儒家在思维方式、政治理想、道德观念和价值取向等方面都有很大的不同。道家追求人性的纯粹质朴和原始自然，憎恶随社会发展和文明进步而出现的争权夺利的品行，主张绝圣去智、少私寡欲，恢复人性和社会原始质朴的状态，从而达到无为而治的效果。故而他们大多愤世嫉俗、放浪形骸、不屑外物名利、只求全生保真。与此相维系，道家也有属于自己团体、阶层的理想人格——隐士。道家的理想生活状态是"无为之乡"，这是一种万物都能任其自然的神妙境界，要想到达这种境界则需要学道，正所谓："孔德之容，惟道是从。"[⑥]那么道要怎么学呢？是否似儒家学礼、学诗那般

① 杨树达：《论语疏证》卷六"雍也"，上海古籍出版社2013年版，第151页。
② 杨伯峻：《孟子译注》"离娄上"，中华书局2012年版，第176页。
③ 杨伯峻：《孟子译注》"尽心下"，中华书局2012年版，第365页。
④ 杨伯峻：《孟子译注》"公孙丑上"，中华书局2012年版，第65—66页。
⑤ 杨树达：《论语疏证》卷八"泰伯"，上海古籍出版社2013年版，第200页。
⑥ 高亨：《老子注译》卷上"第二十一章"，清华大学出版社2010年版，第42页。

勤勉积累呢？恰恰相反，“为学日益。为道日损。损之又损，以至于无为，无为而无不为。取天下常以无事，及其有事，不足以取天下”①。学道与学礼、学诗等其他学问不同，它不能刻意去学，而是要任其自然地学，要在学习过程中不断摒弃各种知识，以至空无，才能了解并掌握道的自然精神，才能与自然大道相和谐。

与“无为”相反的，是“有为”。《老子》云：“罪莫大于可欲。祸莫大于不知足。咎莫大于欲得。”②在道家看来，人类社会的罪恶之源是欲望，有了欲望就会不满足于现状，不满足现状就会“有为”，一旦“有为”，必然伤身害性。“名与身孰亲？身与货孰多？得与亡孰病？甚爱必大费；多藏必厚亡。知足不辱，知止不殆，可以长久。”③人之有为，就会追求名利、财物、地位、声望等等。其结果是，这些名利、财物、地位、声望等外物，并不能为人所长期拥有，而人却沦为被外物所役使的奴仆，又是何其悲哀！但不可否认的是，欲望也是一种人与生俱来的自然本性，换言之，“有为”本就是人生所具，不能真正地做到“去有为”和“为无为”。故而老子说：“吾所以有大患者，为吾有身。及吾无身，吾有何患？”④因此，道家认为，人要想免除祸患、避免悲剧，最好的办法就是摒弃外物，“去甚、去奢、去泰”⑤。只有内心少私寡欲、清静无为，才能获得人格、精神上的长久纯质和人身、生命的长久安全。即：“天长地久，天地所以能长且久者，以其不自生，故能长生。是以圣人后其身而身先，外其身而身存。”⑥由此看来，在现实的人生里，人时时处处都在为外物所累所役所使，因而道家的人生哲学和现实理想都是通过舍弃外物而求得身存，以超然物外的态度与俗世生活和谐相处，批判为满足物欲而扭曲自然本性的人生态度，于是“无为”也就成了道家理想人格——隐士的最基本、最核心的理论观念。

围绕“无为”理论观念，道家又从行为方式和目的两方面为其理想人

① 高亨：《老子注译》卷下“第四十八章”，清华大学出版社 2010 年版，第 81 页。
② 高亨：《老子注译》卷下“第四十六章”，清华大学出版社 2010 年版，第 79 页。
③ 高亨：《老子注译》卷下“第四十四章”，清华大学出版社 2010 年版，第 77 页。
④ 高亨：《老子注译》卷上“第十三章”，清华大学出版社 2010 年版，第 31 页。
⑤ 高亨：《老子注译》卷上“第二十九章”，清华大学出版社 2010 年版，第 52 页。
⑥ 高亨：《老子注译》卷上“第七章”，清华大学出版社 2010 年版，第 24 页。

格——隐士，做出了诠释。首先，隐士的行为方式是柔弱。道家对待人生的基本态度是无为不争："天之道，不争而善胜，不言而善应，不召而自来。"[①]人要顺应自然，寻求任其自然的洒脱精神，就必须在行为上遵从和效法自然之道。自然，即不用人为的自然而然。所谓"飘风不终朝，骤雨不终日。孰为此者？天地。天地尚不能久，而况于人乎？故从事于道者同于道，德者同于德，失者同于失。同于道者，道亦乐得之。同于德者，德亦乐得之。同于失者，失亦乐得之"[②]。飘风骤雨是天地之有为，虽然强大猛烈但不持久。天地之有为尚且不能持久，更何况人类的有为呢？所以人要想长久，就不能行如飘风骤雨那般迅猛激烈的事情，而要从事于道、同于道。因为道的本质属性并非强烈，而是柔弱："反者，道之动。弱者，道之用。天下万物生于有，有生于无。"[③]老子认为，道的本体和功能都是柔弱温和的，四时气候循环往复才能生养万物，飘风骤雨总是偶然的。故而人应该像道一样，以柔弱温和的行为方式去生活："人之生也柔弱，其死也坚强。万物草木之生也柔脆，其死也枯槁。故坚强者死之徒，柔弱者生之徒。"[④]其次，隐士的行为目的是保身、全生。老子"外其身而身存""柔弱者生之徒""不自生能长生"等行为和理论观念的最终目的，都是导向于保身、全生的。庄子也说："以圣人之道告圣人之才，亦易矣。吾犹守而告之，参日而后能外(成玄英疏云：外，遗忘也)天下；已外天下矣，吾又守之，七日而后能外物；已外物矣，吾又守之，九日而后能外生；已外生矣，而后能朝彻；朝彻而后能见独；见独而后能无古今；无古今而后能入于不死不生。"[⑤]庄子力求遗忘天下、遗忘外物、遗忘生死，当做到物我俱忘时，方才慧照豁然，能够随遇而安，于古今独来独往，最后获得不生不死的至高境界。能寻求人格、精神的绝对自由超脱，固然是好的。但人生于俗世，总会被各种各样的人、事、物所牵绊，很难做到绝对的自由与超脱，故而庄子只能将学道的终极理想和追求定为"为

① 高亨：《老子注译》卷下"第七十三章"，清华大学出版社 2010 年版，第 114 页。

② 高亨：《老子注译》卷上"第二十三章"，清华大学出版社 2010 年版，第 45 页。

③ 高亨：《老子注译》卷下"第四十章"，清华大学出版社 2010 年版，第 71 页。

④ 高亨：《老子注译》卷下"第七十六章"，清华大学出版社 2010 年版，第 117 页。

⑤ (晋)郭象注，(唐)成玄英疏，曹础基、黄兰发点校：《庄子注疏》"内篇·大宗师"，中华书局 2011 年版，第 139 页。

善无近名，为恶无近刑。缘督以为经，可以保身，可以全生，可以养亲，可以尽年”①。因此，道家崇尚个体人格精神的绝对自由与超脱，企慕原始质朴，厌恶世俗中的繁琐事务和功名利禄，将所谓“圣人”“真人”“至人”“神人”等视作理想的人格形象。但这些却仅仅依存于道家的精神世界之中，其所追慕的“无为之乡”“无何有之乡”实则也是凌驾于现实社会之上的空想，故而道家的理想人格并不如儒家那样切实可行，在现实生活中最终也只能自降格调，沦为以超凡脱俗相标榜的隐士了。

六朝时，佛教兴盛，就其理论的内容和实质而言，它是鼓吹有神论的唯心主义神学。佛教的理论极其庞杂繁琐，佛家宣讲空海无涯、一切法空，主张明心见性、觉悟涅槃，追求一种形骸解脱、精神自在的理想人格——超人。“空”是佛家理想人格理论的核心。《金刚经》云：“凡有所相，皆是虚妄。”②在佛家眼中，大千世界，芸芸众生，凡是有相的一切，都是虚幻不实的。在看待客观世界里的种种事物和现象时，佛家秉持的是现象与本质相分离的观点：“诚以即物顺通，故物莫之逆；即伪即真，故性莫之易。性莫之易，故虽无而有；物莫之逆，故虽有而无。虽有而无，所谓非有；虽无而有，所谓非无。如此，则非无物也，物非真物。物非真物，故于何而可物？故经云：‘色之性空，非色败空。’以明夫圣人之于物也，即万物之自虚，岂待宰割以求通哉？”③佛家认为，世间万物无所谓有，也无所谓无，只不过是一场根本不存在的虚幻假象罢了。认识到万物皆是假象，自然就会不执着于物。不执着于物，就不会受到万物的诱导和迷惑，进而就可以认识到“缘起性空”和“自性真空”的道理，获得涅槃、自在的大圆满境界。佛家之所以极力强调万物、万法皆空，是因为他们认为外物不实的假象会极大地妨碍人积累明心见性和圆满清净的功德。执着、沉迷于外物，势必会滋生种种妄想和邪念，令人原本清净明彻的自性被“妄念浮云”遮蔽，使人终生痛苦而不得解脱。故

① （晋）郭象注，（唐）成玄英疏，曹础基、黄兰发点校：《庄子注疏》“内篇·养生主”，中华书局2011年版，第64页。

② （后秦）鸠摩罗什译：《金刚经》，中州古籍出版社2007年版，第35页。

③ （晋）僧肇：《不真空论》，见任继愈《汉唐佛教思想论集》附录，人民出版社1998年版，第369页。

而,最好的办法就是将万物视作空无的虚妄,既是虚妄的东西,自然不值得留恋,大可全部摒弃。“解色无常,见色本无。已解无常,解至空无。皆为恍惚。无我无欲心则休息,自然清净而得解脱,是名曰空。”[①]所以说,佛家的人生哲学是无我无物、物我莫辨;无声无色,声色莫辨。能够做到这些的,只能是将连自身在内的世间万物都视作“如梦幻泡影,如露亦如电”[②]的“超人”了。

魏晋以降,玄风大煽。玄学作为一种独特的思想体系,也有着自成系统的理想人格。笼统看来,它最接近于道家的隐士,但也具有儒家圣贤的部分内容,还兼有佛家超人的某些成分。如细为剖析则可发现,玄学形成的理想人格,它虽接近道家,与其共用“无为”的理论内核和“超脱”的行为表现形式,却不摒弃儒家的事功意识和入世情怀;它虽接近儒家,与其共用行仁体道、经世用世的责任和理想,却不汲汲于名利而刻意求之;它虽有取于佛家,取其解脱之心,表现涅槃之愿,却不会将事物拒绝摒弃于外。因此,玄学的理想人格在古代诸家理想人格中尤为特殊,它有着非隐亦隐、非圣亦圣、非佛亦佛的独特形态,表现为一种内圣外王的审美型人格。这种审美型理想人格,又集中体现在本体、精神和自性三个层面。

就本体层面而言,玄学推崇的理想人格是折衷融合儒、道两家思想后的“圣人”。按《文心雕龙》记载:“迄至正始,务欲守文。何晏之徒,始盛玄论。于是聃周当路,与尼父争涂矣。”[③]汉魏之际,儒家学说的独尊地位难以维持,以老庄为代表的道家思想重趋活跃。但儒、道“争涂”的原因,并非争夺思想领域中的至尊地位,而是为了迎合统治者的“守文”需要。“守”,即维护;“文”,即用于维护统治的纲常名教。在该种历史条件和文化背景下,儒家的“名教”说和道家的“自然”说开始互相濡染融合,“三玄”之书不再与

---

① (晋)竺法护译:《佛说圣法印经》,见《大正新修大藏经》第二册“阿含部下”,台湾新文丰出版公司1983年版,第500页。

② (后秦)鸠摩罗什译:《金刚经》,中州古籍出版社2007年版,第117页。

③ (南朝·梁)刘勰著,范文澜注:《文心雕龙注》卷四“论说第十八”,人民文学出版社1958年版,第327页。

儒家经典对立①,转而为纲常名教的合理性提供论据,于是便产生了何晏、王弼的“名教本于自然”的理论。《晋书》言:“魏正始中,何晏、王弼等祖述《老》《庄》。”②从学说团体的归属上看,二人属于道家无疑。同时,何晏还撰有《论语集解》,王弼亦撰《论语释疑》,两书均以老庄思想阐释儒家经典,以自然无为之说为纲常名教作补充说明。晋时何劭曾作《王弼传》,言:“(王弼)以为圣人茂於人者神明也,同於人者五情也。神明茂故能体冲和以通无;五情同故不能无哀乐以应物,然则圣人之情,应物而无累於物者也。今以其无累,便谓不复应物,失之多矣。”③既要“应物”,也要“无累”,这就充分反映了王弼既崇尚道家的自然无为,又推重儒家名教的入世思想。此外,何晏曾作《无名论》,文中既推崇无名,又不废有名,主张将儒家之道合于道家之自然。由此可见,正始名士认为儒、道是可以互通、互补的,名教与自然也是可以统一起来的。何晏、王弼还从宇宙本体论的角度出发,将“无”作为宇宙万物的本体,“以无为本”也就成了玄学在理想人格本体层面表现的思想基础。何晏说:“天地万物皆以无为本。无也者,开物成务,无往而不存者。”④王弼也说:“天下之物皆以有为生,有之所始,以无为本。将欲全有,必反于无也。”⑤认为宇宙万物的本体是“无”,人也是宇宙万物之一,所以人在本体上也必然具备“无”的特质。于是,当以“无”为本的宇宙本体论思想折射到他们的理想人格上时,加之出于儒、道互补和名教本于自然的认识,便形成了以“无”为特质的理想人格的本体体现——圣人。王弼心目中的圣人具有“无”的特质:“故至和之调,五味不形;大成之乐,五声不分;中和备质,五材无名也。”⑥何晏心目中的圣人以无名为名、以无誉为誉:

① “三玄”即《老子》《庄子》《周易》。道家自然思想与儒家名教思想矛盾对立之处颇多,如《老子》第三十八章云:“故失道而后德,失德而后仁,失仁而后义,失义而后礼。夫礼者,忠信之薄而乱之首。前识者,道之华而愚之始。”道家将人的德性和道德规范等名教的存在视为对自然法则的背离,说明了他们肯定自然的普适而批判人类文明的进化。

② (唐)房玄龄:《晋书》卷四十三“王衍传”,中华书局 1974 年版,第 1236 页。

③ (晋)何劭:《王弼传》,见(晋)陈寿《三国志·魏书·钟会传》裴松之注,中华书局 1959 年版,第 795 页。

④ (唐)房玄龄:《晋书》卷四十三“王衍传”,中华书局 1974 年版,第 1236 页。

⑤ (三国·魏)王弼等注:《老子》第四十章,上海古籍出版社 2013 年版,第 90 页。

⑥ (三国·魏)王弼著,楼宇烈校释:《王弼集校释》,中华书局 2009 年版,第 625 页。

“若夫圣人,名无名,誉无誉,谓无名为道,无誉为大。则夫无名者,可以言有名矣;无誉者,可以言有誉矣。”[①]由此观之,“圣人”是玄学家们将其哲学思想转化为人生理想的产物,当圣人的“无”的特质持续向现实生活辐射时,就形成了“自然无为”的行为模式:“居无为之事,行不言之教,不以形立物,故功成事遂,而百姓不知其所以然也。”[②]而这种“自然无为”的行为模式现实的终极形态,显然是那些无为而治的帝王。至此,玄学将其哲学思想中的宇宙本体、人生观中的理想人格与现实社会中的帝王形象,建构出一个既抽象又具体的三角模型,使儒、道两家思想中的矛盾得以调和,进而发展成牢不可破的亲密关系。从某种程度上说,玄学就本体层面所推崇的理想人格——圣人,就是以“自然”为体,以“名教”为用的“内圣外王”形象,诚如王弼所言:“万物虽贵,以无为用,不能舍无以为体也。”[③]

就精神层面而言,玄学推崇的理想人格依旧是“圣人”,其思想基础依旧是“以无为本”。但与本体层面所不同的是,精神层面的理想人格并不十分注重本体外在的事功价值,而是注重个体内在的精神满足,主张从个人内在出发,以宇宙本体为终极目标,追求自我精神与宇宙本体的高度融合,从而达到人与自然合而为一的理想境界。这是因为西晋时权力斗争激烈,以礼义廉耻为行为表现的名教声誉再度陷入危机。嵇康指出司马氏政权并非笃行名教,而是借名教之名打击异己,其所宣扬标榜的名教礼教,实则是“仁义务于理伪,非养真之要术;廉让生于争夺,非自然之所出”[④]。而在这种名教之下形成的人格形象,就很难不为外物所拘束,即如阮籍在《大人先生传》中所刻画的儒家圣人那样:“服有常色,貌有常则,言有常度,行有常式;立则磬折,拱若抱鼓,动静有节,趋步商羽,进退周旋,咸有规矩。心若怀冰,战战慄慄,束身修行,日慎一日,择地而行,唯恐遗失;诵周孔之遗训,叹

---

① (三国·魏)何晏:《无名论》,见(晋)张湛注《列子·仲尼》,上海古籍出版社2014年版,第105页。

② (三国·魏)王弼等注:《老子》第十七章,上海古籍出版社2013年版,第38页。

③ (三国·魏)王弼等注:《老子》第三十八章,上海古籍出版社2013年版,第80页。

④ (三国·魏)嵇康著,鲁迅校辑:《嵇康集》第七卷《难〈自然好学论〉》,朝华出版社2018年版,第93页。

唐虞之道德，唯法是修，唯礼是克。”①他们在生活中时时刻刻和事事处处都为外在的名教礼教所束缚，谨小慎微、战战栗栗、如履薄冰的行为表现显然是丧失了自然本性和个体精神的标志。在这种现实情况下，玄学家们一方面继承了玄学导师何晏、王弼的自然本无的本体思想，另一方面又改变何晏、王弼等与现实名教合作的态度，极力否定司马氏提倡的伪名教，从而提出了“越名教而任自然”②的思想主张。如果说何晏、王弼的“名教出于自然”思想是以自然为体、以名教为用，那么阮籍、嵇康的“越名教而任自然”思想则是弃用求体或弃末求本。从人生理想上看，既然现实中的名教是“伪名教”，那么与之相关的所有现实之物，如名誉、声望、财货等，都是对人心性、精神的束缚，是大可舍弃的。因此，阮籍、嵇康等玄学家倡导人们要从向现实名教寻求价值转变为向内心精神寻求满足，将“意足”视作他们的人生理想。嵇康说：“奉法循理，不絓世网；以无罪自尊，以不任为逸。游心乎道义，偃息乎卑室。恬愉无遌，而神气条达。岂须荣华，然后乃贵哉？耕而为食，蚕而为衣，衣食周身，则馀天下之财，犹渴者饮河，快然为足，不羡洪流，岂待积敛，然后乃富哉？君子之用心若此。盖将以名位为赘瘤，资财为尘垢也，安用富贵乎？故世之难得者，非财也，非荣也。患意之不足耳！意足者，虽耦耕圳亩，被褐啜菽，莫不自得。不足者虽养以天下，委以万物，犹未惬然。则足者不须外，不足者无外之不须也。无不须，故无入而不乏。无所须，故无适而不足。不以荣华肆志，不以隐约趋俗。混乎与万物并行，不可宠辱，此真有富贵也。”③意足，即内心精神世界的高度富足。若意不足，内心精神匮乏，就会外求于物。但“虽养以天下，委以万物，犹未惬”，物欲满足是不可能让人获得精神的愉悦的。唯有意足，方能不以荣华富贵、名利财富自缨，方能“神气条达”、怡然自得，到达精神至境，获得纯粹的终极的快乐。由此可见，玄学家在精神层面塑造的理想人格，是摆脱了世俗物欲的

---

① （三国·魏）阮籍著，陈伯君校注：《阮籍集校注》卷上《大人先生传》，中华书局 1987 年版，第 163 页。

② （三国·魏）嵇康著，鲁迅校辑：《嵇康集》第六卷《释宏论》，朝华出版社 2018 年版，第 81 页。

③ （三国·魏）嵇康著，鲁迅校辑：《嵇康集》第四卷《答〈难养生论〉》，朝华出版社 2018 年版，第 56—57 页。

干扰,彰显出人的个体自觉的生命意识,能够享受个体生命挣脱现实枷锁后的自由与欢乐,以真切生命的情感和自由审美的眼光去观照个体生命、宇宙自然和现实社会的超现实人格形象。

值得注意的是,阮籍、嵇康等玄学家提出的“越名教而任自然”思想,虽然是以批判“伪名教”为目的,但却在客观上对儒家思想产生了无差别的破坏,以至于其间那些原本积极的、正向的内容也被激进的玄学家列进了“黑名单”。同时,“越名教而任自然”也为当时一些贵族子弟纵情声色、放浪形骸、清高傲慢等极端行为冠以了合理的“自然”之名,在一定程度上毒化了社会风气。那么,究竟该如何看待名教与自然的关系,进而处理由此产生的本体与精神、现实与理想等一系列矛盾冲突呢?无非两条路径:其一,将现实提升到理想的超现实高度,使名教与自然发生真正意义上的融合。何晏、王弼、阮籍、嵇康选择的就是这条路径。[①] 其二,是将理想的超现实拉回客观现实,在现实中找到让自然与名教和谐统一的办法。在这条路径上的尝试,表现出了玄学理想人格中的自性层面。

与本体和精神层面理想人格的思想基础不同,玄学对于自性层面理想人格的思想基础并不是“以无为本”,而是“万物独化”。以郭象为代表的部分玄学家否定了何晏、王弼的“以无为本”的观点:“有之不能为有而自有耳,非谓无能为有也。若无能为有,何谓无乎!一无有则遂无矣。无者遂无,则有自欻生明矣。”[②]“无”本就是空无,既是空无,又怎会无中生有呢?又说:“无既无矣,则不能生有。有之未生,又不能为生。然则生生者谁哉?

① 何晏、王弼强调“名教出于自然”,是将儒、道思想相互参渗,以求整合统一,以“自然”之理阐释“名教”存在的合理性。阮籍、嵇康虽然强调“越名教而任自然”,看似将名教、自然对立,实则是以“自然”抨击司马氏的“伪名教”。因此,他们所要“越”的,并非真名教,而是伪名教。按嵇康《声无哀乐论》言:“古之王者,承天理物,必崇简易之教,御无为之治。君静于上,臣顺于下;玄化潜通,天人交泰。枯槁之类,浸育灵液,六合之内,沐浴鸿流,荡涤尘垢;群生安逸,自求多福;默然从道,怀忠抱义,而不觉其所以然也。”(《嵇康集》第五卷《声无哀乐论》,朝华出版社 2018 年版,第 79 页)“自然”仍是名教的外壳,仍要“怀忠抱义”,与何晏、王弼不同的是,他要求做到“不觉其所以然”的状态罢了。故而,何晏、王弼、阮籍、嵇康,都是在将现实上升为理想的超现实中,寻求自然与名教的融合。

② (晋)郭象注,(唐)成玄英疏,曹础基、黄兰发点校:《庄子注疏》“杂篇 · 庚桑楚”,中华书局 2011 年版,第 424 页。

块然而自生耳。自生耳,非我生也。我既不能生物,物亦不能生我,则我自然矣。"[①]既然"有"非"无"所生,又不能自生,那说明"有"在万物存在之前就是已经存在的。如此说来,宇宙万物的本源就不可能是"无"。那会不会是"有"呢?郭象认为,也不会是"有":"谁得先物者乎哉?吾以阴阳为先物,而阴阳者即所谓物耳。谁又先阴阳者乎?吾以自然为先之,而自然即物之自尔耳;吾以至道为先之矣,而至道者乃至无也。既以无矣,又奚为先?然则先物者谁乎哉?而犹有物无已,明物之自然,非有使然也。"[②]"有",即是物。阴阳是物;自然是物的自然,所以自然不能离开物单独存在;至道不是物,但却是"无",而"无"不是万物本源,不会先于物存在。这似乎进入了一个矛盾的死循环。故而郭象认为,宇宙万物并无其本源,没有所谓的本体,所以物并非由外在的某种东西所生,而是由个体自然而然、自我变化生成的:"造物者无主,而物各自造。物各自造而无所待焉,此天地之正也。"[③]"生物者无物,而物自生耳。"[④]郭象将这种由自性生成的过程称为"独化":"道,无能也。此言得之于道,乃所以明其自得耳。自得耳,道不能使之得也。我之未得,又不能为得也。然则凡得之者,外不资于道,内不由于己,掘然自得而独化也。"[⑤]宇宙万物并无本源,其生成与变化也没有什么所谓的操纵者,完全是它们不假外部条件、不依内部根据、无条件、无目的的自性为之。

以"万物独化"的思想为基础,郭象将玄学自性层面的理想人格赋予了一套"物各有性"[⑥]的理论。这套理论对调和儒、道两家关于"名教"与"自

---

① (晋)郭象注,(唐)成玄英疏,曹础基、黄兰发点校:《庄子注疏》"内篇·齐物论",中华书局2011年版,第26页。

② (晋)郭象注,(唐)成玄英疏,曹础基、黄兰发点校:《庄子注疏》"外篇·知北游",中华书局2011年版,第406页。

③ (晋)郭象注,(唐)成玄英疏,曹础基、黄兰发点校:《庄子注疏》"内篇·齐物论",中华书局2011年版,第60页。

④ (晋)郭象注,(唐)成玄英疏,曹础基、黄兰发点校:《庄子注疏》"外篇·在宥",中华书局2011年版,第208页。

⑤ (晋)郭象注,(唐)成玄英疏,曹础基、黄兰发点校:《庄子注疏》"内篇·大宗师",中华书局2011年版,第138页。

⑥ (晋)郭象注,(唐)成玄英疏,曹础基、黄兰发点校:《庄子注疏》"内篇·逍遥游",中华书局2011年版,第6页。

然”的矛盾争端,促成儒、道思想获得真正意义上的融合,有着极大的现实效用。郭象否定“以无为本”,也不完全肯定“以有为本”。虽然“无”不能生“有”,但“有”也只是“独化”,即“自造”“自生”,而不能生其他的“有”。于是,宇宙万物存在的方式就在于其独化的自性。郭象说:“天性所受,各有本分,不可逃,亦不可加。”[①]万物的自性是万物存在的依据,有着自然恒定的规律性,不能人为地增加或折损,因而在有些时候,万物的自性也被玄学视作“命”,“性”与“命”也于此发生关联:“理必自终,不由于知,非命如何?不知其所以然而然谓之命,似若有意也,故又遣命之名以明其自尔而后命理全也。”[②]“命”是一种不知其所以然而然的必然性,因万物各有自性,也就各自有“命”,故而人之贤、愚、贵、贱,不关其他,全由自生的自性所决定。又“言自然则自然矣,人安能故有此自然哉!自然者,故曰‘性’”[③]。当人的行为符合其自性时,也就能顺乎自然。这里的“自然”,并不等同于何晏、王弼、阮籍、嵇康等人的“无”,而是等同于自性的概念。前者以顺万物之共性为“自然”,后者则以顺万物之自性为“自然”:“自然生我,我自然生。故自然者,即我之自然,岂远之哉!”[④]至此,郭象彻底地将以往玄学家对万物自然的追求转换为追求我之自性的舒展,将理想人格从超现实的精神哲学的层面拉回到现实的人生哲学层面,换言之,人要追求自然,不能向外寻求万物的自然,而要向内找寻作为个体的自然。与之相维系,玄学中关于“无为”的内涵,也获得了新的诠释:“足能行而放之,手能执而任之,听之所闻,视目之所见,知止其所不知,能止其所不能,用其自用,为其自为,恣其性内而无纤芥于分外,此无为之至易也。”[⑤]郭象所谓的“无为”,不再是无所作

---

① (晋)郭象注,(唐)成玄英疏,曹础基、黄兰发点校:《庄子注疏》“内篇·养生主”,中华书局2011年版,第69页。

② (晋)郭象注,(唐)成玄英疏,曹础基、黄兰发点校:《庄子注疏》“杂篇·寓言”,中华书局2011年版,第500页。

③ (晋)郭象注,(唐)成玄英疏,曹础基、黄兰发点校:《庄子注疏》“外篇·山木”,中华书局2011年版,第371页。

④ (晋)郭象注,(唐)成玄英疏,曹础基、黄兰发点校:《庄子注疏》“内篇·齐物论”,中华书局2011年版,第29页。

⑤ (晋)郭象注,(唐)成玄英疏,曹础基、黄兰发点校:《庄子注疏》“内篇·人间世”,中华书局2011年版,第100页。

为,而是“用其自用,为其自为”,是顺自性而有为。这种“物各有性”的理论,在当时能够将人的自性本能与社会的伦理规范、自然与名教的协调,落实到实处。因为它一方面强调了人的自性,肯定了顺乎自然之说,自性等同于自然;另一方面,它又修正了打着顺乎自然幌子的消极无为①,强调要顺自性而有为,肯定圣人之功之名,将人从超现实的精神领域拉回现实空间。郭象说:“夫理有至极,外内相冥。未有极游外之致而不冥于内者也,未有能冥于内而不游于外者也。故圣人常游外以(弘)内,无心以顺有。故虽终日(挥)形而神气无变,俯仰万机而淡然自若。”②游于外者,即道家理想人格中遨游无为之乡的隐士;冥于内者,即儒家理想人格中终日行仁体道的圣人。这两者本是对立面,但在郭象看来,隐士就是圣人,圣人即是隐士;无为之乡就是庙堂朝廷,庙堂朝廷亦是无为之乡。真正的“内圣”,必然“外王”。按照他的思想逻辑,当时朝堂上的门阀士族,完全不必在“名教出于自然”还是“越名教而任自然”中做出选择,因为名教即自然、自然即名教。他们完全可以既坐享高位清名,又不废其肉体和精神上的安逸享乐;既能标榜伦理规范,又顺乎其自性自然。至此,在玄学的推动作用下,儒、道两家思想在玄学的理想人格构建中,终获调和统一。

综上所述,无论是体现在本体层面,还是精神层面,抑或自性层面的玄学理想人格,与儒家的圣贤、道家的隐士、佛教的超人都有较大的差异,它是一种有着独立且多元系统的新型审美化人格,以儒家的圣人形态包含道家的无为精神,以自然无为为表征,以弃物意足为旨归,以融合审美为实质。随着玄学理想人格的出现,六朝的门阀士族和文人名士纷纷尊尚审美化的人生态度,孕育了享誉古今的“名士风度”和“江左风流”。可以很肯定地说,审美化的理想人格造就了六朝人审美化的人生态度,进而产生了审美自觉的六朝文艺观念,进而促成了六朝辉煌的文艺成就。

---

① 郭象对以“无为”之名行无所作为之实者予以严厉批判:“惑者闻任马之性乃谓放而不乘,闻无为之风遂云行不如卧,何其往而不返哉!”《庄子注疏》“外篇·马蹄”,中华书局 2011 年版,第 183 页。

② (晋)郭象注,(唐)成玄英疏,曹础基、黄兰发点校:《庄子注疏》“内篇·大宗师”,中华书局 2011 年版,第 147 页。

二、《小说》中的人物类型与六朝理想人格呈现

殷芸《小说》共10卷[①]，是我国第一部以“小说”为书名的小说本。《小说》以时代次第结构全书，分“秦汉魏晋宋诸帝”“周六国前汉人”“后汉人”“魏世人”“吴蜀人”“晋江左人”“宋齐人”，共辑录轶事163件，涉及人物98人，自封建帝王至普通百姓，构建了一幅异彩纷呈的六朝人物群像，既与该时期的理想人格互为表征，更是其完美的呈现。《小说》中所涉及的98个主要人物，按照身份和所处团体的不同，可以分为帝王、名士和普通百姓三种类型，是六朝理想人格在不同社会团体、阶层中的具体反映。

（一）《小说》中的帝王

《小说》记述的封建帝王共有13人，分别是秦始皇、汉高祖、汉文帝、汉武帝、汉成帝、魏武帝、魏文帝、魏明帝、晋明帝、晋成帝、晋简文帝、晋孝武帝和宋武帝。其中着墨最多者，是晋简文帝。[②]

《小说》着力将晋简文帝司马昱塑造成一个善清谈、通佛法、有德行、能自省的名士型帝王形象。在他的身上，既有儒家理想人格下的圣王体现，也有道家理想人格下的隐士风采，共同呈现出玄学理想人格下的审美化的圣人形象。先说简文帝善清谈。前文讲到，清谈源于清议，以品评人物为内容，以举荐官吏、评论时政为功能。后来在汉末党锢之祸及玄、佛之学盛行的双重影响下，变为一种六朝人摒弃世务、专谈佛老、标举疏放行为和超逸气质的论辩式对谈。清谈以“三玄”为理论内核，论辩的话题集中在本末、有无、动静、体用、言意、自然名教等哲学思辨领域，颇受统治阶级和士族阶层欢迎，常被目以高雅之事和风流之举。因此，六朝时的清谈，虽然抖落了

---

① 殷芸《小说》自《隋书·经籍志》以还，历代官私著录皆为10卷。鲁迅在《中国小说史略》中说：“梁武帝尝敕安右长史殷芸撰《小说》三十卷，至隋仅存十卷。”按周楞伽考证，鲁迅此说为误。见周楞伽辑注《殷芸小说·前言》，上海古籍出版社1984年版，第9—10页。

② 殷芸《小说》卷一记帝王13人，共记事34件，其中记事最多者为晋简文帝事7件，次者为汉武帝事5件，又次者为汉高祖事4件。

干预朝政的内容，品评人物也不直接与选官相连，却以风度、语言、气质相推尚，成为一个人声价、地位、品味的显性指标。于是，六朝人上自皇室贵族，下至庶族百姓，无不乐清谈不疲、无不以清谈为尚。司马昱是一个对清谈极为热衷的人，《小说》中写道：

宣武问真长："会稽王如何？"刘惔答："欲造微。"桓曰："何如卿？"曰："殆无异。"桓温乃喟然曰："时无许郭，人人自以为稷契。"①

"宣武"，即桓温。桓温，字元子，谯国龙亢（今安徽省怀远县）人，曾任荆州刺史，掌握长江中游兵权。太和六年（371年）废晋帝为海西公，立司马昱为帝，任大司马职，专擅朝政，权倾一时。"真长"，即刘惔。刘惔，字真长，沛国相县人，历任司徒左长史、侍中、丹阳尹等职，能安贫乐道，有雅量裁度，极善清谈。"会稽王"，即司马昱。桓温在考虑废立皇帝的问题时，向刘惔询问会稽王司马昱的个人情况。刘惔的回答是"欲造微"。造微，即造作微言。东晋时，称清谈为微言，即玄微玄妙的言谈。在刘惔看来，司马昱的政务能力如何不得而知，但能肯定的一点是，他的玄学清谈水平是很高的，至少和自己处于同一水平。于是，通过刘惔之口得到的信息是，司马昱的志向或许并不是做皇帝，而是做清谈家。桓温或许是认为司马昱浸于清谈、疏于政治，恰好便于自己对他进行掌控牵制，于是也就默许、放任了他的清谈行为。按《晋书》记载，当桓温立司马昱为帝后，司马昱"虽处尊位，拱默守道而已，常惧废黜"②。因为担心被桓温废黜，司马昱将朝廷权柄交由桓温，自己以清谈终日。《小说》中也写到了司马昱在做皇帝期间，仍不废清谈，甚至比以往更加狂热和投入：

简文集诸谈士，以致后客前客。夜坐每设白粥，唯然灯，灯暗，辄更益炷。③

① 周楞伽辑注：《殷芸小说》卷一，上海古籍出版社1984年版，第29页。
② （唐）房玄龄：《晋书》卷九"帝纪·简文帝"，中华书局1974年版，第233页。
③ 周楞伽辑注：《殷芸小说》卷一，上海古籍出版社1984年版，第32页。

司马昱的清谈团队不可谓不庞大——“后客前客”，清谈到深夜也不知疲倦，谈得饿了累了还有白粥，谈晚了甚至还能“更益炷”，大有一种添酒回灯重开宴的兴致和热情。又：

佛经以为祛治神明，则圣人可致。简文曰：“不知便可登峰造极不？然陶冶之功，故不可轻。”①

清谈不仅可以谈玄，还可以谈佛。六朝时玄学的发展为佛教向士族阶层渗透提供了良好的契机，佛教中的“般若”之说与玄学中的“以无为本”两相契合，于是上品士族也开始与僧众群体互为往来。如东晋时的王导、庾亮、谢安等都热衷于谈佛，佛教也借助士族的力量渗入宫廷。司马昱沉浸清谈，自然也乐于与名僧交往论辩，当时的名流僧人也借此成了他的朝上嘉宾。

再说简文帝有德行。《小说》中写道：“简文初不别稻。”②意思是简文帝早年时候不认识稻谷。这件事在刘义庆的《世说新语》中有更为详细的记载：“简文见田稻不识，问是何草，左右答是稻。简文还，三日不出，云：‘宁有赖其末而不识其本？’”③众所周知，稻是五谷之一，是粮食作物的代名词。五谷在我国古代可谓举足轻重，它既是封建时代社会经济和农业生产的重要组成部分，又是封建君主专制政权得以建立稳固的重要现实保障。古代帝王为求天下太平、国泰民安，每年都会在郊庙祭祀“社稷”，因而古时常将国家称为“社稷”，如《礼记》有云：“国君死社稷。”说的就是帝王与国家共存亡的意思。其中“社”是土地之神，“稷”是五谷之神。在儒家思想中，五谷喻示着国家的根本，《孟子》云：“五谷熟而民人育。”④君主立国，首先应做的两件事就是使五谷成熟、使民众受教育。因此，能够察于五谷、勤

① 周楞伽辑注：《殷芸小说》卷一，上海古籍出版社1984年版，第32页。
② 周楞伽辑注：《殷芸小说》卷一，上海古籍出版社1984年版，第33页。
③ （南朝·宋）刘义庆著，（南朝·梁）刘孝标注：《世说新语》卷下之下“尤悔”，上海古籍出版社2013年版，第378页。
④ 杨伯峻：《孟子译注》“滕文公上”，中华书局2012年版，第132页。

于五谷也是儒家思想对人，尤其是对有德行修养的圣王的要求。又《论语》载："子路从而后，遇丈人以杖荷蓧。子路问曰：'子见夫子乎？'丈人曰：'四体不勤，五谷不分，孰为夫子？'植其杖而芸。子路拱而立。止子路宿，杀鸡为黍而食之，见其二子焉。明日，子路行以告。子曰：'隐者也。'"①对于"四体不勤，五谷不分"，有两种理解。宋人朱熹认为："五谷不分，犹言不辨菽麦尔，责其不事农业而从师远游也。"②所以，这是丈人对于子路的责备。而清人俞樾则持不同意见："两'不'字皆语词。丈人盖自言'惟四体是勤，五谷是分而已；安知尔所谓夫子？'若谓以'不勤''不分'责子路，则不情甚矣。安有萍水相逢，遽加面斥者乎？"③俞樾认为，这两句话中的"不"字并不是用以否定的副词，而是语气助词，所以这是丈人的自述："我忙着干农活儿，哪有工夫知道你的老师是谁？"更何况子路和丈人是初次见面，两个素无恩怨的人萍水相逢就当面斥责对方，这显然有违常理。也正是因为丈人的四体勤、五谷分，故而当子路第二天把这件事情告诉孔子后，孔子称赞丈人是具有德行的"隐士"。显然，《论语》和《孟子》在看待人之于五谷的问题上，态度是保持一致的。而简文帝司马昱因不识田稻而羞愧难当，在闭门自省三日后大呼"宁有赖其末而不识其本"，这既是他自觉有违儒家"圣王"理想人格后而做出的忏悔，也是他以儒家思想治国、欲行仁政的真切心声。《小说》中又写道：

> 简文帝为抚军时，所坐床上，尘不令左右拂，见鼠行之迹，视以为佳。参军见鼠白日行，以手版打杀之。抚军意色不悦，门下起弹，辞曰："鼠被害，尚不能忘怀；今复以鼠损人，无乃不可乎？"④

尽管自己的"心中所爱"被人以"手版打杀"，但还没来得及愤怒与悲伤，仅仅脸色难看了一点就被左右谏止住了，言语之间仿佛纵然尊贵如司马

① 杨树达：《论语疏证》卷十八"微子"，上海古籍出版社 2013 年版，第 475—476 页。

② （宋）朱熹：《论语集注》，商务印书馆 2015 年版，第 273 页。

③ （清）俞樾等：《古书疑义举证五种》卷四"助词用不字例"，中华书局 2005 年版，第 76 页。

④ 周楞伽辑注：《殷芸小说》卷一，上海古籍出版社 1984 年版，第 33 页。

昱,在生活中也有诸般的不自由。然而,从另一方面来看,司马昱因鼠被害而不能忘怀,足见其心之怜悯;能允许旁人谏阻,足见其心之宽厚;还能听得进谏阻,做到“不以鼠损人”,足见其心之仁爱。心之仁爱、宽厚、怜悯,正是儒家理想人格中“圣王”的内在品质。由此综合来看,玄学是司马昱一生的精神支柱,他崇尚玄虚,把大量的时间和精力投放在玄佛清谈上,在哲学思辨方面颇有造诣。无论是否是出于司马昱本人的真实意愿,他都没有真正意义上掌握东晋王朝的政治实权,也就谈不上有什么政治作为。因此,在客观上,他具备了道家和玄学家们一致推尚的“弃物足意”“清静无为”和“遨游无限”等现实条件和艺术化的审美特征,呈现出道家理想人格中的隐士风采。但从“不识稻”和“鼠被害”两件事中,我们又能看到司马昱的另一面,即他希望行仁政,希望五谷熟、民人育,显现了儒家思想中的事功意识;他也注重内在的德行涵养,能够闻过自省,凸显了儒家理想人格的道德风范。当儒、道两家的理想人格向内汇集于一体时,呈现出了玄学内圣外王的理想人格。再当这种理想人格向外呈现到人的外在形象上时,又会显得既儒雅又潇洒,极具艺术审美化。故而司马昱这一人物形象就被殷芸赋予艺术化的美的因素,即如《小说》中所描述的:“海西时,诸公每朝,朝堂犹暗,惟会稽王来,轩轩如朝霞举。”①

(二)《小说》中的名士

名士是殷芸《小说》中记述最多的一类团体,共计 80 人。他们在当时都有相当的社会地位,也有极高的名气声望。他们中有儒家思想的精神导师,如孔子、颜渊、子路、子夏;也有玄学思潮里的领袖人物和骨干菁英,如山涛、顾劭、钟会、祢衡、陆机、潘岳;有纵横经史的文坛巨擘,如郑玄、蔡邕、扬雄;也有博学广览的博古才人,如张华、王粲、诸葛恪;有良臣名相,如张良、贾谊、董仲舒、李膺、诸葛亮;也有贤人君子,如周公、老子、陈蕃;等等。《小说》通过记述众多名士的言行,再现了他们的生活态度与行为准则,为我们呈现了一套六朝理想人格的完整镜像。具体看来,《小说》塑造的名士形

① 周楞伽辑注:《殷芸小说》卷一,上海古籍出版社 1984 年版,第 30 页。

象，将当时的理想人格落实到崇德行、尚才智和举高标等三个方面。

1. 崇德行

受特殊的政治文化环境影响，六朝时儒家思想受到了不小的冲击。虽然当时的名流士人以谈玄为尚，道家和玄学思想占据了社会思想的主流，但在人们的行为准则和道德观念上，仍未脱离儒家的情感、道德标准，仍以仁为道德内涵、以礼为呈现方式、以忠恕之道为实践准则，显现出对儒家理想人格的圣贤形象的推崇。

> 胡广本姓黄，以五月五日生，俗谓恶月，父母恶之，藏之葫芦，弃之河流岸侧。居人收养之。及长，有盛名，父母欲取之，广以为背其所生则害义，背其所养则忘恩，两无所归；以其托葫芦而生也，乃姓胡，名广。后登三司，有中庸之号。广后不治本亲服，世以为讥。[①]

胡广，字伯始，举于孝廉，勤于学术，后汉时以坚守奉行儒家中庸之道而位极人臣，其事迹生平见于《后汉书》卷四十四。而《小说》却颠覆了胡广在史传中的形象，将其人生经历传奇化。按《小说》记述，胡广因在恶月[②]出生，而遭到了亲生父母的遗弃，由养父母抚养成人。后因其功成名就，亲生父母又欲认亲，使其认祖归宗。此时的胡广就面临一个非常尴尬的处境，如果不认亲生父母，则有违伦理道德和礼法纲常，属于不义。但如果认了亲生父母，又有愧于养父母的养育之恩，属于不仁。不仁不义之人，是不能立足于社会的。因为胡广的父母当年是将他放在葫芦里遗弃在河边的，所以他最后选择与葫芦同姓，认为这样“两无所归”的做法既不害义又不忘恩，使矛盾得到了很好地解决，恰能符合圆融中庸的形象。但紧接着话锋一转，又

① 周楞伽辑注：《殷芸小说》卷三，上海古籍出版社 1984 年版，第 71 页。

② 古时人们迷信地认为，农历五月五日所生之子能妨其父，是大不祥。按《春秋后语》卷九“齐语”载：“靖郭君曰：‘婴嬖妾五月五日生子文，俗云此月生子，及户，损其父。’妾匿养之。文长，曰：‘受命于天，受命于户，何不高其户？’”孟尝君因生于五月五日，即遭其父靖郭君遗弃不养。可见，汉魏六朝时这种迷信的思想由来已久。

说胡广“不治本亲服,世以为讥”[①]。可见,在《小说》看来,“两无所归”的做法看似圆融中庸却似是而非,若如此,既不能全义,也不能报恩,再结合他之后不治本亲服的行为,可见胡广正是凭着两不得罪的小聪明而窃取朝廷大名,实是一个受世人讥讽的“伪名士”。《小说》也正是通过对胡广的攻击批判,彰显了当时人们对履仁义、奉孝道、行忠恕等儒家行为规范意识的肯定和推崇。又如:

> 孔文举中夜暴疾,命门人钻火,其夜阴瞑,不得火,催之急,门人忿然曰:“其君责人太不以道,今暗如漆,何以不把火照我,当得钻火具,然后得火。”文举闻之曰:“责人当以其方。”[②]

孔融,字文举,后汉大儒,“建安七子”之一,孔子第十九世孙。孔融夜中突发疾病,令门人点火掌灯,奈何夜深,门人掌灯不够及时,他便不断催促。门人不耐烦地说了一句:“你责备别人也太没有道理了,夜这么黑,你不给我盏灯照明,我怎么去给你找点火照明的工具呢?”门人的这个回答着实让人哭笑不得,孔融倘若有灯,又何须让门人再去点灯?足见门人之昏愚和不可理喻。孔融听后,说了一句“看来责人也是要根据别人的接受能力采用恰当的方式的”。孔融的反应也着实出人意料,他没有进一步责备门人,而是反思自己,认为不应该责备门人,而应该责备自己没有做到“责人以方”。这显然是《小说》以孔融之事为儒家“忠恕”之道的实践而张本。

儒家的履仁、循礼、行忠恕作为一种主体性的人格理想,必定要落实在崇尚德行的具体实践中,如《小说》中记述的陈蕃礼贤徐稺:

> 陈仲举雅重徐孺子,为豫章太守,至,便欲先诣之。主簿白:“群情欲令府君先入拜。”陈曰:“武王式商容之间,席不暇暖,吾之礼贤,有何

---

① 按《太平御览·时序部》卷六引《世说》:“广后不治其本亲服,云:‘我本亲以已为死人也。’世以为深讥焉。”

② 周楞伽辑注:《殷芸小说》卷四,上海古籍出版社1984年版,第90、91页。

不可?"①

陈蕃非常敬重徐稺的德行品性,当他出任豫章太守时,到任的第一件事不是去寓所也不是去署衙,而是去拜谒徐稺。还引周武王谒商容"席不暇暖"的典故自喻,称自己也要效法前人思贤若渴的做法。这则故事表明,官职地位和行政事务在六朝人心目中并非最重要的,最重要的是一个人能否"礼贤",而"礼贤"的前提是要识贤。识贤是对"贤"的认识,礼贤是对"贤"的实践。如此,《小说》就将一种主体性的人格理想与具体的实践紧密地结合在一起,加以提倡了。类似的故事还有荀巨伯不舍病友:

> 荀巨伯远看友人疾,值胡贼攻郡,友人语巨伯曰:"吾且死矣,子可去。"②伯曰:"远来视子,令有难而舍之去,岂伯行邪?"贼既至,谓伯曰:"大军至此,一郡俱空,汝何人,独止耶?"伯曰:"有友人疾,不忍委之,宁以己身,代友人之命。"贼闻其言异之,乃相谓曰:"我辈无义之人,而入有义之国。"遂偃而退,一郡获全。③

荀巨伯因友人生病不辞险远而来探望,这是爱人之仁;不巧匈奴来犯,兵临城下,友人自知难逃一死,不愿连累荀巨伯而让其逃命,这也是爱人之仁。可见荀巨伯与其友人能成为朋友,绝非偶然。荀巨伯见友人有难,明知必死无疑也不肯离友而去,甚至还愿意"宁以己身,代友人之命",这不但有了爱人之仁,还有了舍生取义。即使以身涉险仍不废仁义之行,这种行为足以令人动容。故而《小说》将仁义的感召力进行扩大,使来犯的匈奴军队也被其感化,"遂偃而退"。于是,荀巨伯的仁义之行,不但救了朋友,还保全了自己,更令一郡之民免于战火灾难,使儒家理想人格的内涵特质与实践精神合而为一。

---

① 周楞伽辑注:《殷芸小说》卷三,上海古籍出版社 1984 年版,第 77 页。
② 荀巨伯:东汉时颍州人,生平事迹于史未详。远:从远方来。值:恰逢。
③ 周楞伽辑注:《殷芸小说》卷三,上海古籍出版社 1984 年版,第 84、85 页。

2. 尚才智

六朝时，无论是道家思想还是儒家思想，亦或者玄学思想，都对“才智”表现出极大的尊尚。儒家将才智视作理想人格中的必备品质，如《论语》云：“君子道者三，我无能焉。仁者不忧，知者不惑，勇者不惧。”[①]道家虽然声称要“绝圣去智”，但也将洞察宇宙自然视作终极的大智，故而也是提倡才智的。如庄子托孔子之言阐述自己的观点：“夫受才乎大本，复灵以生。”[②]玄学家更是强调才智之于人的重要作用，郭象说：“若役其才知而不复其本灵，则生亡矣。”[③]很明显，尊尚才智是六朝人共同的审美和追求。殷芸《小说》中就记述了大量与才智相关的故事，如记孔子师徒的才智：

> 孔子尝使子贡出，久而不返，占得鼎卦无足，弟子皆言无足不来；颜回掩口而笑。孔子曰：“回笑，是谓赐必来也。”因问回：“何以知赐来？”对曰：“无足者，盖乘舟而来，赐且至矣。”明旦，子贡乘潮至。[④]

孔子派子贡外出，不料子贡久不见返，孔子占了一个“无足”的鼎卦。众弟子们都说，卦曰“无足”，人无足不行，看来子贡这次是回不来了。颜回听后掩口一笑，孔子见状，说：“颜回笑了，也就是说子贡一定是快回来了。”见众弟子不解，颜回解释道：“无足，即不用脚，那一定是坐船回来的，坐船比走路快，子贡应该马上就到了。”果不其然，第二天一早，子贡就乘船而到了。当孔子占卜推演出了一个鼎卦无足的结果后，众弟子对“无足”的理解都流于表面，只有颜回跳出了常人的思维方式，认为“无足”不代表人无足不行，也可以是不用走路的方式回，而且子贡也确实具备不用自己走路的条

---

① 杨树达：《论语疏证》卷十四“宪问”，上海古籍出版社 2013 年版，第 358—359 页。

② （晋）郭象注，（唐）成玄英疏，曹础基、黄兰发点校：《庄子注疏》“杂篇 · 寓言”，中华书局 2011 年版，第 497 页。

③ （晋）郭象注，（唐）成玄英疏，曹础基、黄兰发点校：《庄子注疏》“杂篇 · 寓言”，中华书局 2011 年版，第 497 页。

④ 周楞伽辑注：《殷芸小说》卷二，上海古籍出版社 1984 年版，第 44 页。

件资本[①],那么就只能是坐船回来了。在整件故事的记述中,《小说》将颜回与众弟子对卦象的不同解释对举,以众人之庸反衬了颜回之智,又颜回以“掩口而笑”引起孔子的注意,引发“因问回”“对曰”等一系列答疑解惑的过程,进一步突显颜回之智,最后以“子贡乘潮至”的事实证实了颜回解卦的正确性,再一次彰显颜回之智。整件故事对颜回的才智刻画入微,使人读来既觉人物之生动,又感才智之妙趣。又:

> 子路、颜回浴于洙水,见五色鸟。颜回问子路曰:“由,识此鸟否?”子路曰:“识。”回曰:“何鸟?”子路曰:“荧荧之鸟。”后日,颜回与子路又浴于泗水,更见前鸟,复问:“由,识此鸟否?”子路曰:“识。”回曰:“何鸟?”子路曰:“同同之鸟。”颜回曰:“何一鸟而二名?”子路曰:“譬如丝绢,煮之则为帛,染之则为皂。一鸟二名,不亦宜乎?”[②]

子路和颜回在洙水洗澡时见到一只与众不同的鸟,颜回就问子路可认得此鸟,子路答认得,这是荧荧之鸟。过了没几天,两人又在泗水洗澡,又见到这只鸟,颜回又问子路可认得此鸟,子路答认识,这是同同之鸟。颜回马上追问:“为什么同样一只鸟你却说了两个名字呢?”子路答丝绢尚有帛与皂两个名字,一只鸟有两个名字又有什么可奇怪的呢?这则故事围绕子路是否识得五色鸟进行,可以有两种理解。其一,子路不识得五色鸟,当颜回第一次问他时,他随口说了一句“荧荧之鸟”。随口而说,过后即忘,这是人之常情。虽然颜回对子路的回答在内心表示怀疑,但由于自己也不认识五色鸟而无法反驳。等到第二次再见到这只鸟时,颜回又一次向子路询问,果不其然子路忘了之前的话,随口又说出了“同同之鸟”。这次颜回知道子路是在谎称,于是以“何一鸟而二名”责难子路,但子路机智地用帛皂之于丝绢类比,解释了一鸟二名的合理性,化解了对话的尴尬。其二,子路识得五

---

① 《史记·仲尼弟子列传》载:“子贡好废举,与时转货赀。喜扬人之美,不能匿人之过。常相鲁卫,家累千金,卒终于齐。”子贡善于经商,家境优渥,是孔门弟了中的巨富。见(汉)司马迁《史记》卷六十七,中华书局 2006 年版,第 413 页。

② 周楞伽辑注:《殷芸小说》卷二,上海古籍出版社 1984 年版,第 46 页。

色鸟,也知道此鸟有荧荧和同同二名,但由于颜回不是在正式的场合向他询问,也不是做学术方面的探讨,所以他只是以日常生活中交际谈话的态度对颜回的提问做出了回答——只说一个名字,能够指称即可。而当颜回进行学术性追问时,子路及时地转变了交谈的态度,又以学术性的回答应对了颜回的追问。但这两种理解无论是哪一种,都能体现子路的机敏与才智,使人对子路的形象有了新的认识。①

六朝人既然尊尚才智,那么才智又是从何而来的呢?《小说》中给了我们获得才智的两种途径,一种是得自天赋,一种是得自博学。故而《小说》又将"早慧"和"博学"与"才智"相比附,共同呈现出六朝理想人格之一面相。如《小说》所塑造的钟会即是"早慧"的典型:"钟士季常向人道:'吾少年时一纸书,人云是阮步兵书,皆字字生义,既知是吾,不复道也。'"②少年时的钟会就表现出远超常人的才华,他将自己的玄学文章托阮籍之名,引得一时名士争相引证注疏。虽然最后的结局是"既知是吾,不复道也",但是也足以从侧面印证钟会当时的才学即已能与竹林名士相提并论,可见其早慧的天资与天分。又:

> 钟毓、钟会少有令誉。年十三,魏文帝闻之,语其父钟繇曰:"令卿二子来。"于是敕见。毓面有汗,帝问曰:"卿面何以汗?"毓对曰:"战战惶惶,汗出如浆。"复问会:"卿何以不汗出?"会对曰:"战战栗栗,汗不得出。"
>
> 又值其父昼寝,因共偷服散酒。其父时觉,且假寐以观之。毓拜而后饮,会饮而不拜。既而问毓:"何以拜?"毓曰:"酒以成礼,不敢不拜。"又问会:"何以不拜?"会曰:"偷本非礼,所以不拜。"③

钟毓和钟会是亲兄弟,又都是少有才名,但通过面君和偷饮两件事却显

---

① 《史记·仲尼弟子列传》载:"子路性鄙,好勇力,志伉直,冠雄鸡,佩豭豚,陵暴孔子。"史传中的子路好勇尚武,性情刚直,还曾有过凌暴孔子的行径,并不算严格意义上有着儒雅才智气质的君子。见(汉)司马迁《史记》卷六十七,中华书局2006年版,第410页。

② 周楞伽辑注:《殷芸小说》卷五,上海古籍出版社1984年版,第114页。

③ 周楞伽辑注:《殷芸小说》卷五,上海古籍出版社1984年版,第112页。

现出迥然有异的性格特征。先次面君时，受魏文帝威仪的震慑，两兄弟都很紧张——一个满脸大汗，一个满脸凝重。面对曹丕的提问，钟毓的回答中规中矩；而钟会的回答就显得尤为机智巧妙。同样，二人同时偷饮，一个喝完了礼拜，一个喝完了不礼拜。面对父亲的提问，钟毓的回答显示出他老实本分的性格，而钟会的回答则显示出他不循常理、处事机敏善辩的性格。无论是老实本分的中规中矩，还是不循常理的机智巧妙，这些原本都不应是一个年仅13岁懵懂无知的少年所具备的品格，但《小说》却将其赋予了钟毓和钟会，使他们具备了早慧的特质，从而为他们之后才智的彰显奠定了基础。

《小说》用一系列故事将张华塑造成"博学""博览"的典型：

> 洛下有洞穴，深不可测。一妇人欲杀其夫，推堕穴中，此人颠倒良久方苏。旁得一穴，行百余里，觉所践如尘，闻粳米香，啖之芬美。复遇如泥者，味似向尘。入一都郭，虽无日月，明逾三光，人皆披羽衣，奏奇乐。凡过此九处。有长人指柏下一羊，令跪捋羊须，得二珠，长人取之，后一珠，令啖之，甚得疗饥。请问九处，答曰："问张华可知。"其人随穴得出，诣华问之，云："如尘者，黄河下龙涎，泥是昆仑山下泥。九处地，仙名九馆。羊为痴龙。初一珠，食之，寿等天地；次者延年；后一丸，充饥而已。"①

妇人死里逃生的丈夫，在种种匪夷所思的奇遇面前，完全手足无措、任人摆布。他向羽衣长人询问详情，而对方却并未做出任何解释，只说了一句"问张华可知"。《小说》在这里先将异域、异物、异人、异事等所有的事物刻画成常人闻所未闻、见所未见的形象，并将唯一明确的线索指向张华，以羽衣长人之口彰显了张华的博学之名。又通过张华的详实解释，印证其博学博览之实。于是，常人见之而不识之，张华未见而知之，两种形象在对比映衬中，张华的博学形象就更加鲜明突出了。又：

---

① 周楞伽辑注：《殷芸小说》卷七，上海古籍出版社1984年版，第138页。

魏时，殿前钟忽大鸣，震骇省署。华曰："此蜀铜山崩，故钟鸣应之也。"蜀寻上事，果云铜山崩，时日皆如华言。

中朝时，有人畜铜澡盘，晨夕恒鸣如人扣。以白张华。华曰："此盘与洛钟宫商相谐，宫中朝暮撞，故声相应。可鑢令轻，则韵乖，鸣自止也。"依言，即不复鸣。①

曹魏和西晋建都洛阳，其殿前的大钟与相隔千里的蜀地彼此互鸣，常人不明就里，遂以怪事视之。唯有张华博学，既明白是蜀地发生地震山崩，引起洛阳宫殿前的大钟发出与之回应的共鸣；也知晓洛阳宫门用于报时的钟鸣同样可以引发蜀地铜盘的共鸣。同样是以常人的无知来映衬张华的多识。与之雷同的记述还有：

武库内有雄雉，时人咸谓为怪。华云："此蛇之所化也。"即使搜除库中，果见蛇蜕之皮。②

吴郡临平岸崩，出一石鼓，打之无声。以问华。华曰："可取蜀中桐材，刻作鱼形，扣之，则鸣矣。"即从华言，声闻数十里。③

嵩高山北有大穴空，莫测其深，百姓岁时，每游其上。晋初，尝有一人，误坠穴中，同辈冀其倘不死，试投食于穴；坠者得之为粮，乃缘穴而行。可十许日，忽旷然见明。又有草屋一区，中有二人，对坐围棋，局下有一杯白饮。坠者告以饥渴，棋者曰："可饮此。"坠者饮之，气力十倍。棋者曰："汝欲停此不？"坠者曰："不愿停。"棋者曰："汝从西行数十步，有一井，其中多怪异，慎勿畏，但投身入井，当得出。若饥，即可取井中物食之。"坠者如其言。井多蛟龙，然见坠者，辄避其路。坠者缘井而行，井中有物若青泥，坠者食之，了不复饥。可半年许，乃出蜀中。因归洛下，问张华。华曰："此仙馆，所饮者玉浆，所食者龙穴石髓也。"④

---

① 周楞伽辑注：《殷芸小说》卷七，上海古籍出版社 1984 年版，第 141—142 页。
② 周楞伽辑注：《殷芸小说》卷七，上海古籍出版社 1984 年版，第 142 页。
③ 周楞伽辑注：《殷芸小说》卷七，上海古籍出版社 1984 年版，第 142 页。
④ 周楞伽辑注：《殷芸小说》卷七，上海古籍出版社 1984 年版，第 142、143 页。

张华以博学多识见著于世，撰有《博物志》10卷，分类记述了古代的山川地理、历史人物、草木虫鱼、飞禽走兽、神仙方技等大量琐闻杂事。《小说》中对张华形象的塑造，着重表现了他对异域奇物的广见博识和独到见解，虽然所述之事带有浓厚的传奇色彩，难以考证其真实与否，但仍与历史上真实的张华形象保持吻合。

3. 举高标

六朝时玄学理想人格的形成与确立，其发展轨迹最终是指向人的生活态度和精神气质的。如王弼所说："圣人茂于人者神明也，同于人者五情也。神明茂故能体冲和以通无；五情同故不能无哀乐以应物，然则圣人之情，应物而无累于物者也。"[①]理想人格中的"圣人"与常人的相同之处是都有"五情"，不同之处是圣人能"茂于神明"，能"体冲和以通无"。但这个"通无"，不是指肉体，而是指精神，即思想和精神能够在神明才智的作用下达到与宇宙本体相通的境界，因而它是一种人生态度和精神境界的体现。郭象也说："圣人常游外以(弘)内，无心以顺有。故虽终日(挥)形而神气无变，俯仰万机而淡然自若。"[②]"游外以弘内"，是玄学理想人格和精神境界的达成方法；"无心以顺有"，是玄学理想人格要求下所应秉持的生活态度。因而郭象认为，要用外在的物质世界来充实内在的精神世界，要在现实世界中追求超现实的精神境界。由此，人的主体精神和精神境界成了六朝玄学家们的共同追求，于是便有了标举"应物无累""弃物足意"等一系列放达通脱的"高自标持"[③]的人生态度和行为方式。这种高标的人生态度和行为方式，在殷芸《小说》中有着较为明显的呈现，反映了六朝人共同的人格理想追求。如：

马融历二县两郡，政务无为，事从其约。在武都七年，在南郡四年，

① (晋)何劭:《王弼传》，见(晋)陈寿《三国志·魏书·钟会传》裴松之注，中华书局1959年版，第795页。

② (晋)郭象注，(唐)成玄英疏，曹础基、黄兰发点校:《庄子注疏》"内篇·大宗师"，中华书局2011年版，第147页。

③ (南朝·宋)刘义庆著，(南朝·梁)刘孝标注:《世说新语》卷上之上"德行"，上海古籍出版社2013年版，第2页。

未尝按论刑杀一人。性好音乐，善鼓琴吹笛，笛声一发，感得蜻蛚出吟，有如相和。①

马融是后汉著名的经学家，他曾结合汉儒各家之说，遍注群经，使古文经学在后汉得以发展成熟。但《小说》并未着重凸显马融的经学造诣，而是以其“政务无为”“鼓琴吹笛”的生活态度和行为方式来彰显他已经达到“体冲和以通无”和“游外弘内”的精神境界。又如：

徐穉亡，海内群英论其清风高致，乃比夷齐，或参许由。夏侯豫章追美名德，立亭于穉墓首，号曰思贤亭。②

徐穉死后，海内外的英雄人才都在谈论他风致高标，可以和夷齐齐名，有时还可比肩许由。夏侯嵩为追忆他的美德，在徐穉的墓前建了一座思贤亭。徐穉是后汉著名的贤人高士，以恭俭义让、淡泊明志的处世态度为世人推重。唐代大诗人王勃在《滕王阁序》中说：“人杰地灵，徐孺下陈蕃之榻。”更是将徐穉视作后世“人杰”的典范与楷模。当其亡后，人们为了追念他高标的人格境界和高尚的精神品质，便在他的墓前建造了一座“思贤亭”，以期使其“清风高致”不朽于后世。《小说》中的这些故事都是有意识地宣扬“高标”的行为风范和精神境界，使之成为一种人所向往的理想人格表现。然而，“高标”也绝不是某些特定的行为，如果仅仅追求行为上的“高标”，则会弄巧成拙，贻笑大方。如：

王朗中年以识度推华歆，歆蜡日尝与子侄宴饮，王亦学之。有人向张茂先称此事，张曰：“王之学华，盖是形骸之外，去之所以更远。”③

王朗常常推崇华歆的见识和气度。华歆曾在年终蜡祭那天召集子侄一

① 周楞伽辑注：《殷芸小说》卷三，上海古籍出版社1984年版，第72—73页。
② 周楞伽辑注：《殷芸小说》卷三，上海古籍出版社1984年版，第78页。
③ 周楞伽辑注：《殷芸小说》卷五，上海古籍出版社1984年版，第104页。

起宴饮，王朗也学着这样做。有人向张华说起这事，张华说："王朗学华歆，都是学些外在皮毛的东西，因此反而离华歆更远了。"王朗仰慕华歆的高标风致，于是处处模仿他的行为。这在张华看来，实是邯郸学步和缘木求鱼，认为王朗只在表面功夫上做文章，非但不会使自己真的高标起来，反而会离高标越来越远。六朝人推举的高标是一种精神境界、人生态度和行为方式，从事实情况看来，它也确实是通过某些具体的行为来集中呈现的，如："卫瓘云：'吾在中山郡无事，高枕而已。'"①但行为只是高标的呈现方式，并不能完全代表高标。真正代表高标、体现高标的，是蕴藏于行为背后的或放达、或通脱、或精微、或超旷的个性化的主体精神面貌。如：

> 沈珩守风粮尽，从姚彪贷盐百斛。彪性峻直，得书不答，呼左右，令覆盐百斛于江中，曰："明吾不惜，惜所与耳！"②

沈珩守风时粮用完了，给姚彪写了一封信想从他那里借贷一百斛盐，姚彪性格耿直，接到书信没有答复，呼唤左右，把一百斛盐全部倒进长江里，说："粮盐我有的是，也不是舍不得借，但借给沈珩就太可惜了！"姚彪的生平事迹不详，但从文中记述可知必是一方豪富。沈珩，字仲山，善言辞，有专对之才，曾凭借辞令言谈深受孙权和曹丕激赏。按今人周楞伽的说法："盖因沈珩善言辞，有专对才，为孙权所宠信，故为姚彪所深恶。"③可知沈珩巧言令色、夸夸其谈，为人所不齿。又沈珩之弟名沈峻，字叔山，在当时虽有名誉，但为人极其吝啬。《小说》中记述："张温使蜀，与峻别，峻入内良久，出语温曰：'向择一端布，欲以送卿，而无粗者。'"④与友人分别时，欲赠送礼物，却因找不到粗布而又舍不得良匹，只好作罢。可见其吝啬程度。沈珩吝啬与否虽不得而知，但有弟如此，其兄亦可想见。《论语》云："如有周公之才之美，使骄且吝，其余不足观也已。"⑤可见，吝啬向来被视作人格品性的

---

① 周楞伽辑注：《殷芸小说》卷七，上海古籍出版社1984年版，第135页。

② 周楞伽辑注：《殷芸小说》卷六，上海古籍出版社1984年版，第125—126页。

③ 周楞伽辑注：《殷芸小说》卷六，上海古籍出版社1984年版，第126页。

④ 周楞伽辑注：《殷芸小说》卷六，上海古籍出版社1984年版，第124页。

⑤ 杨树达：《论语疏证》卷八"泰伯"，上海古籍出版社2013年版，第196页。

重大瑕疵。因此，从以上两点来看，姚彪确实有足够的理由对沈珩向其贷盐一事嗤之以鼻。如若不借，就显得自己吝啬，于圣人之德有亏；如若借了，则又是违心之举，于自然之理相悖。于是姚彪将百斛粮盐倒入长江，以近似疯狂不可理喻的行为表明了自己的人生态度和处事原则——无亏圣人之德，不悖自然之理。由此可见，虽然六朝时名士群体个性化的行为有着各种各样的表现，但他们并非故作怪诞，也不是哗众取宠，而是通过这些个性的行为来确立自己不与人同、风致高标的主体精神面貌，而这种精神面貌又附带浓厚的艺术化审美效果。如《小说》在塑造郭太和李膺两个人物形象时，着重突出了他们的精神面貌和气质：

> 郭林宗来游京师，当还乡里，送车千许乘，李膺亦在焉。众人皆诣大槐客舍而别，唯膺与林宗共载，乘薄笨车，上大槐坂。观者数千人，引领望之，眇若松乔之在霄汉。[①]
>
> 李元礼谡谡如劲松下风。[②]

《小说》以“观者”的口吻道出了二人超拔绝俗的气质，将其比作“松乔之在霄汉”。“霄汉”，即云霄与天河，指天空之极高者。《后汉书·仲长统传》有云：“不受当时之责，永保性命之期。如是，则可以陵霄汉，出宇宙之外矣。”[③]“松乔”有两种解释，一种是指松树和乔树。按此理解，郭太和李膺站在大槐坂上，又站得笔直，受人仰视，让人有高耸入云的松树和乔树的视觉观感。同时，松树和乔树的形象也常被用来比附人的人格与品德。如《诗经·大雅·皇矣》：“帝省其山。柞棫斯拔。松柏斯兑。”按朱熹注曰：“言帝省其山。而见其木拔道通。而知民之归之者众矣。”[④]可知松柏具有挺拔、直立的品质。又《论语》云：“岁寒，然后知松柏之后凋也。”按朱熹注引范祖禹曰：“小人之在治世，或与君子无异。惟临利害、遇事变，然后君子

---

① 周楞伽辑注：《殷芸小说》卷三，上海古籍出版社1984年版，第74页。

② 周楞伽辑注：《殷芸小说》卷三，上海古籍出版社1984年版，第74页。

③ （南朝·宋）范晔：《后汉书》卷四十九“王充王符仲长统列传”，中华书局2007年版，第484页。

④ （宋）朱熹注：《诗经集传》，上海古籍出版社1987年版，第125页。

之所守可见也。"[①]松柏除了具有挺拔、直立的品质外，又兼有在恶劣环境下仍不失德行操守的君子品质。因此，这里的"松乔之在霄汉"，既写出了郭、李二人如松乔一般挺拔伟岸的形体形象，又写出了他们由形体展现出的精神风采。另一种解释是指传说中的仙人赤松子和王子乔，借之比喻超凡脱俗的隐士。如张衡《西京赋》云："美往昔之松乔，要羡门乎天路。想升龙于鼎湖，岂时俗之足慕。"[②]班固《西都赋》亦云："庶松乔之群类，时游从乎斯庭。实列仙之攸馆，非吾人之所宁。"[③]按此理解，在观者看来，高高在上的郭太和李膺，谈笑风生，举止洒脱，神采奕奕，望之好似仙人在云端，着实令人着迷沉醉。虽然对"松乔"的解释有所差异，但共同的认识是，郭太和李膺以其呈现在众人面前的精神面貌和气质形象给人以美的视觉观感，令人着迷沉醉。又如《小说》中塑造的裴楷的形象：

> 裴令公姿容爽儁，一旦有疾至困，惠帝使王夷甫往看之。裴先向壁卧，闻王来，强回视之。夷甫出，语人曰："双眸烂烂如岩下电，精神挺动，故有小恶耳。"[④]

身患重病卧床不起中的裴楷知道晋惠帝派王衍来看望自己，于是强打精神转过身，将正脸对着王衍。王衍看到病中的裴楷依旧目如闪电、精神挺动，便断定其只是身体小恙。按《世说新语》对裴楷的描述："裴令公有俊容仪，脱冠冕，粗服乱头皆好，时人以为玉人。见者曰：'见裴叔则，如玉山上行，光映照人。'"[⑤]裴楷有着姣好的容貌体态和俊爽的精神气质，在当时被称作"玉人"，旁人见到他就会觉得光彩照人。而《小说》却回避了对裴楷容貌形态之美的刻画，仅是突出他"双眸烂烂如岩下电"和"精神挺动"的精神气质。"岩下电"这个比喻新奇利落，颇为传神，在壁立千仞危然耸峙之间，

---

① （宋）朱熹注：《论语集注》，商务印书馆 2015 年版，第 176 页。
② （南朝·梁）萧统编，（唐）李善注：《文选》，中华书局 1977 年版，第 42 页。
③ （南朝·梁）萧统编，（唐）李善注：《文选》，中华书局 1977 年版，第 28 页。
④ 周楞伽辑注：《殷芸小说》卷七，上海古籍出版社 1984 年版，第 135 页。
⑤ （南朝·宋）刘义庆著，（南朝·梁）刘孝标注：《世说新语》卷下之上"容止"，上海古籍出版社 2013 年版，第 257 页。

闪电破空垂击、电光石火之际迸发出灿烂夺目的光芒,由这种目光透漏出的精气神足以给人以巨大的视觉冲击力,而这尚且是裴楷在“有疾至困”状态下“强回视之”所带给王衍的观感。以此观之,其健康时的“玉人”风采和精神面貌也就不难想见了。

殷芸《小说》中对人物的精神面貌进行艺术审美化的刻画十分常见,显现出了六朝人对主体精神气质面貌的注重。要之,“举高标”是六朝理想人格精神意蕴的现实体现,他们的高标韵致、超旷风神以及颇具个性化的行为,逐渐形成了屡为后世乐道的“魏晋风度”或“江左风流”。关于“魏晋风度”“江左风流”等内容,我们会在下章进行详细讨论,此处暂且略过。

(三)《小说》中的百姓

殷芸之前的作家,如刘歆、裴启、刘义庆、郭澄之、虞喜等,也都有过编撰小说的经历,殷芸对以上诸人虽有不同程度的蹈袭,但其《小说》却与之大不相同。如《小说》虽借鉴了刘歆《西京杂记》“连卷成篇”的体例,但在凝练语言、优化情节结构方面更为醇熟,显现出浓烈的小说家笔法;又如《小说》虽引用了裴启《语林》中志人、志怪的故事情节,但在人物形象塑造和情节完整性方面更为熟练,显现出六朝小说观念和人物形象塑造技法的逐步熟练;亦如《小说》虽汲取了刘义庆《世说新语》“汇集言行”的创作经验,以叙述性和记录性为创作特色,但在有意识地运用虚构手法方面比刘义庆更接近小说的自觉。尤其值得注意的是,无论是汉代的《西京杂记》,还是六朝时的《语林》《世说新语》,这些小说大部分是记述封建帝王和社会名士的言行逸闻。与之相比,《小说》的视阈则显得更为广阔,将记述的笔触辐射到了当时的普通百姓和民间故事,通过记述百姓言行,塑造百姓形象,真实地再现了六朝理想人格在民间群体中的呈现状况。这是殷芸《小说》之前的小说著作中没有的,可视作本书的一大创造和特色。

《小说》塑造的百姓形象可谓一幅六朝民间众生相,其间不乏对小人物的悲欢命运、嗜好情欲、愚贤面目和生活态度等方面的生动刻画,从中不难看到六朝百姓亦有其理想人格。

在封建社会意识形态管控下的主流思想覆盖面是广泛的，它不仅是统治阶层用于维护、巩固、乃至强化政权基础的思想武器，还是民间百姓的行为道德规范和人生价值得以实现的理论来源。六朝时期的主流思想是融合儒家、道家、佛家等诸家思想于一体的玄学，不惟名士和贵族热衷于以玄学的审美标准来品评人物，促成了重德行、尚才智、举高标的社会风气，民间百姓同样乐以风度、语言、气质相推尚，与六朝玄学理想人格下的人生观和价值观呼应。如《小说》塑造的百姓亦有士大夫的"忠君""敬事"等扶祝帝王的观念：

> 汉武帝尝微行，造主人家。家有婢，有国色，帝悦之，因留宿，夜与主婢卧。有一书生，亦寄宿，善天文，忽见客星将掩帝星甚逼，书生大惊，连呼"咄咄"，不觉声高。乃见一男子，持刀将欲入，闻书生声甚急，谓为己故，遂蹙缩走去，客星应时而退。如是者数遍。帝闻其声，异而召问之，书生具说所见，帝乃悟曰："此人必婢婿，将欲肆凶恶于朕。"乃召集期门、羽林，语主人曰："朕天子也。"于是擒拿问之，服而诛。后，帝叹曰："斯盖天启书生之心，以扶佑朕躬。"乃厚赐书生。[①]

从这则故事中可以看出，虽然书生并不知道自己临时的"室友"是汉武帝，救汉武帝的行为也是纯属偶然且无意为之的，但他之所以有急呼"咄咄"的行为，实是因为看到了"客星将掩帝座甚逼"的天文异象后的本能反应。封建时代的人们迷信帝王是紫微星下凡，当人间的帝王即将遇到祸患危难时，天上的紫微星就会相应地发出或黯淡、或闪烁等预警信号。在儒家功业思想的灌注下，读书人的人生价值是"出仕"，《论语》说"学而优则仕"[②]。"学也禄在其中矣。"[③]文人要为学，为学要"学而时习之"[④]，学的内

① 周楞伽辑注：《殷芸小说》卷一，上海古籍出版社1984年版，第10页。
② 杨树达：《论语疏证》卷十九"子张"，上海古籍出版社2013年版，第495页。
③ 杨树达：《论语疏证》卷十五"卫灵公"，上海古籍出版社2013年版，第411页。
④ 杨树达：《论语疏证》卷一"学而"，上海古籍出版社2013年版，第1页。

容是仁义之道,“时习之”则是把所学应用到实践中,即通过出仕的途径将所学的仁义之道推行到从政的实践中去,故而古代读书人以出仕为人生价值体现是由其“文人”和“官僚”两种身份所决定的。于是,出于对“文人—官僚”二元身份的体认和受儒家君臣父子观念的影响,读书人时刻葆有忠君之事和事君如父的观念,《论语》说:“事君敬其事而后其食。”[①]“事父母能竭其力,事君能致其身。”[②]对待帝王君主,“敬其事”是第一位的,要把对帝王君主的忠看作最大的孝。于是,在这种思想下,帝王君主和普通读书人的关系就变得紧密而不可分,其荣辱安危也与每一个读书人的个体命运息息相关。因此,这则故事就告诉我们,在民间百姓的眼中,扶祝帝王是书生处世行事的本能和应履行的本分,无论帝王的作为是否涉及道德规范,百姓也应忠其君、“敬其事”,况且这种扶祝的行为也被视作有德的表现,能够受到帝王的赞许和嘉奖。

同时,我们还应该看到,社会中上层菁英的行为和趣尚往往会引发民间百姓的效仿,从而带动某种社会风气的流行。六朝时,士尚清谈,推崇才智,标举高致,这些现象在民间百姓阶层亦有显现。如《小说》中刻画的百岁小吏、采桑女和客商:

> 桓宣武征蜀,犹见诸葛亮时小吏,年百余岁。桓问:“诸葛丞相今谁与比?”意颇欲自矜。答曰:“葛公在时,亦不觉异,自葛公殁后,正不见其比。”[③]

六朝名士的清谈是就玄学命题进行的深入讨论、争辩和驳难。在清谈过程中,由一方就某个话题提出自己的见解和观点,另一方则通过与其对话的方式进行问难,从而驳倒对方的结论,并树立自己的观点。如此往复数次,直至一方胜论,另一方败论,胜论的一方往往会凭此获得较大的社会声誉。于是六朝名士或为扬名、或为宣理、或为露才,大多沉浸此道,清谈之风

---

① 杨树达:《论语疏证》卷十五“卫灵公”,上海古籍出版社 2013 年版,第 416 页。

② 杨树达:《论语疏证》卷一“学而”,上海古籍出版社 2013 年版,第 17—18 页。

③ 周楞伽辑注:《殷芸小说》卷六,上海古籍出版社 1984 年版,第 116 页。

便自上而下开始流行。由于清谈的主要形式是论辩，故而六朝人尤为看重自己的“辩才”，当权臣桓温征伐蜀地时，向一位百岁小吏问道：“今日天下谁能比得上诸葛亮呢？”其用意十分明显，即想以军功权势自我夸炫。而百岁小吏却予以辩驳，说：“诸葛亮在世时，不觉得他有什么过人之处，直到他去世后才发现无有能出其右者。”言下之意即纵然桓温兵权在握、权势熏天，也比不得当年的诸葛亮。一问一答之间，桓温非但没有得到自己想要的答案，百岁小吏还将其驳倒，使其看到了自己并不能得到他人认同肯定的现实。虽然这则故事真实与否不得而知，但历史上桓温好夸炫却是公认的事实，而《小说》恰是以“百岁小吏”之口，道出了世人对桓温的嘲讽，也反映了民间普通百姓也有能言善辩、富有辩才的机敏人士。又：

> 孔子去卫适陈，途中见二女采桑。子曰：“南枝窈窕北枝长。”答曰：“夫子游陈必绝粮。九曲明珠穿不得，著来问我采桑娘。”夫子至陈，大夫发兵围之，令穿九曲珠，乃释其厄。夫子不能，使回、赐返问之，其家谬言女出外，以一瓜献二子。子贡曰：“瓜，子在内也。”女乃出，语曰：“用蜜涂蛛，丝将系蚁，蚁将系丝；如不肯过，用烟熏之。”孔子依其言，乃能穿之。于是绝粮七日。①

在清谈中，要想取得胜论必然需要谈者具备严密的逻辑、精微的理论、丰富的论据、高妙的语言等一系列素质条件，而这些素质和条件，即是一个人才智的体现，因而六朝人无论是贵族名士还是普通百姓，无不崇尚才智。《小说》中将一个普通采桑女塑造成了多识多智的聪慧女性的形象，甚至连孔子都要向其请教解决问题的办法，充分说明了民间百姓对“才智”的向往与激赏。又：

> 有客相从，各言所志，或愿为扬州刺史，或愿多赀财，或愿骑鹤上

① 周楞伽辑注：《殷芸小说》卷二，上海古籍出版社 1984 年版，第 48 页。

升。其一人曰："腰缠十万贯，骑鹤上扬州。"欲兼三者。[1]

六朝人可以通过内在的德性修养和外在的学优而仕，无限接近儒家的理想人格形象——圣贤；也可以通过无为和保生，来实现道家的理想人格形象——隐士；当然还可以通过折衷儒、道，以应物无累和弃物足意的方式来获得玄学的理想人格形象——审美型的圣贤，从而展现其高标的风致和独具艺术化个性化的审美行为。这些都是六朝理想人格折射到现实社会中所呈现出的不同的人生态度。《小说》通过"各言其志"的客商，道出了当时普通百姓的人生态度：有人秉持儒家思想，立志在现实中建功立业，出将入相；有人秉持道家思想，立志在超现实里作遨游无限、神归物外的隐逸者；有人秉持玄学思想，将现实与超现实等同，既不放弃现实生活中的物欲享乐，也不肯为世俗生活所累，而愿做一个能够于精神与现实之间畅游无碍的逍遥者。足见玄学审美在普通百姓阶层中的广泛影响。

不得不说的是，殷芸《小说》所塑造出的百姓形象，虽然能够将六朝理想人格很好地呈现，但受特殊的政治环境和时代背景的局限，这些理想人格和因之促成的生活态度，不过是六朝普通百姓的美好愿景。如：

俗说：有贫人止能办只瓮之资，夜宿瓮中，心计曰："此瓮卖之若干，其息已倍矣。我得倍息，遂可贩二瓮，自二瓮而为四，所得倍息，其利无穷。"遂喜而舞，不觉瓮破。[2]

在上层门阀士族眼中，士庶的界限是那么明晰，阶层之间的鸿沟又是那么不可跨越，小民百姓也不过是供士族大家用以破闷谈笑的资料罢了。

综上所述，殷芸《小说》通过塑造帝王、名士和普通百姓等三种人物类型的形象，是六朝理想人格在不同社会团体、阶层中的具体反映。要之，三种人物类型，是同一种理想人格——玄学审美型人格的三种呈现，它们有着

① 周楞伽辑注：《殷芸小说》卷六，上海古籍出版社 1984 年版，第 131—132 页。
② 周楞伽辑注：《殷芸小说》卷五，上海古籍出版社 1984 年版，第 107 页。

诸多共同的特质,如务空虚、重德行、尚才智、举高标等等。随着玄学审美型理想人格的确立,审美化的人生态度和价值观成了六朝上至贵族名士下到普通百姓的共同尊尚,形成并彰显了名噪一时的极具艺术化、审美化、个性化的名士风度。

第五章 《殷芸小说》与六朝名士风度

一、六朝名士风度的文化渊源与理论来源

六朝时的人格理论，一方面因其具有能够为社会政治提供合理性的论证意义而为统治阶级所接受；更重要的是，它还赋予了六朝人一种以审美的维度来观照人的才性与人格的思维方式。这从文化渊源和历史背景上来看，是深受刘劭《人物志》的影响。曹魏时的刘劭在以“三度”“五等”的才性来构建人格中的层级的同时，又将才性与人格等抽象概念予以了可供感知的具象审美，他说：“若量其材质，稽诸五物。五物之征，亦各著于厥体矣。其在体也，木骨，金筋，火气，土肌，水血，五物之象也，五物之实，各有所济。是故骨植而柔者，谓之弘毅；弘毅也者，仁之质也。气清而朗者，谓之文理；文理也者，礼之本也。体端而实者，谓之贞固；贞固也者，信之基也。筋劲而精者，谓之勇敢；勇敢也者，义之决也。色平而畅者，谓之通微；通微也者，智之原也。五质恒性，故谓之五常矣。五常之别，列为五德。是故温直而扰毅，木之德也。刚塞而弘毅，金之德也。愿恭而理敬，水之德也。宽栗而柔立，土之德也。简畅而明砭，火之德也。虽体变无穷，犹依乎五质。故其刚柔明畅贞固之征，著乎形容，见乎声色，发乎情味，各如其象。”①刘劭认为，人的精神材质——五常，即仁、礼、信、义、智，是通过人的生理材质——

① （三国·魏）刘劭著，伏俊琏撰：《人物志译注》“九征”，上海古籍出版社 2008 年版，第 16—19 页。

五质，即骨、筋、气、肌、血所呈现，而五质又是以宇宙本体材质——五行，即木、金、火、土、水作为其形式载体，最终表现为人的性格材质——五德，即温直而扰毅、刚塞而弘毅、愿恭而理敬、宽栗而柔立、简畅而明砭。由此，人的内在精神方面的五常五德和外在形象方面的五质，都与宇宙本体五行保持着相互融通、彼此呈现的统一关系，故而属于人之五常五德的抽象的道德精神，就会外显为人之五质的具象的仪容举止和音声神情，即所谓"著乎形容，见乎声色，发乎情味"。

然而，考虑到理论虽具有普遍性，但现实生活毕竟是千变万化的，人与人也各不相同。于是，刘劭又进一步提出了以"才性三度"和"人格五等"来对人进行审美品评："其为人也，若质素平澹，中睿外朗，筋劲植固，声清色怿，仪正容直，则九征皆至，则纯粹之德也。九征有违，则偏杂之材也。三度不同，其德异称。故偏至之材，以材自名。兼材之人，以德为目。兼德之人，更为美号。是故兼德而至，谓之中庸。中庸也者，圣人之目也。具体而微，谓之德行。德行也者，大雅之称也。一至谓之偏材。偏材，小雅之质也。一征谓之依似。依似，乱德之类也。一至一违，谓之间杂。间杂，无恒之人也。无恒、依似，皆风人末流。"[①]所谓"才性三度"，即偏材、兼材和兼德三种不同道德标准的才性；所谓"人格五等"，即圣人、大雅、小雅、依似和无恒五个不同等级标准的人格。在刘劭看来，最上乘的理想人格是能够做到"兼德"的圣人，圣人的特征即为"中庸"。众所周知，"中庸"是儒家思想着力强调的道德标准。按《论语》云："中庸之为德也，其至矣乎！"[②]又《礼记·中庸》云："道之不行也，我知之矣，知者过之，愚者不及也。道之不明也，我知之矣，贤者过之，不肖者不及也。……君子之中庸也，君子而时中；小人之中庸也，小人而无忌惮也。……君子依乎中庸，遁世不见知而不悔，唯圣者能之。"[③]可见，儒家定义的中庸，是以过犹不及为思想、认识和行为的量，以守礼为思想、认识和行为的质，要求人们在现实生活中时刻恪守礼制。但刘劭

① （三国·魏）刘劭著，伏俊琏撰：《人物志译注》"九征"，上海古籍出版社2008年版，第24—25页。
② 杨树达：《论语疏证》卷六"雍也"，上海古籍出版社2013年版，第150页。
③ 杨树达：《论语疏证》卷六"雍也"，上海古籍出版社2013年版，第150—151页。

却在一定程度上改变了中庸的内涵:“夫中庸之德,其质无名。故咸而不碱,淡而不醴[溃],质而不缦,文而不缋,能威,能怀,能辩,能讷,变化无方,以达为节。是以抗者过之,而拘者不逮。”①在量的方面,刘劭认为中庸是“抗者过之,而拘者不逮”,这与儒家“知者过之,愚者不及;贤者过之,不肖者不及”的过犹不及思想保持了一致。但在质的方面,刘劭却认为中庸“其质无名”,是无为无得的表现,其所描绘的形象是老庄笔下的超然物外、变化由心的道家圣人,而绝非儒家心目中循礼守节的圣人。由此可见,刘劭在人格理论中呈现出的以道统儒、援道入儒的思想特征,已为之后大为盛行的儒、道融合的玄学人格理论之滥觞。

刘劭提供的人格理论虽是出于为曹魏政权甄选人才的目的,但其将抽象的理论落实为现实中人的审美要素的言说方式,恰恰为玄学人格理论中的自性层面提供了一种新的阐释:既然人的五常五德五质和宇宙五行彼此互为依存,那么人与宇宙就互为依托;既然人的才性、人格天生有异,那么只要是顺着各自才性发展而达到的人格境界,即便不是圣人也有可观之处。于是,玄学家据此格外看重人格中的自性逍遥。在道家思想中,实现“逍遥”的途径是“无所待”,是要人摆脱一切客观条件对人的束缚。如庄子认为斥鴳、大鹏、列子都是因“有所待”而不能真正逍遥,唯有神人、至人能够“乘天地之正……御六气之辩”②,做到“无所待”,彻底地摆脱了万物而逍遥。但在玄学家看来,神人、至人的逍遥不是因为做到了“无所待”,而是做到了“顺万物之性”和“游变化之涂”:“不为而自能,所以为正也。故乘天地之正者,即是顺万物之性也;御六气之辩者,即是游变化之涂也。如斯以往,则何往而有穷哉!所遇斯乘,又将恶乎待哉!此乃至德之人玄同彼我者之逍遥也。”③而列子和大鹏也不会因为“有所待”就不能逍遥,只要能“顺有待”也是可以“同于大通”,获得逍遥的:“苟有待焉,则虽列子之轻妙,犹不

① (三国·魏)刘劭著,伏俊琏撰:《人物志译注》“体别”,上海古籍出版社 2008 年版,第 33 页。

② (晋)郭象注,(唐)成玄英疏,曹础基、黄兰发点校:《庄子注疏》“内篇·逍遥游”,中华书局 2011 年版,第 11 页。

③ (晋)郭象注,(唐)成玄英疏,曹础基、黄兰发点校:《庄子注疏》“内篇·逍遥游”,中华书局 2011 年版,第 11 页。

能以无风而行,故必得其所待然后逍遥耳,而况大鹏乎！夫唯与物冥而循大变者,为能无待而常通,岂[独]自通而已哉！又顺有待者,使不失其所待,所待不失,则同于大通矣。故有待无待,吾所不能齐也。”[①]神人、至人的无待和列子、大鹏的有待固然是有差别的,但神人、至人能顺万物之性而逍遥,列子、大鹏也能顺其自性而逍遥,可见“无所待”者和“有所待”者在获得逍遥这一结果上是没有差别的。因此,对于现实中的大多数人而言,能否逍遥完全取决于能否顺其自性,故而玄学家说:“至于各安其性,天机自张,受而不知,则吾所不能殊也。夫无待犹不足以殊有待,况有待者之巨细乎!”[②]只要各安其性,就能自得逍遥,不仅神人、至人可以逍遥,列子、大鹏也可以逍遥,甚至世间万物如野马、尘埃、帝王、黎庶等无一不可逍遥。至此,道家以无待而逍遥的思想就转化成了玄学以顺生命个体自性而逍遥的思想。因为在玄学家眼中,愉悦快乐和逍遥自得都是个体内心的感受,个体不同,所能让其内心愉悦快乐和逍遥自得的因素也各不相同,即便个体逍遥仍求诸外物,但只是出于自性的需要和完足。于是,玄学家以满足自性为基础的理想人格就自然而然地成了一种非功利的、艺术的、审美的理想人格,所追求的也同样是一种艺术和审美化的人生境界。

当然,玄学理想人格在本体、精神、自性等方面都有审美化呈现,但何晏、王弼和阮籍、嵇康等人所追求的是突出宇宙精神,以脱离现实的途径寻求精神的解脱和自适,而郭象等人追求的则是突出自性精神,以安于现实的途径寻求精神的解脱和自适。对于大多数人而言,精神层面的人格固然是精纯和高贵的,但它毕竟是割裂了精神与物质,空悬而上的,它缺乏一个现实物化的载体,故而难以令人接受和使用;然而自性层面的人格却是将人格理论具象化,即便它杂驳世俗,但它能落实到现实中仪容、举止、音声、神情等种种具象化的审美表现上,能够被人接受和使用,故而随着郭象《庄子注》的问世,六朝也开始进入了玄风大煽的时期。受其影响,六朝士族阶层

---

① (晋)郭象注,(唐)成玄英疏,曹础基、黄兰发点校:《庄子注疏》“内篇·逍遥游”,中华书局 2011 年版,第 11 页。

② (晋)郭象注,(唐)成玄英疏,曹础基、黄兰发点校:《庄子注疏》“内篇·逍遥游”,中华书局 2011 年版,第 11 页。

开始接受崇尚玄虚,形成艺术化、审美化和个性化的人生态度,形成了名噪一时且屡为后世乐道的名士风度。

名士风度,首先要明确什么是"风度"。按《后汉书·窦融传》云:"尝独详味此子之风度,虽经国之术无足多谈,而进退之礼良可言矣。"①又《北史·齐武帝》云:"武成风度高爽,经算弘长,文武之官,俱尽谋力,有帝王之量矣。"②可见"风度"具有外在形象和内在精神两个层面的指向,它是人的内在的精神意蕴通过外在的形体表现出的神韵和魅力。它既是作为个体的人的气质、修养、胸襟、人格、才性等自然地流露,也是社会整体对一个人形容、举止、神情的综合性审美评价。因此,名士风度,即"风度"的实践者和承担者是"名士"。那么又何谓"名士"呢?《礼记·月令》:"季春之月……勉诸侯,聘名士,礼贤者。"注云:"名士,不仕者。"疏云:"令聘问有名之士。蔡氏云:名士者,谓其德行贞绝,道术通明者,不得臣而隐居,不在诸侯者也。贤者,名士之次,亦隐者也。名士优,故加束帛,贤者,礼之而已。"③可见名士是特指那些有德行、精学术、不出仕的有名气的文士。大体来看,名士是六朝时拥有一定社会地位和声望,在玄学大潮中扮演领袖、骨干或积极响应者一类的人物。他们的个性特点各不相同,或以玄思理论见长,或以雅量容止见知,或以超旷风神见著。东晋时袁弘曾著《名士传》若干卷,记录了当时名士的姓名、言行和事迹,可惜该书已湮没不传,仅能从刘孝标《世说新语注》中窥其一斑:"宏以夏侯太初、何平叔、王辅嗣为正始名士,阮嗣宗、嵇叔夜、山巨源、向子期、刘伯伦、阮仲容、王濬冲为竹林名士,裴叔则、乐彦辅、王夷甫、庾子嵩、王安期、阮千里、卫叔宝、谢幼舆为中朝名士。"④六朝名士群体极为庞大,远不止上述这些,他们以其思想和行动共同为"名士风度"作出了贡献,也为自己在中国古代文化史和思想史上树立了一座不朽的丰碑,更为后世历代具有鲜明个性的文人士大夫所钦慕和向往。虽然他们的

① (南朝·宋)范晔:《后汉书》卷二十三"窦融列传",中华书局2007年版,第244页。
② (唐)李延寿:《北史》卷八"齐武帝",中华书局1974年版,第489页。
③ 李学勤编:《十三经注疏》本《礼记正义》卷十五"月令",北京大学出版社1999年版,第484页。
④ (南朝·宋)刘义庆著,(南朝·梁)刘孝标注:《世说新语》卷上之下"文学",上海古籍出版社2013年版,第110页。

很多事迹都已消散在历史的长河中,但所幸我们还能在殷芸的《小说》里看到他们的鼎鼎大名和神韵风采,以及他们极具艺术化、审美化的人生态度和风流韵事。

二、《小说》中的名士形容之美

以玄学自性审美的人格理论为基础,六朝名士特别注重形容和声色之美。因为一个人的思想道德往往"著乎形容""见乎声色",人的仪容、语言是其内在精神和气质的感性体现,具有最直观的美感形式,故而在标举个性、崇尚审美的六朝,容貌俊朗、仪态潇洒、语言玄妙就成了较为普遍的追求和好尚。按《世说新语》记载:"何平叔美姿仪,面至白,魏明帝疑其傅粉。正夏月,与热汤饼。既啖,大汗出,以朱衣自拭,色转皎然。"[①]刘孝标引《魏略》又称:"晏性自喜,动静粉帛不去手,行步顾影。"[②]何晏既天生丽质,又极好打扮。从他"动静粉帛不去手"和"行步顾影"中可以看出,他十分讲究自己的仪容仪表,这种对个体形貌之美的追求,显然是来自内心对美的认识和观念。同时,《世说新语》中还记载了潘岳和左思在上街游逛时的两种截然不同的遭遇:"潘岳妙有姿容,好神情。少时挟弹出洛阳道,妇人遇者,莫不连手共萦之。左太冲绝丑,亦复效岳游遨,于是群妪齐共乱唾之,委顿而返。"[③]潘岳在大街上被妇人围绕欣赏,而左思在大街上却被群妪围堵唾弃,二人的不同遭遇,其缘由竟是潘岳有姿容而左思绝丑,这着实令人尴尬。结合这两则故事来看,如果说何晏的"性自喜"是从个体方面强调了六朝的名士十分看重自身的容貌仪表,那么潘、左在洛阳大街上所受的不同待遇,则是从整体方面反映了六朝人普遍崇尚容貌、激赏美貌的社会风气。这种个

① (南朝·宋)刘义庆著,(南朝·梁)刘孝标注:《世说新语》卷下之上"容止",上海古籍出版社2013年版,第255页。

② (南朝·宋)刘义庆著,(南朝·梁)刘孝标注:《世说新语》卷下之上"容止",上海古籍出版社2013年版,第255页。

③ (南朝·宋)刘义庆著,(南朝·梁)刘孝标注:《世说新语》卷下之上"容止",上海古籍出版社2013年版,第256页。

体强调容貌、整体赞赏美貌的情况，在殷芸《小说》中有大量的记述与呈现，如：

郭林宗来游京师，当还乡里，送车千许乘，李膺亦在焉。众人皆诣大槐客舍而别，独膺与林宗共载，乘薄笨车，上大槐坂。观者数千人，引领望之，眇若松乔之在霄汉。[①]

按《后汉书》载，郭太“善谈论，美音制……林宗唯与李膺同舟而济，众宾望之，以为神仙焉”[②]。李膺“性简亢”[③]。当“美音制”的郭太和“性简亢”的李膺结伴出行时，引起了数千人的围观，六朝人这种一睹名士仪容风姿为快的风气，深刻反映了当时尚仪容、重风采的社会心理和审美风尚。而这种社会心理和审美风尚的负面，则表现出一种极端的容貌焦虑：

始皇作石桥，欲过海观日出处。时有神人能驱石下海，石去不速，神人辄鞭之，皆流血，至今悉赤。阳城十一山石尽起东倾，如相随状，至今犹尔。

秦皇于海中作石桥，或云：非人功所建，海神为之竖柱。始皇感其惠，乃通敬于神，求与相见。神云：“我形丑，约莫图我形，当与帝会。”始皇乃从石桥入海三十里，与神人相见。左右巧者潜以脚画神形。神怒曰：“速去。”即转马，前脚犹立，后脚随崩，仅得登岸。[④]

六朝格外重视容貌，然而伴随而来的却是六朝人的容貌焦虑问题。这则故事讲述了秦始皇想过海探寻日出的地方，当时有神人能驱赶石头填入海里，于是秦始皇就让他在海上建立一座石桥以便渡海。石头慢了，神人就用鞭子抽打加快速度。石桥建好之后，秦始皇想见见这个神人，神人却说，

---

① 周楞伽辑注：《殷芸小说》卷三，上海古籍出版社 1984 年版，第 74 页。

② （南朝·宋）范晔：《后汉书》卷六十八“郭符许列传”，中华书局 2007 年版，第 650 页。

③ （南朝·宋）范晔：《后汉书》卷六十七“党锢列传”，中华书局 2007 年版，第 640 页。

④ 周楞伽辑注：《殷芸小说》卷一，上海古籍出版社 1984 年版，第 1 页。

“我长得丑,如果要见面,你不要画我的相貌就行”。他俩见面后,始皇的侍从用脚作画,结果惹怒了神人。又如:

阮德如尝于厕见一鬼,长丈余,色黑而眼大,著白单衣,平上帻,去之咫尺。德如心安气定,徐笑而谓之曰:“人言鬼可憎,果然如是!”鬼赧而退。①

在中国古代,鬼魅对于人而言,代表着邪恶与恐惧。恶是鬼的本性,它凭其拥有超自然的法力对人有极大的危害和残害性,故而当人与鬼相遇时,人会很自然地产生畏惧的心理。《小说》中曾描述到“颜渊、子路共坐于门,有鬼魅求见孔子,其目若日,其形甚伟。子路失魄口噤;颜渊乃纳履拔剑而前,卷握其腰,于是化为蛇,遂斩之”。鬼魅令人畏惧和厌恶,甚至连以好勇闻名的子路也会“失魄口噤”。② 即便鬼魅中也有虚心向学的“另类”,但因其恶的原罪,也会遭到“仁者必有勇”的颜渊的无情斩杀。而阮侃在厕所中见到面目可憎的鬼物,却开口讥讽其相貌的丑陋,最终使之“赧而退”。这便反映出在当时人看来,对容貌的嘲讽与杀生害命是具有同样结果的。神人法力如此高超,却都对自己的容貌不满意,可见当时人们对容貌的追求达到何种境界。尽管这两则鬼神故事是虚构的,但是也从侧面反映出当时“容貌至上”观念的深入人心。神人鬼魅尚且有这样的不自信,何况是人呢?于是在六朝人笔下,就连历史上有名的奸雄——曹操,也有着同样的容貌焦虑:

魏武将见匈奴使,自以形陋,不足怀远国,使崔季珪代当坐,自捉刀立床头。事毕,令间谍问曰:“魏王何如?”使曰:“魏王雅望非常,然床头捉刀人,乃英雄也!”魏王闻之,驰杀此使。③

---

① 周楞伽辑注:《殷芸小说》卷五,上海古籍出版社 1984 年版,第 115 页。
② 周楞伽辑注:《殷芸小说》卷二,上海古籍出版社 1984 年版,第 43 页。
③ 周楞伽辑注:《殷芸小说》卷一,上海古籍出版社 1984 年版,第 23 页。

曹操因自觉貌丑形陋，不想以真面目示人，但没想到对方竟通过曹操的气质和精神面貌认出他才是真英雄。这或许与曹操的杀伐果断是有关系的。“宁可我负天下人，不教天下人负我。”这是曹操的名言，同时也能反映出曹操的性格。这样一个果断决绝的人，其气质也会外显，所以匈奴使者才会在不知道曹操身份的情况下仍能看出他才是英雄。这不仅仅是匈奴使者的想法，更是《小说》作者殷芸的观点。在六朝“看脸”的时代，他虽然不否定容貌的重要性，但却不随波逐流，有自己独立的思考和认识，认为男子应该有男子的气概和气质，并且推崇能力才是“美”的标准。无论是神人还是曹操，他们都有着凡人所不具有的能力：神人能鞭石入海，发怒能摧毁石桥；曹操则是睿智善战，还统一了北方。尽管他们的相貌可能不尽如人意，但是在普通人的心中他们都是不平凡的存在。

整体来看，殷芸《小说》对六朝名士仪容感性形式之美的激赏侧重于气质、形体和语言三个方面。如其激赏名士气质的有：“海西时，诸公每朝，朝堂犹暗，惟会稽王来，轩轩如朝霞举。”[①]《小说》将司马昱明艳的容貌气质比作朝霞，朝霞象征着希望、新的开始、新的期望。同时将晋废帝司马奕时期的朝堂气氛比喻为暗室，此处朝霞之于暗室，显然是喻示着殷芸对司马昱的无限赞美。又如“武侯与宣王治兵，将战，宣王戎服莅事；使人密觇武侯，乃乘素舆，葛巾，持白羽扇，指麾三军，众军皆随其进止。宣王闻而叹曰：‘可谓名士矣。’”[②]当诸葛亮与司马懿两军对垒时，司马懿是“戎服莅事”，而诸葛亮却“乘素舆，葛巾，持白羽扇”。两相比较之下，司马懿的形容拘谨和诸葛亮的形容俊逸，二人气质自是高下有差的。又如：“豫章太守顾邵，是雍之子。邵在郡卒，雍集僚友围棋，外启‘书信至’，而无儿书，虽神意无变，而心知有故。以爪掐掌，血流沾褥。客散，叹曰：‘已无延陵之遗累，宁有丧明之深责！’于是割情散哀，颜色自若。”[③]六朝名士风流豪爽、率性清雅风度的一大体现就是淡定自如，不为外物所扰的雅量。即便是遭遇白发人送黑发人的丧子之痛，却依然忧惧不形于色，时刻保持豁达、淡然的心态气质。虽

① 周楞伽辑注：《殷芸小说》卷一，上海古籍出版社1984年版，第30页。
② 周楞伽辑注：《殷芸小说》卷六，上海古籍出版社1984年版，第119页。
③ 周楞伽辑注：《殷芸小说》卷六，上海古籍出版社1984年版，第123页。

然在今天看来《小说》中顾邵的淡定自如会显得缺乏人性，但在尚仪容、重通脱的六朝，这却不失为一种名士雅量风度的呈现。

又如激赏名士形体的有："老子始下生，乘白鹿入母胎中。老子为人：黄色美眉，长耳广额，大目疏齿，方口厚唇，耳有三门，鼻有双柱，足蹈五字，手把十文。"[①]《小说》将老子的相貌特征予以了清晰刻画：黄眉、长耳、宽额、大眼、疏齿、方口、厚唇，耳朵上有三个洞，鼻子上有两个鼻梁，一步可跨一丈，双手有十道贵人的掌纹。这绝非正常人的相貌，实属异相。但古时但凡帝王、圣人降生，总会伴随着异象环生或天生异象的情况。如《诗经》中就记述了后稷的出生异象："履帝武敏歆。攸介攸止。载震载夙。载生载育。时维后稷。"[②]后稷的母亲是踩了天帝的大脚趾印才怀孕的。老子是道家圣人，其出生自然也不同凡响——乘白鹿入母胎。《小说》赋予了圣人与生俱来的神秘色彩，使之在相貌、出生环境、出生条件等方面都不同于常人，预示了老子降生后也注定不凡的命运。此外，鹿在古代被人们称为"天禄"，是祥瑞的象征，喻示着福寿、利禄等等。从这个角度看，老子身份不凡，老子的思想也对很多人产生影响，是人们心中的圣人。但大部分人没有见过老子真容，对老子的形容只能全凭想象，于是人们就凭借对老子不凡身份的理解，想见其相貌也必定异于常人。《小说》在对人体貌特征激赏的同时，还特别突出了对人物眼睛的品味和欣赏，如"裴令公姿容爽儁，一旦有疾至困，惠帝使王夷甫往看之。裴先向壁卧，闻王来，强回视之。夷甫出，语人曰：'双眸烂烂如岩下电，精神挺动，故有小恶耳'"[③]。裴楷本就是当时享誉盛名的"玉人"，其形体之美已属公认共识，但《小说》仍能在人所共知的情况下凸显裴楷人所未知的美，是依靠独到的审美眼光。《小说》先是交代了裴楷"有疾至困"，重病中的病容理当是虚弱、憔悴的，裴楷自知形容枯槁，羞于见人，故而"向壁卧"，不让人看见他憔悴的病容。但是晋惠帝又专门派了王衍前来探望他，于是只好"强回视之"与其交谈。从最开始的"向壁卧"到后来的"强回视之"，一个"向壁"和一个"强"字，本已表明了裴楷此时对

---

① 周楞伽辑注：《殷芸小说》卷二，上海古籍出版社 1984 年版，第 41—42 页。

② （宋）朱熹注：《诗经集传》，上海古籍出版社 1987 年版，第 129 页。

③ 周楞伽辑注：《殷芸小说》卷七，上海古籍出版社 1984 年版，第 135 页。

自己容貌仪态的主观否定。但是紧接着笔锋一转，《小说》由对裴楷的记述转向王衍，说王衍在探望完毕后，告诉别人："裴楷眼神明亮犀利，目光如山间闪电，只是精神略显发散，看来他的病是没什么大碍了。"病重中的裴楷尚且是"双眸烂烂如岩下电"，那健康状态下的形体姿容自然就更为绝妙了。

六朝时，玄学清谈盛行，人与人之间通过言语妙对来彰显才智、凸显语言之美也成了名士身上一种特殊的审美方式。如激赏名士语言的有："崔骃有文才，其县令往造之。骃子瑗年九岁，书门曰：'人虽干木，君非文侯，何为光光，入我里间？'令见之，问骃，骃曰：'必瑗所书。'召瑗，将诘所书，乃曰：'君使臣以礼，臣事君以忠。'"[①]当崔瑗看到县令以大摇大摆的姿态来与自己的父亲会面时，便在门上写下了"人虽干木，君非文侯，何为光光，入我里间"十六个字。意思是，我们虽是当年魏国干木那样的高让名士，但你却不是那尊贤好学的魏文侯，何必劳烦你摆着这么大的谱来我家呢？言语之间带有无限的讥讽之意。县令看见了既尴尬又不悦，找来崔瑗问他何以如此嘲讽，崔瑗又没有正面回答，而是以孔子的话"君使臣以礼，臣事君以忠"来回答，再一次讥讽县令不尊贤才、不知礼义。答对之间，年仅 9 岁的崔瑗不仅能够引经据典，而且出口成章，语言华美凝练，足见其早慧的才智和聪明伶俐的小名士形象。又如："孙皓问丞相陆凯曰：'卿一门在朝几人？'答曰：'二相五侯，将军十余人。'皓曰：'盛矣！'凯曰：'君贤臣忠，国之盛；父慈子孝，家之盛；今政荒民敝，覆亡是惧，臣何敢言盛也？'"[②]皇帝孙皓与丞相陆凯的对话，原本可能只是想聊聊家常、拉拉关系，当听说丞相家有"二相五侯，将军十余人"时，也情不自禁地感叹一句"盛矣"。但是陆凯对孙皓的感叹并不以为然，他没有自谦地附和孙皓，而是犀利地指出当前国家"政荒民敝"的现状，表示"覆亡是惧，臣何敢言盛"的担忧，体现出陆凯的忧患意识和责任担当。对话中的"君贤臣忠，国之盛；父慈子孝，家之盛"不仅形式工整，而且见微知著，将君、臣、父、子紧密地联系起来，将个人荣辱提升到与

---

① 周楞伽辑注：《殷芸小说》卷三，上海古籍出版社 1984 年版，第 70 页。
② 周楞伽辑注：《殷芸小说》卷六，上海古籍出版社 1984 年版，第 131 页。

国家兴亡照应匹配的高度，可谓绝佳绝妙的警言策语。又如：“士衡在座，安仁来，陆便起去。潘曰：‘清风至，尘飞扬。’陆应声答曰：‘众鸟集，凤皇翔。’”①虽然对话中有扬一抑一的成分，但“清风至，尘飞扬”和“众鸟集，凤皇翔”这类精练的语句和华美的言辞，正是六朝人以审美的生活态度去观照自我、审视人物的典型体现。唯有如此的审美眼光和生活态度，才能捕捉到生活中各类美的因素，从而对美有所感知，并能将其传于话语，达于言辞，将外放的语言富于美的感性形式。

殷芸《小说》对六朝名士形容之美的赏誉与推崇，反映了玄学理想人格赋予六朝人的审美的人生态度和人生观。《小说》不再将形容之美视作名士形象外在附加的修饰，而是直至其内心世界，是其内在精神、性情、人格的自然流露。由此可见，六朝名士注重的形容之美、六朝人激赏的形容之美，已不再是之前儒家思想统御下与伦理道德、名教礼法相捆绑的美，而是一种彻底抖落了儒家思想束缚后的独立自觉的美。名士们追求气质、形体、语言之美，并不是出于符合修身、齐家、治国等政教目的，而是完全出于自喜或自爱，甚至更现实一点地说，是以美的形容来获取全社会的认可与尊重。故而在当时，名士们突破了只有女性讲求容貌之美的观念传统，爱美、化妆也成了名士群体的普遍风尚。如《后汉书》载：“大行在殡，路人掩涕，固独胡粉饰貌，搔头弄姿，槃旋偃仰，从容冶步，曾无惨怛伤悴之心。”②时人作飞章构陷李固，说他在先帝丧期仍“胡粉饰貌，搔头弄姿”。这虽是诬陷之辞，但李固平时应确有傅粉之习，否则也不会被人以此大做文章。男性傅粉化妆风气的盛行即如何晏，刘孝标在《世说新语注》中就曾引《魏略》称其“动静粉帛不去手”。毕竟，六朝是一个“看脸”的时代，社会对形容之美的肯定大大超过了对伦理道德的肯定，审美判决也成了当时名士任用、升迁的重要标准。明人屠隆就曾指出：“晋人重门第，好容止。崔、卢、王、谢弟子生发未燥，已拜列侯；身未离襁褓，而已被冠带。肤清神明，玉色令颜，缙绅公言之朝端，吏部以此臧否。士大夫手持粉白，口习清言，绰约嫣然，动相夸饰，鄙

① 周楞伽辑注：《殷芸小说》卷九，上海古籍出版社1984年版，第151—152页。
② （南朝·宋）范晔：《后汉书》卷五十三“李杜列传”，中华书局2007年版，第607页。

勤朴而尚摆落。”[1]古时吏部是主管官员任免、取用的官署，晋时吏部选官在看重门第的同时，又以“肤清神明，玉色令颜”为臧否，足见六朝人的审美态度及审美判决向政治领域延伸的趋势。由此，当时名士重形容之美的强劲风尚也就可想而知了。

三、《小说》中的名士个性化行为

玄学理想人格下审美的人生态度在行为方面的表现，是六朝名士们那些极具个性化的行为方式，其中尤以嗜酒、豪奢和隐逸三种行为最能体现名士风度。

先谈名士之嗜酒。中国的酒文化可谓历史悠久又光辉灿烂，但若说历史上真正将酒视作生活中的重要内容，将其融于生活中的方方面面，且视之为体验生活情趣、施展个性精神和满足内心自适的途径方式的时代，非六朝莫属。六朝时，饮酒是名士们日常生活中必不可少的一项内容，也是成为名士的一项必要条件：“名士不必须奇才，但使常得无事，痛饮酒，熟读《离骚》，便可称名士。”[2]当饮酒成了六朝名士的一张无差别的显性名片时，就将他们的饮酒行为冠以了合理化的认识，从而促成了六朝名士嗜酒的风气，尤其是刘伶所作《酒德颂》，更是为六朝名士嗜酒提供了理论法典。刘伶《酒德颂》云：“有大人先生者，以天地为一朝，万期为须臾，日月为扃牖，八荒为庭衢。行无辙迹，居无室庐，幕天席地，纵意所如。行则操卮执瓢，动则挈榼提壶，唯酒是务，焉知其余。有贵介公子，缙绅处士，闻吾风气，议其所以。乃奋袂攘襟，怒目切齿，陈说礼法，是非锋起。先生于是方捧罂承糟，衔杯漱醪，奋髯箕踞，枕曲藉糟。无思无虑，其乐陶陶。兀然而醉，慌尔而醒，静听不闻雷霆之声，熟视不见太山之形，不觉寒暑之切肌，利欲之感情。俯

---

① （明）屠隆撰，（清）屠继烈编：《鸿苞节录》卷一“选举”，保砚斋藏版清咸丰七年刊本。

② （南朝·宋）刘义庆著，（南朝·梁）刘孝标注：《世说新语》卷下之上“任诞”，上海古籍出版社2013年版，第317页。

观万物之扰扰,如江汉之载浮萍。二豪侍侧焉,如蜾蠃之与螟蛉。"[1]在刘伶看来,饮酒为礼法之士所不容,是因其"惟酒是务,焉知其余"有悖于儒家名教。但当时的名教却是"伪名教",礼法之士亦为"伪名士",那么"伪名教"所反对的,就必是"真名教"所提倡的,"伪名士"所抨击的,就必是"真名士"所应具有的。于是,"惟酒是务,焉知其余"就成了标榜自己是有真情真性的真名士的最好诠释。同时,刘伶以"大人先生"自喻,将饮酒的好处进行理析:唯有在饮酒之后,于醉醒之间,方能视纷繁万物如无物,方能澄怀静心,无所思虑,从而无欲无为,获得终极的精神愉悦。在这里,刘伶将酒视作个体精神同于自然大化的修持方式,他肆意酣畅,好酒嗜酒,行为着实特异,却又醉翁之意不在酒,可谓开六朝嗜酒风气之先。入晋以后,刘伶等"竹林七贤"的畅饮行为受到名士们的大力激赏和效仿,他们旷达嗜酒,放诞不羁,较刘伶有过之而无不及。如:"张季鹰纵任不拘,时人号为江东步兵。或谓之曰:'卿乃可纵适一时,独不为身后名邪?'答曰:'使我有身后名,不如实时一杯酒。'"[2]"毕茂世云:'一手持蟹螯,一手持酒杯,拍浮酒池中,便足了一生。'"[3]"周伯仁风德雅重,深达危乱。过江积年,恒大饮酒。尝经三日不醒,时人谓之'三日仆射'。"[4]"王佛大叹言:'三日不饮酒,觉形神不复相亲。'"[5]陶渊明更是嗜酒成瘾,其诗文创作大量涉及饮酒的内容,还说饮酒的妙处在于"此中有真意",可知一时风气使然。齐梁以降,名士嗜酒更不必说。

殷芸《小说》中也记述有不少嗜酒、豪饮的故事。如:

---

① (南朝·宋)刘义庆著,(南朝·梁)刘孝标注:《世说新语》卷上之下"文学",上海古籍出版社2013年版,第102—103页。

② (南朝·宋)刘义庆著,(南朝·梁)刘孝标注:《世说新语》卷下之上"任诞",上海古籍出版社2013年版,第307页。

③ (南朝·宋)刘义庆著,(南朝·梁)刘孝标注:《世说新语》卷下之上"任诞",上海古籍出版社2013年版,第307页。

④ (南朝·宋)刘义庆著,(南朝·梁)刘孝标注:《世说新语》卷下之上"任诞",上海古籍出版社2013年版,第309页。

⑤ (南朝·宋)刘义庆著,(南朝·梁)刘孝标注:《世说新语》卷下之上"任诞",上海古籍出版社2013年版,第316页。

纣为糟丘酒池，一鼓而牛饮者三千人，池可运船。[1]

殷纣王酒池肉林的故事由来已久，但殷芸此处显然是运用了小说家笔法，将“酒池”这一传说中的事物给现实具象化了。他描绘了殷纣王宴饮时“牛饮者三千人，池可运船”的宏大场面，饮酒者之多，饮酒场所之大，使人读之如在目前。殷纣王的豪饮虽属反面典型不值得提倡，但也侧面反映了“嗜酒”这一行为在古代传统悠久——不惟暴君昏主喜爱嗜酒，就连圣贤名士也有饮酒之欲。如苏秦、张仪写给鬼谷子的信中说道：

伏以先生秉德含和之中，游心青云之上，饥必啖芝草，渴必饮玉浆，德与神灵齐，明与三光同，不忘将书，诫以行事。仪以不敏，名问不昭，入秦匡霸，欲翼时君，刺以河边，喻以深山，虽复素暗，诚衔斯旨。[2]

鬼谷子曾写信给苏秦、张仪，指责他们不知功成身退、明哲保身之理，并劝诫其归隐遁世。苏秦、张仪见信后给鬼谷子答复，表明自己建功立业之愿尚未全部达成，还要“欲翼时君，刺以河边，喻以深山”。鬼谷子是苏秦、张仪的老师，相传是楚国人，因隐居于鬼谷山而得名。他精于谋略，是春秋战国时期兵法集大成者，也是诸子百家中纵横家的创始人，是与孔子、老子并称的学术大家。从苏秦、张仪的回信中可以看出，鬼谷子的形象是“秉德含和”“游心青云”和“饥啖芝草”“渴饮玉浆”。前者刻画其精神，后者表现其行为。纵然贤德如鬼谷子，也是要以“玉浆”即酒来作为日常解渴的饮料的。可见，在时人眼中，饮酒成了一种“德与神灵齐，明与三光同”的有德行的行为表现。既然饮酒可以彰显德行风度，六朝名士们就开始纷纷效仿饮酒的行为，嗜酒之风也就逐渐蔓延开来，甚至还蔓延到了孩童、少年身上，如钟毓、钟会的“偷饮”就是效仿名士嗜酒行为最典型的例子：

---

① 周楞伽辑注：《殷芸小说》卷二，上海古籍出版社1984年版，第39页。

② 周楞伽辑注：《殷芸小说》卷二，上海古籍出版社1984年版，第53页。

又值其父昼寝，因共偷服散酒。其父时觉，且假寐以观之。毓拜而后饮，会饮而不拜。既而问毓："何以拜？"毓曰："酒以成礼，不敢不拜。"又问会："何以不拜？"会曰："偷本非礼，所以不拜。"①

钟毓、钟会是官宦子弟，从小就对名士的各种行为耳濡目染，对名士的风采风度心驰神往。所以他们趁其父熟睡，便偷服散酒，过一把"小名士"的瘾。而其父虽然发现了他们的偷饮行为，非但没有及时制止，而是"假寐以观"，默许了两个孩子的饮酒行为。这就反映了六朝名士并不以饮酒为恶事，反以能饮、嗜饮为美、为誉的认识观念。当然，钟毓、钟会的饮酒与名士间的饮酒自然是有本质差异的。诚如刘伶的嗜酒贪杯是醉翁之意不在酒，饮酒只是寻求精神自适的手段和方式，而普通人效仿名士的饮酒，则是单纯地为饮酒而饮酒。殷芸在《小说》中通过讲述张华和朋友的一次饮酒活动，说明了名士饮酒与非名士饮酒的区别：

张华既贵，有少时知识来候之。华与共饮九酝酒，颇为酣畅。其夜醉眠。华常饮此酒，醉眠后，辄敕左右转侧至觉，则必安泰。是夕，忘敕之。左右依常时为张公转侧，其友人无人为之。至明，友人犹不起，华咄云："此必死矣。"使视之，酒果穿肠流，床下滂沱。②

张华是响当当的大名士，且颇能饮酒，堪称海量。他经常喝到酩酊大醉，感觉形神酣畅。张华往往在喝醉后躺到床上，令侍从不停地左右翻转自己的身体，直至睡着为止，第二天醒来后又显得神清气爽，安泰无恙。但是有一天出现了意外。张华的朋友来找他饮酒，两人开始豪饮，连饮九大坛，都喝得酩酊大醉。张华的侍从知道他平时的习惯，就又开始来回翻转他的身体，而他的朋友则是自己躺在床上。第二天，张华安然无恙，但他的朋友却酒肉穿肠，一命呜呼了。从这则故事中我们可以获悉两点信息：其一，六

① 周楞伽辑注：《殷芸小说》卷五，上海古籍出版社1984年版，第112页。

② 周楞伽辑注：《殷芸小说》卷七，上海古籍出版社1984年版，第140页。

朝名士嗜酒是不争的事实,他们好饮、能饮,且伴随有个性化的特异行为,如张华醉后令侍从翻转自己的身体;其二,六朝名士个性化的特异行为并非妄为,而是有某些深层的原因,如张华的翻转侧身并非是睡眠时的喜好习惯,更似是一种为避免饮酒伤身而采取的人为辅助消化的方式,自己因侍从辅助消化而无事,朋友因无人辅助消化而身死。可见,名士的怪诞行为,是不能只看其表象而不洞察其背后根由的。如果只是单纯效仿名士行为,就不免会像张华的朋友那样,最后真的落得个“拍浮酒池中,便足了一生”的下场。

由此可见,六朝名士以饮酒为尚,嗜酒好酒,绝不能仅仅解释为一种贪杯的陋习。如果我们统计出一份六朝以嗜酒闻名且行为怪诞的名士名单,则不难发现他们大多是玄学信徒,他们寄情于酒、任性放达的怪诞行为,实是六朝玄学理想人格影响下的审美人生观的现实呈现。众所周知,六朝时期关于“自然”与“名教”的争辩持续不断,由此而引发的现实惨案也经常出现,当六朝人在现实生活中遇到困顿、忧闷的时候,饮酒便成了他们最好的排解途径。如《小说》中就明确道出了时人“忧者得酒而解”的共识:

> 武帝幸甘泉宫,驰道中有虫,赤色,头目牙齿耳鼻悉尽具,观者莫识。帝乃使朔视之,还对曰:“此‘怪哉’也。昔秦时拘系无辜,众庶愁怨,咸仰首叹曰:‘怪哉怪哉!’盖感动上天,愤所生也,故名‘怪哉’。此地必秦之狱处。”即按地图,果秦故狱。又问:“何以去虫?”朔曰:“凡忧者得酒而解,以酒灌之当消。”于是使人取虫置酒中,须臾,果糜散矣。①

无辜之人受不白之冤以致死于非命,岂不怪哉?岂不忧闷?纵然身死幻化为虫,但虫和人却仍活于同一个现实之中,故而这种忧闷的情绪自人至虫始终不得排解。唯有饮酒大醉,使精神遨游物外,方能脱离混沌的现实,使现实中的忧闷得以舒缓排解。于是,借酒排忧是名士嗜酒行为背后“真意”的一方面表现。

---

① 周楞伽辑注:《殷芸小说》卷二,上海古籍出版社 1984 年版,第 64 页。

另一方面,玄学的理想人格是儒家圣人的形态含道家无为的精神,它强调人们要弃物足意、应物无累,要充实自己的精神、满足自己的内心、顺应自己的个性,由此来获得率真自然的精神境界,而饮酒正是实现这一目的的便捷门径。六朝人常说:“酒,正使人人自远。”[①]“酒正自引人著胜地。”[②]所谓“自远”,就是自我疏远;所谓“著胜地”,就是摆脱外物现实之累,超形越迹,转入超现实的精神愉悦之境。这种精神上的解脱,个性上的舒展,正是以酒为媒介,表现出六朝名士通脱爽朗、潇洒俊逸,追求玄妙之美的人生态度。

次谈名士之豪奢。在六朝社会中,“九品中正”作为官方的人才选拔制度已长期固化。九品中正制初时是以人的品德和才性为标准来选拔人才,但随着时间的推移,晋代以降,这一制度逐渐演变为以家世和出身背景来决定品级高下,以致出现了“上品无寒门,下品无势族”[③]的局面。上品门阀士族因其出身高贵,他们自打出生之日起,便能享有优厚的政治和经济待遇,不但能把持高级官职,还能借助政治特权占有大量的田产土地,获得巨大的财富。因此,在六朝时期,一个人的财富往往体现了他的政治地位和家族势力,人们也乐于通过财富的多少来彰显自己的身份和门第声望。于是,拥有大量财富的人就享有更多的社会尊荣,获得他人的崇拜和欣赏,并因此自得自乐。美国制度经济学家凡勃仑曾提出“有闲阶级”的理论,所谓“有闲”,即“非生产性地消耗时间”。[④] 他认为,在有闲阶级那里,“摒绝劳动是拥有财富的习惯证明,因此也就是社会地位的习惯标志”[⑤]。有闲阶级者脱离体力劳动和生产,仅从事带有某些荣誉性的业务,却拥有大量社会财富,“一切奢侈品和生活上的享受用品是属于有闲阶级的”[⑥]。于是,“个人的金钱力量可以使他安闲度日,坐食无忧”[⑦],成为“有闲”的人。按照凡勃仑的理

① (南朝·宋)刘义庆著,(南朝·梁)刘孝标注:《世说新语》卷下之上“任诞”,上海古籍出版社2013年版,第311页。
② (南朝·宋)刘义庆著,(南朝·梁)刘孝标注:《世说新语》卷下之上“任诞”,上海古籍出版社2013年版,第315页。
③ (唐)房玄龄:《晋书》卷四十五,中华书局1974年版,第1274页。
④ (美)凡勃仑:《有闲阶级论》,商务印书馆1964年版,第36页。
⑤ (美)凡勃仑:《有闲阶级论》,商务印书馆1964年版,第34页。
⑥ (美)凡勃仑:《有闲阶级论》,商务印书馆1964年版,第55页。
⑦ (美)凡勃仑:《有闲阶级论》,商务印书馆1964年版,第36页。

论观点，六朝的士族名士就是典型的有闲阶级。首先，他们不从事生产和劳动。六朝官职中有“清官”和“浊官”之分，当代学者唐长孺指出：“大体上清官都不是繁剧之职，他们或是文学侍从之臣，或是议论而不治事。清浊虽然由于习惯，而习惯的养成显然有关于悠闲与繁剧的选择，悠闲而不负实际责任的为清，办理庶政者较次以至于浊。”①清官的地位高于浊官，是社会地位的象征，几乎由士族子弟所垄断。清官不从事劳动生产，也不负责实际事务，甚至还将负责具体政务的官员目为“俗吏”。故而他们拥有大量的空闲时间，成为名副其实的“有闲者”。其次，他们占有大部分社会财富。六朝的士族名士往往以财富标榜门第和声望，但“所谓的高门望族，是由于长期积累财富并与某些特权有渊源因而受到尊崇的世家”②。有闲、悠闲的生活，必须以雄厚的财富作保障，这既是优势地位和隆宠名望最明了、直接的证明，也是名士生活从容舒适、富有审美和艺术气息的必要条件。如当时的石崇“财产丰积，室宇宏丽。后房百数，皆曳纨绣，珥金翠。丝竹尽当时之选，庖膳穷水陆之珍。与贵戚王恺、羊琇之徒以奢靡相尚”③。再次，他们还有大量的闲暇时间去追求生活中的审美和品位。门阀士族和名士不事生产、不理政事，又极富有。他们为了区隔与庶族寒门和俗吏的身份界限，便在社会生活中通过生活习惯、态度、仪容、举止、礼节等外在形式方面投放大量的物力、财力和精力，毕竟这些外在的形式都是“直接地、无法掩藏地显露在外面的，因此它们被人们更加广泛和迫切地用来证明通过有闲而取得的尊荣程度”④。不惟六朝，在任何一个时代，“要懂得礼节，养成习惯，必须通过长期锻炼。高雅的风度、举止和生活习惯是出身名门望族的有效证明，因为好的教养是需要时间、实践和费用的，那些把时间与精力使用在劳动上的人是不能想望的”⑤。说穿了，生活审美和品位的价值，就在于其是有闲阶级，即望族名士身份的有效证明。

在殷芸《小说》中，也较为全面地呈现了六朝时“有闲阶级”的思想特征

① 唐长孺：《魏晋南北朝史论丛续编》，生活·读书·新知三联书店1978年版，第97页。

② (美)凡勃仑：《有闲阶级论》，商务印书馆1964年版，第44页。

③ (唐)房玄龄：《晋书》卷三十三，中华书局1974年版，第1007页。

④ (美)凡勃仑：《有闲阶级论》，商务印书馆1964年版，第38页。

⑤ (美)凡勃仑：《有闲阶级论》，商务印书馆1964年版，第40页。

和行为特色。如记汉成帝云:“汉成帝好蹩鞠,群臣以蹩鞠劳体,非尊者所宜。帝曰:‘朕好之,可择似此而不劳者奏之。’刘向奏弹棋以献。帝大悦,赐之青羔裘、紫丝履,服以朝觐。”[①]蹩鞠,即踢球,近似于今天的足球运动。由于踢球是一项耗费体力的运动,这便在当时贵族的眼中实“非尊者所宜”,因为有地位的人是不从事任何体力劳动,甚至运动的。又“卫瓘云:‘吾在中山郡无事,高枕而已’”[②]。卫瓘,字伯玉,河东郡安邑县(今山西省夏县)人,出身于名门望族,曹魏时曾参与伐蜀战争。他在中山郡任职时,就经常不理政事,标举清高,以“高枕”度日。不事生产、高枕无忧,是贵族名士最普遍的行为方式,除此之外,《小说》还记述了贵族名士日常生活用具的精美奢华,如:

高祖初入咸阳宫,周行府库,金玉珍宝,不可称言。其尤惊异者,有青玉九枝灯,高七尺五寸,下作盘龙,以口衔灯,灯燃则鳞甲皆动,烂炳若列星而盈室焉。复铸铜人十二枚,坐皆高三尺,列于一筵上,琴瑟笙竽,各有所执,皆点缀华彩,俨若生人。筵下有二铜管,上口高数尺,出筵后,其一管空,一管有绳,大如指,使一人吹管,一人约绳,则琴瑟笙竽等皆作,与真乐不殊。有琴长六尺,安十三弦二十六徽,用七宝饰之,铭曰:“璠玙之乐。”玉笛长二尺三寸,六孔,吹之,则见车马山林,隐嶙相次;吹息,则不复见,铭曰:“昭华之管。”有方镜,广四尺,高五尺九寸,表里有明,人直来照之,影则倒见,以手掩心而照之,则知病之所在,见肠胃五脏,历然无碍。又女子有邪心,则胆张心动。始皇常以照宫人,胆张心动者则杀之。高祖悉封闭以待项羽。羽并将以东,后不知所在。[③]

武帝时,长安巧工丁缓者,为恒满灯,七龙五凤,杂以芙蓉莲藕之奇。又作卧褥香炉,一名被中香炉,本出房风,其法后绝,至缓始更为之,机环运转四周,而炉体常平,可致之被褥,故以为名。又作九层博山

① 周楞伽辑注:《殷芸小说》卷一,上海古籍出版社 1984 年版,第 17—18 页。
② 周楞伽辑注:《殷芸小说》卷七,上海古籍出版社 1984 年版,第 135 页。
③ 周楞伽辑注:《殷芸小说》卷一,上海古籍出版社 1984 年版,第 6—7 页。

香炉，镂为奇禽怪兽，穷诸灵异，皆能自然转动。又作七轮扇，轮大皆径尺，相连续，一人运之，则满堂皆寒战焉。①

“使用这些更加精美的物品既然是富裕的证明，这种消费行为就成为光荣的行为；相反地，不能按照适当的数量和适当的品质来进行消费，意味着屈服和卑贱。”②秦王宫里各式精美奢华且闻所未闻的宝物，显示了始皇帝至高无上的权势和地位，当皇室以宝物凸显尊贵时，下一级的贵族就会依法效仿皇室，再下一级的名士同样会依法效仿贵族，于是豪奢行为就逐渐在六朝贵族名士等有闲阶级的群体间蔓延开来。如“羊琇骄豪，捣炭为屑，以香和之，作兽形。羊稚舒冬月酿酒，令人抱瓮暖之；须臾复易其人。酒既速成，味仍嘉美。其骄豪皆此类”③。羊琇出身于泰山羊氏，是曹魏太常羊耽与才女辛宪英之子，景献皇后羊徽瑜的从父弟，西晋名将羊祜堂弟，可见他既是望族名门，也是外戚贵胄，还是权臣重臣。家族和政治上的优势地位为他提供了丰厚的财富，以至于他为人极度奢侈，生活十分奢华，连温酒器具都以珍贵的林木炭捣成碎屑制成兽形，还一度令洛阳的豪贵争相仿效。冬天时，羊琇为了制作温暖的美酒，便命人抱瓮温酒，接连换人保持瓮中酒的温度，衍生了“抱瓮酿”一词。加上羊琇喜欢宴会，夜以继日，亲戚共聚一堂而且无男女之别，这种豪奢的生活方式或为时人讥议，亦为时人称羡。

需要特别提及的是，六朝名士豪奢的行为并不能被看作是当时社会经济繁荣的体现。就实际情况来看，当时贵族名士的豪奢，恰是建立在普通百姓贫苦的现实基础上的，它仅仅是特定阶级的产物。按《晋书》记载：“至于永嘉，丧乱弥甚。雍州以东，人多饥乏，更相鬻卖，奔迸流移，不可胜数。幽、并、司、冀、秦、雍六州大蝗，草木及牛马毛皆尽。又大疾疫，兼以饥馑。百姓又为寇贼所杀，流尸满河，白骨蔽野。刘曜之逼，朝廷议欲迁都仓垣，人多相食，饥疫总至，百官流亡者十八九。”④普通百姓的生活条件是极其艰苦的，

① 周楞伽辑注：《殷芸小说》卷一，上海古籍出版社 1984 年版，第 11 页。

② （美）凡勃仑：《有闲阶级论》，商务印书馆 1964 年版，第 58 页。

③ 周楞伽辑注：《殷芸小说》卷七，上海古籍出版社 1984 年版，第 144 页。

④ （唐）房玄龄：《晋书》卷二十六，中华书局 1974 年版，第 791 页。

遇到灾祸时，易子而食、白骨蔽野等惨状屡见不鲜。因此，六朝名士的奢华生活和豪奢行为固然能够彰显他们不俗的生活审美和品位，但这种“美”的背后却凝聚了无数普通百姓的血和泪，是当时畸形社会下开出的一朵罪恶之花。名士们那些“有钱任性”的行为及其所呈现的风度，也固然能够令后世受压抑束缚、急于彰显个性、实现自我价值的文人心驰神往，但这种风度的精神价值仅仅停留在以审美为维度的人生观和人生态度层面，因而它也不具备能推广开来的社会普泛性。

再谈名士之隐逸。隐逸之风在后汉时就非常盛行，按范晔《后汉书》云：“汉室中微，王莽篡位，士之蕴藉义愤甚矣。是时裂冠毁冕，相携持而去之者，盖不可胜数。”①可见，后汉人的隐逸是出于政治原因而做出的一种与当权者不合作的避世行为。至魏晋玄学风潮兴起，隐逸也成了名士们争相推崇的个性化行为。如石崇“余少有大志，夸迈流俗。弱冠登朝，历位二十五年。年五十，以事去官。晚节更乐放逸，笃好林薮。遂肥遁于河阳别业”②。谢安“寓居会稽，与王羲之及高阳许询、桑门支遁游处，出则渔弋山水，入则言咏属文，无处世意”③。谢灵运“会境既丰山水，是以江左嘉遁，并多居之。但季世慕荣，幽栖者寡，或复才为时求，弗获从志。至若王弘之拂衣归耕，逾历三纪；孔淳之隐约穷岫，自始迄今；阮万龄辞事就闲，纂成先业；浙河之外，栖迟山泽，如斯而已。既远同羲、唐，亦激贪厉竞。殿下爱素好古，常若布衣，每意昔闻，虚想岩穴。若遣一介，有以相存，真可谓千载盛美也”④。何胤“初，胤二兄求、点并栖遁，求先卒，至是胤又隐，世号点为大山；胤为小山，亦曰东山。兄弟发迹虽异，克终皆隐。世谓何氏三高”⑤。

按《梁书·处士传》云：“《易》曰：‘君子遁世无闷，独立不惧。’孔子称长沮、桀溺隐者也。古之隐者，或耻闻禅代，高让帝王，以万乘为垢辱，之死亡而无悔。此则轻生重道，希世间出，隐之上者也。或托仕监门，寄臣柱下，居易而以求其志，处污而不愧其色。此所谓大隐隐于市朝，又其次也。或裸

① （南朝·宋）范晔：《后汉书》卷八十三“逸民列传”，中华书局 2007 年版，第 809 页。
② （南朝·梁）萧统编，（唐）李善注：《文选》，中华书局 1977 年版，第 642 页。
③ （唐）房玄龄：《晋书》“谢安传”，中华书局 1974 年版，第 2072 页。
④ （南朝·梁）沈约：《宋书》卷九十三“王弘之归耕”，中华书局 1974 年版，第 2282 页。
⑤ （唐）李延寿：《南史》卷三十，“何胤传”，中华书局 1975 年版，第 790 页。

体佯狂，盲喑绝世，弃礼乐以反道，忍孝慈而不恤。此全身远害，得大雅之道，又其次也。然同不失语默之致，有幽人贞吉矣。与夫没身乱世，争利干时者，岂同年而语哉！”①六朝名士推崇隐逸，根据隐逸方式的不同，有上、中、下三等。隐之上者，即“轻生重道，希世间出”，就是彻底地避世，不与现实社会往来，现实社会中也没有人知道他。他们不著姓名，不求人知，故而多为历史所湮没。但矛盾的是，一方面他们不与现实社会往来，现实中人自然也就不知道他，那么他们是否真的存在就不得而知了。另一方面，他们虽然被冠以隐士之名，但他们没有社会活动，社会不知，世人不识，那自然也就不能成为士，既然不是士，那又何来的隐士称谓呢？可见，这类最上乘的隐士，是一种理论和行为的悖论，它仅是“隐士”这一群体理想化的形态形象。但这种近乎理想化的隐逸并不为当时所提倡，殷芸《小说》中就写到了一位因全隐而惨遭杀身之祸的隐士：“介子推不出，晋文公焚林求之，终抱木而死。公抚木哀嗟，伐树制屐。每怀割股之恩，辄潸然流涕视屐曰：‘悲乎足下！’足下之言，将起于此。”②隐之中者，即“大隐隐于市朝”，他们虽然出入于王公贵胄之门，亦或者身存魏阙、在朝为官，但在与社会名流、权贵相往来的同时，又心住岩泉，不以物务营心，时刻保持着独立自由的精神和人格。隐之下者，即“全身远害，得大雅之道”，他们通过某些特异、反常的行为，如裸奔、佯狂等，将自身置于现实礼法和规则之外，以示不求仕进、不与世争、与人无害的处世态度，从而达到在乱世之中全生、保生，远离祸患的目的。

如果说“隐之上者”是以身心统一为隐逸方式的原始隐逸形态，那么“隐之中下者”则是以身心分离的方式而做出的隐逸行为，他们身在市朝与俗世，却又不受市朝和俗世的羁绊，在隐、显两种行为之间游离不定。他们时而解褐而仕，时而挂冠而隐，既对社会人世和身形俗欲留恋不舍，又对林泉山水和自性自然心驰神往。这正是六朝玄学审美人生观所表现出来的隐逸形态。从目的上看，六朝名士的隐逸绝不是要彻底地避世，更主要的是要享受隐逸带给他们的高让名声和全身保生、精神完足、怡然自得、通脱潇洒

① （唐）姚思廉：《梁书》卷五十一“处世传序”，中华书局1973年版，第731页。

② 周楞伽辑注：《殷芸小说》卷二，上海古籍出版社1984年版，第39页。

的人生保障,使其理想人格形象在审美化、艺术化的现实生活中得以最大化满足与呈现。如《小说》中写到的张良:

> 晋简文帝云:“汉世人物,当推子房为标的,神明之功,玄胜之要,莫之与二。接俗而不亏其道,应世而事不婴□(‘婴’下原有空格,疑是‘心’字)。玄识远情,超然独迈。”①

张良是汉高祖的良辅良弼,曾协助汉高祖赢得楚汉之争,建立西汉王朝;又帮助吕后之子刘盈顺利成为太子,确立了吕后在西汉王朝建立之后的绝对权力地位,可谓秦末汉初时最杰出的政治家和权谋家,简文帝因之称其有“神明之功”。但是张良却在功成名就之时急流勇退,选择退出政治场域,归隐山林,其目的虽带有在政治斗争中趋利避害的成分,却仍能冠以不以世务营心,追求人生自由和怡然自乐的名目,从而收获全身保生的现实效果。张良的隐逸行为,之于个体而言,既能使他免于汉初残酷政治斗争的戕害,又令他获得高尚的人格和高让的名声,获誉于后世;之于政权统治者而言,既不对其构成权力威胁,又能作为审美化理想人格的社会典型,模范于当时,即简文帝所谓的“标的”。于是,隐逸就成了一种个体和统治者“两厢情愿”的选择。一方面,社会需要名士们“接俗”和“应世”,唯有如此方能使名士能够有用于世;另一方面,名士们也须保持清醒的头脑,明白功成身退的道理,要“不亏道”“不婴心”,方能精神自由、身心舒畅、全身保生、免受祸患。《小说》中鬼谷子在给苏秦和张仪的信中也揭示了同样的道理:

> 鬼谷先生与苏秦、张仪书云:“二君足下:功名赫赫,但春华到秋,不得久茂;日数将冬,时讫将老。子独不见河边之树乎?仆御折其枝,波浪荡其根,上无径寸之阴,下被数千之痕,此木非与天下人有仇怨,盖所居者然。子不见嵩、岱之松柏,华、霍之檀桐乎?上枝干青云,下根通三泉,上有猿狖,下有赤豹麒麟,千秋万岁,不逢斧斤之患,此木非与天

① 周楞伽辑注:《殷芸小说》卷二,上海古籍出版社 1984 年版,第 58 页。

下之人有骨肉，亦所居者然。今二子好朝露之荣，弃长久之功，轻乔松之永延，贵一旦之浮爵。夫女爱不极席，男欢不毕轮，痛夫！痛夫！二君，二君！”①

鬼谷子认为苏秦和张仪因“好朝露之荣”而“弃长久之功”的积极仕进的行为，无异于沉溺“不极席”和“不毕轮”的男欢女爱，最后势必引发灾祸。而之后的事实也证实了鬼谷子的预言——苏秦因与齐国众大夫争宠而遭刺杀，张仪因失去秦王宠信而晚景凄凉。鬼谷子在信中以树喻人，揭示了人生之有灾祸实属个人选择所致的人生真谛。河边之树因近于人世，故虽与人世无仇怨，却仍不免被攀折、激敲；山中之树因远离人世，故虽与人世无亲情，却能千秋万岁、不逢斧斤。所谓“久茂”“永延”，即能说明隐逸满足了精神自由舒畅、身心安逸保全的人生目的和情怀。与苏秦、张仪相比，鬼谷子抱经世纵横之才，却敝屣功名富贵，屏弃世务，归隐山林，以达主体精神的调畅和生命的保全，满足了自足、自得、自乐、自由的人生审美需要。又如汉末名士司马徽：

司马徽居荆州，以刘表不明，度必有变，思退缩以自全；人每与语，但言“佳”。其妻责其无别。徽曰：“如汝所言，亦复甚佳。”终免于难。②

司马徽是汉末大名士，世称“水镜先生”，精通兵法、经学和奇门遁甲之术，更有知人、识人之明，诸葛亮、庞统等人皆由其推荐而见知于刘备。同时，司马徽也是汉末著名的隐士，他为人清雅，与人和善。在寓居襄阳、荆州时，先后拒绝了刘表、曹操的招纳，选择甘老林泉；同时他又积极结交士夫名流，如庞德公、韩嵩、石韬、崔州平等。司马徽一生不追逐功名，不事一主，故其隐逸不同于张良的功成身退；他也不愿与世隔绝，与刘备、刘表、曹操等当

① 周楞伽辑注：《殷芸小说》卷二，上海古籍出版社 1984 年版，第 52—53 页。
② 周楞伽辑注：《殷芸小说》卷四，上海古籍出版社 1984 年版，第 95 页。

时枭雄都有交往,故其隐逸也不同于鬼谷子的疏离人世,可谓真正意义上的“半隐”,或者“朝隐”。这种“半隐”式的隐逸行为,最贴近六朝玄学审美人生观的体现。“人每与语”说明司马徽亲近人世,接应世务。“但言‘佳’”说明司马徽将世务全然不营绊于心。可见他的隐逸是在避世的同时又入世,更主要的是在于全身保生、怡然足性,也正是因为他能看轻功名世务,方能应物而无累,以隐逸为自娱自乐、满足人生审美需要的乐事。

此外,《小说》中还通过塑造陈藩和徐穉两个名士形象,从正反两方面阐释了六朝名士对隐逸行为的态度和趣尚:

> 陈仲举雅重徐孺子,为豫章太守,至,便欲先诣之。主簿白:“群情欲令府君先入拜。”陈曰:“武王式商容之间,席不暇暖,吾之礼贤,有何不可?”①

> 徐穉亡,海内群英论其清风高致,乃比夷齐,或参许由。夏侯豫章追美名德,立亭于穉墓首,号曰思贤亭。②

六朝玄学认知下的名士们强调脱落形迹,慕尚精神自由和心性超然,只要是出于此种目的,无论是身居市朝还是幽居山林是没有本质差别的。正如郭象所言:“夫神人即今所谓圣人也。夫圣人虽在庙堂之上,然其心无异于山林之中,世岂识之哉!徒见其戴黄屋,佩玉玺,便谓足以缨绂其心矣;见其历山川,同民事,便谓足以憔悴其神矣,岂知至至者之不亏哉!”③ 一个人要想保持淡然自若、神气无变的心性,获得自足于怀、怡然自乐的审美情怀,不在于他是规避人世亦或者遁迹山林,只要能够做到宅心玄远,抖落一切物务所累,就能“虽在庙堂之上”,也“无异于山林”,达到应物而无累的审美人生理想。于是,在六朝名士群体里就有了

---

① 周楞伽辑注:《殷芸小说》卷三,上海古籍出版社 1984 年版,第 77 页。

② 周楞伽辑注:《殷芸小说》卷四,上海古籍出版社 1984 年版,第 78 页。

③ (晋)郭象注,(唐)成玄英疏,曹础基、黄兰发点校:《庄子注疏》“内篇·逍遥游”,中华书局 2011 年版,第 15 页。

虽身处庙堂却能雅重山林的陈藩，和虽遁迹山林却能享誉人世的徐穉。至此，六朝名士们由审美人生态度和隐逸行为而呈现出的名士风度，就在殷芸《小说》中得以毕现。

主要参考资料

一、古籍

1. 司马迁:《史记》,中华书局 2006 年版。
2. 班固:《汉书》,中华书局 1962 年版。
3. 范晔:《后汉书》,中华书局 2007 年版。
4. 陈寿:《三国志》,中华书局 2006 年版。
5. 房玄龄:《晋书》,中华书局 1974 年版。
6. 沈约:《宋书》,中华书局 1974 年版。
7. 萧子显:《南齐书》,中华书局 1972 年版。
8. 姚思廉:《梁书》,中华书局 1973 年版。
9. 李延寿:《南史》,中华书局 1975 年版。
10. 魏徵:《隋书》,中华书局 1973 年版。
11. 李昉:《太平御览》,中华书局 1959 年版。
12. 杜佑:《通典》,中华书局 1992 年版。
13. 刘知几撰,浦起龙释:《史通通释》,上海古籍出版社 2009 年版。
14. 马端临:《文献通考》,浙江古籍出版社 1988 年版。
15. 陶宗仪:《说郛》,中国书店 1986 年版。
16. 姚振宗:《隋书经籍志考证》,开明书店 1937 年版。
17. 永瑢:《四库全书总目》,中华书局 2003 年版。
18. 刘义庆著,刘孝标注:《世说新语》,上海古籍出版社 2013 年版。
19. 王嘉:《拾遗记》,中华书局 1981 年版。
20. 殷芸编纂,周楞伽辑注:《殷芸小说》,上海古籍出版社 1984 年版。

二、今著

1. 鲁迅:《古小说钩沈》,人民文学出版社 1951 年版。
2. 鲁迅:《中国小说史略》,人民文学出版社 1981 年版。
3. 余嘉锡:《余嘉锡论学杂著》,中华书局 1963 年版。
4. 程毅中:《古小说简目》,中华书局 1981 年版。
5. 吴志达:《中国文言小说史》,齐鲁书社 1994 年版。
6. 宁稼雨:《中国志人小说史》,辽宁人民出版社 1991 年版。
7. 王枝忠:《汉魏六朝小说史》,浙江古籍出版社 1997 年版。
8. 汤用彤:《汉魏两晋南北朝佛教史》,中华书局 1983 年版。
9. 李剑国注:《唐前志怪小说辑释》,上海古籍出版社 1986 年版。
10. 李宗桂:《中国文化概论》,中山大学出版社 1988 年版。
11. 陈顺智:《魏晋玄学与六朝文学》,武汉大学出版社 1993 年版。
12. 罗宗强:《魏晋南北朝文学思想史》,中华书局 1996 年版。
13. 罗宗强:《玄学与魏晋士人心态》,浙江人民出版社 1991 年版。
14. 董乃斌:《中国古典小说的文体独立》,社会科学文献出版社 1994 年版。
15. 袁济喜:《六朝美学》,北京大学出版社 1989 年版。
16. 卫绍生:《魏晋文学与中原文化》,学苑出版社 2004 年版。
17. 方正耀:《中国古典小说理论史》,华东师范大学出版社 2005 年版。
18. 陈文新:《文言小说审美发展史》,武汉大学出版社 2007 年版。
19. 刘志伟:《魏晋文化与文学论考》,甘肃人民出版社 2002 年版。
20. 周勋初:《魏晋南北朝文学论丛》,江苏古籍出版社 1999 年版。

三、论文

1. 张莉:《殷芸〈小说〉研究三论》,西南大学 2009 年硕士学位论文。
2. 白晓帆:《殷芸〈小说〉研究》,山东大学 2009 年硕士学位论文。
3. 罗荷芳:《〈殷芸小说〉研究》,广西师范大学 2010 年硕士学位论文。
4. 王甲克:《殷芸〈小说〉研究》,郑州大学 2012 年硕士学位论文。
5. 李刚刚:《魏晋南北朝长平殷氏家族文化与文学研究》,河南大学

2020年硕士学位论文。
6. 刘强:《〈殷芸小说〉对〈世说新语〉的纂辑》,《文史知识》2012年第7期。
7. 张进德:《殷芸简论》,《河南社会科学》2002年第5期。
8. 李剑国:《早期小说观与小说概念的科学界定》,《武汉大学学报》2001年第5期。
9. 陈文新:《六朝轶事小说综合研究述评》,《齐鲁学刊》2003年第1期。
10. 宁稼雨:《诸子文章流变与六朝小说的生成》,《南开学报》1998年第4期。
11. 王平:《汉魏六朝小说的文化心理特征及影响》,《文史哲》1992年第1期。
12. 范崇高:《〈殷芸小说〉校注琐议》,《重庆师范大学学报》2005年第1期。
13. 何诗海:《齐梁文人隶事的文化考察》,《文学遗产》2005年第4期。
14. 罗宁:《论〈殷芸小说〉及其反映的六朝小说观念》,《明清小说研究》2003年第1期。
15. 武丽霞、罗宁:《〈殷芸小说〉考论》,《华中科技大学学报》2004年第1期。
16. 孙蓉蓉:《谶纬与汉魏六朝的志怪小说》,《中国文化研究》2011年夏之卷。
17. 周春雨:《六朝志怪小说中的儒家审美文化观念》,《九江学院学报》2020年第1期。
18. 刘泰廷:《文本中的政治秩序:对六朝志怪小说书写的新考察》,《北京社会科学》2017年第4期。
19. 张祐睿:《殷芸〈小说〉辑本三种平议》,《邯郸学院学报》2019年第29卷第2期。
20. 刘闯:《殷芸〈小说〉预言研究》,《枣庄学院学报》2014年第31卷第1期。